马背上的共和国

李升泉 李茂林 著

中华书局

图书在版编目(CIP)数据

马背上的共和国/李升泉,李茂林著. —北京:中华书局,
2016.10
ISBN 978-7-101-12174-2

Ⅰ.马⋯   Ⅱ.①李⋯②李⋯   Ⅲ.纪实文学-中国-当代
Ⅳ.I25

中国版本图书馆 CIP 数据核字(2016)第 225109 号

书　　名	马背上的共和国	
著　　者	李升泉　李茂林	
责任编辑	李洪超　柯　湘	
出版发行	中华书局	
	(北京市丰台区太平桥西里 38 号　100073)	
	http://www.zhbc.com.cn	
	E-mail:zhbc@zhbc.com.cn	
印　　刷	北京瑞古冠中印刷厂	
版　　次	2016 年 10 月北京第 1 版	
	2016 年 10 月北京第 1 次印刷	
规　　格	开本/710×1000 毫米　1/16	
	印张 22½　插页 2　字数 360 千字	
印　　数	1-20000 册	
国际书号	ISBN 978-7-101-12174-2	
定　　价	39.00 元	

目　录

序

《马背上的共和国》这部书，主要是写成立于 1931 年的中华苏维埃共和国这段历史。

这个共和国是在中国的一个南方小城瑞金（曾改名瑞京），由毛泽东宣布成立的。这个共和国的成立表明，在中华民族面临存亡续绝的危难中，登上历史舞台的中国共产党，具有着何等壮阔的胸怀、何等恢弘的气魄和磐石之坚的信仰！

共和国在艰难困厄中仅存在了两千多天。但出现过的就不会泯灭。这个共和国的理想和追求、原则和精神深深地种在了中国的土地上，也深深地种在了绵延五千年的中国历史中。十八年后，也是由毛泽东在中国的古都北京宣布了中华人民共和国的成立。可以说，中华苏维埃共和国就是中华人民共和国的一次伟大的预演！

一位西方学者说，"一切历史都是当代史"；我们的古人也说，"以史为鉴，可以知兴替"。八十多年前的那支军队那个政权，地域不广，力量弱小，被强大的对手围追堵截，在马背上流浪，在血泊中挣扎，但他们始终坚信共产党人的事业是正义的，从来没有怀疑将来的世界是我们的，并最终取得了成功。八十年后的今天，天地翻覆，人间改换。但我们所从事的实现民族复兴的事业，是先辈的遗愿，是共产党人一脉相承的伟业。我们前行的路上仍然面临诸多矛盾、困惑，甚至有歧路，此时，更需要我们去学习历史，去重温历史，从历史中领悟大道，寻找正道。

贯穿中华苏维埃共和国这段历史的最重大的事件是长征。即使是同样写长征，不同人的笔下会呈现不同品质。而我更看重的，就是这部书的品质：纪实性与文学性兼具，忠实于历史又善于构造情节，栩栩如生，大开大阖，扣人心弦，展卷开读令人无法释手。这部著作还有一个特点，即敢于直面问题，敢于揭露长征中党和军队内部的矛盾和斗争。这与此前某些长征史书对此讳莫如深形成对比。其实,"沧海横流,方显英雄本色"。越是盖世伟业、惊世奇功,越是充满凶险与挫折,也因此越发动魄惊心,更何况是决定中国共产党和军队命运的长征?关键是如何对待这些东西,不能只有小情怀,更需要贯通历史的大视野、观照家国的胸怀和器局。关于一、四方面军分裂、关于西路军远征河西,等等,升泉同志这部书都有详细描述,不仅仅是尊重历史细节,而且更有仰观俯察的公正评价。这是需要大史识、大功力的,非常难得。

读升泉同志所著的这部书,我还想起金一南教授所著《苦难辉煌》。两位作者都来自国防大学,两部书也有同样的品格,有同样的意义。历史是什么?历史的实质是一种共同记忆,是民族、国家与政党的政统、道统与血脉。灭掉一个民族、一个国家、一个政党,不仅枪杆子可以做到,笔杆子也可以做到,就是把其历史进行重写,进行颠覆。所以,始终存在一个关于历史的话语权之争。不可否认,现在的确有人打着"重写近现代史"的名义,包着学术研究外衣,干着"刨祖坟"的事。在他们笔下,长征中毛泽东的地位,靠的是排挤、打压与暗算;共产党的胜利,靠的是阴谋、利用与裹挟。如任这种偏见流播,后果不堪设想。在这个时候,《马背上的共和国》一书,与《苦难辉煌》一样,在历史问题上寻找根脉、正本清源、激浊扬清、弥足珍贵,必将有利于凝聚更多共识,汇聚更大能量,更好地推进党和军队的事业。

升泉同志非常勤奋刻苦,笔耕涉猎甚广,加上识见通达,文、史、哲的功底都极厚实,每有作品问世,皆格调不凡,希望能不断读到他的新作佳构。

引 言

1

坐落在莫斯科兹维尼果罗德镇的塞列布若耶别墅，绿树成阴，清幽而宁静。这里原是沙俄一家贵族消夏的处所，革命改变了它的主人。1928 年初，共产国际决定，它的中国支部的第六次全国代表大会在这里召开。是年 6 月，一百四十二名中共代表陆续抵达。别墅内外开始变得热闹起来，特别是小轿车的出出进进，更是增添了几分神秘。

会前，苏共领导人斯大林特意召见了瞿秋白、周恩来、李立三、项英、张国焘等人。在众人敬佩与激动的目光包围中，斯大林用浓重的格鲁吉亚口音向中共的负责人讲了有关中国革命性质和革命形势等问题。在座的人都洗耳恭听，有的还不断地在心里默默重复着每句译语。

担任翻译的叫王明，是由共产国际东方部长米夫推荐给大会的。一年前，他随米夫组成的共产国际代表团来中国了解过情况，现在虽然只是个莫斯科中山大学毕业留校生，但已成为党支部局的宣传干事、翻译和联共党史教员，同时协助米夫研究中共给共产国际的文件和报告。这一年，他才二十四岁。在座的人，谁也没有过多地注意这个体态肥胖、个头不高的安徽六安人，更没有想到，他的出现将会影响中共的历史发展……

两天后，布哈林又以共产国际的名义会见了他们。作为第三国际的总书记，布哈林把这次会见的规格提高到了与斯大林同等的地位。当然，中共代表不会想到，九个月以后，这位在"六大"主席台上作过《中国革命与中国共产党的任务》报告的列宁的亲密战友，会被斯大林批判为"共产国际中的机会主义者"而丢掉了所有的职务。

"六大"的代表，多数是由中央委派，有的是共产国际直接指定的，如瞿秋白、周恩来、张国焘等。毛泽东没有参加大会，被大会选为中央委员。

尽管如此，毛泽东在当时的名声已经是如雷贯耳了。

这年 1 月，他在江西成立了遂川县工农兵政府；将井冈山袁文才、王佐的部队正式升编为工农革命军第一军第一师第二团；以后与朱德、陈毅的部队会师，合编为工农红军第四军，朱德任军长，他任党代表，接着，胜利地粉碎了赣敌对井冈山根据地的"进剿"。此后不久，在宁冈茅坪召开的湘赣边界党的第一次代表大会上，毛泽东当选为书记，还当选为新成立的六县红色政权的最高行政机关——湘赣边界工农兵政府主席。

布哈林没有忘记毛泽东。他在"六大"讲坛上，提到了《湖南农民运动考察报告》，赞赏了作者的才智和胆略，但又有些莫名其妙地讲道："中国的苏维埃、红军运动只能分散存在，如果集中，会妨害老百姓的利益，会把他们最后一只老母鸡吃掉……"

代表们对他幽默的讲话，发出了一片笑声。

负责为大会起草军事工作决议案的周恩来没有笑。他熟悉毛泽东，国共合作期间，他曾在广州农民运动讲习所讲学，那时，他就对这位湖南来的中年人的独到见解有着深刻的印象。对布哈林提出的"分散存在"，他有不同的想法。自从南昌起义、广州暴动失败之后，井冈山红军的斗争形势，是令人振奋的。当时，湘南的耒阳，江西的赣县、雩都（今于都），福建的龙岩，地处粤赣边界的寻乌（今寻乌）都有暴动，这将造成大面积的武装割据。如果有一天能和井冈山连成一片，那将是一个何等壮观的局面！到了那时候，怎么会妨害老百姓的利益，"吃掉他们最后一只老母鸡"呢？但他还是从积极一面理解，也许布哈林的担心是出于不赞成对农民过高的评价，因为农民的旧思想直接影响着党的无产阶级基础。他暗暗警告自己，对于共产国际的指示，万万不能曲解，特别是在这个时候……

对于瞿秋白来讲，布哈林的批评淡化不了他对莫斯科的感情。他多次到过苏联，其俄语熟练程度已达到翻译果戈理、托尔斯泰作品的水平。他曾三次见到列宁，在莫斯科经张太雷介绍加入了布尔什维克党，后转入中国共产党。可惜张太雷在七个月前的广州暴动中牺牲了。他的死，给瞿秋白心里蒙上了一层阴影，使他有一种负罪感……1927 年中共中央在汉口召开的"八七会议"，撤销了陈独秀的总书记职务，由瞿秋白接替。三个月后，由他亲自主持通过的《中国现状与共产党的任务的决议案》，措辞激烈地反对右倾，它的第一个产物就是广州起义和广州公社的成立。但代价沉重，公社主席兼陆海军人民委员长张太雷在暴动的第二天饮弹身亡……

这是几个月以前的事情。"六大"召开，共产国际点名要他提前赴苏，可见他的过失已经得到谅解。大会还要求陈独秀也来参加，不知他是出于胆怯，还是清高，共产党创始人之一的陈独秀拒绝了邀请。

瞿秋白在大会的政治报告中，抨击了陈独秀右倾机会主义的错误，他自己也检查了盲动主义的错误，他的态度受到了共产国际和与会代表的赞赏。

尽管大会也有争论，但共产国际和莫斯科对中共领导人的信任是一致的。新的中央委员会的组成，布哈林和莫斯科的意见是起决定作用的。

2

二十三天的中共六大结束以后，瞿秋白任中共驻共产国际代表，他和周恩来、张国焘、项英等人被选为中央政治局委员。

那些来自广东、湖南、江西、湖北、江苏、顺直、河南、山东、陕西、四川、福建、浙江、满洲等省的代表们，一致接受了"六大"提出的口号：在总的新高潮下，使革命先在一省或数省之内胜利。针对中国农村形势，大会指出：农民的武装暴动只有在都市中革命潮流高涨并受工人阶级指导的时候，才有可能胜利。令人费解的是，大会规定：那些帮助过我们并且已经参加了革命队伍的土著武装组织，要视为土匪看待，惩处首领，争取群众。对于富农，也强调决不让步，认为他们走入反革命营垒是不可避免的。

这些决议，没有人提出异议，在表决时一致举手同意。

但在对中国总形势的评估上，大会出现了争执。过激地辩论使共产国际第一次看到东方人粗犷的性格。不少代表不承认中国革命高潮已经过去，他们以不断兴起的起义暴动为依据，想从理论上加以论证。斯大林显得十分耐心，他用了一天半的时间，三次接见大会主席团成员。他左手拿着烟斗，右手用铅笔在纸上画着曲线，以表示高潮和低潮，然后在曲线的最低点又画上表示浪花的圆圈。

他威严而又缓慢地说："年轻人，我不否认在中国发生的革命现象，但要提醒的是，低潮时也会有几朵浪花。"年近五十的斯大林在这个问题上不愿多费口舌，在他眼里，中共还没有自己的领袖，这些年轻人，多半还是孩子。他沉静地扫视了大家一下,把目光停留在一个刚才还激昂争论的年轻人脸上。

年轻人叫李立三,二十九岁的中央政治局候补委员。从瞿秋白接替陈独秀主持中央工作以来,他心里就窝着一股火。南昌起义他是前敌委员会委员,周恩来是前敌委员会书记。南昌起义后,瞿秋白召开政治局扩大会议,给前委全体人员以纪律处分。李立三从心里不服,竭力想从理论上寻找平衡。现在,见斯大林给大家讲解高潮和低潮,他也只好认可。但他也从斯大林的善意目光中,感到对他的观点并无太多厌恶之感,对方似乎在说:年轻人,我喜欢这样的坦率……

共产国际和斯大林给中国共产党的领袖们开出了一张中国革命的验方,也给了他们智慧和力量。他们每一个人都鼓足了信心,准备在中国无产阶级革命的舞台上,去导演一出威武雄壮的活剧来……

第一章
莫斯科回来的年轻人，走上中共政治舞台

1

在中国东北，有一段丁字铁路：一条西起满洲里，东到绥芬河；一条从哈尔滨南达大连、旅顺港。追溯起来，这是沙皇政府和大清王朝用了六年时间修筑的，原称东清铁路，后又改名南满铁路，到民国期间叫中东铁路。由于历史的原因，从 1924 年起，铁路业务由中苏两方共管。1929 年 5 月，国民党政府以苏方宣传"赤化"和垄断路权为由，命令东北张学良当局用武力搜查哈尔滨苏联领事馆，驱逐在中东路工作的苏联职员，接管了中东铁路。事隔两个月，苏方宣布同国民党政府断绝外交关系。又过三个月，不平静的边界终于响起枪声……

消息传到莫斯科。斯大林认为，中苏武装冲突的背景，决不是中方对苏方使用铁路的不满，而是日本人教唆张学良挑起的事端。事端的企图何在？苏联首脑们多次分析认为，这是日本人为发动反苏战争制造根由。这样，全世界第一个社会主义国家紧张地感到了战争威胁，共产国际提出了"武装保卫苏联"的口号。

"武装保卫苏联"，中国共产党在这场斗争里具有非同一般的战略地位。

很快，共产国际执委会发出了《给中国共产党中央委员会的信》，信中宣称，中国已进入深刻的全民族危机时期，要求中国共产党准备夺取全国革命的胜利。也就是说，中国革命的现状已经到了斯大林画曲线的高点。对于共产国际如此迅速地要求中共变军阀战争为国内战争，连当时留在苏联工作、担任共产国际执委会委员的瞿秋白、张国焘都感到突然。

当时在国内领导中央工作的是李立三。这个湖南汉子生性刚烈，十三岁就带领同学罢课被学校开除。他熟读《三国演义》、《水浒传》，自幼崇拜豪情侠义、除暴安良的人物。他曾去法国勤工俭学，后因"不规"被军警遣送回国。1921

年底，他和蔡和森到上海会见了党中央书记陈独秀，经中央批准为中共党员。后来，他成为上海五卅运动的总指挥、南昌起义的前敌委员……"六大"上他当选为中央政治局候补委员，后来，又当选为中央政治局常委，回国主持领导全党工作。由于工人出身的总书记向忠发水平低，周恩来又忙于组织党的特科网络，领导重担就落在担任中央秘书长的李立三肩上。

共产国际的"十月来信"，像一根火柴丢进干草堆里一样在中共领导层中产生了剧烈反响。政治局立即通过了贯彻的决议，为了排除反对盲动主义给全党带来的心理障碍，决议在"武装保卫苏联"的口号下，要求全党开展反右倾的斗争。不几天，措辞激烈的《中央通告第七号》下发各地：

> ……目前总的政治路线就是动员全党，变军阀战争为国内的阶级战争，以推翻国民党统治，以建立苏维埃政权……在这一总路线下，党应集中力量积极进攻，确定组织工人政治罢工，组织地方暴动，组织兵变，扩大红军，为目前动员群众、组织群众、准备暴动的中心策略……只有坚决地执行这些中心策略，革命才能争取到全国胜利，首先拿到一省或几省的胜利……

共产党人在中央的召唤下，自觉或不自觉地走向斗争第一线，只有陈独秀明确地表示了异议。"六大"召开前，他拒绝了共产国际要他去参加"六大"的要求。此前不久，他被开除出党，但他自认为是党的"左派"。他先后向中共写了三封信，表示对武装保卫苏联和中国革命高潮的质疑。中央复信驳斥了他，并在中央机关报《红旗》上发表专号，批判陈独秀的机会主义。批陈的兴起，使得一些对中央决策有疑问的人也只好沉默不语了……

不久，中东路事件以苏方武力获胜而平息，事件本身也证明绝非日本人作祟，显然，莫斯科发生了判断的错误。"武装保卫苏联"的口号很快销声匿迹。

2

李立三却没有及时刹车。他的精力全部放在城市工人武装暴动上。他觉得中国工人阶级应该展示其无与伦比的力量，这一天已经近在咫尺。当然，他对莫斯科错发警报的事情仍一无所知。

1930年夏，蒋、阎、冯中原大战爆发。李立三认为夺取一省或几省胜利的时机已到。中央政治局通过了由他起草的《新的革命高潮与一省或几省的首先胜利》

决议，并全文电告当时在莫斯科的周恩来，要其转呈共产国际执委主席团批准。

周恩来拿着决议，觉得沉甸甸的：是啊，他何尝不想中国革命有一个大的转折，年轻的共产党人有一番惊人的创造呢？但现实力量能做到吗？

决议呈上去了，共产国际也不赏识李立三的宏图。尽管莫斯科正在开展反对布哈林右派的运动，但对中共中央的"左"也是反感的。接替布哈林的曼努意斯基和库西宁，把中共中央的决议送给斯大林。斯大林含着烟斗，在克里姆林宫的办公室里来回踱着步子，他的眉头皱紧了……

很快，共产国际复电它在上海的机构远东局，责令中共中央政治局停发决议。远东局在中东路事件爆发时，还鼓动李立三尽快行动起来，现在又一反常态变成另一副面孔……

李立三感到迷惑不解，他甚至怀疑最新指示的可靠性。他以一个叛逆者的心态向全党公布了决议，并正式部署了南京兵暴、武汉暴动和上海总同盟大罢工。接着，又调动各路红军进攻南昌、武汉、九江等城市，以配合城市武装暴动。这些，他并没有对共产国际隐瞒，他将他的部署致电共产国际执委主席团，恳请批准。报告里他还讲了一个特别诱人的情况：在国民党统治中心南京，共产党员曾中生掌握着一个学兵营，他已通过中共南京市委部署学兵营起义，目标是夺取国民党中央机关，一举占领南京城，这将是中国式的"阿芙乐尔"号炮击冬宫，十月革命在中国的再现……

共产国际接到来电后，马上召开执委会讨论。中共国际代表团成员瞿秋白和周恩来，也对李立三的固执表示了不安。会上，大家拟定了新的决议案，再次命令中共中央停止执行原来的"决议"。

但是，晚了。

李立三接到莫斯科发回的决议案时，红三军团彭德怀已率部攻占了长沙，这位平江起义的领导人，用自己的拼杀为中央的决策作了佐证。刚成立的湖南省苏维埃政府，李立三被选为主席。现在，他更加感到会师武汉，饮马长江已指日可待。他立即主持了政治局会议，决定将党、团、工会合并起来，组成中央行动委员会，领导各地武装暴动。在中央行动委员会之下，决定成立北方局、南方局、长江局和江苏局四个行动分会。他要求南方局在广州、香港组织暴动，把英国人卷入斗争；满洲省委发动哈尔滨、大连暴动，以引起日本和苏联冲突，这样，将爆发帝国主义和苏联交战，中国革命将在世界革命的爆发下获得成功……

苏联当时正竭力避免战争，李立三的计划显然是同斯大林的想法格格不入的，这不啻是让斯大林为中国革命火中取栗。

有时候，热情也会使人想入非非……

这次政治局会议，竟建议共产国际迅速采取进攻路线，苏联红军应进攻东北，蒙古人民共和国出兵进攻北方……

李立三的发言很有鼓动性，他把到会的人带进神话般的境地。但当冷静以后，有人又提到共产国际的来电时，大家都看着李立三。

李立三一挥手："共产国际不了解中国革命发展的趋势。"他站起身，大有中流砥柱之势，"忠于共产国际、遵守共产国际的纪律是一件事，而忠于中国革命又是一件事"。

说出这句话需要见识、胆略和勇气，李立三对当时中国革命形势的认识是不正确的，在对中共与共产国际的关系上却又是勇敢的。

会议没有异议了，但大家的沉默仍然表示着担心。

李立三看穿了大家的心思，他十分有把握地对着自己的政治局伙伴说："同志们，当我们占领武汉以后，就可以用另外的方式和共产国际说话了！"

什么方式，他没有解释，但言外之意很清楚，一旦会师武汉实现，共产国际就会立即改变现在的态度。

会后，政治局向共产国际报告，说中国有五百万有组织的武装农民，加入了各种组织的人数至少有三千万……这些数字是怎样统计出来的？也许，李立三有他的依据和办法。

他们把总行动的日期定为9月7日，并把暴动计划呈报斯大林批示。

事情闹大了，也闹僵了！

3

上海远东局的负责人罗伯特，对李立三的行动计划未予支持，受到上海中共中央的谴责。现在，他见形势已到了这个地步，忙亲自到武汉秘密考察，他连续两次将看到的情况向共产国际报告，主要内容是：武汉驻有大批国民党军队，共产党员只有二百人，赤色工会只有一百五十人……

共产国际觉出了问题的严重，它停发给中共中央的活动经费，又立即派得力人员回中国解决问题。谁回去呢？瞿秋白和周恩来。

瞿、周回国后，主持了中共六届三中全会。因为是共产国际派来的"特使"，加之，攻占城市的形势又很糟，特别是攻进长沙的彭德怀仅占据该市十天就被迫退走。之后，由毛泽东任总政委、朱德任总司令的红一方面军再度猛攻长沙，始终未能突破湘军何键的防线，数名高级干部战死，三千士兵伤亡……李立三和他的血气方刚的战友们，不得不低头认错了。

4

对立三问题的处理，并没有得到共产国际的承认。9 月底刚刚结束了三中全会，不到半个月，共产国际就匆匆发来信函，称李立三的错误是一条反共产国际的反马克思主义的路线。他本人则具有共产主义运动的"左"、右叛徒的反马列主义的立场和敌视布尔什维主义的行为。

莫斯科的强硬态度使中共中央政治局的委员们目瞪口呆。他们不得不纠正三中全会的定论，而按照共产国际的口径把立三的错误改定为路线错误。

理论上的争执预示着一场新的斗争。

事情牵连到了瞿秋白……

在莫斯科，米夫以共产国际东方部的名义，上书国际执委主席团，围绕三中全会和李立三的错误点名批判瞿秋白犯了"调和路线"和"小团体"的错误，甚至是"两面派"。

米夫当时已是共产国际研究中共问题的权威。因此，中共中央里已没有敢对他的意见提出异议的人。

这一年，他三十一岁。"米夫"一名是俄共（布）党内从 1917 年后对他的称呼。至于有什么含义，已无从知道。他十五岁开始投身革命，十六岁加入俄国社会民主工党（布）。二十岁时，当过红军，上过前线，又进入斯维尔德洛夫共产主义大学学习，毕业后专门研究远东革命问题。二十六岁那年，他被调回莫斯科，成为中山大学的副校长，从这时起，他就开始和中共中央驻共产国际代表团有着密切联系。在苏联国内反托洛茨基派斗争中，米夫站在斯大林一边，这就使他能够在共产国际执委会上参加讨论中国革命问题，有机会成为共产国际代表团成员，来华了解情况并宣讲党的建设工作，还出席过中共在武汉召开的"五大"，后来，接任了拉狄克中山大学校长职务。

米夫校长在学校看中和发现了王明。

由于蒋介石发动了"四一二"政变，中山大学形成了两派，一派以教务部门的阿古尔为首，一派以联共党支部书记谢德尼可夫为首。许多学生不愿参加任何一派，故出现了第三势力。王明不是第三势力，但他提出掌握第三势力，联合支部派，搞垮教务派。在复杂的斗争中，王明的见识符合了米夫的心愿。

当时，共产国际中国代表团为了加强对留学生的管理，成立了"中共旅莫斯科支部"。米夫则认为不妥，有意提出"中大"支部到底该谁领导的争论。但绝大多数留学生主张由旅莫支部领导。正当米夫骑虎难下之时，王明提出一个新的主张——共产党不分国籍，他主张归莫斯科一个区委领导，并联合以他为首的"二十八个半布尔什维克"，反对中共旅莫支部。这样，王明的精明和聪颖得到了米夫的赏识和器重。

世事又一次为米夫提高自己的声誉带来了机会。

这一年，在庆祝十月革命十周年时，游行队伍刚进入红场入口，队伍里突然传出了反对斯大林、拥护托洛茨基的口号。当中国留学生走到列宁墓前时，一些"中大"的学生也呼喊了同样的口号。这一事件，加剧了联共（布）反对托洛茨基及其支持者的斗争，七天以后，托洛茨基和季诺维也夫被开除出党。斯大林当然不会原谅"中大"学生在红场的骚乱，指令米夫在学校彻底清查，并将结果报告苏共中央。米夫完成了斯大林交给的任务，王明在斗争中也经受了新的考验。

担任中共驻共产国际代表团负责人的瞿秋白，在这种背景下没有追随米夫，自然米夫是不满意的。

还有，李立三在执政期间，王明、博古等人，曾指责李立三右倾而受到李立三给予的留党察看和严重警告处分。瞿秋白在纠正立三错误时，不但未给这几位"真正"的布尔什维克及时免除处分，而且在对李立三的处理上，也仅撤去其中央宣传部长和中央秘书长的职务……

于是，瞿秋白被莫斯科谴责为无原则地领导了三中全会，采取了两面派的态度对待共产国际，三中全会表现出领导机关有两面三刀的风气。显然，中央政治局的成分又面临着新的变动。

既然共产国际说了话，中共中央立即取消了对王明等人的处分，并委派王明代理中共江苏省委书记，博古担任团中央组织部长，但仍没能改变党中央被多数人攻击的局面。在这种情况下，召集一次中央紧急会议，就像当年"八七会议"

那样，成了当务之急。

5

1931 年 1 月 7 日下午，上海麦特赫司脱路一座围有篱笆的小洋房里，中共中央的会议即将举行。三个月前，六届三中全会也是在这里召开的。

今天，负责门卫的是陈赓和顾顺章，他俩是中央有名的特科成员，他们的亲临，无形中给会议增加了紧张、神秘的气氛。来的人都显得严肃、谨慎、心事重重，在上楼的时候，一个个都加快了步子。

然而，会场上的气氛却是轻松的。提前到会的一些年轻人，正围着一个外国人在谈论着。有人认出，这是米夫和从莫斯科回国不久的中山大学学生。

米夫的身份是共产国际东方部部长，他能亲临会议，可见这次会议确实是非同寻常的。也有些到会者，脸上露出疑问的神情，他们对身着大褂、头戴瓜皮帽、正在夸夸其谈的王明，明显表现出一种反感。知道底细的人清楚，这个喝洋墨水的年轻人，前些日子在上海英租界被捕，他竟违反党的白区工作纪律，买通巡捕到全总宣传部机关送信求救，结果暴露了机关……这样的人，取消处分没几天，还高谈阔论什么！

主持会议的向忠发在自语着清点人数："中委和候补中委二十二人……全总、海总、铁总党团代表、中华苏维埃准备会的代表，共三十七人……翻译徐冰……"他核对完人员后，宣布："各位同志，原先通知召开中央紧急会议，现在改为扩大的六届四中全会。因为情况复杂，本会只开十五个小时，要求每人发言不得超过十分钟……"

这位船工出身的总书记，掏出怀表看了一眼，然后用征询的目光望着米夫，请他先说几句。

这时，意外的事情发生了。

有人突然站起质问："为啥临时改变会议性质？"

会场内响起一阵议论："要开四中全会，缺了多少中委和候补中委？这怎么行……"

向忠发愣住了，他没想到，当着共产国际代表的面，还有人敢说长道短。但他心里明白，现在切忌纠缠更多的头绪，而应该一锤定音。至于这次会议，米夫早已给他交了底，主要是把立三路线的人物从中央开除出去，把一大批年轻有热情的回国人员吸收到中央来。米夫还为中国同志起草好了《中共四中全会决议案》，并以远东局和中共中央的名义拟定了改组后的政治局委员、候补委员和补选的中央委员名单……

向忠发用不满的表情望着提出问题的人说："共产国际有权召开党的中央全会！"

会场上一下静了下来，有谁敢挑剔《党章》的规定？

代表中也有认真的人物。全总代表罗章龙和江西省委的何孟雄等人仍对突然改变会议性质、限制会议时间、不吸收有实际斗争经验的同志参加会议等项问题表示不满，并提出应尽快召开党的全国代表大会。当然，他们在阐述自己的意见时，避开了共产国际，以表示拥护共产国际的政治立场。

米夫见大家情绪很难平静，便站起来发言了："朋友们，这次会议是经过共产国际来电批准的，它可以解决一切问题！"他没有过多地注视反对会议的人，而是把目光停留在还未发表意见或正准备发表看法的那些人身上，"我可以坦率地保证，共产国际有充分的依据和理由，将同志们要求的紧急会议改为扩大的四中全会……"

正在这时，全国铁总负责人徐兰芝闯进了会场，他大声喝问："你们开什么会？"

向忠发忙答："六届四中全会。"

徐兰芝"啪"地一拍桌子，气呼呼地说："我是候补中央委员，为什么不通知我参加？"

向忠发被问得张口结舌。

米夫也呆住了。这次会议采用突然袭击的办法，临时通知开会日期，致使一些人没能及时通知到……

王明立即上前拉住徐兰芝，把他领进另一间屋子，这才消除了尴尬的局面。

米夫竭力调整着自己的情绪。对于生性刚烈的人，他在"中大"早有较量，但这一次，他原谅了对方，伟大的共产国际使命需要他忍辱负重。

他继续讲起来："同志们，我们的注意力不要停留在无聊的争论上。你们的党，面临着新的考验。就说立三路线，它是用'左'的词句掩盖了实际工作中的机会主义，它的实质是右！"他瞅了一眼瞿秋白，继续说："立三路线与国际强调的进攻路线是不相容的！我们批评他，不是因为他是热烈的革命家，而是因为他是一个盲动主义英雄，这是最无耻的机会主义与最卑鄙的悲观主义！"也许是一种时代的风尚吧，米夫的演说颇有一点列宁的语言风格。他接着说："因此，国际指示中共组成新的临时中央，这是改造中国党的必要手段……"

他的发言，说服了一些人，但罗章龙他们，还是要求召开紧急会议而不是四中全会。

王明见会场又乱了，提出用表决的方法来确定会议的名称。

米夫赞成，但同时宣布："这是在特殊情况下召开的，凡从莫斯科'中大'回来的，不论是不是中央委员，都有表决权！"

对米夫的规定，大家用沉默表示了同意。

表决结果，十九票赞成，十七票反对。这样六届四中全会就合法地留在党的史册上。

6

米夫对会议的结果是满意的，但也有很多不安。尤其是会上相当一部分代表并不同意他拟定的人选名单。尽管最后也是以多数通过，可那个"少数"，绝不可轻视。一周之后，米夫把持反对意见的二十多位同志召集到英租界泸西花园洋房里，开了一个疏导会。他握着大家的手，用保证的口吻说："同志们，新选出来的中央是真正的布尔什维克，是中共队伍里马列主义水平很高的同志，他们百分之百能够执行国际路线。"说话中，又松开大家的手，严肃地板起面孔："谁反对四中全会谁便是反国际，像你们，都应该受处分……"

罗章龙等人还是不服，后来，成立了"中央非常委员会"，最终被认定为分裂党，受到开除党籍的处分。罗章龙对这段历史定论耿耿于怀，四十七年后，他在北京碰见了在那次会议上被挤出政治局的李维汉，坚持说自己的举动是反王明和米夫的。李维汉同是那次会议的受害者，八十高龄的老人一边回忆着当年激烈争辩的情景，一边诚挚地对罗章龙说："你反对王明是对的，但四中全会经共产国际批准是合法的。你建议召开紧急会议是可以的，但你搞第二组织，这是党纪不允许的。"

六届四中全会通过的政治局名单，去掉了瞿秋白、李立三的名字，新增加的有王明，还有从莫斯科回来不久的任弼时、刘少奇……

周恩来的位置没有变动。会后，他和向忠发、张国焘三人为中央常委，并由他兼任中央军委书记，开始了主管军委和苏区的工作。

王明成了政治局委员，时隔不久，又被任命为中共驻共产国际代表团团长。他去了莫斯科，在他开始自己政治生涯的地方，又被共产国际任命为国际执委会委员、主席团委员、政治书记处书记，成为中共在共产国际头衔最多、权力最大的人。

米夫完成了改造中国党的任务，凯旋而归。这样一位为共产国际繁忙奔波的人，七年后被苏联专政机关处决，以悲剧形式结束了年轻的人生历程。

7

新的中央领导人决心要开创新的工作局面。他们的注意力集中到了江西苏区，那里，没有直接参与上海党内斗争的毛泽东、朱德、彭德怀等领导的红一方面军已和蒋介石的军队进行了三次大的较量，厮杀的程度是前所未有的。但上海中央也感到江西苏区暴露出不少问题，如何把他们统帅在四中全会的旗帜下，已经是迫在眉睫了。在这之前，为了加强那里的领导，中央曾宣布成立苏区中央局，由周恩来、项英、任弼时、王稼祥、顾作霖、毛泽东、朱德等九人组成，项英任书记，但多数成员并未到职。这时，中央决定，组成以任弼时为首，包括王稼祥、顾作霖的三人代表团，即刻前往江西苏区。

任弼时等装扮成商人，从上海乘船到香港，又取道汕头，经潮安、大埔到青溪，这是中央特科开辟的一条秘密交通线。沿途虽有人接待，但为安全起见，仍在月暗风劲的夜间行走。当他们穿越在杂草丛生的羊肠小道上时，三个人猛地觉得上海已经朦胧了，在前面等着他们的，是一片陌生的大地……

这期间，从莫斯科回国的张国焘，根据中央决定，前往另一个大根据地——鄂豫皖根据地去组建中央分局，和他同往的是陈昌浩，他们将分别担任分局书记兼军委主席和分局常委兼团的书记。

在四中全会被选为中央委员的"中大"学生夏曦，被派往洪湖苏区担任中共湘鄂西分局书记兼军委主席。

这一年4月，中共发生了一次重大事件。领导中央特科工作的顾顺章在武汉被捕，很快供出了中央机关和重要领导人的地址，迫使中央尽快转移或撤离上海。

这样，中共中央领导机关在上海的活动范围被迫缩小，留在那里的政治局委员只有周恩来、向忠发等三四个人。没几天，总书记向忠发又遭逮捕。这样，中共中央根据远东局的提议，决定成立临时中央政治局，由博古、张闻天、康生、陈云、卢福坦、李竹声六人组成，并由博古负总责。后经共产国际批准同意。这样，连中央委员都不是的博古、张闻天，一下成为中共临时中央政治局常委。出生于江苏无锡的二十五岁的博古在"中大"学习时和王明就有深交；同为江苏籍的三十一岁的张闻天，这之前在共产国际东方部工作，也和米夫十分熟悉。他们能这样快地进入中共的核心领导层，没有王明和米夫的推荐与支持，是绝没有可能的。

是忠实于某一个人，还是忠实于某一个组织，抑或是忠实于自己的信仰，年轻的中国共产党人，正面临着选择……

第二章

风风雨雨中，诞生了中华苏维埃共和国

1

1930 年底，毛泽东、朱德率领红一方面军，在龙冈战斗中取得俘敌九千人，活捉敌前敌总指挥张辉瓒的空前胜利，粉碎了敌人对中央苏区的第一次"围剿"。

1931 年 11 月，"富田事变"和闽西肃反基本平息，这时的瑞金叶坪已是秋临叶黄的时节。月初，由中央代表团主持，召开了中央苏区党组织第一次代表大会。这就是中共党史上著名的赣南会议。

坐在主席台正中央的是毛泽东，但决定大会的人却是他两侧的任弼时、王稼祥、项英。按说，项英在"富田事变"上和中央代表团大相径庭，会受到代表团的指责，但这恰恰能说明他对毛泽东有看法，在这一点上，他和中央代表团完全相同。

根据中央的指示，会议通过了五项决议案，这些文件是在会议上形成的，还是由三人代表团按照中央的意见早就起草好的？现在不好猜测，但六天的会期，要拿出那么多的文稿，显然要有事先的准备。

其中，政治决议案指责中央根据地不仅地方党部，就是红军中的党的领导机关都是执行立三路线的，阶级斗争没有充分发展反而模糊，工农积极性没有发扬，而使阶级异己分子混进了政权……关于土地问题，决议案把苏区一贯实行的"抽多补少"、"抽肥补瘦"，不消灭富农，按人口平均分田的土地政策指责为向地主豪绅富农让步的右倾机会主义……决议案点名批评毛泽东在改造红军的成分上，模糊了阶级路线。对于苏区肃反，仍认为 AB 团、改组派、社会民主党满布于赤区……

毛泽东没有想到中央代表团会这样指责他，但他没有申辩，用忧郁的目光接受着大会的批判。30 年代初的会风，盛行众口一词，中央定了调子，毛泽东是有口难辩的……

之后，毛泽东担任不到三个月的中央局书记职务，被撤销了。据资料记载，他的红一方面军总前委书记也同时被取消了。

但毛泽东没有离开政治舞台，也不可能离开政治舞台，上海的临时中央和远离中国的共产国际，还需要他。他的部队，他的农民，也不能缺少他……何况，在他的手头，还有一份《政治问题报告》。

这是准备在即将举行的中华工农兵苏维埃第一次全国代表大会上要作的报告，现在，他的苏区中央局书记没有了，这份报告还作不作？

党代会结束的第二天，便是苏联十月革命纪念日。1931 年的 11 月 7 日，召开了全国苏维埃代表会议。从这一天起，在中国的版图上，中国共产党的中华苏维埃共和国成立了！年轻的中国共产党人以国家主人的身份开始了和蒋介石的对抗。

至今还无法想像那时惊人的工作效率，来自全国各根据地的六百多名代表，跋山涉水，云集瑞金。在十四天的时间里，连续通过了《中华苏维埃宪法大纲》、《劳动法》、《土地法》、《红军法》、《经济政策草案》、《少数民族问题草案》……

苏区中央局代表毛泽东给大会作了《政治问题报告》，面对一个崭新的国家实体的诞生，毛泽东的心情是激动的，他几乎忘记了两天前的遭遇。他脚下的这片国土，已经包括二十一座县城，五万平方公里土地，二百五十万人口，并拥有五万名红军战士……

毛泽东阐述了未来国家的性质是工农民主专政的国家，它的全部权力属于工人、农民、红军士兵及一切劳苦民众，它的任务是在中国共产党领导下推翻帝国主义和封建主义在中国的统治，让苏维埃政权在全中国胜利！

毛泽东的讲话激起了雷鸣般的掌声。他浓烈清脆的湖南口音和富有鼓动性的手势，把全体代表、包括苏区中央局刚刚批判过他的那些人，都带到一个理想的境地……似乎让人们强烈地感到，这种场合，只有毛泽东讲话才能达到这种效果……

大会进行了选举，候选人名单由中央提出，到会代表举手表决，会议选举了毛泽东、周恩来、朱德、任弼时、博古等六十三人为共和国临时中央政府执行委员。

毛泽东致闭幕词，正式宣告中华苏维埃共和国临时中央政府成立了，这和他在 1949 年北京天安门宣布中华人民共和国成立一样，成为两件划时代的创举。值得惊叹的是，两件划时代的创举却是由一个人宣布，中间又相隔了十八个年头……

中央执行委员会召开的第一次会议是在叶坪谢家祠堂的场院里进行的，代表们坐在笨重的长条板凳上，通过了毛泽东为执委会主席，项英、张国焘为副主席的表决。毛泽东同时担任了临时中央政府人民委员会的主席。这次会议还决定将瑞金改名为瑞京，作为中华苏维埃共和国的首都，并设立外交部、军事部、财政部……会议还通过了《中华苏维埃共和国婚姻条例》，象征着几千年封建主义最顽固的堡垒瓦解了……

会议接到中共中央指示，成立了国家军事委员会，朱德任主席，王稼祥、彭德怀为副主席，毛泽东为军委委员，但他没有料到，随着军委的成立，原红一方面军的番号被取消，这样，毛泽东失去了他在军队中的惟一职务：红一方面军总政委。

中央代表团完成了自己的历史使命。

这年年底，周恩来来到了中央苏区……

人事的变动带来的是权力的更易，毛泽东，他较早创建军队，现在却不能领导一兵一卒……

2

共和国迎来了 1932 年的春天。

去年年底，国民党参加"围剿"中央苏区的二十六路军有一万七千人在宁都起义，随着春天的到来，新生的共和国壮大了力量，也注入了新的生机。

博古的临时中央这时感到，中国革命形势图上斯大林画在曲线高点的浪花出现了，于是，一份《关于争取革命在一省或数省首先胜利的决议》由上海传到了苏区中央局。

刚从上海到达这里的周恩来，在瑞金召开苏区中央局会议。他已经接替了项英的代理书记，成为正式的苏区中央局书记。

会议的中心议题是打不打赣州。根据中央指示精神，要是打下这座江西的大城市，中央政府就迁到那里，实现一省胜利也就有了象征和标记。

周恩来阐明了攻取赣州的意义，用他特有的目光，期待着大家的发言。

沉默。

大家心里都明白，这一仗的胜负，关系非同一般，将直接影响中央的决心和威望。

一阵沉默之后，任弼时发言了，打！

王稼祥发言了，打！

顾作霖发言了，打！

原中央代表团发表了意见，于是，主张打的发言接踵而来……

只有毛泽东没有发言。他比别人想得更实际一些，他感到这一仗有它难打的地方。望着向他投来的各种内含的目光，毛泽东缓缓地说："赣州是敌人必守的坚城，凭我们的装备，很可能久攻不克……"

"可能……"有人立即反驳，"可能久攻不克，也可能一攻即克！"

毛泽东没有理睬，继续分析道："要打，就得采取围城打援的战术……"

不等他说完，有人嘲弄道："围魏救赵，老一套！"又有人接着说："现在中央的精神，要的是进攻！"

毛泽东一怔：怎么能把战术和战略混为一谈，这分明是不让人讲话嘛！

刚才发言的同志，还想发挥引申一下，被朱德制止了。

四十六岁的军委主席朱德，自知肩头的分量，不能说他反对打，但他愿意听完毛泽东的意见。

毛泽东见多数人求战迫切，势必会和自己形成对立，他想到了彭德怀，也许他对决策能起到作用，他在攻打长沙中，一次破城而入，一次城外受阻……想到这里，他便提出，希望能让实际指挥作战的同志来商量。

周恩来采纳了毛泽东的提议，彭德怀被召到瑞金。

彭德怀听了双方的意见，又问了赣州守敌的兵力，当得知只有两个团守城时，表示可以打。并用有把握的口气对大家说："我看，二十天就能打开赣州！"

这出乎毛泽东的预料，他无话可说了。

经过表决，主张打的占了上风，彭德怀被任命为前敌总指挥，带领红军向赣州挺进。

赣州位于赣江上游，章、贡两水会合处，三面环水，不利用兵。加之，城墙高大，难攻易守，故有"铁赣州"之称。当时城内驻有受南昌行营直接指挥的十二师三十四旅两个团，还有赣南十七县民团指挥部，连同赣州本地的武装力量，合计有枪万条以上。这与红军当时得到的情报差距很大。

参战红军仅两万人。

临时中央原以为采用袭击和强攻的战术，就可以一举拿下赣州。但事与愿违，红军苦战一月，连续四次爆城强攻，均遭失败。加上敌机成天低空轰炸扫射，红军伤亡很大。

战事进行到第三十二天时，援敌十一师深夜从坑道潜出，向红军阵地偷袭，久战不胜的红军，意志松懈，仓促应战，结果代价沉重……

满面烟尘的彭德怀只好下令撤围赣州。

在瑞金的周恩来，因赣州不克而心情沉闷。但他又不愿意因挫折而影响中央的决定，便主张夺取赣江流域其他中心城市。

3

毛泽东没有沉默，他在中央局的扩大会议上，愤慨地批评了攻打赣州的决策，当然，他的情绪主要还是针对着中央的决定。他的发言没有改变任何军事行动，相反表明了他和中央格格不入的战略观念，结果会议不欢而散。红军仍按中央命令，分为中、西两路，沿赣江而下去夺取两岸城市。而毛泽东提出的向敌人薄弱环节发展的正确主张，压根就没有进入会议的议题。

毛泽东奉命随中路军一、五军团行动。一军团的林彪和聂荣臻支持毛泽东的意见，并直接出面向中央局建议，将中路军改为东路军，并向闽西发展。林、聂是冒了风险的，在那个年月里敢替孤立无援者讲话，很不容易。

周恩来同意了林、聂的建议，毛泽东这才实现了去攻打难守易攻的漳州。仅十天功夫，东路军便攻占了漳州，随后又相继占领了漳州以外的几座城镇，歼敌约四个团、缴获飞机两架，还筹款一百多万，使一、五军团一万六千将士的军需服装得到解决。

就在东路军把大量的布匹、食盐、钱物运往中央局的时候，4月号的《斗争》上发表了一篇题为《在争取中国革命在一省与数省首先胜利中，中国共产党内机会主义的动摇》的文章，这篇标题冗长的长文，指责毛泽东不打赣州是浓厚的等待主义。《斗争》报的主办人是陆定一，这位曾在莫斯科担任少共国际代表的中央机关报负责人，暂时还不会支持毛泽东。《斗争》作为党中央的机关报，首先把中央局内部的斗争公布于众了。接着，上海中央又给瑞金发来一份长电，直接批评毛泽东在三次反"围剿"战争中，采取的战略是"游击主义"，当前党的极大危险是"红军中游击主义的坏的残余……"。

如果不是因为毛泽东刚刚取得漳州战役的胜利，那他真要大难临头了；不过这也给毛泽东敲了警钟，促其在瑞金和上海的共同压力下，放弃自己的意见。

正当毛泽东面临重重压力的时候，彭德怀率领的西路军在湘粤赣边遇到了麻烦。蒋介石调集六个师的兵力，在何应钦的指挥下，对三军团实施围攻。三军团被迫撤出上饶、崇义根据地，广东敌人又乘势以两个师的兵力，侵占了赣南西部大片地区，中央根据地受到粤敌的巨大威胁。

中央只好命令毛泽东、朱德率红一、五军团回师赣南，保卫中央根据地。此时，又恢复了红一方面军的建制，朱德兼任方面军总司令，但没有设总政委。一、五军团归红一方面军指挥，毛泽东仍是以没有军职的共和国主席的身份，随军行动。

但是，战争再次给了他发挥才干的机遇。

这年7月，蒋介石以五十万兵力对各根据地发动新的"围剿"，他把兵力先用在进攻鄂豫皖和湘鄂西根据地。那里的红军，一个由张国焘坐镇，一个是夏曦指挥。蒋介石打算在这两个地方得手后，再集中兵力向中央根据地进攻。

为了迅速策应两个根据地的反"围剿"战争，中央令红一方面军由驻地北上。

一方面军刚在水口圩和粤军打过一场恶仗，虽然击溃粤敌二十个团，但缴获不多，实属一次消耗战。毛泽东认为，此时北上，牵动军心，只有先攻打守敌薄弱的乐安等地，然后才能再图进展。但中央局认为他老调重弹，仍令红一方面军佯攻赣州，三军团乘机在赣州上游渡河，沿西岸北进，向蒋军主力发动进攻。

毛泽东无可奈何。

这时，关心战事的周恩来让项英暂代苏区中央局书记，他赶来随方面军总部行动。经实地考察，发现赣州上游敌人密集，三军团渡河出击，有被敌截断的危险。他立即向中央局发电，说明情况并建议毛泽东担任总政委。这份电稿事关重大，签名的还有朱德、王稼祥。

后方中央局负责人项英，担心改变战略方针招致上海的反对，不同意毛泽东复出，而提出周恩来出任总政委职务。

周恩来没有同意。他见项英不通，便亲笔致函这位代书记，详尽阐述了理由。

项英暂时未予答复。为了最后确定北上部署，打破军事被动局面，中央局召开了兴国会议。会上争论激烈，最后，进攻派在接连失利的军事形势面前，不得不采纳毛泽东先打弱敌的方案，毛泽东也因此接受了红一方面军总政委的空缺。

毛泽东虽被任命为一方面军总政委，但实际上，部队的指挥仍属前方军事会议，这个会议由周、毛、朱、王四人组成，周为主席，负责解决一切行动方针与作战总计划。

不论怎样，毛泽东的作战意图在军事上显示了效果，红军一周内连克乐安、宜黄、南丰三城，缴枪四千支，俘敌五千人，军心大振，也迫使蒋介石将胡宗南主力师从武昌调往南昌，鄂豫皖和湘鄂西根据地的压力明显缓解。

胜利，验证了毛泽东的军事天赋；胜利，也给急于夺取大城市的中共中央注射了兴奋剂。

后方中央局的领导们，围在军事地图前，兴奋地展望着……

这时，红军抵达南城近郊。按计划，这是红军攻占的对象，但前方指挥员发现该城工事坚固，内有十七个团的兵力，便决定停止攻击。

决定报到瑞金，中央局十分生气，他们认为这是毛泽东怯敌情绪所致，仍坚持攻为上策。

前方四人军事会议，不愿上次攻赣州的悲剧重演，毅然改变计划，放弃进攻南城。

中央局来电指责这种改变，并强硬要求红军绕至乐宜一带，从侧面给敌以沉重打击。

四人军事会议见前后方的争论到了互不相让的地步，只好遵命。结果，三军团在宜黄遭敌袭击，有一个团失去联络遭致歼灭。之后，红军作战很不顺利，致使乐安、南丰相继丢失。

为了摆脱困境，四人军事会议致电中央局，准备调整作战方针，在运动战中消灭敌人。中央局则坚持要红军与敌军主力决战。

周、毛、朱、王不敢再违心顺从，也不愿让分歧长久拖延下去，当日回电中央局，提议即刻在前方召开中央局全体会议。实际上是想让纸上谈兵者到前线看看后，再议决策。

第二天，后方中央局复电前方，除坚持原来意见外，不同意立即举行中央局会议，理由是项英、邓发去了闽西。

当日，前方周、毛、朱、王四人再电中央局，指出他们的军事要求的不妥之处，并再次提出，待项、邓归来后，中央局全体会议仍到前方召开。

由于军情紧迫，前方四人不等中央局回电，就以朱、毛名义发布了《敌大举进攻前部队向北工作一时期的训令》，命令部队北移乐安、宜黄、南丰一线，部署第四次反"围剿"的战场。

临时中央和后方中央局对四人会议的做法大为恼怒，对未经他们批准的《训令》更是百般挑剔，他们当即电令前方，停止执行《训令》。两天后，又去一电，表示他们反对《训令》的坚决态度。

事已如此，不召开中央局全体会议是不行了。

4

1932 年 10 月，赣南山区已是秋风萧瑟，黄叶遍地了。月初的 4 日至 8 日，在宁都小源村一座被叫作榜山的祠堂里，苏区中央局举行了全体会议，史称"宁都会议"。会议以总结打赣州以来七个月工作为名，开展了中央局从未有过的反倾向斗争。

毛泽东让警卫员牵着马，他迈着他那特有的大步，踏着一路落叶走来。一进会场，就感到气氛有些异样，人们用一种让他很难接受的目光看着他。

毛泽东的脸沉下来，他本想通过全体会议，再次阐述一下《训令》的意图，现在看来，他的这一目的恐怕难以实现了。

面对人们的冷漠，毛泽东用手捂着口，止住自己的咳嗽。这些天来，他已经很虚弱了，唉，真想躺倒休息两天。但他还是平静地坐下了。

会上的发言者对几次战斗进行了评估，观点、分析、结论十分一致，这令毛泽东很是愕然。如打赣州一事，说他执行中央精神不坚决；向赣东北发展是对夺取城市方针的消极怠工；至于对《训令》的指责，则上纲上线为等待敌人进攻的右倾主要危险……

毛泽东实在听不下去，他霍地站起，大声说道："实践已经证明，中央和中央局过去七个月的军事路线都是错误的！"

这样公开指责中央和中央局，招来的反驳不仅是刺耳的批判，不少人的言语里已夹杂着攻击……

有人提到张辉瓒之死，气愤地断言："人民是不信任你毛泽东的！"

对这件事，毛泽东记忆犹新。张辉瓒是第一次反"围剿"抓获的国民党师长，那天押到大坪时，张老远看见毛泽东就双手拱拢，口称润之先生，随之就是钦慕、敬仰的言词。毛泽东问了一些情况，张都如实回答。张当时一再表示，情愿捐款、捐药、捐枪弹，要求免他一死。毛泽东也答应了。张辉瓒的家属很快在上海找到中共的关系，表示按许诺立即兑现。但谁知示众张辉瓒时，有的人迁就东固群众，公开把张处决了，并把张的脑袋砍下来，投入赣江，想让它冲到南昌去……杀张辉瓒，是有人同我毛泽东为难了，但怎么能扯到人民信任不信任……

最后，会议为了保证前方军事指挥专一独断，决定由周恩来负责前方，毛泽东回后方主持政府工作。

王稼祥觉得这样欠妥，在批评毛泽东的同时，提出："我看，还是让泽东在前线……有的仗，是打得不错的。"

有人马上反对："一仗两仗说明不了问题，井冈山不是也丢了吗？"

周恩来不想让毛泽东离开前线，提出一个折中方案，他说："我看，让泽东同志留在前方。一种由我负全责，他任助理。另一种由他负全责，我监督行动方针的执行……他对战争有兴趣，这样可以贡献不少意见……"

朱德既不违背中央进攻的决策，又不愿给毛泽东强加不实之词，他俩长期共事，友谊和意见并存。他是一个厚道人，无论别人怎么说，他决不给井冈山的战友落井下石。因此，在会议发言中，他大讲了一通认识中央精神……他听了周恩来的提议，忙催着大家："研究吧，一切为了战争嘛！"

人们的发言又集中在周恩来的提议上，十分认真地对比着论证，似乎在这个问题上稍有疏忽就会给未来造成严重后果。最后，勉强同意让毛泽东当个助理。

但毛泽东却不愿意戴罪立功，他没有更多地说明，面对大家只淡淡地说："我，请假回后方养病去。"

大家怔住了，没料到中央给他一个台阶，他还拿起架子来……

毛泽东不想听到更多的斥责，他整整衣袖，走出了榜家祠堂。

会后，周恩来找过毛泽东，毛泽东没有任何改变主张的反应，只是说："真需要我，打个招呼我会来的。"

笔者曾经走进榜家祠堂，这里已全然没有了当年的模样，岁月留给我们的已经是断壁残垣了，面对时间的冲刷，宁都县党史工作者悄悄说："中央专门来人调查了这个专题，我参加了……"

笔者希望得到新的内容，忙问："有什么新发现？"

"会是这里开的。"他肯定了这一点后，又吞吞吐吐地说："上面说了，调查内容不能讲给任何人，这是纪律，情况只能由中央掌握……"

历史尽管扑朔迷离，但有一点可以肯定，毛泽东在宁都会议上被剥夺了军权。

5

既然作为一场反倾向斗争，运动就不会停留在中央局周恩来、项英、任弼时、王稼祥、顾作霖、邓发、朱德和毛泽东等几个委员之间。

1933 年初，临时中央由上海迁到中央根据地。这一举动，有人说是白色恐怖所迫，实则是执行共产国际的建议。

临时中央政治局的成员很快到达了瑞金，他们有博古、张闻天、陈云。

年轻的博古在上海就十分了解苏区上层的情况，忠于共产国际的苏区中央局，不断地给他提供这里的动态和变化，这就使他和他的伙伴在进入苏区以前就心中有数了。

博古是带着压力和雄心来到瑞金的。

在共产国际的王明，已经在莫斯科打开了新的局面。去年 9 月，在共产国际执委会第十二次全体会议第十次会议上，王明作了三个问题的长篇发言，汇报了中共六届四中全会以后党中央在苏区工作中的成绩，他的讲话得到大会的充分肯定。接着，在第十三次会议上，王明被破格选为大会的执行主席，主持了这次会议。这是中共驻共产国际代表，在共产国际历次举行的大小会议上从未有过的荣誉……

共产国际对王明的信任，就是对临时中央政治局的信任，就是对他博古的信任。只有迅速开创苏区工作的新局面，才能不辜负莫斯科的期望……

博古提出的基本路线是：以革命的进攻来粉碎反革命的进攻。当然，这并不只局限在军事上，而应该在苏区的各条战线，都充满进攻精神……

两年前，党的总书记向忠发被捕，中央为了营救他，发表了《为反抗帝国主义国民党逮捕向忠发同志宣言》，谁能想到，中央的努力竟被戏弄了，最近得到确切消息，向忠发被捕之后当即就成了叛徒。

严峻的现实使博古下决心在中央苏区开展新的斗争，以便彻底清除一切消极因素……

博古一进入苏区，就敏锐地发现这里的气氛和粉碎敌人第四次"围剿"的环境极不相容。在闽西，他听取了闽粤赣省代理书记罗明的汇报，才知道他们至今仍热衷于搞地方游击战争，想依靠牵制敌人来粉碎敌人进攻。经询问，原来是毛泽东率东路军攻陷漳州后，在医院治病时见过他，毛泽东向罗明介绍了三次反"围剿"的经验，指出福建和江西一样，应加紧开展广泛的地方游击战争……

博古很不高兴，听汇报时就批评罗明："你是省委代理书记，怎么张口游击，闭口游击？游击的性质就不是进攻……"

罗明不理睬，还掰着指头论证："游击战争打开了闽西的新局面，第一，我们攻克永定县城，消灭了部分敌人，保护了交通站；第二，我们攻击了上杭县城，迫使敌撤退；第三……"

博古生气了，拦住他的话："当领导的，一定要站高一点……"他收住口，突然问，"现在党的总路线是什么？"

罗明是搞农民运动的，在厦门办过农民训练班，后又领导过闽西农民暴动，虽然曾在广州上过大学，但对当时一天一个变化的口号，也不知该回答哪一个为好，只好思忖起来……

博古替他悲哀地说道："你们，在理论上就吃不准，难怪在工作中稀里糊涂！"

现在，在博古的办公桌上，放着两份报告，这都是罗明的作品。一份是《对工作的几点意见》，一份是《关于杭永岩情形给闽粤赣省委的报告》。两份材料里，叫了不少苦，特别对于扩红，说在闽西动员三千人入伍都有困难。认为群众愿意参加游击队，进行游击战争，而不愿意参加主力红军。报告里有这样一段文字：

> ……那就请我们最好的领袖毛主席、项主席、周恩来同志、任弼时同志或者到苏联去请斯大林同志或者请列宁复活，一齐到上、下溪南，或者

到其他已受摧残的地方去对群众大演讲三天三夜，加强政治宣传，我想也不能彻底转变群众斗争的情绪。

博古觉得，罗明走得太远了，这样的省委代理书记，怎么能开创一个新的工作局面？为了堵住别人的嘴，还请出斯大林、列宁……还把刚刚受到批判的毛泽东也拿出来……称什么"最好的领袖"……

问题如此严重，中央特派员立即前往汀州检查福建省委工作。

接着，一些迹象出现了：苏区中央局领导人在一方面军师以上党团员积极分子会议上，以中央局代表身份，作了《在粉碎帝国主义与国民党四次"围剿"决战前面的党的紧急任务》的报告，群情激奋的党团骨干，用彼伏此起的口号声，坚决拥护中央的进攻路线。口号声里，正式出现了"罗明路线"四个字。

四五天后，前往汀州的特派员已作出了调查结论，认为省委已经形成了以罗明同志为首的机会主义路线。

紧接着，苏区中央局作出决定，在党内立刻开展反对以罗明同志为代表的机会主义路线的斗争，立刻撤销他的省委代理书记，立刻成立新的省委。

……

罗明懵了。事前，他没有任何精神准备，中央也没有找他谈话，对他的批判还是他自己从《斗争》上的文章中知道的。

他奉命去瑞金作检查。

这位 1925 年入党、还作为福建代表出席过党的"六大"的省委代理书记，一开始就用列宁的话来为自己辩护。

博古亲自找他谈话，劈头就问："你不承认路线错误，还用列宁的话来反驳，请问，马列主义是从山沟里产生的吗？"

"不是的！"罗明并不示弱，"但山沟里能不能用马列主义？不能用，我们整天在那里干什么？"

博古没有正面回答，开始批评别的方面："你说边区和中心区不能一样扩大红军，这是你们的狭隘经验主义！"

罗明一怔，博古说的"你们"指谁……

博古严肃地说："你个罗明算什么，还有比你更高的领导，也犯了这样的错误！"

罗明清楚了，这是指毛泽东。

果然，博古追问起他："你为什么把毛泽东和斯大林相提并论？"

罗明确实无法回答，当初写报告时，只是举了这个例子，哪晓得会有这么一种理解！

博古见罗明不说一句检讨的话，怒冲冲地警告对方："你不承认路线错误，就开除党籍！"

就这样，罗明在瑞金中央局所在地，被软禁起来，一度失去了自由。

有天晚上，中央机关干部召开批罗大会，有几百人参加，愤怒的人们高呼口号，有人提出把罗明揪到会场，并高呼"枪毙罗明"，幸好，中央局顾作霖上台讲话，才缓和了紧张气氛，未让罗明当众亮相……

在闽西，既然有"路线头子"，肯定就有"黑窝"。在中央局代表直接领导下，召开了闽粤赣省党的代表大会，目的是清查"罗明路线"。一时，从前方调回后方的不坚决执行"进攻路线"的人，被打成"罗明路线"；由后方调到前方因执行进攻路线而碰钉子的人，也被打成"罗明路线"，连贪污腐化、消极怠工的都被冠以"罗明路线"分子……

这些人里有省军区司令员谭震林、省苏维埃主席张鼎丞、省委常委郭滴人，一大批开创过闽西根据地的老干部，都走进被打倒的队伍里。

6

中央苏区！

反"罗明路线"在闽西如火如荼，江西苏区岂能幸免。

中央早就认为，江西的情况比闽西更复杂。不久，《斗争》杂志上发表了文章，号召全党必须开展反对右倾机会主义的斗争。

接着，《斗争》上点名批评了永、吉、泰和会、寻、安两地长期陷进纯粹防御的泥潭里，那里的一些人是党内资产阶级富农思想的传播者……

江西省委坐不住了，省委书记李富春，年已三十三岁，早年赴法国勤工俭学，是中共旅欧支部领导人之一，后又去莫斯科东方大学学习，在上海、广东任过职，对党内斗争有些阅历。他从《斗争》上看出端倪，立即批评会、寻、安党组织的防御路线。但临时中央对此却深为不满，严厉批评江西省委没有直接指出防御路线就是"罗明路线"。从而，江西第一个"罗明路线"的帽子就扣在会、寻、安中心县委的头上。

会、寻、安中心县委书记是二十九岁的邓小平，他领导发动过百色起义，后又任红七军政委，三年前率部队来到中央苏区。在瑞金他遇上绕道千里、回师赣南的总前委书记毛泽东，被毛泽东任命为瑞金县委书记。这次反"罗明路线"，把他当成了江西的第一个靶子，直接的原因是他丢失了寻邬县城。

会昌、寻邬、安远三县地处中央根据地南部，第四次反"围剿"中，主力红军奉令调离，广东军阀陈济棠趁虚进攻。邓小平在双方力量悬殊极大的情况下，率领当地军民有计划地退却，想以灵活的游击战争粉碎敌人进攻，但是强大的敌人还是占领了寻邬县城……

丢失土地这是四个月前的事，现在被提出来，作为斗争的根由，江西省委也有难言之苦。

接着，中央局撇开江西省委，直接组织召开了会、寻、安三县积极分子会议，开展反对会、寻、安的"罗明路线"的斗争。

斗争的焦点并没有放在邓小平一人身上，其规模也决不在会、寻、安一地。很快，《斗争》上发表了火力猛烈的文章《罗明路线在江西》，把斗争的范围引向了全省……

江西的罗明分子接二连三地被揭露出来，他们是永、吉、泰中心县委书记毛泽覃，江西第二分区司令兼独立第五师师长谢唯俊，原红一方面军总前委秘书长、现江西省苏维埃政府部长古柏。罪名先是反对共产国际路线，后又是富农路线，最后则称邓、毛、谢、古是有政纲的反党派别小组织和小团体。简言之，就是四人反党小集团。

既然批判上升到这样的高度，邓、毛、谢、古受的打击就可想而知了。中共江西省委不敢违抗中央的旨意，逼迫他们连写两次认罪声明书。

邓、毛、谢、古对他们组织"反党小集团"一事，拒不承认。邓小平在第二次声明书中，仍写道"自己感觉到不会走到小组织行动，不成严重问题"。毛泽覃对所谓小组织行为，则写道"有许多意见不敢向党提出，仅只秘密地谈论"。担任过秘书长的古柏，文采不凡，自己的声明写了十五页纸，对小组织问题干脆一字不提。谢唯俊的声明根本不承认有小组织行为……

他们的态度使博古十分恼火。江西省委针对他们的书面认识作出决议，认为，邓、毛、谢、古反党的机会主义政纲和小组织活动并没有在党的布尔什维克火力面前解除武装，他们四人必须向党写出第三次申明书。

一次次面对面的批判会开始了，这一次比批罗明本人都升了级。曾担任瑞金下肖区军事部长的杨衍炬，提供了这样一个细节：这一天，是他给邓小平送饭的，邓小平在空荡荡的屋子里沉思什么，他端着一盘花生米和一碗米饭走进去，邓看了一眼，毫无胃口，示意他放下就行了。

杨衍炬没有走，把饭端到他跟前，悄声说："吃，你猜这是谁让送来的？"

邓小平抬起头："……"

杨衍炬压低了声音："毛泽东。"

邓小平眼里潮湿了。

杨衍炬又说："是贺子珍做的，她说，你要吃东西……"

邓小平接过碗，吃了起来，吃中间，他让杨衍炬把墙上挂的斗笠拿过来。

杨衍炬不明白，还以为他要外出……

邓小平接过斗笠，提起墨笔，在斗笠上写下七个大字：右倾分子邓小平。

杨衍炬明白了，他把批判当成一顶帽子。

帽子也罢，事实也罢，经过这场斗争，邓、毛、谢、古被撤销了所任的重要职务，分别降职调往基层。邓小平受警告处分，到一个区当巡视员，后因那里是边区，怕他出问题，不到十天又调他回首都，分他到总政治部当宣传干事。

当他去上任报到的时候，心里也许想了许多……他十六岁时，就怀着救国救民的抱负，离开故土去法国勤工俭学，后成为中共旅法支部的负责人。不久，遭法国政府迫害，只好从巴黎到柏林，又到莫斯科进入中山大学……在那里，和蒋经国分在一个班，还在一个团小组，两人经常在一起散步。没想到，这才过了几年，他的主要敌人是当年同学的父亲蒋介石，而他自己又成为共产党的右倾机会主义分子……当然，邓小平当时更不会想到，五十年后，他和蒋经国会成为中国的两个重要人物，一个继续着中华人民共和国的煌煌大业，一个维系着台湾当局的一线残局……

江西反"罗明路线"斗争中，几乎所有的中心县委和县委都受到了牵连，绝大多数的县委书记被打成"两面派的机会主义者"而遭撤职，仅广昌一县就清洗主要干部十七人，曾由谢唯俊担任司令员的省军区二分区，五十多名军事干部被清洗……

十年之后，任弼时曾反思过那场斗争，他说：……那个时候不知道四中全会以后的路线是错误的路线。这个路线是过了七八年之后才发觉的。当时许多同志执行四中全会的错误路线也没有把它当错误路线；相反的，倒还觉得很合胃口，同意了那个路线，拥护了那个路线……

四十年后，李维汉是这样回忆的："为什么要来一个反'罗明路线'呢？后来我想到了这是因为毛主席的威望在地方群众中很高，而他那个时候在当苏维埃共和国主席，还有实权。王明打算在 1934 年 1 月间召开苏代会时，改组政府，夺毛主席的权……"

是是非非，历史自有公断……

第三章

两个日耳曼人，在中国导演同一场战争

1

庐山在 20 年代就大有名气。这倒不在于她的风光秀丽，奇松挺拔，异石兀立，而是因为那时的庐山就已成为国民党南京政权的"夏都"。

但由于日军侵犯热河，又图谋承德，紧张的形势使庐山格外宁静，除了巡逻队的步伐声外，庐山很少有游人的足迹。

1933 年 7 月，这里一反常态，异常热闹起来。

蒋介石来了；

德国军事顾问塞克特及英、美军事教官来了；

从前线调回的大批"剿匪"军官来了；

庐山变成了一座军营。

蒋介石在这里召集各路军事将领商讨第五次"围剿"的战略方案。连续的会议，确定了碉堡政策、经济封锁为中心的战术原则，并对构筑碉堡的具体事宜，由设计、经费、实施到督察都作了明确规定，之后，一批军事人员分赴各地……为了保证碉堡成群，连绵不断，实现军事上步步为营，节节推进，会议决定加紧抢修运兵公路，一时江西公路之多位于全国之首。国民党将领实行的这套进攻红军的战术新法，得到了德国顾问的赞赏，按照他们的估计，不过五万平方公里的中央苏区，若按每日进展两里，则不出一年，即可全部进占。那就是说，1934 年的 7 月，将是红军存在的最后日期。

蒋介石要忍辱负重、卧薪尝胆、孤注一掷了……

当时，日军进攻的锋芒已激起国民极大的愤慨；蒋介石责成何应钦派员与日方代表冈村宁次签订《塘沽协定》，使全国舆论哗然；反政府的风潮彼伏此起……这些蒋介石不是不清楚，但他需要忍受，他觉得也可以忍受。

他惟独不能忍受的是中华苏维埃共和国的存在。他认为这个国中之国的威胁远胜过日本人，这是中华民国羸弱躯体上的一个致命的瘤……

他想不到国共分裂以后，几乎被他斩尽杀绝的共产党，竟能重振旗鼓，而且强大到了四次大的军事"围剿"都无济于事的地步。特别是在第四次"围剿"中，五十天的枪林弹雨，国军损失了三个全部用德国造的"哈齐克斯"轻机枪和德国自动步枪装备起来的精锐师。据说，不少新式自动武器和望远镜还未开箱就被共军搬去了……这次惨败给南京政府投下一片悲哀的阴影。

在蒋介石看来，他的劲敌，不是时时掣肘的军阀，也不是步步进逼的日本军队，而是江西南部的由共产党领导的那个"国家"……

他忍受住政界的讥笑，公开在共产党举行过八一兵暴的南昌成立了国民政府军事委员会委员长南昌行营，把"剿共"视为第一己任。

历史证实了他的预见，从此以后的几十年里，他和共产党进行了你死我活的较量，最后以失败而困守台湾。当然，这个时候他还没有料到历史会这样安排他的命运……

在蒋介石的时间表上，反共是排在第一位的。在一切服从反共的原则下，十九路军在上海对日作战，他不但不派兵增援，还中断补给、停发军饷、截留捐款，竭力签订《淞沪停战协定》。然后将抗战有功的十九路军调往福建"剿共"战场，在那里去完成他交给的"剿匪"任务。

2

在这之前，中华苏维埃临时中央政府和中国工农红军革命军事委员会曾发表宣言，愿在立即停止进攻苏维埃区域等三项条件下，与任何国内军队订立停战协定，共同抗日，这当然包括蒋介石的军队，但蒋的反应却是嗤之以鼻。在德籍军事顾问塞克特的策划下，蒋介石加紧着"围剿"的准备和部署：

在经济方面，他向美国借款五千万美元购买飞机。美国人把一百五十架飞机送到了中国。

英国政府又借给蒋介石五百万英镑。

一百五十名美国和加拿大飞机师，驾驶着美制蒋机，正在江西、福建战区飞行，狂轰滥炸着无辜的人民和宁静的乡村……蒋介石还让国民党中政会通过，由政府特别任命：

北路军以顾祝同为总司令，指挥三十个师又三个旅，担任向中央根据地主攻；

西路军以何键为总司令，指挥九个师又三个旅，在分别"围剿"湘赣、湘鄂赣根据地同时，负责阻止红军向赣东北和赣江以西的机动任务；

南路军以陈济棠为总司令，指挥十一个师又一个旅，阻止红军向南发展，配合顾祝同作战；

空军五个纵队，掩护和支援地面部队；

此外，第十九路军总指挥蔡廷锴指挥七个师又两个旅，扼守闽西和闽西北，以对付日本人那样的勇敢来对付"赤匪"……

四千多座碉堡正在江西战区构筑，新推行的保甲制度和"连坐法"，控制了中央根据地外围……

蒋介石还不放心，又亲自坐镇庐山，办起了庐山军官训练团，自任团长，聘请外国军事教官，专门讲授"剿共"军事战术，专门培训直接进攻中央根据地的北路军军官。他计划在两个月内训练军官七千五百人。实际上，最后完成了两万人的训练工作。

蒋介石的这些活动，苏区中央局一无所知。他们还沉浸在第四次反"围剿"的胜利之中。

对于军事上的胜利，他们视为党在政治上进攻路线的胜利，这样，一场局部战争的胜利，就使他们失去统揽全局的冷静眼光……

为了贯彻进攻路线，临时中央责成回到后方的毛泽东负责领导全区的查田运动。即发动群众重新分田，他们认为，中央苏区80％的面积和二百万以上群众，没有彻底解决土地问题……至于责成毛泽东开展这项运动，则有解铃还须系铃人的含义。在他们看来，毛泽东那个中农和富农政策是搞乱土地界线的根由。

军事上，增加项英、博古为军事委员会委员，并明确指出，朱德在前方时，军委主席由项英代理。这样，新到苏区的博古在后方就可以发号施令了。

6月，一直关注中央苏区的共产国际驻上海军事顾问，对今后红军的作战发来一份长电。长电判断蒋介石与闽、粤敌人有矛盾，蒋在中央根据地北部取守势，红军进攻不易取胜。而应让红一方面军主力分成东方军和中央军，在闽、赣两个方向作战，实行两个拳头打人。电文指示东方军先打闽西的十九路军，然后北上打抚河以东的蒋军，中央军暂在抚河、赣水之间进行牵制，待东方军取胜后北上会攻抚州和南昌，以实现革命在江西的首先胜利……

周恩来和他的反四次"围剿"的将领们，深知已取得的胜利付出了怎样的代价。眼下七万红军主力，加上地方武装五千余人，敌我力量悬殊，倘若分兵作战，结果很难设想。他忽视了长电里严厉的措辞，回电博古、项英，第一次否定了共产国际军事总顾问的意见。

但瑞金的执政者，三令五申，用无容商量的口气，指示前方，坚决贯彻上海长电精神。

谁敢反对共产国际？周恩来只得服从了……

彭德怀出任新组建的东方军司令员，率部入闽作战，三个月里，他们攻占过七八个县城，但却一个也没有巩固下来。

一军团组成的中央军，虽然在预定地段打击了敌人筑碉部队，但未能阻止敌构筑碉堡封锁线的行动。此阶段的作战，基本上没有大的建树。

三个月对于红军来说，是疲于作战，而对于庐山的蒋介石来说，却是休养生息的良机：两个月内训练军官七千多人，北路军排以上军官都调去轮训了一次，他本人亲自给学员讲话二十三次……

9月，沉默多时的蒋介石行动了，他的得力助手陈诚集中部队，准备切断中央根据地与闽浙赣地区方志敏部的联系与呼应，首先向中央根据地北门户黎川城进攻，拉开了第五次"围剿"的序幕。蒋介石的计划很清楚，拿下黎川，用堡垒封锁这个门户，形成对瑞金的包围圈……

当时，黎川是闽赣军区司令部所在地，军区司令员兼政委是肖劲光。他的部队一部分抽去参加了东方军，正在福建作战；一部分又调往红一方面军总部，这样，黎川的守备力量就显得非常单薄。肖劲光忙给一方面军总部发电，建议红军主力集结黎川以北，从侧翼歼灭进犯之敌。

率东方军在闽作战的周恩来、朱德，发现敌军主力东移，忙电告中央局，应该结束东方军与十九路军的战事，迅速回师北上。但后方代理军委主席项英却不同意，坚持要他们消灭十九路军基干兵团，完成赴闽作战的第二阶段任务。

时隔不久，周恩来获悉北线敌军企图割断中央军与东方军的联系，实现各个击破，他专门给博古、项英及上海共产国际代表团发去长电，要求东方军立即结束在闽战斗，迅速实现两个"拳头"的合拢……

但他的长电遭到项英的拒绝，项在电文中断言，蒋介石的部队并无新的动静，仍令东方军打击闽敌。项英如此固执地执行这个决策，也许与共产国际的指示有直接关系。据李德《中国纪事》一书透露，共产国际驻上海军事总顾问弗雷特坚持红军在福建发起攻势，曾暗示苏联可能向中央苏区提供武器援助，红军必须得到沿海一个港口才可取得。

周恩来不知是否知道此事，他的入闽作战是否正是为实现这个愿望不得而知。不论怎样，这时周恩来得到的情报是：最后一期庐山军官训练团人员已经归队；北路军陈诚之主力很快就要向黎川进攻……他顾不上考虑更多的事情，又接连两封急电给项英，要求结束东部战斗……

这时的项英才感到北线的紧张，他和博古也发觉敌人已作好大举进攻中央苏区的准备，忙复电朱、周，同意了他们的要求，命令东方军迅速回师，以消灭逼进黎川之赣敌。

但为时已晚！

3

中央局25日24时发出电报，26日凌晨电报到达前线，等27日方面军下达回师北上消灭黎川之敌的命令时，蒋军在28日即袭占了黎川。

红军的计划全部落空，一下陷入被动状态。

进攻黎川的敌人有三个师，有史料说，肖劲光手中还有一个师的兵力，尽管力量悬殊，但未迟滞敌人。后来成为海军大将的肖劲光，并不承认他当时有这么多兵力，说自己只有七十人的教导队。黎川失守后两个月，在《斗争》第38期上发表了一篇题为《反对红军中以肖劲光为代表的罗明路线》的文章。

显然，肖劲光没能守住黎川，使他成为军内的"罗明路线"人物。至于追究当时兵员的多少，今天已无多大意义。倒是这篇公开发表的文章，让我们知道了这样一个史实：反倾向斗争已经进入军内。这不能不使人担忧，大敌当前，红军内部却在反对军队的罗明。

黎川失守以后，中央根据地受到了严重威胁，继而得知，蒋介石将派出约五十万人的部队进攻苏区。

临时中央的总书记博古却很沉着，他们已接到通知，共产国际要派军事顾问来瑞金。这样，他们的心里便略略安定一些，因为据说将派来的顾问是一位能打善战的德国人，他会对付蒋介石身边的另一个德国人的。

承担这项历史使命的是李德。

李德的真名叫奥托·布劳恩，也有叫他奥托·布朗的。根据最新材料，他1900年生于慕尼黑的伊斯玛宁镇，第一次世界大战后加入德国共产党，1923年即服务于德共中央委员会的军事训练机构。后因涉嫌当时轰动德国的一个间谍案被捕，1928年因叛国罪出庭受审前，被德共营救出狱。嗣后，他便出现在莫斯科，并以共产国际代表身份派往中国。德国迪茨出版社却说，他遭到魏玛共和国的监禁之后，1928年才得以逃出监狱。他自己则说他到了苏联以后，曾在伏龙芝军事学院深造，于1932年毕业，接着受共产国际执委会的委派前往中国。

这些都无关紧要，反正他是早年投身于革命，后又受命于共产国际而到中国的，这足以证明，三十三岁的李德，是忠实于共产主义的战士。不然，莫斯科不会把他派往东方大国执行军事任务的。

李德是他的中文名字，简单的解释就是姓李的德国人。他还叫过华夫，即中国男子汉。他是1932年春天来上海的，到他离开上海前往瑞金时，其中经过了一年零九个月。这期间，红军方面有过攻击赣州失败、第四次反"围剿"获胜、宁都会议毛泽东被免去军职、反"罗明路线"直到黎川失守。尽管李德住在上海，中共苏区中央局却把那里的情况随时向这里报告，苏区的每个行动，都是在上海的指挥下完成的，因此李德对中央苏区并不陌生。

李德和临时中央的人物都有较好的关系，相互的信任是牢固的，特别是和博古、张闻天，曾多次在一起讨论过苏区的军事形势。在临时中央离开上海前往瑞金时，博古和洛甫向共产国际驻中共中央代表阿瑟·尤尔特提出了派李德到苏区去的要求。

莫斯科要派一个什么样的人物，才能在错综复杂的中央苏区树立起共产国际的形象，围绕人选问题，那里肯定进行了认真研究，也许斯大林都有具体意见。最后，还是选中了李德。对李德来讲，这是荣幸的。作为共产国际第一个派往中华苏维埃共和国的军事顾问，李德显得雄心勃勃，他暗暗想，共产国际给中华民国派出的顾问鲍罗廷，曾给中国军队的北伐和国共合作做出过贡献，他奥托·布劳恩给瑞金共和国的贡献决不能逊色于他。鲍罗廷最后受到中共的直接批评，他布劳恩是不能落到这个地步的。

出发之前，共产国际执委会驻中共的军事代表弗雷德，命令他务必在中共苏区建起一个飞机场，意思是苏联会给予武器援助。这是中国红军梦寐以求的事情，好几年前的李立三就喊过要苏联支援中国，但除了给中央的活动经费以外，直接的军事援助还没有过。

这一次将要实现了，尽管李德还有疑惑，但弗雷德的态度看起来认真而又坚决……

4

李德遵照莫斯科的指示，作为一名没有指示权力，受中共中央支配的军事顾问，带着一张国内护照和几百美元，扮装成旅游者和考古学家，乘坐一艘英国海轮到了汕头。然后沿中央秘密交通线，于10月到达中央根据地。第一个迎接他的是苏区中央局委员邓发，他的行政职务是国家政治保卫局局长。

但德国人所写的《蒋介石传》中，却说李德是乔装成天主教神甫，辗转活动于江西共党圈内。这种说法也有赞同者，在东方军作战中任过营长的老杨，至今仍住在瑞金的沙州坝，他的一盘访问录音提供的情况与这一说法十分相近。

据杨营长讲，东方军在福建占领一个叫沙县的地方，在教堂里捉到两个外国神甫，其中一个年轻的彪形大汉，碧眼黄发。对文化侵略的敌人，红军将他们捆绑起来。年轻的外国神甫并不惊慌，他带着善意的微笑，一边拦住绳子一边用生硬的中国话说："不要，不要……"之后，还伸出拇指，在每个红军战士眼前晃动。红军战士只好暂时满足他的要求，没有上绑，把他押送到团部。团里从他衣服夹层里搜出一张印花纸，上面一个字也没有，神甫却指着这张纸："瑞金……瑞金……"团里看到这位神甫与众有别，忙派人把他送回瑞金……

后来，东方军撤回，押送过神甫的人突然在中央机关驻地碰见了他，他已经换上了红军的服装，周围簇拥着党的高级干部……"神甫"也认出了这些士兵，老远就向大家伸出拇指，表示对往事的珍惜。后来，大家才知道，他就是姓李的德国人，那张印花纸是斯大林签署的任命书，一放进水里，就显露出文字……

也许，这有些演义，但叙述者讲得有声有色，确实让你百信不疑。

有权威的著作中都说，中央给李德专门盖了一所住宅，共有三间房子，这在当时的红军领导人中，是最特殊的享受。其实，这是记忆上的错误。布劳恩住的地方是下肖村红军总参谋部和中共中央之间一座叫福禄祠的祠堂。里面的牌位和神龛被搬走了，由于江西对祠堂的兴建十分考究，福禄祠又属于一个大族所有，这样，它的左右两厢和中堂的布局都出自第一流的工匠之手。中国封建势力的产物给共产国际军事顾问提供了现成的一间卧室、一间会议室和一间警卫室。

李德的到来，正是黎川失守前后。这对博古、洛甫、周恩来、朱德，乃至所有的中央军政大员，都犹如雪中送炭。不管是否有斯大林的签字，共产国际送来的是位作战专家当无可置疑，加上他还捎来苏联援助的消息，这对处在决战前夜的红军领袖，真是求之不得的……

毛泽东是冷静的，他对面临的军事局势已有不祥之感。这种感觉不光来自对他的批判，而是他对敌我双方政治、军事的分析。眼下李德的到来，只能给博古推行的政策再助一臂之力，因为博古和上海早就是一气的。这样，给改变苏区形势又增加了新的难度。因此，他和李德见面时，没有过分的笑容和肉麻的吹捧，只是礼节性的问好。

李德对毛泽东的名字早就熟悉，他对这位中国领袖并无敌意，也钦佩他领导农民取得的一系列成就。但对他在战略战术上的那一套，却不赞同。他认为，在当今大规模军事冲突中，游击战争已毫无价值可言，在苏联国内战争中，就从未有过游击战能够取胜的战役先例。他对毛泽东的处境深感同情，甚至想到1930年他在莫斯科时，共产国际曾公布毛泽东已死亡的消息，也许这和毛当今的不幸有着微妙的联系……但李德没有表示出来，他不愿意参与苏区有关土地的争论，而要集中精力在军事上有新的建树。

中国的史书上几乎全都斥责他，主要还因为他在1973年出版过一本《中国纪事》的书，那上面披露的很多问题被认为是诬蔑和反动，这是使他在中国形象变坏的原因之一。但在这位外国佬步入中央苏区时，没有一个人不尊重他。

5

为了更好地照顾共产国际来人的生活起居，中央决定为他寻找一个伴侣，条件是：出身好，有文化，长得漂亮，体质健康。

这件事具体交给谁去承办，至今仍无人透露过。一般认为，瑞金的领导者都参与了。在一次苏区妇女工作会议上，来自各地的妇女代表云集一堂，当她们进入会场后，大会宣布了这一内容。姑娘们这才明白，为什么在主席台领导的群体里，出现了一个外国人。大家在慌乱中沉默了，有谁敢嫁给一个外国男人……

李德正襟危坐在台上，他并不尴尬，跨越国界的爱情不会在几分钟里实现，它需要时间和等待。令他感激的是，中共中央对他竟这样关照，专门通过会议来替他寻找理想的配偶。这也许是东方人的豁达和诚实吧,他想。

主持会议的人,号召大家自愿报名,最后由组织审查批准。或许大家还有中国传统意识,没有人当众响应组织的号召。

会议从上午开到下午,仍没有人挺身而出,看来,只有延续会议了,就在这时,人群里传来一声清脆的喊声:"我愿意!"

大家的目光集中过去,原来是少共中央干事肖月华。她是广东大埔人,个子高,漂亮,生性善良,很早就参加革命。是出于对她的祝贺,还是感激她给大家解围,人群里爆发出热烈的掌声。

二十一岁的肖月华并不心甘情愿选择一个外国人,她之所以这样,思想上也进行过激烈的斗争。她结过婚,丈夫是团的特委书记,在闽西肃清社会民主党时被杀。后来,连她也被打成社会民主党,幸亏又被释放了。现在,为了洗刷自己的羞辱和不幸,情愿以嫁给外国人来证明自己确是服从组织的革命者……

李德并不知道这些内情,他很满意,肖月华修长的身材和一双水汪汪的大眼睛使他着迷,他不顾中国的礼仪,从主席台上跑下来,用俄罗斯的拥抱接受了她的爱情。在场的妇女代表,为李德的大方举止,又报以热烈的掌声。

从此,肖月华的命运被改变了,她随他走完了中国红军最艰难的历程。而布劳恩并没有任何变化,只不过多了一个中国妻子而已。他俩的结合,虽然仓促,也属患难之交,即使这样,也没有保证他们爱的长久,两年以后,当度过艰辛岁月到了陕北后,李德爱上了一个从上海来的比肖月华更漂亮的姑娘,他们的爱情破裂了……

博古此时的心里并不平静,黎川的失守,确是苏区的污点,他不愿意让共产国际的军事顾问认为自己无能。因此,急于收复黎川,就有了它双重的意义。

项英命令东方军赴黎川决战。这件事李德是否给予顾问,还没法证明,只知道周恩来被迫放弃了原想在运动中消灭敌人有生力量的方案,转而同意正面强攻黎川。

周恩来日夜兼程北进黎川,途中,歼灭了担负侦察任务的三个团敌人。这本是意外的胜利,却被一些人夸大了意义,中央进而提出一句很能鼓动人心的口号:"不失苏区一寸土地"。"御敌于国门之外"的作战方针也同时提出。

从这一指导思想出发,中央命令东方军先打有重兵防守的硝石,企图逼退黎川之敌。经过五天连攻不克,参战红军却陷入了敌人堡垒纵深之中,幸亏彭德怀当机立断，连电中央，这才撤出硝石，避免了严重损失。

硝石不克，中央又令一、三、五军团集中主力，去攻打另一个有敌人重兵把守的资溪桥。敌人在这里集中了七个师又一个旅的兵力，红军连攻四天毫无进展，不得不放弃在这里与敌决战的计划。

但中央仍不许红军撤退，又令红军深入敌后，进攻敌人的战略要点浒湾。红军不但未能攻占，还伤亡千余人，这时，红军才被迫放弃阵地，向根据地内转移……

浒湾战斗失利后，刚刚组建、并在这次战斗中担任阻止敌人前进的红七军团，没有完成预定的任务，担任军团政委的恰恰又是上次失守黎川的肖劲光。这样，这位曾两度去苏联学习，并为列宁守过灵的托尔马乔夫军政学院的毕业生，在他三十岁的时候，受到了惩处。最高临时军事裁判法庭对他进行了起诉，公审中，有人提出将肖杀掉，毛泽东出来说话了，王稼祥也表示反对，这样肖劲光才被改为开除军籍、党籍，判处五年徒刑。

李德从对肖劲光的处理上，看出了毛泽东和几位中央领导的不和……

李德本人在这几次战斗中如何顾问，他应承担多少责任，这些，都难以弄清了。

瑞金，聚集着的中国共产党和红军的领袖们，他们将怎样挽救面临的危局？

第四章
第五次反"围剿"失败，除了走已别无选择

1

就在肖劲光被判刑不久，蒋介石的部队攻陷了福州，那里的一个称为"中华共和国"的"人民革命政府"覆灭了。蒋介石能够在短时间里消灭一个共和国，使他更加坚信，他同样能消灭另一个由共产党建立的共和国。

曾参与对中央苏区第二、三次"围剿"的国民革命军第十九路军，九一八事变后，在上海和日本军队打了一仗，三万官兵，以尺地寸草不能放弃的决心，在中国历史上写下了"淞沪抗战"的光荣一页。但南京政府对此并不赞赏，很快把他们调往福建"围剿"红军，蒋介石授予总指挥蔡廷锴一枚青天白日勋章，令其为驻闽的绥靖公署主任。

十九路军入闽后，背靠大海，面向红军，进退两难。为了保存实力，造成割据之势，他们联合闽西、闽南土著军阀、民团，先后侵占了红军的龙岩等地。后来，东方军入闽作战，十九路军受到重创，这才迫使蔡廷锴改变了方针，决心联共。他连续三次派代表到根据地和红军谈判。特别是第二次，由他的秘书长徐名鸿为十九路军的全权代表来到瑞金和中共的全权代表潘汉年商谈，双方签订了《反日反蒋的初步协定》。随后，潘汉年又作为中央政府代表常驻福州，在十九路军绥靖公署内，也秘密驻有红军代表……

这些，又似乎都是表面应酬。

对于蔡廷锴的诚意，中共中央觉得应给予警觉。他们不会忘记，蔡廷锴曾率队两次"围剿"红军。周恩来、朱德更是清楚地记得，南昌起义时，蔡被委任为军事委员会委员、第十一军副军长兼第十师师长，担任南下左翼的总指挥，但当起义发动后，他却率部队脱离了起义军……

现在，中央根据地面临严重威胁，仅凭蔡廷锴抗日的名声能掩盖反共的罪

恶？谁能保证他不会是笑里藏刀……

《协定》签订后，中央立即给福建省委书记发出指示，认为十九路军虽会批准这个协议，但决不会执行之，必须从一开始就在党和群众中克服任何幻想……

然而，十九路军又向前迈出一步。

1933年冬天，来自全国二十五省、市和海外华侨的代表一百多人，连同十九路军官兵和福州市民共数万人，在福州南教场召开了"中国人民临时代表大会"，发表了人民权利宣言，宣布成立中华共和国人民革命政府，废除南京国民政府年号，定这一年为中华共和国元年，废除青天白日旗，改为上红下蓝中嵌一颗黄五星的新国旗，首都定在福州……同时，成立"生产人民党"，以示和国民党完全脱离。

这又是一个"国家"，一个号称为"人民"的国家：人民临时代表大会，人民革命政府，人民权利宣言，生产人民党……

但当时的中共中央只承认是福建事变，而且认为事变是资产阶级反动营垒中的一派，他们的作为是用新的欺骗去挽救地主资产阶级剥削制度的最后崩溃……

这种见解，其实是共产国际的意思。当时，共产国际给中共中央发来电示，认为福建方面有形成新阵线反对中央苏区的危险，并建议在揭露他们反动本质的同时，促使十九路军哗变……

当博古把这份电文念给政治局的委员们时，没有人提出新的意见。他们对福建方面也深感忧虑，其中最担心的是对方的回马枪，现在，莫斯科的具体指示，更使大家觉得豁然开朗……

其实，共产国际对中国内部反蒋事变的这种态度，并不是第一次。

这年5月，在华北北部的爱国将领冯玉祥、吉鸿昌发动了一次对日作战行动，同时成立"察哈尔民众抗日同盟军"，冯发出通电就任总司令。冯玉祥大革命时期就与共产党接触，当年在五原誓师后，得到苏联顾问团的帮助。当他这次起兵抗日时，派员会见苏联驻天津总领事，提出求援。总领事则表示不可能，说，若苏联给其接济械弹，会借日本帝国主义以口实，助长日北进派的气焰。

不但如此，苏联《真理报》还发表评论，莫名其妙地说冯玉祥出来反对南京政府的行动得到了日本方面的支持，他本人已成为日本帝国主义最积极的代理人。对冯玉祥既是这样，对待蔡廷锴的共和国难道还会有别样的政策吗？

中央临时政府迟迟不和福建人民革命政府订立正式的军事同盟，核心的问题是对蒋作战的问题达不成协议。十九路军只想和红军实现停战,而红军想让十九路军配合红军行动,双方谈判代表前后商谈了八次,也未达成任何协定。

这时,看清形势的蒋介石,忙向福建增兵。据当时进军讨伐十九路军的三十六师师长宋希濂回忆,在二十天的行军中,没有遇上红军截击,连他都觉得不解。

这样,蒋介石胆子更大了,他亲自飞往闽北建瓯坐镇,从"围剿"苏区的主力北路军中抽调九个师,从宁沪地区抽调两个师共十一个师的部队,分由江西、浙江进入福建,向十九路军发起攻势。福州等地连日遭到轰炸,这个没有任何防空措施的"国都",除了军民巨大的伤亡外就是日益混乱的地方秩序……

对于这个"国家"受到的空前打击,瑞金的苏维埃共和国没有伸出援助之手,红军按兵不动,似在观看一场龙虎相争的闹剧……

2

福州的局势,使中央苏区北部暂时空虚,毛泽东向中央提出,红军主力应乘机突破敌人堡垒防线,到浙江为中心的苏浙赣地区,在那里纵横驰骋,把战略进攻放在杭州、苏州、南京、芜湖、南昌、福州之间,迫使进攻中央苏区之敌回援,以解瑞金之围……

彭德怀也提出一个方案:留五军团保卫苏区,集中一、三、七、九军团,向闽浙边区进军,依方志敏根据地威胁南京、上海、杭州,破坏蒋介石第五次"围剿"……

这两个建议,虽然不是直接支援十九路军,但在战略上都能解其燃眉之急。

中央没有同意。因为此时共产国际驻上海的总军事顾问给李德发来一个军事计划,要求红军主力在一个月内向江西西北迅速挺进,直至湖南边界,除占领南昌外,还要尽力攻占长沙……

1934年1月初,福建人民政府已陷于危境。十九路军派参谋处长尹时于1月9日到达瑞金,请求红军东移,尽快靠近闽东北。

中央采纳了他的请求,命令三军团为主,组成东方军二次入闽,援助十九路军。但实际上交给他们的主要任务是:扩大根据地,取得武器、弹药和物资……

福建人民政府一无盟友,二遇强敌,失败是必然的,而它内部的倾轧又提前了覆亡的时间。在蒋家大军围攻下,福州城很快陷落。潮水般的国民党军践踏着中华共和国红蓝国旗涌进福州，十九路军主要将领纷纷率部投降……一个仅五十三天的共和国就这样结束了生命的旅程。

它的失败证实了中共中央的预言，正像它为福建事变第二次宣言中所讲的那样：

　　……终日空谈，欺骗民众，一闻枪声，鸡飞狗散……

红军在这次事变中损失了什么？当时没有人想过这个问题，只是到了后来，在遵义，在延安，才看到了失去机会后令人痛心的后果……

曾和红军谈判过的十九路军全权代表徐名鸿，后被国民党枪毙。临死时，留下遗言，请总指挥、中华共和国人民革命政府中央委员、军事委员会委员、人民革命军第一方面军总司令蔡廷锴，为他书写一块墓碑：社会主义者徐名鸿……

十九路军失败后，中共中央对其残部展开了积极统战，曾令黄火星带着一师兵力去开展工作。这时的蔡廷锴独自带着四千人马，正不知该去何方。他也想到过去苏区，可最终还是放弃了这个打算，将他的残部交给了粤军改编。这些抗日反蒋的将士，接着又开始了和红军的对垒……

当时，周恩来曾通过十九路军驻瑞金代表尹时中，电告蔡廷锴，请他来瑞金，但这时的蔡将军已离闽赴港了……

3

1月15日是福建的中华共和国垮台的日子。

1月15日也是瑞金的中共六届五中全会开幕的日子。

在经常遭受敌机轰炸的瑞金，六届五中全会按照预定的程序进行着。会议的组织者，在军情极度紧张的情况下，召集中央委员、候补中央委员，还有各省委的代表来议政，其沉着、冷静远远超过了"临危不惧"的含义。

其实，会议的组织者博古他们心里明白，自从反"罗明路线"以来，苏区潜在的危机愈来愈多，中、下层干部包括部分高级将领出现了严重的不满情绪。查田运动又带来大批地、富的逃亡，战争的失利造成了人们精神的恐慌……这一切，将会动摇四中全会的方针、路线。特别令博古不安的是，他和前线的周恩来发生了分歧。由于军事部署上的不同意见，后方的军委代理书记项英和前线的周恩来已经在电报上争了好几个回合，其双方电文的措辞都各不相让。这种情况下，作为党的负总责的人，他采纳了共产国际军事顾问的意见，取消红军总司令部和一方面军司令部的名义，由中革军委直接指挥各军团行动，原前方总部立即撤回后方……

周恩来已被通知回瑞金，理由是中央要开五中全会！

当天，博古找了他，并带去会议的有关材料。

简单寒暄了几句，博古尽力不谈前线的事，周恩来也不主动提起。

周恩来和博古一起共事并不多，早先，一个在国内，一个在莫斯科。四中全会后，一个在苏区，一个在上海，他俩除了同为中国革命奋斗这一精神链条外，个人之间的友谊几乎没有。

凭周恩来的阅历，他猜透了这个戴眼镜的党的总负责人的心理。加之，他已经感到，博古对战争一窍不通，和他纠缠具体问题只会影响他俩的关系……

周恩来翻看了几页材料，问："李德有什么意见？"

博古说："按国际十月来信的精神办就行了。"

周恩来"嗯"了一声。

博古又说："会期四天，我作形势和任务的报告，陈云讲白区工人斗争和工会工作，洛甫讲苏维埃运动与它的任务，关于组织调整，你多过问一下……"

周恩来忙问："毛泽东是怎么安排的？"

博古胸有成竹地说："他不参加了。这个会开完接着就开二苏大，他是临时中央政府主席，得关照那一头。"

"这样不好。"周恩来有些担心，"泽东是政治局委员，不到会怎么行？"

博古几乎没有商量的余地："他不能来，让他在会上大放一通，谁负责？你忘了四中全会了？有些人真是吃了豹子胆！"

那次会议周恩来当然记得，会上一些中央委员不同意会议议程，弄得主持会议的向忠发满头大汗，连从莫斯科来的米夫都发了火，十来个小时的会议，差一点开不下去。

"会有这么严重？"周恩来自语着说，"这个人有很多想法，我们应该多听听……"

博古打断他："你就不要再节外生枝了，关于毛泽东不参加会议的事，家里的人都同意，现在再要变，我还要说服别人。"

周恩来没再坚持，又问："顾问对此事有什么考虑？"他说的顾问，是指李德。

"没什么，没什么，人家十分尊重咱们的意见。"博古叹了口气，慢慢开脱着自己，"说心里话，我和老毛没有个人恩怨，惟一担忧的就是怕把会再开成四中全会的样子……现在不比过去，有时间、有精力、有人力去处理遗留问题，现在是大敌当前，中央哪敢出乱子！"

这话说到了实处。周恩来再也提不出别的问题了。他从前线归来，那里的紧张气氛很难形容，消灭十九路军的蒋介石嫡系，乘胜频繁调动，其目的即刻就见分晓……眼下，博古的分析是对的，中央要保持高度的统一，而这次会议成功的标志又体现在中央成员组成的团结上，他的担子不轻啊……

这一夜，周恩来和博古都未合眼。新的中央政治局的组成，必须将前中央代表团、苏区中央局、临时中央和开创中央根据地的代表都照顾到，遗漏任何一方面都将给未来的事业造成不利。当他俩把已经论证多遍的名单交到机房发往上海并转共产国际的王明时，天已经亮了……

4

五中全会开了四天，三个报告都获通过。形成的政治决议案《目前的形势与党的任务的决议》，肯定了从上次全会以来，党忠实地执行了共产国际与四中全会的路线。对于当前的军事形势，《决议》认为，粉碎五次"围剿"的斗争，将实现一省与数省的苏维埃革命首先胜利，并奠定苏维埃革命在全中国胜利的强固基础。

《决议》共十条，其中有一条是谈反右倾机会主义的斗争，没有点到"罗明路线"，但与会的代表都认为是要继续开展这一运动。

进入苏区才三个月的李德，列席了会议，他在主席台上首次亮了相，在震耳欲聋的掌声中，他讲了反击堡垒主义的新战术"短促突击"，还斥责了在敌人进攻前面退却逃跑与悲观失望的机会主义行为。

不知道是大家理解了他的军事决策，还是出于对共产国际的信赖，会场的气氛很是热烈。这也使第一个到中央苏区的外国人，心潮澎湃，不时地挥动拳头，以示胜利在握。

全会推选的政治局委员为：秦邦宪、陈绍禹、张闻天、周恩来、项英、陈云、王稼祥、张国焘、朱德、任弼时、康生、毛泽东，共十二人。其中以秦邦宪、张闻天、周恩来、项英为政治局常委，即书记处书记。博古负总责。

莫斯科的王明对全会寄托的希望和要求，由国内忠实的伙伴实现了，空前统一的中央不会因为有毛泽东一人而动摇，何况，对他的安排还有绝妙的一着……

毛泽东对此事并非毫无所知，他的中央委员会里的朋友们向他多少透露过内情，但他心安理得地坐在屋子里，忙着他的二苏大准备工作。作为主席，只期望在他主持的会议上，不要出现波折……

五中全会结束后的第四天，第二次全国苏维埃工农兵代表大会在首都的沙州坝召开了。

毛泽东安排了阅兵仪式，新当选的政治局委员登上检阅台，随着几声土炮代替的礼炮声后，红军大学的学生队伍走过来，接着就是一个师的部队……但是为了防止空袭，仪式只好在拂晓进行。

毛泽东在阅兵结束后发表了讲话，这使红军士兵们感到宽慰，因为在这之前，瑞金已有关于毛泽东的传言，现在看来，这只是别有用心的谣传，要不，他不会在这种场合主持这样的仪式……

二苏大使年轻的共和国又前进了一步。十二天的会期通过了修改宪法大纲、红军建设、经济建设、苏维埃建设和国徽、国旗、军旗等决议案。一苏大产生的中华苏维埃共和国临时中央政府，现在变成堂堂正正的中央政府了。致开幕词的毛泽东继续当选为执行委员会主席，不同的是，上届执委会下设的九部一局机关，这次改由人民委员会辖属。

人民委员会主席选举前夕，博古会见了毛泽东。他先祝贺他当选执委会主席，然后告诉他："中央决定，人民委员会主席由洛甫担任。"

"……"担任上届人民委员会主席的毛泽东，一时不知该说什么。

"你不会有意见吧？"博古反问了毛泽东一句后，开导地说："洛甫在共产国际里任过职，担任这项工作更适合些……这完全是从工作出发，你可不能想得更多……"

毛泽东这才明白，他这个执委会主席原来是个空头衔，因为政府部门的机关全都划到人民委员会的序列里了。他能说什么呢？党的指示高于一切，再说，关于权力更换之事，又只能意会，不可言传，难道他毛泽东能张口从洛甫那里要这个人民委员会主席的桂冠？

毛泽东尽力使心情平静下来，显出一副惊喜的神情说："好哇，他在国际东方部工作过，又在莫斯科读过书，回国后主编过中央的刊物，理论和能力都比我强，我同意……"

同时在选举中革军委时，周恩来替换了彭德怀成为军委副主席。

大会没有差额选举，30 年代还谈不上组织民主，中央的提名都是获得全票通过。

参加大会的一千多名代表，就这样既合法地选举了毛泽东，又合法地免去了毛泽东……

五中全会从党和国家两个方面巩固了共产国际在中国的地位，这在党的历史上，还是空前的。

毛泽东就这样在不长的时间里先失军权，次失苏区政府中的另一"主席"职务，被彻底架空了。

此时谁也不会料到，十一年后的 1945 年，党的六届七中全会通过的《关于若干历史问题的决议》是这样评价这次会议的：

> 一九三四年一月，由临时中央召集的第六届中央委员会第五次全体会议（六届五中全会），是第三次"左"倾路线发展的顶点。

历史老人跟我们开了一个小小的玩笑，而这个玩笑却让中国共产党人付出了何止是血的代价……

5

共产国际力量在中央苏区的胜利，并没有制止住战争的马蹄，蒋介石大规模的军事进攻开始了。

4 月中旬，北路军前敌总指挥陈诚率他的第三路军共十一个师，从黎川向南推进。他以消灭中华共和国的锐气向中华苏维埃共和国施展着淫威。这位曾在第四次"围剿"中一败涂地的中路总指挥，这次得到委员长的重新起用，是决心雪洗前耻的。

国民党军队采用堡垒战直逼广昌。

红军面对强敌，调动了一、三、五、八、九军团和地方四个独立师，以集中对集中，挖沟筑堡，摆开阵势，与敌决战。

担任正面防卫的三军团彭德怀，根据敌人推进形势和广昌周围无险可守的情况，大胆提出暂时撤离，按照运动作战的原则对付强敌。他心直口快，预言若固守广昌，少则两天，多则三天，三军团一万二千人将全部毁灭。

他的建议被中央搁浅，并由此引起各种非议：大敌当前，退字当头，这和五中全会的进攻路线格格不入……难道是因为军委副主席没当上，就耿耿于怀？

广昌保卫战的总导演是李德。五中全会以后，他的声望直线上升。人们再也不把他当成军事顾问，而把他看作救星，深信他会在军事上扭转乾坤。他自己也知道，眼下这一仗，是关系他本人信誉的一次考验，也是他能否施展才华的关键……

不管彭德怀怎么说，李德似乎心中有底。

不久前，共产国际来电指示，在强攻敌人堡垒地带的作战中，运动战已经过时。因此，他否定彭德怀的意见是有国际背景的。

4月21日，中共中央、中央军委、总政治部负责人博古、朱德、顾作霖联合署名，下达了保卫广昌的政治命令：

……为着保卫广昌而战，也就是为着保卫中国革命而战。

博古和李德严肃指出，要像保卫马德里那样保卫广昌。

红军阵地上，更是一片繁忙，修筑半永久性工事是以堡垒对堡垒的关键。因此，几乎全部的人力、物力都投入到这项工程中了……可惜还没有来得及加固和完善，4月28日，敌人的全面进攻就开始了。

对方出动二十二个旅分八路纵队，在三十多架飞机的配合下，直扑广昌，他们见村就炸，见林就轰，每前进一至两千米，就赶忙构筑野战工事站稳脚跟，配备火力，然后开始新的推进。

博古、朱德、顾作霖和李德，亲临广昌城南乌沙岗阵地，亲自指示彭德怀军团长和杨尚昆政委，要他们务必守住广昌城，以便一、五、八、九军团从两翼夹攻，实行早就计划好的"短促出击"。他们认为这样起码能消灭敌人三至五个旅……

彭德怀没有什么信心，但又不能违抗，他揣着一肚子气接受了任务。

从上午8时起，汤恩伯指挥的八个炮兵旅三十多架飞机，对三军团的阵地发起进攻，随着让人喘不过气的爆炸声，红军设置的工事、堡垒接连腾起烟尘，广昌城几乎被炮火吞没。

死守广昌的第四师、第五师，损失惨重，城北高地的两个连队，因工事炸塌，几乎全被掩埋。城里街道的一个连队，也被埋进工事，医院、兵站相继被炮火炸毁……到下午 4 时，红军永久性工事被基本轰平，部队几次突击均未成功。阵地上红军战士的尸体一片狼藉，大批伤员找不到躲避的地方，到处迸溅着血肉。敌人的炮火仍有增无减，俯冲的飞机几乎快要擦到地面……

红军死伤近千人，愤怒的战士欲和敌人拼杀，但枪膛里已没有一粒子弹！

李德慌了，他的计划遭到了无情的挫折。对于战争的残酷，他想到过，正因为这样，在部署这场战斗时，他彻夜不眠，画的作战草图能铺满一桌，但他绝对没有想到，仗会打成这个样子……

"塞克特！"李德暗暗骂了一声他对手的名字，忙跑到头陂野战军直属电台，责令彭德怀守住广昌，否则，要撤职查办！

这时，各军团首长纷纷来电，请示李德，什么时候开始突击，往哪里突击？

李德心慌意乱，无计可施，他一反常态，变得烦躁不安，顾不得回答下面的催问，只是反复自语着："打糟了！打糟了！怎么突？怎么突……"

看着李德在电台旁边转来转去，博古几人你看我，我看你，不知该说什么……

谁也没有起死回生的本领。黄昏，三军团奉令放弃固守广昌的计划。

6

当晚，军委在头陂召开了各军团主要领导会议，讨论战局情况。

彭德怀来迟一步，一进门就吼叫起来："你这个李德，怎么不从苏联带飞机、大炮到中国打正规战？！你崽卖爷田不心疼，革命快被你送光了！"

在座的各军团头头，没有人阻拦，他们心里也窝着火，刚才大家初步合计过，整个伤亡不少于五千，是红军参战总兵力的五分之一，这种伤元气的战斗，总该有个交代才行。

李德听不懂彭德怀的话，但从对方直视的目光里感到了什么，他问翻译王智焘："他说什么？"

王智焘搪塞地："没啥，他随便说说……"

李德心里仍是一个疑团，尽管他对彭德怀没有什么偏见，但在广昌，这位军团长是正面迎敌的，而且是按照他的命令执行的……他猛然想到一件事，在这更早以前，彭德怀就向中央写过信，说什么苏区要做长期准备，否则，可能遭到和四方面军放弃鄂豫皖苏区一样的失败，现在，他也许要利用眼前的失利，作为动摇进攻路线的口实……

李德主动地对着彭德怀说："三军团打得顽强，你们指挥也很沉着。我提醒一点，当敌人走出堡垒，你应该注意短距离的火力组织，发挥我们的堡垒威力……

"你说得好听。"彭德怀一挥大手，不耐烦地说，"我不懂组织火力，子弹谁给？！人家碉堡密布，我们突击什么？突了十次，就败了十次。相反，咱们的工事，成了人家大炮的靶子，一下就死十来个……三军团到苏区，六年了，没这么死过人……"

彭德怀鼻子一酸……

李德没有再讲什么，广昌的失败是谁也否认不了的。

会上，各军团把情况作了汇报，都是一串令人焦虑不安的伤亡数字。

博古明白眼下的局势，为了尽快排除忧虑的气氛，维护李德的尊严，他用充满信心的口气对大家说："不要光瞅着广昌丢失，还要看到对敌人的打击，他们有飞机、大炮怎么样？还不是暴露了很多问题。受点损失没什么，我们的前途很光明，我们要很好地研究粉碎敌人进攻的计策……"

彭德怀一听还有人唱高调，一拍桌子："红四师、红五师还能不能打仗？这样的仗我们无法再打！"

朱德没想到仗会打成这个样子，而广昌的丢失等于给敌人敞开了大门，他闷闷不乐，说了实话："我们打输了……各军团暂时撤离，独立师回原地方，留九军团监视广昌之敌。有件事要打招呼，千万不能把情绪带回部队……"

李德也承认了事实："广昌没打好，我要负责。为什么没打好？是我们的工事没做好，敌人的部队太密集，我们又很难实行突击……我们回到瑞金后，会拿出粉碎敌人进攻的办法。"

心平气和以后，会议一直开到后半夜才结束，不等人们躺下休息，顾作霖得了急症。他是江苏人，曾在莫斯科东方大学学习过。1931年作为中央代表团的代表来到苏区，广昌决战前到前线代替养伤的王稼祥任总政治部主任。二十六岁的他，没想到中央如此重视的保卫战竟打得狼狈不堪，沉重的心境带来了剧烈的心绞痛……

顾作霖平静地躺在床上，只有这时候，他才对苏区一系列工作包括他自己的一生，有了反思的念头，从莫斯科到回国，从肃反到福建事变，从毛泽东的处境到博古上台，从广昌之战到他刚才在会上的发言……他想到了很多，他想讲出来，但却来不及了，他望了望围在身边的同志，连句告别的话都没说，就合上了眼睛……

他去了，但他在这次军事会议上布置的反倾向斗争却还在继续着。彭德怀虽然在会上动了火，但对中央的部署还得执行。

付出巨大代价的三军团，很快召集了团以上干部的批判会，批判对当前战争严重动摇的分子。红五师政治部主任江华，作战一开始就对训令中的提法有议论，想不到仗打完了，他却站在大家面前作为批判的对象，最后被撤了职，送到后方军事裁判所接受"监管"。

当一个班的红军战士，护送顾作霖的遗体返回瑞金时，1934 年的春末，给人们心头留下的是不祥的阴影……

7

5 月的瑞金，正是赣南最好的节令。由于前线的战况，这里已经无人去欣赏秧苗抽穗、翠竹拔节的田园风光了。

此刻，城里城外，大路小道都是背枪的人，他们步履匆匆，或随队集结，或运送物资，似乎战争就要在这里进行。

沙州坝下肖村中央驻地，是一座独立的建筑群，左右厢房，前后庭院，四周围墙，门前水塘，环境优雅，景致宜人。这里，原属一家有钱的大户，年初，当中国共产党中央委员会的牌子挂在门口后，来往的人就多起来，门前，每天都停着不少乘骑，让人感到出入这里的都不是寻常之辈……

这几天冷清多了，大门一直闭着，除了增加的几个哨兵以外，很难看到有人进出。中央领导哪里去了？

他们都在。

后院的厢房里，四位书记处书记，连着开了几天会，今天是最后定夺的日子。他们研究的问题，当提出来时，连他们自己都感到颤抖……

这就是根据李德的提议，退出中央苏区。李德不是盲目设想，自从广昌丢失，建宁又被敌占领，国民党军队向潮水一样，由北向南，直逼瑞金……他曾力主反击，也有过小胜，但想要抵御五十万国民党军，显然力不从心。1934 年的蒋介石，已不是1930年指挥第一次"围剿"时的他了；而1934年的中央苏区，经过连续几年战争的创伤，已不能和1930年相比……

李德并不糊涂，经过再三斟酌，这才提出寻求出路的大胆方案。

四位书记感到十分作难，拒绝吧，他是共产国际派来的军事顾问，军事上的发言是有权威的；采纳吧，这分明和党的进攻路线相违背……

但前线的局势，在迫使他们迅速拿出决策。

项英开口了："走就走！要是早走，二次反'围剿'就走，也不会成今天这个样子……斯大林说过，四川是最理想的根据地。咱们就是不觉悟，老在赣南转圈子，就不想想，南京离这里有多近……"

博古想的是另一件事："……人家创建根据地八年了，咱一来就扔掉根据地，这今后的工作很难办……"

"现在不能想那么多，要不然，就只好等死。"洛甫不同意博古的顾虑，他叹了口气，"说心里话，我倒对以前的问题想得多，唉，咱们也确实有些过分的地方……"说话中，把一份材料扔给周恩来，说："看看，又查出四百个分子，这哪是批判"罗明路线"，这是抬高罗明，他一个代理书记就有那么大的势力？！"

周恩来把材料推到一边，连看都没看，这种情况他十分了解，不需要从材料上洞悉现状，忙敲敲桌子："担忧也罢，怨言也罢，现在，首先要定下来，到底走不走？"

他看着大家。

博古回过头问："你的意见呢？"

周恩来停了片刻说："我个人同意走。"

博古的态度也趋于明朗："光我们同意不行，还得听听国际的意见……"

"他们不同意就让他们来人直接指挥。"张闻天一下又生气起来，"我们在广昌打成那样子，国际啥也没给！"

项英也记起什么，说："李德让咱们修飞机场，修好了，他们那边什么时候能空投？"

周恩来说了心里话："这是安慰，南昌起义后，我们退往汕头，他们也说在那里给武器，结果什么也没有。现在苏联和国民党恢复外交关系才一年，他们不会冒这个风险。"

博古一看话扯得远了，再扯下去会影响情绪，忙劝阻道："国际有国际的难处，这几千里路不能说来就来，就是问李德，他也答复不了，我看咱们还是研究自己的事吧。"

项英对着他说："你是总书记，你就定吧，该扯的，咱都扯过了，再议也议不出个名堂。"

博古连连摆手说："这事不能一个人说了算！"他见大家也没别的可讲，便提议："咱就表决一下，将来万一有什么事情，大家负责。"说完，他先举起了手，明确了态度。

周恩来、张闻天、项英几乎是同时举起了手。

四只手决定了中华苏维埃共和国的未来。

博古又重复地说："咱们决定了还不能算，要请示共产国际，以国际的意见为最后决定。"

8

当夜，给上海的电报发走了。

多少年来，后人一直谴责书记处的这个决定，其实，这是苛求前人了。他们之所以要选择退走的一条路，还不仅仅因为国民党五十万军队，内在的一时无法克服的因素也可以罗列一长串：

苏区荒田大量增加，尚有七十万担土地未种；粮食匮乏，谷米价涨，每担由三年前的两元上涨到十八元；

食盐、药品、军需严重紧张，食盐由原来一角一斤卖到一斤三元光洋，伤病员无药可治，新扩军的战士武器弹药无力装备，有的连队甚至保证不了人手一把梭镖；

兵员枯竭，凡能参军参战的都已征集，有的农村只剩下妇幼老弱。瑞金二十四万人口中，有五万人参军，宁都三十万人口，有六万入伍；

周恩来曾在会前算过一笔细账，按十万军政人员计算，每天一角二分伙食，全月需三十六万之多，尽管开展了推销公债、征集土地税、保证红军给养等突击运动，入不敷出的局面仍很难扭转……

博古不得不同意把商业税的征税起点由二百元改为一百零一元，把税率由2%提高到6%……后来，又发行了纸币……

人民委员会主席张闻天，亲自批准各级苏维埃成员每日减少食米二两。其实，下面的实际供应量更少，不少人吃不饱肚子。他亲自看见，国家机关的工作人员，各自把分给自己的米放在蒲包里，上面写上自己的名字，然后再送到伙房去……

毛泽东对苏区的状况更是清楚，作为共和国主席，他没有流露出沮丧的神情，但心里的忧虑却难以言表。几年来，从项英来苏区时起，到后来的博古，他一直处于挨整的地位。但他并没有过多的个人恩怨……现在，书记处的决定还没有向政治局传达，但他已经感到，要扭转这种被动局面，走为上计。

早在福建事变期间，他就提出过，利用蒋介石对付蔡廷锴的机会，分兵北上，威胁南京、杭州，以此粉碎五次"围剿"，给苏区赢得休整的时间，也可从富庶的京杭地区使红军得到必要的补充，可这个方案被临时中央否决了……现在，这种机会不会再有，而别的选择，也只有退出中央苏区。

6月25日，绝密的电文由上海转到瑞金，盼望已久的共产国际给中共中央来了指示——

> ……动员新的武装力量，这在中区并未枯竭，红军各部队的抵抗力及后方环境等，亦未足使我们惊慌失措。甚至说到对苏区主力红军退出的事情，这惟一的只是为了保存活的力量以免遭受敌人可能的打击。……关于斗争的前途……首先是趋于保存活的力量及在新的条件下来巩固和扩大自己，以待机进行广大的进攻，以反对帝国主义、国民党。

当博古拿到这个电文，心里踏实了，他和共产国际的分析大同小异，虽然他在请示的电文上并无保存活的力量这类词句，但他的意图只有这样一种解释……

书记处书记们在总书记的屋里，又连续召开过四次会议，讨论了"走"的具体问题。其中第一次会议就成立了核心小组，由党、军、国际方面的博古、周恩来、李德组成，以实施这次破天荒的军事行动。

落脚点选在湘鄂西贺龙那里。那里远离敌人中心地带，有群众基础，又是湖南、湖北、四川三省的结合部，还能和已在川陕日益壮大的张国焘的四方面军遥相呼应。

计划要靠行动来保证，饱受纸上谈兵之苦的"三人团"，这一回是务实的，但却是秘密的。

6月的一天，周恩来叫来红二十师师长程子华，通知他前往鄂豫皖根据地。那里自从张国焘带走主力后，剩下的同志继续坚持斗争，现在处境困难，急需军事干部。二十九岁的程子华，曾组织过大冶兵暴，对鄂东情况熟悉，是执行这项任务的理想人选。

程子华接受了任务，他虽然就要离开中央苏区，但对这块土地的命运格外揪心：他 1931 年到了这里，年底第三次反"围剿"取胜之后，苏区共有二十一座县城，可当今，打来打去现在只剩下十余县，有的眼看还要丢失……

周恩来理解程子华的心思，第一次把中央的惊人意图有分寸地告诉给他。对他说这些，是违背书记处严格规定的。程子华听懂了，他对军委副主席对自己的信任十分感动，他当即表示，要和那里的同志一道，迅速改变鄂豫皖的局面，并向中央的军事行动提供援助……

程子华实践了自己的话。后来，红二十五军在他的率领下，进行了闻名的西进，成为第一支到达陕北的部队。这些成绩，和这次高档次的秘密谈话是分不开的。

7 月初，李德召见了红七军团负责人寻淮洲、乐少华等人。他要求他们率队在一个月左右赶到皖南，支援那里几个县的农民暴动。寻、乐以为，他们的进军正像李德讲的那样，为了干扰国民党腹地，迫使敌人减轻对瑞金的压力。但当这支被命名为"北上抗日先遣队"的几千儿男，转战三个月后，才知道他们的征战是为了中央另一个大的军事行动。

走的准备在紧锣密鼓而又不声不响地进行着……

第五章
长征艰难出发，马背载走了一个共和国

1

北上抗日先遣队出发不久，中共中央书记处又电令任弼时、萧克领导红六军团，退出湘赣革命根据地，向湖南中部突进。中央的训令没有透露任何内情，连在中央很有地位的任弼时都不知道他们的行动是为中央转移先行探路，而只知道是为了摆脱湘赣困境，保存有生力量所作出的选择……10月份以后，中央红军八万六千万余人，就将沿着他们九千七百余人走出的脚印，一步一步西行……

书记处对新的战略方案守口如瓶，使中央政治局的成员都被蒙在鼓里。如此保密，是反"围剿"战争几年来从未有过的。

这似乎是做得有些过分，但后来苏区发生的一件高干叛逃事件，更坚定了博古他们的这一做法。

七八月间，中央军委派巡视员孔荷宠到兴国补充训练三师检查新兵集训工作，那里有七千急待补给战斗部队的新战士。孔是湘赣区红军总指挥、红十六军军长、中央军委委员。他到兴国后，传达完军委首长指示，借口顺路去高兴圩看战友，骑马出走一去不归。

他把苏区很多重要的秘密，全盘托给了蒋介石。庆幸的是，他对书记处的决策还一无所知，如果他要知道红军准备向西转移，蒋介石就会先走一步，那样，整个突围也许就是另一种局面……

关于战略转移的决策，后来是否扩大了传达范围，诸如政治局委员都能知情，现在已无从了解。不过从8月份起，红军宣布对日直接作战并紧急扩大红军征召，这些都是战略转移准备工作的一部分，朱德、毛泽东、王稼祥他们直接参与了这些活动，说明这时他们已得知了情况，也说明了战略转移的决策已传达到了政治局成员。

迫使书记处扩大传达范围还有另外的因素。热浪袭扰的 8 月中旬，上海中央局电台工作人员突然被捕，敌人搜走两部电台及大量通讯器材，工作近四年之久的上海地下电台被破坏。

共产国际和中共中央的电讯联系中断了。

李德起初还以为是收报机发生了故障，到后来还是寻找不到对方的信号，这才感到了问题的严重。

书记处一下由战略转移的执行者变成领导者，一切方针、政策只有靠自己来解决……形势所迫，四人的秘密不能不扩大到政治局委员，包括一些中央部门领导如李维汉等。

政治局成员们紧密协作，中央苏区的各项工作都围绕着这个未曾公开的秘密进行着。

在前线继续抵御国民党军队向南推进的军委主席朱德，尽量迟滞敌人前进的速度。他组织的温坊战斗，歼敌四千，俘敌两千，致使蒋介石怒发冲冠，枪毙了只身逃回的第八旅旅长许永相，失利的第三师师长李玉堂的军阶也由中将降为上校……四十八岁的朱德虽然克敌大胜，但他明白局势和任务，他命令各军团不要和敌人死打硬拼，避免在敌人飞机大炮轰击下作战。这样，前沿阵地尽管接连失守，但却保存了红军五大军团主力六七万人，这为保证实施中央战略新计划提供了最基本的物质基础。

李德已经很少出门，他要对出征的编队、计划、装备进行周密的审议。由于国民党东路进攻部队已扑向长汀，北路正向石城挺进，西路薛岳和周浑元则步步向兴国蚕食，瑞金的形势已更显严峻。李德和博古最为头痛的是，出征的部队要从西南打开缺口，那里的广东军阀将会迎头拦截……

正在这时，周恩来从南线带来了令人振奋的消息……

2

原来，威胁中央苏区南部的广东军阀陈济棠，想方设法找到红九军团军团长罗炳辉在粤做生意的舅子，要他跟这边拉关系，并要派密使到瑞金来谈判，商定抗日反蒋事宜。

情况太突然了，突然得都令人难以置信。

此刻的中央苏区真是"门户既开，堂奥难保"。北线的敌人正节节推进，南线的敌人也因在筠门岭一线取胜，打开了北进的门户，形势如此不佳，陈济棠怎么要来和谈？

书记处在苦苦地思索……

陈济棠久居粤地，号称"南天王"。在第四次"围剿"时，蒋介石任命他为赣粤闽湘"剿匪"副总司令，第五次"围剿"时，他又成为南路军总司令，指挥十一个师又一个旅，构筑碉堡，扼守武平、安远等地，并和红军在筠门岭等地进行了厮杀，受到南京传令嘉奖和劳军赏洋五万。屠杀红军的血迹未干，岂会和谈？

陈济棠是否另有圈套？

但未曾联合十九路军反蒋的教训，又使中共中央不忍放弃这个机会。尽管陈济棠没有打出任何招牌，若真能和其达成某种默契，这对实施战略转移的苏区来讲，其意义远大于和十九路军的联合……

在博古的办公室里，核心人物在商讨着。

博古提醒大家说："福建起事时，曾电请陈济棠一致行动，陈表示'不忍苟同'。后来，又派兵入闽，直接扫荡蔡廷锴的部队……我看，那时候他不反蒋，现在他反什么蒋？"

张闻天倾向接触，对总书记的发言表示异议："昨天不反蒋不等于今天不反蒋，人是变化的嘛！他想讨我们的便宜，我们也不能白给，我们也有我们的条件……"

博古的原则性极强，说："不行，搞不好中了他的圈套，咱们在政治上的损失赔不起……"他看看李德，想得到他的支持，因为共产国际在十九路军的问题上，态度是明朗的。

李德抽着红军从战场上缴获来的高级香烟，他说了心里话："只要对战略行动有好处，别的方面考虑不到也可以。现在，和莫斯科联系不上，咱们说了咱们负责，情况特殊……"

周恩来不吭声，其实他心里早就盘算着：陈济棠提出和谈的目的是什么？他在军事上占有优势，想打就打，没有什么可图的。惟一使陈济棠疑虑重重的是，他不是蒋的嫡系，时时都怕蒋吃掉他的势力。虽然他战果辉煌，但他消耗的实力却无法补偿……

想到这里，周恩来开腔了："谈就谈嘛。我看陈济棠未必有什么新花样，他就是怕蒋介石打完我们再打他。这正是一个好机会，让他给我们腾开一条道，两家都拣点便宜……"

"你可不能轻敌哟！"博古还是不放心，"搞不好鸡飞蛋打……"

周恩来反问了一句："那你的意见就是不要理睬？"

二十八岁的博古，就是这样的天性，当需要他肯定答复时，又下不了决心。

"……"，博古想说什么又不知该怎样说。

张闻天宽慰博古说："我看听恩来的吧，他一直在前线打仗，比我们了解情况，要相信人家。"

李德看着博古，连连说："对，对，洛甫说得对。信任是第一位的，今后的事情还很多，离开了这一点，日子就难过了。"

一提到今后，博古心里一沉，是啊，未来还有多少难题啊，这也不放心，那也不放心怎么行？于是，他舒展了眉头，按住周恩来的肩头说："谈。你就全权负责吧，我们听你的汇报就行了。"

李德又叮嘱了一句："千万不要让陈济棠知道我们要走。"

既然确定了对陈济棠的基本态度，周恩来也就无所顾忌了。9月间，陈济棠派密使抵达瑞金红军总部，周恩来亲自接待了他。看了"南天王"要求互派代表进行谈判的亲笔信后，周恩来以自己的名义写了一封信，由密使面交陈济棠。信中同意对方提出的合作反蒋，还拟出了谈判的五点建议，其中包括双方停止作战行动，恢复双方贸易自由，替红军代购部分军火等。

陈济棠接信后，迅速开通了双方的电讯联络，他要求红军代表来广州面谈，以示自己的诚意。

周恩来没有答应对方的要求，时局已经不允许他的代表远去广州，但他又不能直说。婉言谢绝之后，他提出谈判在粤赣边界的寻邬进行，陈济棠答应了这个方案。

这一天，周恩来找到中央局宣传部长潘汉年和粤赣省军区司令员兼政委何长工，要他们一人为政治代表，一人为军事代表，前往陈济棠部谈判。

他俩都是谈判的老手，开创井冈山时与王佐的谈判，就有何长工的功劳；十九路军福建事变时，潘汉年是派去的谈判代表。

但这一次不同往日。

周恩来把对方的情况交代完后，不得不把战略转移的消息透露给他俩，并规定了联络的暗号。他俩这才明白，和陈济棠的谈判是为了迅速求得军事上的缓冲，从而让转移的红军在他们防区里免遭拦截……

周恩来把该交代的全都讲到了，他还是不放心，多年领导特科工作的经验告诉他，这次谈判，只能成功，不能失败，倘若让陈济棠意识到红军的战略意图，那就难免一场突围的恶战……

"要沉着、冷静，不要纠缠枝节……我等着你们，你们什么时候回来，我什么时候走……"周恩来一手握着一个，边说边使劲地摇动着。

潘汉年、何长工明白重任在肩，他俩用双手握住周恩来的手以此表示了决心。

3

10月上旬，着西装、戴墨镜的红军总代表，拿着朱德的亲笔信，经会昌前往筠门岭敌占区。前来迎接的是陈济棠部一个连，年轻的连长对何长工说："先生，不打了，两家合作算了。打败了你们，我们捞不到什么；你们打败了我们，最多也只能到广东吃几根甘蔗。"

这个连长是陈济棠专门选定的人，看来他对红军总代表的使命一清二楚。他专门备了四人抬的轿子，每遇盘问，就呵斥对方："这是陈总司令的贵客！"

当晚，轿子抬到寻邬罗塘镇一幢二层楼的小洋房前，陈济棠的代表杨幼敏早在这里等候。他是陈的高级参谋，是他提醒陈济棠，要谨防和红军拼命争夺中，蒋介石乘虚而入。他的见解还有，红军和苏区是一堵厚墙，它隔断了蒋军从江西直接入粤的道路……因此，当粤军在筠门岭占领红军阵地后，他私下将三万发子弹送往驻在会昌的红军部队。

尽管心照不宣，各有所图，但双方代表都明白，只有坐下来才能达到所期待的结果。在严密警戒下，红军代表和军阀代表连续进行了三天三夜的密谈，最后达成包括取消敌对局面和可以相互借道等五项协议。

协议达成后，周恩来给何长工打来电报，称：你喂的鸽子飞了。这是分手时定下的暗号，是要其迅速返回苏区。何长工虽不能猜透电文的全部含意，但战略行动已经开始实施是确信无疑了……

陈济棠并不知道瑞金发生的情况，他派了一个骑兵连，把红军代表护送到筠门岭以北，做到了善始善终。直到10月16日，他又通过谈判代表向红军传达了他的三条补充决定。

这时，周恩来已经没有时间也没有必要向他作出任何反应了。

陈济棠是否还在耐心等待红军的谈判代表？但万万不要以为他有多么痴情，他如何信守承诺的保证。在严酷的阶级搏斗中诚实只是谎言的代名词，就在他和红军大讲和谈之时，他的部下却在暗地里向会昌推进，他们利用谈判在寻找新的进攻手段……特别在他很快就知道红军大的军事行动以后，陈济棠恼羞成怒，立即派他的第一纵队指挥官余汉谋率近三个师的兵力，在赣县、信丰及会昌一带"搜剿"留守红军。著名红军高级干部、中华苏维埃共和国执行委员、赣南军区政治部主任刘伯坚，就是被他的部队捕杀的……

寻邬谈判因局势变化而停止。红军得到了什么？仅仅迟滞了粤军的进攻？其实，和谈留下了难得的财富。这次谈判不同于和十九路军的签约，那是对方处在强敌压力之下的求援。而和陈济棠的接触，则完全是另一种类型的交往。能否在强大的敌人营垒中，寻找到革命的同盟者，三天的谈判不正给历史打开了一扇明亮的窗户？

和十九路军谈判，得到的是教训；和陈济棠谈判，得到的是经验。

这样的事不会只这一次，后来的历史证明了，它将贯穿整个中国共产党成长的历史之中……

有的史学家非要说谈判促成陈济棠让出一条道来，八万多红军正是经过这条通道顺利经过了敌人的封锁线，这显然言过其实。陈济棠不会在一无所获的情况下，给蒋介石留下把柄，他的消极抵抗才是根本所在。况且，就凭陈济棠手里的几支部队，想堵住倾城而出的红军，恐怕也是难以办到的。

4

1934 年的秋天，来得特别早，过去得也特别快。

这时候中华苏维埃共和国只剩下瑞金、宁都、会昌、雩都等一小块中心地带。

战争，第一次使红色首都实行了灯火管制。

瑞金的夜黑乎乎的，但人们的眼睛都睁得大大的。蒋介石能不能打进来？红军要开到什么地方去？私下的议论弄得人六神无主……

红军总政治部针对官兵的疑虑和现实军情，发布了《政治指令》，在一切保卫苏维埃的总口号下，鼓动军民努力战斗。

但老百姓已经觉察到什么……他们在瑞金看见的伤员多了，外地逃难的人多了，云集的部队多了……这时，从另一个战场传来的消息也使中央四人书记处坐立不安起来。

两个月前动身的任弼时、萧克他们，至今没有和湘西的贺龙、关向应会合。尽管红六军孤军西进还打了几个胜仗，并渡过了湘江，但他们在途经甘溪时，遭到广西敌十九师的突然袭击，六军团主力被截为三段，陷入湘、桂、黔三省敌人的包围之中……他们离开湘赣根据地已有六十多天，行程约四千多里，还没有达到预定的目的，可见行程是何等之艰难！

本想让他们给中央大队人马探个虚实，以便中央红军能够顺利西移，可现在……

然而，苏区的形势又不能让他们耐心等待，预定的出发日期只能提前，不能推后，这就使他们别无选择。

谁留守苏区，经过再三权衡，还是决定让项英挑这副担子。项英来苏区早，一直在领导岗位上，他对这里情况熟，几次反"围剿"都参加过，又是工人出身，由他坚持斗争，中央是放心的。

中央决定，留守苏区的人员，应该是代替中央职能机构行使权力的成员，决不是被遗弃的人员。为了显示这块土地的主权，这里成立了中共中央分局、中华苏维埃政府中央办事处和中央根据地军区。分局成员由项英、瞿秋白、陈毅、陈潭秋、贺昌五人组成。后来，又增加了邓子恢、谭震林等人。项英任分局书记和军区司令员兼政委，陈毅任中央办事处主任。留给他们指挥的是红二十四师和红十军。还有福建、闽赣、赣南及闽浙赣各直属队及地方武装约一万六千余人，另有一万多伤员也留在这里。

艰苦的岁月，人们很少考虑到未来的困难。只要是党的决定，几乎没有人不执行的。他们倒不全是因为军人以服从为天职，很大程度上，仍是为了那个美好的向往而甘愿献身，共产主义的理想及口号，是他们为之奋斗的动力。

5

"三人团"召见了项英，他们将要分手，离去的和留下的都将遇到难以预料的困境，从这一点讲，大家的心情都是沉重的、难舍难分的。

博古打开一张地图，在上面画了一个小圈，严肃地对项英说："中央决定，这是你们基本游击区和最后坚守的阵地。你们的任务是保卫中央根据地，保卫土地革命的胜利果实，在中央根据地及周围进行游击战争，让入侵之敌无法站稳脚跟。"

项英只顾点头，他和博古交往甚深，相当一段时间，总书记和他在后方主持工作，有关军事方面的指示，博古总是听取他的意见，不少电令实际是由他拟定而博古签发。

现在，要分手了，什么时候再能相见？这个压力是够大的，他不能再为对方增加不安，因此，博古交代的任务，项英都爽快地同意。

李德想多给这位就地撑持残局的人留下一点希望和光明，他对项英说："你要随时准备配合主力红军，在有利条件下反攻。"

项英还是点着头。他对李德虽然接触不多，但崇敬之心却非常强烈，军事顾问在这种情况下，来到苏区第一线，虽未能扭转局面，但对红军的精神鼓舞是巨大的。现在，危难时刻，又随同大队转移，这也算是共产国际在中国革命史上的第一个吧。想到这里，他忙说："您要多多保重。当我们取得最后胜利时，我们首先要感谢的就是您！"

周恩来没有任何客套，他一向都是以务实而著称。尽管就要分别，他还是抓紧时间，询问部队集结、伤员疏散等情况。当项英一一回答完时，周恩来语气沉重地叮嘱道："留下不少老同志，何叔衡、瞿秋白，要尽量照顾好。还有，反罗明斗争中挨批的毛泽覃、古柏，再不能抓人家辫子，现在大敌当前，要强调共同对敌。中央已任命毛泽覃为红军独立师师长，古柏为闽粤赣边游击队司令员，要充分信任他们。"

"我不会算旧账，这请组织放心，我不会搞任何小圈子的。"项英觉得在这些问题上有必要说清楚。

博古能感觉到项英的心理，忙说："我们把水端平，不怕别人说闲话。现在已经有人说，谁谁谁留下是排除异己，真是信口胡说，难道你项英也是异己？"他叹了口气："现在中央很难办，有些人惟恐天下不乱。"

周恩来不愿意有些情况让项英知道，忙岔开话题，问博古："要不要看看伤员去？陈毅也病在那里。"

6

对于离别之苦，体会最深的莫过于毛泽东。他的三弟毛泽覃被留下来，他和二弟毛泽民将要出征。

毛泽东神色黯然地看着弟弟。这位共和国主席知道，这次分手不比往常，它是让人很难预测结果的。

毛泽覃不愿让亲人难受，强装出精神说："哥，没问题，打不赢就走，反正打游击的地方有的是……"

毛泽东相信弟弟的话，他了解自己的亲人，虽然一年前受到批判，但并未影响他的革命热情。当年，这位弟弟随朱德、陈毅带领的南昌起义部队转战到了湖南，是他跑到井冈山来找毛泽东的，那种环境都能立住脚，今天，他更成熟、老练，会对发生的情况作出正确判断的。

昨天，贺子珍把他们快三岁的毛毛留给了妹妹贺怡，贺怡是毛泽覃的妻子，两姐妹眼里都含着泪水，只有不懂事的孩子露着稚气的笑脸……毛泽东一夜都没有合眼，骨肉分离的滋味他已品尝了不止一次了。当杨开慧被何键杀害后，他们的三个孩子至今不知流落何方。现在，又要和孩子分手，他的心是很难平静的。特别是他当时的处境，战略转移这样的大事，中央却很少有人找他研究情况，似乎这件事与他无关。这对一个开创中央苏区的领袖来说，其痛苦是难以言状的。

毛泽覃理解大哥的处境，他反过来劝说："毛毛你就不要担心，我这里最保险，万一情况紧张，我就送到老乡家里……我倒不放心的是你，脾气刚烈，又得不到中央的理解，这样下去，恐怕咱兄弟连见面的机会都没有……"

"担心过分，担心过分！"毛泽东尽力掩饰着内心的不安，仍给三弟开导说，"我还是政治局委员，共和国主席嘛。当然，分歧会有……"

毛泽东不愿意把谈话继续下去，生怕给毛泽覃留下悲伤的记忆，忙说："你等着我，我会回来的，一定会回来的。"

毛泽覃从大哥的口气里，感到了一种不屈不挠的力量。他相信，这不是一种安慰的词汇，而是一种意志和决心的表达，忙应道："对，对。你也等着，我会和毛毛迎接你的！"

他们就这样分手了。

然而战争是残酷的，毛泽东再也没有见到过毛泽覃和这个孩子，毛泽覃同样也没有等到哥哥。

这次分手后的半年，毛泽东指挥红军四渡赤水，兵逼昆明，创造了他军事生涯的得意之笔，而他的弟弟正同十几名幸存的战士被毛炳文的"搜剿"部队包围在瑞金黄膳口的大山之中。他奋勇突围，不幸中弹牺牲，这一天是 1935 年 4 月 25 日，由于他的死，他替大哥安排的小毛毛，再也无法查找了……

红军干部中年龄最大的算是何叔衡，当时年近六十，他被留在苏区。小他十岁的林伯渠将奉命转移，两个老人，一对战友依依惜别。在住室昏暗的油灯下，他们对酒畅叙，彻夜未息。他俩都是湖南人，一个在宁乡，一个在临澧，中间洞庭湖相隔，使两地少说也有四百里路程。追溯起来，他俩是地道的同学。大革命失败后，两人在莫斯科中山大学特别班学习，两年多的同窗好友，使他们在共产主义的旗帜下，成为知己。可惜，到了苏区以后，政治风云多变，何叔衡一年前受过批判，被撤掉了工农检查部长和临时中央政府法庭主席的职务。担任中央政府财政部长的林伯渠，不得不参加对老同学的批判。在中央机关党总支召开的批何会议上，他也发过言……

现在，一切都过去了，双方都能够谅解对方，他们的友谊，不是建立在维护个人得失的基础上，而是为了党的神圣事业。

何叔衡像关心自己的老弟那样，脱下女儿给自己织的毛衣，作为临别的赠礼，林伯渠推着不收，推来挡去，两个老人都掉下了无声的泪水……

何叔衡擦干泪滴说："拿着。你要走远路，说什么也比我困难得多，我在这里，有群众基础……"

林伯渠却不这样认为，他说："走的，有机动权，问题不大；留下的目标集中，敌人不会放过的。"

"那你就更应该带上这件毛衣，就算是我女儿赠给出征者的纪念！"何叔衡说完把毛衣强塞在林伯渠的怀里，起身走出屋门。

林伯渠已经失声地哭了起来。

屋外的何叔衡也老泪纵横……

这一夜，没有月光，在苏区的大地上，不少茅屋都传出不安的叹息和痛苦的抽泣，人民的感情承受着巨大的折磨。

7

尽管出征是保密的，但红军的行动和调动已经公开了这个秘密。

转移的士兵，大都是当地农民的子弟，他们的出动将牵动数以万计母亲的心……

当群众看见部队调动频繁、战线紧缩、准备突围时，不少人流着泪，拉着战士的手说："你们连机器都搬走了，还要不要苏区了？"

"你们能搬走东西，我们的房子、耕牛、孩子怎么搬呀？"

"过去，红军打仗为老百姓，现在要走，就不要老百姓了？"

谁能回答？谁能解释？

尽管各军团的政治和军事领导干部都曾被召集到首都，开过传达撤退计划的专题会议，但对付出巨大代价的苏区父老兄弟，谁也拿不出一个能说服大家的方案。他们心里清楚，几经战争创伤的中央苏区人民，是在用血泪支撑着即将进行的军事行动——

为了保证军粮供给，在不到一个月的时间里，群众又献出粮食六十六万六千五百多担，不少农家已用糠菜充饥；

由于近五个月内增加八万名新兵，全区共收集被褥二万六千多床，很多群众全家共用一块破被，也抽出一床铺盖捐送红军；

三十万双草鞋是在一个月内交齐到各地苏维埃政府的。那在油灯下熬红的眼睛，还在忙着完成新下的指标；

在购买公债三十万元的基础上，又捐助部队一百三十万元；

瑞金及各地妇女发起剪发运动，将头发上的装饰物捐赠军费，汇集的银器达二十二万两；

眼下，红军还要留下一万多名伤员就地安置疏散，各军团最少还要夫子五千三百人；主力红军集结后，前线迟滞敌人的任务还要群众承担……

最使人痛心的是，五十万"围剿"的国军，将在这里报复红军的家属……

只有项英来挑这副担子了，他将代表中央来宽慰这片苦难的土地。

10月上旬，刘伯承奉命去教导师宣布突围命令。这个师是三个月前由各县独立团和游击队仓促组建的，约六千人。他此时的职务是红五军团参谋长，原红军总参谋长的职务早就被撤掉了，但无论如何，他在红军战士心中的位置没有动摇过。

师长张经武听了命令后，忙问："什么时候走？"

刘伯承又补充了新的命令："你们的任务是担负中央机关一千担的搬运任务，要越快越好！"

张经武拍着胸脯保证完成任务。当晚，他领着三千多人来到中央机关，到了那里一看，人人都惊呆了：工厂的机器，医院的设备，不知什么时候都拆卸在这里；还有不少桌椅板凳，密密麻麻摆了一地，连下脚的地方都没有……

张经武为难了，他大胆向刘伯承反映了意见。刘伯承同意他们选择重要物资打捆包装，但总担数不能少于下达的任务。

经过两天两夜的整理，一千担总算准备停当，但战士们的思想却开了锅，大家私下议论：

"咱们自带武器，怎么挑这些担子？"

"到什么地方去？爬山怎么办？过河怎么办？刮风下雨怎么办？"

最基层的人有最实在的看法，尽管会上宣称过，革命最后一定会胜利，但面对担子，人们的心理又发生了新的倾斜……

这些心里的疑团加上围在四周观看他们打包群众的忧虑，有的人信仰崩溃了。

当晚，逃亡发生了……

但群众不知道，哪里有红军，他们就围在哪里，他们不讲话，只是静静地看着，看着……

在远离瑞金的雩都，那里奔腾着一条贡江，江面好几百米宽。这里必须在10月16日午夜之前架起五座浮桥，要求能通过骡马和炮车，要经得住数万大军的踩踏，为了防止敌机侦察，架桥作业在下午5时到早晨7时之间进行。军委副主席、红军总政委周恩来，在这里已经苦苦熬了十多天。

架桥需要大量的材料、人力，雩都的老百姓慷慨地奉献了。门板、床板都捐了出来，老人、妇女都上了工地，那挑灯夜战的情景，那睡熟在母亲背上的婴儿，那累倒在江边的老人，这些，都使周恩来感动得难以忍受。他常常捶打自己的前额，表示痛心和内疚，猛然间，他觉得自己欠下了人民一笔债，这笔债需要他一生来偿还……

毛泽东是10月18日渡河的，作为中央政府主席，他被编在这次行动的首脑机关第一纵队。但他只是随员而已，因为这里有博古、洛甫、王稼祥、李德，他们才是真正的领导者。当他走上浮桥，正是夕阳西下时刻，淡淡的晚霞透出云层，映在他的脸上，使他心头涌满凄楚：瑞金丢了，中央苏区丢了，为了这个共和国，经历了多少坎坷，多少人付出了生命，要再建立这样一块版图，又谈何容易。他已经四十一岁了，十多年探索的一条开创中国革命的路子，就这样结束了吗？唉，共产国际，你们的马列主义在哪里，为什么不看看这个现实？

毛泽东在思绪翻卷中，无意地看到自己脚下的桥板是一块崭新的寿材板，他的心一缩，显然，这是分给贫苦农民的财产，而寿终正寝的老人为了支援红军，说不定还停尸在草席上……他的眼睛湿润了。他猛然觉得，在所有人的损失里，只有人民失去的最多最多！

毛泽东回头望望岸上，那里，站满了扶老携幼的人群……

他微微低下了头，心里宣誓般地默念着："我毛泽东只要活着，是不会忘记你们的！我的父老兄弟姐妹们……"

第六章
三道封锁线顺利通过，红军领袖陷入困惑

1

四十七岁的蒋介石，口口声声要把红军消灭在包围圈里，以此来雪四次"围剿"红军失败之耻。在他看来，国共第一次合作，共产党利用国民党的势力培养了自己，短短几年，便发展到争夺天下的地步。现在，已经是痛下决心，剪除共产党的刻不容缓的时候了。

国民党军向中央苏区推进的战报，并没有使蒋介石冷峻的脸上出现多少笑容。但他心里是十分欣喜的：江西的围攻大势已成；湘赣的红六军团无法立足，只得西逃；共党要人走投无路……红军提出北上抗日的口号，只不过是诱使国民党军队放松包围而已……

使他不安的是国内抗日舆论的高涨，无形中给了共产党以同情，得人心者得天下，他懂得这个道理。10月上旬，他不顾"围剿"的关键时刻，偕宋美龄下了庐山去华北视察，途经武汉、北平，每到一地，分别接见当地军政头目，反复宣讲"攘外必先安内"的道理。

中旬，蒋介石到西安不久，南昌行营报告了红军主力有突围迹象，于是他匆忙赶回南昌，召集高级幕僚研讨对策。

行营作战室里，蒋介石改组后新上任的行营官员杨永泰、熊式辉、贺国光、晏道刚等，各自思考着对时局变化的见解，他们在对付共产党上，都有独到之处，否则，就不会围坐在委员长的身边了。

蒋介石正襟危坐，时刻体现着标准的军人姿态。

他的开场白似乎与主题无关："我在想一个问题，从1927年到今天，斯大林通过共产国际，先后任命过五个中共领袖，但毛泽东从未有一次被考虑过这个职务……"

幕僚们也讲得实在："这是苏俄的决策，如果起用了毛，这个仗就难打得多……"

蒋介石兴趣很浓地问他们："有没有这个可能，毛泽东会执掌共产党？"

"没有，没有，"幕僚们肯定地说着，"孔荷宠讲得很清楚，共产国际派来的人，早就夺了他的权，他现在是少数，很难翻身的！"

蒋介石自语道："中共内部的明争暗斗，是他们失败的根由。"他望着幕僚，倒出了心里的不安："我们呢？能否精诚团结？所以，现在还不能看人家的笑话！"

幕僚们都陷进沉思，因为对国民党来讲，派系林立，各省的头目，大都同中央貌合神离……

蒋介石提醒大家重视这个现实之后，这才言归正传："谈吧，他们将向何处逃窜？"

在座的人都精神起来，因为分析红军的行动代表着自己的政治军事素养，说不好会被委员长赶出行营的。

贺国光说："现在是北紧南松，红军很可能从信丰突围，然后进入广东。"七·三一"南昌兵变，周恩来就选择在汕头落脚，以取得国际援助……"

蒋介石摇着头："红军利在乘虚，如进入粤境，逼得粤军不得不拼命抵抗，倘被前后夹击，是难以立足的，这是他们的不利之路……"

晏道刚提出，红军会否从赣南经粤湘边区进入湘南，在那里重建苏区。

蒋介石半天不语，尔后道："赣粤湘边区是政治上的薄弱点，必然造成军事上的薄弱。红军入湘后，有与贺龙会合之利，这条路线应加重视。"

行营秘书长杨永泰说："我看，红军经湘西入黔、川再北进，然后渡长江上游金沙江进入川西……"

蒋介石并没有否定他的分析，边看地图边自语："……这是石达开走的死路，他们走死路干什么？如走此路，消灭他们更容易了……"他抬起头，充满信心地说："他们南下、西行、北进，只要离开江西，不论走哪一条路，歼灭他们都有把握。久困之师经不起长途消耗，眼下，我们要好好策划追堵！"

2

三天后，当"进剿"的东路军占领瑞金后，蒋介石已看清红军不是南下，而是西进；不是战术机动，而是战略转移。当晚7时，他找来侍从室主任晏道刚和行营一厅厅长贺国光，拟定追堵计划要旨。两小时后，即将电令发出，主要内容有：将西路军何键主力调湘南布防，依湘江东岸构筑工事进行堵截；南路军陈济棠主力进至粤湘边仁化、汝城地区截击；第四集团军李宗仁、白崇禧主力集中桂北；北路军薛岳率所部包括吴奇伟、周浑元两个纵队负责追击。

追堵部署完毕，蒋介石又调整留在江西各围攻部队的部署，分区清乡，划定"绥靖区"，订立各种严格的清乡规章，之后，又借口红军可能去西南，决定以贺国光为主任率行营参谋团进驻重庆，统帅川黔各部围追堵截。

现在，蒋介石又把他的目光久久地停留在地图上那条蓝色的细线上——湘江。他认为，西移的红军，经过一路上的堵截，最后若赶到湘江，也一定是溃不成军了。如果能在这里形成大军前堵后追、左右侧击，迫使红军强渡湘江，必能造成红军最大伤亡。如若红军不渡湘江，则只能转入粤北、桂北，那里陈济棠和李宗仁的主力会拼命堵杀……湘江以东是围歼红军最好的决战之地。

为了实现粤湘桂边追堵红军的部署，蒋介石命令何键为"追剿"军总司令，薛岳为前敌总指挥并让他二人在衡阳召开军事会议，专门研究在湘江以东完成"灭共大业"的军事方案。

蒋介石十分清楚，追堵部署牵涉到四省十军约三十多万兵力，其中粤、桂两军和他都有前嫌。更早的恩怨不说，在十九路军福建事变时，桂系李宗仁、白崇禧曾企图联合粤军陈济棠支持福建政府，因此，他的追堵计划，必须处处从人地相宜着想。他起用何键，是认为何与桂系有私交，湘军进入桂北防堵红军，李宗仁、白崇禧不会猜忌，湘、桂两家能合力封锁湘江，堵死红军去路。

为了使何键消除疑虑，他电告这位新任命的总司令，称中央军薛岳统率的三个军，一旦入湘作战，即归何键统一指挥。

对于另外两股势力，他也极尽笼络，当粤军在延寿一带与红军激战两日，陈济棠向他告捷，虚报伤亡及俘获红军人数时，蒋介石明知有假，还是一再嘉勉；当白崇禧奉命集结主力于桂北关口时，他特意派飞机送去一笔数目惊人的军费。

即使这样，蒋介石并未高枕无忧，他深知人心难买，军系复杂，粤、桂方面担心他的嫡系乘机入侵并不亚于害怕红军占领。因而，他们往往会口是心非、三心二意，在执行军务时各自为政。此时如果稍有思虑不周，就会让红军找到可乘之机，江东围歼的计划就会功亏一篑……

想到这里，蒋介石长叹了一声。令他不解的是，共产党里也有不和，但他们的军队却高度统一。堂堂的孔荷宠连个勤务兵都带不过来，而国军则整师整军地往那边跑，宁都暴动就是典型一例……

蒋介石的忧虑，并没有影响他的决心。他坐在南昌行营里宽大的太师椅上，双目微闭，以手加额，设想着湘江围歼战可能出现的种种结果。他也想到了红军突过江去的可能。因此，在部署湘江决战的同时，他又制定颁发了湘水以西地区"剿匪计划大纲"。

就在蒋介石精密策划湘水以东围歼计划时，桂系的李宗仁、白崇禧召集高级参谋，也在忙着商讨自己的对策。

对于他们来说，眼下的每一步都事关大局，万万不敢轻心。四个月前，红军萧克曾率队通过桂北，桂军奉命围堵，结果，部队受损，一架追击红军的飞机被击落，两名驾驶员被击毙。而今，红军号称十万，桂军正规兵力仅两万有余，虽有民团和后备队，但要和十万红军拼杀，不付出血本难以奏效。况且，两虎相斗，必有一伤，无论谁胜谁负，都符合蒋介石的心意。

更使李宗仁、白崇禧动摇的是，当他们的第七军和萧克交锋时，已从各方情报得知，红军不打算侵占广西地盘，只是借路而过。既然如此，为何不让出一条走廊，让其迅速通过桂北……

左右对比，反复权衡，他们制定了打尾不打头的作战方针，打尾，桂军可避开红军前锋，还可促使红军快走……

蒋介石没有想到，李宗仁、白崇禧会如此"不顾大局"；更没有想到，他们的离经叛道之举动，会来得这样快……

3

战略转移的红军主力，从西进一开始就没有停止过战斗，以一、三两个军团为前卫，五、八、九三个军团为后卫，像抬轿那样，护卫着军委两个纵队踏上了征程。

用不着叙述各军团的具体位置及作战任务，庞大的行军队伍、辎重运输常常是粤军阻截和袭扰的目标。

但这些，比起在中央苏区同中央军的血战，那就算不上什么战斗了。因此，整个部队的行进，形势还是不错的，沿途所遇到的三道封锁线，轻而易举地就攻破了。

红军一扫在苏区溃败的慌乱，此时正顺着湘、赣、粤三省相接的边界，向西，向西……

一天，三军团攻取宜章，掩护军委纵队从中间通过。这个纵队是中央领导和中央机关的在编单位，是西进的指挥中枢和大本营，她的安全直接关系着八万多名红军将士的命运，也标志着中华苏维埃共和国的存在……

宜章早在大革命时期就建立了党的组织，大革命失败后，这里的群众参加过朱德、陈毅领导的年关暴动，建立过红色政权。这次红军经过宜章，受到群众的热情迎送，使离开中央根据地一个月的红军战士，重温到在苏区的那种军民之情。

夜里，秋雨绵绵。

重叠的部队在拥挤中出发，泥泞的道路使他们的行动更加迟缓，到处是军械的碰撞声、战马的嘶鸣声和人员跌跤的惊叫声……

雨地里，只有一个人站在那里，久久凝视着蒙蒙雨雾，似乎身后是一片宁静。他在想他自己的事。宽大的背影，敦实的身材，一眼就能认出，这是军委主席朱德。

几个中央领导人的担架从这里经过时，都没有发现他。

毛泽东的担架过来时，停住了。他想去喊他一声，踌躇了片刻，又向抬担架的战士挥挥手，走了。只有他知道，四十八岁的朱德，此刻在想着什么……

1929年初，为了寻求外线打击敌人，朱德和毛泽东率红四军离开井冈山；2月，转战到一个叫圳下村的地方。那天，天刚亮，敌人四个团突袭这里，两个团的红军被来敌分成几段，他们不得不各自寻找突围缺口。

团长伍中豪带着部分人冲出去了。

毛泽东带着贺子珍和特务营冲出去了。

只有朱德带着独立营和机关，冲进了敌人的埋伏圈，几经拼杀，最后被围进一个荒山坳里。这时，朱德才发现，自己的妻子伍若兰已被冲散，他为她暗暗庆幸。

敌人端着枪走过来，一个国军士兵指着朱德问："你们的朱德在哪里？"

生相普通、穿着普通的朱德，随手指指远处："在那边。"

敌人拥挤着去抓朱德，他乘机跑了出来，很快和山上等候的毛泽东会合了。当贺子珍迫切地问他伍若兰呢，他才恍然大悟，妻子并没有赶到这里！

他们等了好久，仍不见任何动静。那是一段难熬的时辰，朱德有生以来没感到过时间过得那样慢……

他哪里知道，冲散的伍若兰竟落在敌人手里！后来，她被押解到赣州，惨遭杀害后，被押送到长沙，其头颅被挂在城门上示众……那一年，她才二十六岁。

此刻，朱德脑子里浮现出若兰的影子：高个子，黑皮肤，脸上有一点麻子，人不漂亮，但却充满生机……

她就是宜章人！家庭富裕，却背叛了亲人，投身工农行列。大革命失败后，土豪把她抓起来，要杀她示众，她机智地逃了出来，找到湖南农民武装，参加年关暴动，认识了朱德，并结成夫妇……

"多可敬的同志！"朱德喃喃自语，尽管他现在和康克清结了婚，但对自己的战友仍有不尽的思念。

朱德的思绪又由那次突发事件联想到眼下红军的处境。凭着军人独有的感受，他强烈地感到，未来的征途上必有不测的风云。这一段接触之敌是粤军陈济棠，过了宜章，将有湖南的何键、广西的白崇禧，这都是些能打仗的人，红军要对付他们，绝不会像现在这样容易。

西进的顺利说明什么？是指挥的英明？是红军的无敌？是陈济棠饭桶？还是……

一连串的问号使朱德不安起来，这种心情并非现在才有，只是越来越突出起来。

4

当红军突破第二道封锁线后，部队由江西进入湖南，当时就发现减员日趋严重。不少新征集的兵员不愿离开老家，也忍受不了日以继夜的跋涉而纷纷离队。为此，在城口，朱德找周恩来、博古、毛泽东进行了彻夜长谈。毛泽东对谈论制止逃兵没有多大兴趣，他提出了进军路线问题，认为红军应向北开进，进入湘中，然后转回到江西南部和福建西部。有人不同意毛泽东提出的进军路线，正在争执不下时，贺子珍推门进来，才结束了那个难堪的场面。

今天下午，攻占了宜章的三军团彭德怀，又向中央提出书面建议，认为继续西进不利。他甚至提出，愿意带三军团向湘潭方向挺进，直接威胁长沙，迫使蒋介石改变部署……他的建议，未曾引起任何反响。但朱德深深感到，对中央既定方针的疑虑，已经大有人在了……

朱德感到一种压力。难道从桂北渡过湘江，夺路去和湘西的二、六军团会合真有不当之处？新的建议都是没有任何意义的？作为军委主席，他没有参与制定这条进军路线，但执行党的决定，他从不计较个人得失。问题在于，轻视不同意见对完成党的任务是有害的……何况，提建议的人，又都在进军顺利的情况下大胆陈述，这比在失败之后议论教训要宝贵得多！

朱德没有再想下去，他冒雨找到了博古。

博古对他是尊敬的，一边替他整理打湿的衣袖，一边盯着他："那你的意见呢？"

朱德坦率地说："我服从中央的决定。我是说，对他们的意见有没有认真研究过？"

博古半开玩笑半认真地说："总司令呀，你可不能右倾呀，现在畏难情绪在抬头，这也是一种倾向！"

朱德不同意总书记的看法："谁反映情况，就给谁扣帽子，今后，还能听到不同意见吗？"

博古忙解释起来："不，不是扣帽子，我是说，他们的出发点就不正确。对中央的决策，不应该怀疑、挑剔……"

李德走了过来，博古用俄语把刚才的谈话内容告诉了对方。

李德沉思片刻，不知在对谁说，口里喃喃着："看来，和中央离心离德的人确实有，现在顺利的时候都这样，到了困难的时候……"

李德没有说下去，他对着朱德提到另外一件事："你知道不，项英在苏区是怎么抵抗的？他们不就是为了让我们实现中央的决定，我们只有尽快地会合，才能解除他们的苦难。"

这句话，经翻译告诉朱德后，他的心沉重起来。没有比他对中央苏区更了解的人，他知道，那里虽然留有红军总数三分之一的人马，但项英缺乏作战经验，陈毅、贺昌负伤未愈；另外，他们还都不是江西本地人，本地有经验的不少同志都在肃反中被肃掉了……他们面临的艰难，将是无法想象的。

李德见朱德沉思起来，又引申到刚才的谈话上："毛泽东要打回去？能打回去吗？我们在军事上还不至于这样无知，现在，不去和二、六军团会合，我们就没有出路！"

博古很有信心地说："弼时的九千人马都杀到贺龙那里，我们八万之众就无能为力？笑话！"

朱德看谈话很难进行下去，不是说气氛紧张，而是对方的每句话里都强调一个原则：对既定的军事方针应坚信不疑。

李德走向他的乘骑，上马之前，他又回过头来对一语不发的朱德说："总司令员同志，你也在莫斯科学习过，咱们都应该为共产国际的事业负责，机会主义者往往利用我们感情的脆弱，拉我们下水。"

朱德心里"咯噔"一下，想不到几句交谈引起国际顾问的怀疑，忙向博古道："这是哪里的话，我只不过反映……"

"知道，知道。"博古不听朱德的说明，反而严肃地说，"他的话是有指导意义的，你想过没有，胜利的情况下还有悲观避战的思想，这和党的进攻路线有什么共同之处？"

朱德木然了……

5

周恩来赶过来，他不知道这里有过风波，拿着两份作战命令让博古过目，同时告诉朱德，担任运送辎重的队伍行进十分缓慢。朱德忙去看部队去了。

周恩来看着朱德的背影，感到了什么，问博古："出了什么事？"

博古意味深长地说："思想斗争嘛，看来，党的进攻路线并没有深入人心啦！"

周恩来忙得要死，加上"斗争"又很频繁，他不愿过问刚才的情况，顺便提及了一句："马上又要打仗，可不要影响指挥员的情绪。"

"好吧，一切等大会师以后再说。"博古说完后，看看电文，他自己对军事比较生疏，不便发表意见，忙拉了周恩来一把，"走，找顾问一道研究研究……"

不管朱德有什么想法，"三人团"研究后草拟的命令，还是由他签署下发。此后几天，红军作战顺利，红三军团于郴州良田与宜章间突破了敌人的第三道封锁线后，彭德怀率部解放了临武。接着，林彪一军团的红三团攻占了蓝山县城，消灭敌保安团一个营，还在伪县政府仓库收缴银元几千块和不少黄金。随后，一军团一部又占领道县，军委纵队和各军团相继顺利渡过潇水。红三军团十三团向道县前进时，还打下南昌飞来柳州轰炸红军的 709 号战斗机，并俘虏了驾驶员。

此时，红军锋芒直指湘江，大有所向无敌之势……

无论战况怎样辉煌，朱德的心是不踏实的。这位已经进入军界达二十五年的将领，经历的各种战斗不计其数，他能感到，越是顺利，越铺垫着大仗、恶仗，越要审时度势。而"三人团"，特别是博古、李德，至今还沿用苏区的那一套传统见解，对人如此，对战斗亦如此，动不动就搬出共产国际。个人的意见也打出共产国际的招牌，这种现象是正常的吗？

说不清的问题很多，朱德困惑了……

第七章
红军浴血战湘江，损兵过半破天堑

1

这条大江，经桂林、兴安、全州，蜿蜒到湘桂边境的东安进入湖南，最后一泻千里，奔入长江。她的桂林至兴安段，也称漓江，这里有甲天下的风光。

她秀丽的景致，是应该供游人观赏的，但想不到战争这个不速之客却来光顾她了，并从此将这条大江的名字长留在史册上。

湘江，那国共双方都难以忘怀的碧水清波……

蒋介石要在湘江以东消灭红军。

红军要渡过湘江。

湘江岸边，一场你死我活的决战无法避免了。

在这场决战中，蒋介石是主动的、有利的，西进的红军完全走进了他的包围圈。这个包围圈，比他对江西苏区的包围还要严密得多。在江西苏区，红军终于从包围圈中撕开一个西行的缺口，而湘江却是天衣无缝的……

一个月前，蒋介石就命令湘、桂双方在湘江的咽喉要地全州会商防堵红军的作战部署，白崇禧代表桂方出席，何键派"追剿"军第一路军司令刘建绪代表他到会。双方达成了君子协定，利用湘、漓两水之险，精诚团结，务歼"西窜"红军，实现蒋委员长的夙愿。

根据协商，桂军担任由兴安至全州、由灌阳至黄沙河之线的防务；湘军担任由黄沙河至东安、零陵一线的堵歼，这样，地利加上人力，一道湘江防线就合拢成体。

防堵加上追击，国军共投入兵力二十六个师约三十万人，不少部队新近还装备了杀伤力极大的德国造波夫式野炮；沿江的堡垒已经大体筑成；后备的民团遍布湘江两岸；中央军和桂系的飞机整日里追着红军狂轰滥炸……红军作战部队仅有十二个师约七万人，武器装备有步枪三万五千多支，轻重机枪七百五十余挺，轻炮十五门，相比之下，实力之悬殊令人惊叹。

面临的局势"三人团"十分清楚，除了冲出一条血路，他们别无选择。血战湘江只是一个时间问题。

"三人团"在彻夜不眠地研究着……

这时，二、六军团在湘西北十万坪谷地歼敌两个旅大部，击溃一个旅，俘敌两千人。这个胜利对于中央红军来说非同小可，它给进驻湘江防线的何键背后捅了一刀。军委立即命令他们，统一在贺龙和任弼时的指挥下，乘敌空虚，深入到湘中行动，以牵制湘敌。

二、六军团不负所望，很快占领大庸、桑植。这是贺龙的老根据地，这一消息震动了整个三湘大地。

就在湘桂军阀全州会商的第三天，中央"三人团"即令红军兵分两路直逼湘桂边境，一路占领道县，一路奔向江华、永明。白崇禧弄不清楚奔向江华的红军目的是不是为了夺取龙虎关，那里距桂林只有百十来公里。

见红军向江华开进，白崇禧感到了问题的严重，如果红军西出龙虎关口，直逼桂林，而他的主力远在兴安至全州一线，那时远水就难救近火了。

何况，他早有自己的算盘。

就在这时，白崇禧的保定同期好友王建平，他在蒋军中央参与机要，平时就为他提供过不少内情。这日来电称，蒋介石采取政学头目杨永泰毒计，欲压迫红军由龙虎关两侧进入广西，然后乘机入桂，达到一举除两害……

白崇禧看了密电，气得直打哆嗦，他气愤地对同僚说："老蒋恨我们比恨朱、毛更甚，管他呢，有匪有我，无匪无我，不如开放兴安、全州，让他们过去，反正我不能叫任何人进入广西！"当晚，借口龙虎关吃紧，他给蒋介石打了声招呼，便把主力从湘江一线移走，仅在兴安留一团人，在全州留两营干训队。这就使兴、全一线的湘江，在一百二十里的防区里无兵护守。

何键得知后，大为震怒，骂了一通"白狐狸"，然后急令零陵、东安的守军刘建绪率四个师南下全州，并急令各路部队加紧追击，以迟滞红军行动，保障刘部抢先赶到全州。

2

"三人团"对这一变化并不了解。整个红军此时正在湖南的宁远、道县间挺进，不少部队还正在渡潇水。

尾追之敌周浑元部属中央军，想在消灭红军上为湘、桂作出样子。他一路尾追，咬得很紧，使红军尾翼直接受到威胁。

前有湘江，后有追敌，中央军委充分估计到面临局势的严酷，它在发布作战命令的同时，党中央和总政治部也发布了政治命令：

> 我野战军将进行新的最复杂的战役，要在敌优势兵力及其部分的完成其阻我西渡的部署条件下，来突破敌人之第四道封锁并渡过湘江。……为着胜利的进行这次战役，要求野战军全部人员最英勇坚决而不顾一切的行动，进攻部队应最坚决果断地粉碎前进路上一切抵抗，并征服一切天然和敌人设置的障碍；掩护部队应不顾一切阻止及部分的扑灭尾追之敌……如敌人向我翼侧进攻时，应机动专行的坚决击溃之……

湘江作战命令是 11 月 25 日下午 5 时发布的，当晚 11 点半，从前方传来江防的确实消息，得知兴安至全州守敌空虚。"三人团"对这一情况，不知是作何考虑，仍让红军以四路纵队，进军湘江地域，进行多路强渡。

26 日，第三纵队向灌阳前进时，因山道不通，军委改变原定路线，令其返回，改道雷关口进入广西。三纵队由三军团及五军团第三十四师组成，它的入关，才使得红军形成以一军团为右翼、三军团为左翼向湘江前进的态势。

第四纵队的八、九军团，仍远在江华、永明一带，正向三峰山前进，计划从那里进入广西。

27 日，右翼一军团前锋占领了从屏山渡到界首的湘江所有渡河点。军委令其先敌占领全州，以取得阻击刘建绪部南下的有利地位，可惜湘敌早到了一步，这样，全州就成为截击红军渡江的桥头堡。

一军团只好退守在距全州十六公里的脚山铺一带，用以阻击南下的湘敌，它身后二十五公里处，是红军的渡口。

左翼三军团前锋，占领了界首以南的光华铺，成为兴安以北的警戒线，卫护着界首至凤凰咀各个渡口。

三军团第五师占领了新圩，使其成为阻击由灌阳北上之敌的阵地。

这样，在湘江地域，形成了红军的三角阵势。鉴于湘江渡口已为红军占领，军委又令八、九军团停止从三峰山入桂，改由强行军从雷口关进入广西，迅速跟上主力。

情况看来对红军是十分有利了。

但战场上的形势瞬息万变，就在红军乘敌之隙，形成全军直抵湘江的态势时，尾追之敌周浑元部利用偷渡攻占了道县，北上雷口关的红军八、九军团随时有被切断的可能。中央军抢占道县的成功，增加了白崇禧新的忧虑，为防止他们尾追红军进入广西，桂军即令撤离兴安的第十五军从恭城返回灌阳，在红三军团控制的新圩以南展开……

这样，一个大三角包围了一个小三角，红军如不能迅速摆脱这个处境，尽快渡过湘江，那确有被围歼的可能。

恶战，势不可免。

局势还在继续恶化。

蒋介石得知桂系放弃湘江防守，震怒之余，严令桂、湘两军按原定计划，对过河的红军实行夹击，对未过河部队进行堵击，仍妄图将红军主力歼灭于湘水之东。

何键接到电令后，即指示占据全州的刘建绪部，以三师之众南下，夺取全州至咸水的沿江渡口，并要求桂军主力前出兴安，沿江北上，与刘建绪部衔接，恢复兴安至全州的封锁线。

桂军并未按何键指示调动部队，仅以一个师驰援兴安，其主力仍在新圩以南布防，准备向红军后续部队发起攻击。

双方的接触点上，响起了争夺的枪炮声，国军的飞机，向红军阵地疯狂轰炸，整个湘江地域陷进一片火海之中……

临时搭起的指挥所里，"三人团"在听取朱德有关战况的最新报告。

朱德嗓子沙哑，眼里布满血丝，他用最简练的语言，勾勒出紧张的形势："李天佑的五师在新圩抗击桂军两个师又一个团，黄克诚的四师在光华铺顶着桂军一个师又一个团，陈光的二师在脚山铺准备阻击湘军三个师南下，李聚奎的一师在道县西抵挡中央军的尾追。"

周恩来沉思着，从局势来看，界首到屏山渡三十公里所有渡口都在前卫手里，军委纵队距湘江最近点只有五十五公里。但八、九军团尚在湖南，正在改道由雷口关入桂，他们距前卫还有一百多公里……

朱德指着标有全州的位置："三个师扑过来，顶不住就会失去所有渡口。"

博古对局势并非不懂，他担心地说："组织军委纵队迅速渡江。要警惕兴安和全州之敌南北夹击，特别是陈光那里，挡不住敌人，纵队就不敢行动……"

朱德想得更多，他说："就是中央纵队过了河，大部分部队被拦腰截断，那有什么意义？"

"对。"周恩来肯定了总司令的分析，"我们的方针是全部渡过湘江……"他看着朱德："你说说，兴安的桂敌为什么只去了一个师？难道不知道封江很难？"

博古说："他们的大批人马，正在新圩和我们打，一时还抽不出更多的兵力。"

周恩来摇摇头，说："不全是这个原因，他能打我们的后卫，为什么不集中力量打击我们的前锋？"

朱德沉思着说："我看，白崇禧是要空出一条通路，叫我们赶快离开桂境，他在后面猛冲猛打，是为了赶我们快走……"

"对。"周恩来同意朱德的判断，"道县的周浑元有什么动向？"

朱德说："被我们打得不敢出城，周浑元在中央苏区和我们交过手，知道我们的厉害。"

周恩来果断地道："把李聚奎从道县调到陈光那里，用两个师抵挡南下的刘建绪部。全军应在 30 日全部渡江，一、三、五军团要坚守各自的阵地，这样才能实现我们的计划。"

李德在一旁听了很久，对于眼前的形势，他已经有些无能为力。他没有料到，在战略转移途中，会有这样大的恶仗，甚至连思考的时间都没有。作为共产国际的军事顾问，理应对眼前的战局拿出自己独有的见解；但他感到，自己头脑里竟是一片空白，敌人倾巢出动，红军全军应付，这在中央苏区都未曾见过。现在，周恩来提出了要求，朱德又表示了赞同，他还有什么可讲的，便原则地对博古说："我看，只要能渡过湘江，牺牲是避免不了的……"

博古从心里对李德产生了不满，这样严峻的时刻，却拿不出让人宽慰的意见。但他又不好多说什么，对周恩来和朱德说："你们说怎么办就怎么办，我支持，咱们大家的目标是一致的。"

这样，渡江的最后时间就限定了，全军将围绕着这个战略目标，开始长达三天三夜的浴血战斗。

3

红三军团第五师在新圩抗击桂军，逐个山头与敌争夺，自师参谋长以下，团、营、连干部几乎全部伤亡，人员损失达一千余人。

对于这次战斗，白崇禧向同僚当时发出的限时电报称：

> ……据十五军军长夏威报告，本晨以第七军覃师由新圩……与彭匪后方部队……接兵，双方突击极其猛烈，匪以多数机关枪集中射击……冲锋数次。至下午一时左右，我以飞机六架连续轰炸，毙匪遍地……

红三军团第四师在光华铺地域与敌激战，桂系四集团军总部行营通报中有如下记载：

> 我第十五军在界首与匪部第三军团作战甚烈。此股担任匪之后卫，激战数小时，此役毙匪二千余，湘水几为之红，俘匪二千余……

脚山铺红一军团对湘军南下三个师的阻击，一开始就成了惊天动地的争夺战。刘建绪之陆军十六师，在"剿匪"战斗详报中记述了和林、聂部队激战的情况：

> ……伪一军团之第一、二两师，在该线凭借工事，顽强抵抗。激战至未刻，匪伤毙几半，势始不支，遂放弃阵地……我军跟追至觉山二里半山及田心铺一带高地时，忽遇匪军大部，枪约五六千，风驰电掣而来，向我正面密集猛冲……我各部与匪相返冲锋肉搏……自辰至午，战斗激烈。我军在飞机炮火掩护之下，勇猛冲击……

这些史料，定会有纰谬之处，但对当时激战情况，仍有忠实的反映，红军的阻击阵地，确有丢失，红二师五团坚守的光锋岭，就是一例。

这个小小的山头，经过十多架次飞机的轰炸，阵地完全暴露在外，熊熊大火早把四周的树丛烧光，战士在炮火烟呛中又受到三面来敌的进攻，阵地越缩越小，伤亡也越来越多。阵地上已无可战之兵。敌人哇哇叫着，端着刺刀冲上了阵地，身负重伤的团政治委员易荡平，要警卫员打他一枪，警卫员泪如泉涌，不忍下手。易荡平夺过手枪，"砰"地扣响了扳机，实现了誓与阵地共存亡的决心。他，没有想到仗打成了这个样子，全团伤亡殆尽，眼巴巴看着敌人占领了阵地。

早在1931年，易荡平就是团政委了，在第三次反"围剿"战斗中，他奉命在邱家隘防御，敌人两个团的进攻被他打退后，又纠集两个师的兵力，也是三面围攻，他亲自率部队灵活反击，进退自如，终于以少胜多，最后获中革军委授予的三等红星奖章。此时，当他被强敌逼上绝路时，非常怀念毛泽东指挥他们驰骋千里的岁月……他更加牵挂毛泽东的处境，就在他扣动扳机的片刻，他向渡口的方向望了望，真诚地期待毛泽东快点过江，重新指挥这支军队……

4

毛泽东过江了。30日凌晨，他随叶剑英任司令员兼政治委员的军委第一纵队，从界首渡过了湘江。李维汉任司令员兼政治委员的军委第二纵队，当日黄昏也全部过江。中央领导机关选择了凌晨和傍晚行动，是为了避免敌方空军的袭扰，这些人走得很慢，对两翼情况知道甚少。但可以肯定，他们的缓慢，不是因为坛坛罐罐的拖累，而是因为情况不明和敌我交错，对他们行动的要求如若和野战部队一样，那就是幼稚的想法了。

"三人团"原定的渡江计划并没有实现。

当日午夜，各军团的情况汇集而来时，周恩来坐卧不宁：中央红军共十二个师的部队，尚有八个师没有过江，其中五、八、九军团还全部在湘江以东。已经血战三昼夜了，红军渡口阵地还能否守住？

朱德清楚各师团的坚守位置，他用拳头狠狠砸了一下手心，说："还得一天，最少还得一天！"

周恩来没有吭声，他心里盘算着，一天，一天就是二十四个小时，眼前的战斗，没有一处不是以分秒计算的，二十四个小时将会出现多少令人心碎的情况……

朱德在地图上指指一、三军团的位置，说道："这是关键的地方，任何一头的丢失都将会隔断我们的后续部队！"

周恩来知道情况的严重，忙问："林、聂、彭、杨有没有电报来？"

朱德了解他的部下，说："他们没喊什么困难，只是死拼，唉，多好的同志……"

就在这时，译电员送来了一军团的电报，这是林彪、聂荣臻亲自草拟的。电文特别提到的也是他们最为担心的——

……如敌明日以优势猛进，我军在目前训练装备状况下，难有占领固守的绝对把握。军委须将湘水以东各军，星夜兼程过河。

一、二师明天继续抗敌。

周恩来把电文又细读一遍，似乎已经看到了一军团在全州方向血战的场景，他对他们提到的忧虑没有责怪的表情，他了解他们眼下的困难，但又不得不期待他们超负荷抗敌，他坐下来，掏出笔，略作思考，拟就了一份电令，递给了朱总司令。

朱德看看表道："哟，都 1 点多了，我看不必再征求博古他们意见了，发报吧！"

周恩来点点头，一份紧急作战命令就这样发出了。

命令称：

> 一军团全部在原地域消灭由全州向西南推进之敌，并无论如何要将这段地域向西的公路保持在手中；
>
> 三军团应集中两个师的兵力，向南驱逐光华铺之敌；
>
> 五军团主力应向渡口前进，并随时扼阻桂军及周浑元部的追击。
>
> 所有被切断的部队应自动突围并向麻子渡口前进……

战局已到了最后关头。1934 年 12 月 1 日，中央红军生死存亡的一战就这样载入了中国革命的史册。

一、三军团与敌激战的场面，无须赘述，三天争夺战的继续，仅用白刃格斗、血流成河来描述都已逊色。凡参加过战斗的人都说，那是一次山摇地动的战斗，整个战场的烟尘遮天盖日，很多地方都分不出双方的阵地、双方的人员……

奉命迅速过江的后续部队，他们这一天的经历也是难忘的。几十年后，参加过这一天急行军的指战员，仍能记住当时的每一个细节，其中在五军团任过职的李雪山是这样回忆那个难忘的一夜的——

> ……野战军前部已过去了，只有五军团在离湘水百五十里的地方，掩护整个野战军渡河……为了争取渡河的胜利，虽然打了一天仗，已经走了五六十里，没有吃到一顿饭……十三师紧急向着湘水前进……一口气跑了九十余里……

在八军团任职的莫文骅，亲眼看到兄弟部队清理担子的情景，他写到——

> ……马路旁边这一堆那一堆的军事政治书籍，有的原本未动，有的扯烂了，有的一页一页的散发满地，有的正在烧毁；里面有列宁主义概论，有马克思主义政治经济学，有土地问题，有中国革命基本问题，有战略学……这些都是我们思想上的武器及战争中必须的材料，现在不得不丢了，烧了，可惜呀！

九军团司令部的文书林伟，根据当时日记，以后补充整理写成的《长征时期的行军漫记》，是这样记述的——

      十二月一日　　晴

      ……九军团奉命于今晚十一时以前要渡过湘江完毕，由红二师一部掩护，渡江后应即以有力的一部占领西岸高地掩护后卫的十三师、三十四师。行程九十里，每小时要走十三里才能完成任务。有鉴于形势危急，将快做好的饭也未来得及吃，立即出发，分成十余路队形，沿湘、桂宽阔的公路上，以跑步式的向湘江勇猛前进，这是比较混乱的一次行军，后面五军团的后卫阵地为敌人突破，流弹在我们行军纵队上空飞舞……

他的记述是真实的，由于五军团的防线被敌人突破，正常的渡江计划又被破坏了，军委不得不提前炸毁湘江浮桥，以迟滞敌人追击。

担任炸桥任务的是方面军工兵连安源矿工出身的工兵连长王耀南，当接到军委作战局张云逸令他下午4时毁桥的指示后，双腿都重得抬不起来：现在炸桥，江东面的同志怎么办呀！但严峻的局势又促使他应该果断地执行命令。4时整，随着一声巨响，这座由一军团夺得又被红军控制好几天的浮桥，顷刻变成了腾空的碎木片……

就在炸桥的烟尘还未散去时，一支红军小分队出现在江边，根据密集的枪声判断，后面的敌人正紧紧咬着他们。

王耀南惊住了。

对岸，领队的中年人，带头跳入湘江，几十名红军战士同时跃入江水，大家手挽手，成一路纵队，涉水过江……

无情的浪头卷走了两个战士，人墙的缺口很快又合拢了，只听见领队在喊："不准撒手，谁也不能离开谁！"

王耀南从呆愣中猛醒过来，忙指挥部下，隔江掩护……

当涉水的红军登上西岸，王耀南一眼认出，这是朱德总司令原警卫班长，现九军团新上任的团长肖新槐。他俩早在井冈山就相识，王耀南忙迎上去说："我说是谁，原来是你呀！"

肖新槐脸一沉："谁让你炸桥！"

上岸的士兵呼啦一下都围了上来。

王耀南急了，说："要是我，明天也不炸，上级说敌人要过来，我能不执行？"

肖新槐一下消了气，拉了王耀南一把，说："快走吧。"

这是一支虎口逃生的部队。有的部队，连赶到江边的机会都没有得到。

红五军团军团长董振堂，过江以后，一直没有和三十四师联系上，他的军团只有两个师，三十四师是他的半个身子。后来，才知道当这支部队赶来时，敌人已经封锁了所有的渡口，他们只好掉头杀出重围，几经苦战，师长陈树湘被俘后壮烈牺牲，几千英雄健儿血染江东……

除了三十四师全军覆没外，没有过江的还有三军团一个团。据估计，从 23 日起仅九天战斗，中央红军损失就达两万人。

5

湘江之战给中央红军的创伤是巨大的，令人痛心的……

但是，战役给蒋介石的打击也是沉重的，不堪回首的。

当 12 月 1 日晚，蒋介石从前方来电得知中央红军大部渡江而去时，这位不可一世的委员长，差一点昏倒在办公桌上。在他眼里，湘江围歼，是千载难逢的机遇，在政治上也有着非同一般的意义。因为，再过十天，国民党四届五中全会将在南京隆重召开。自从 11 月 10 日，他的精锐之师攻占瑞金后，举国上下的党国官员，就等着湘江消灭红军的捷报，他蒋中正也将在大会上再次阐述"攘外必先安内"的决策。谁能料到，红军主力竟一举冲过了他呕心沥血部署的防线……

灯光下，他打开战时的来往电报，想从中寻找到失策之处。他的目光停留在何键一封来电上——

　　……若灌、兴、全间，又准桂军移调，则不免门户洞开，任匪扬长而去。加之萧、贺两匪，现复乘机窜扰桑、永，逼近辰、沅，湘西全部，杌陧不定。似此情势迫切，忽于变更计划，兵力、时机两不许可。合围之局既撤，追匪之师徒劳。职受钧座付托之重，虽明知粉身碎骨，难免一篑功亏，亦惟有勉策驽骀，不稍回顾，继续追剿。……

这是何键 11 月 23 日 19 时的来电，对蒋介石批准桂军撤向恭城一带，而令湘军南移接守兴安以北防务提出异议。蒋介石看到这里，深悔自己不该轻信白崇禧的报告，而同意其主力退至恭城一带。但现在红军主力已经渡河，悔之已晚。他转念一想，只要责令全军，戮力追堵，仍可将红军消灭在渡河之后。于是他立即电令前线全力追堵。

四十七岁的何键，不知是为了讨好蒋介石，还是真心替他分担忧虑，国民党五中全会开幕之日，何键在长沙的一次集会上，公开发表演说，他做出一副十分沉痛的样子，对未能堵住红军承担了责任。说："这次赣匪倾巢西窜，在中央与委员长均已下了最大决心，要乘此时机将其消灭。本人奉令追剿，亦是要完成最后剿匪的使命，务必将其歼灭而后已。同时在时机上与地势上，均有歼匪的可能。而现在结果竟未能依照计划，将其全部消灭。虽于时机迫促、兵力未集上有很大的关系，然准备未周，不无遗憾。所以本人今天在此庆祝剿匪胜利大会中，深致惭悚……"

他的演说，给到会的各界心里，蒙上了一层阴影：庆祝剿匪胜利，胜利在哪里……红军能一连通过数十万国军围成的四道封锁线，委员长还能有什么办法消灭红军？

蒋介石深知社会舆论的利害，为了推卸责任，摆脱困境，他不得不急电责问桂系头目：

> 共党势蹙力竭，行将就歼，贵部违令开放通黔川要道，无异纵虎归山；数年努力，功败垂成。设竟因此而死灰复燃，永为党国祸害，甚至遗毒子孙；千秋万世，公论之谓何？中正之外，其谁信兄等与匪无私交耶？

在蒋介石心里，对湘江之战的失利是看得很重的，但他毕竟没有想到，正是渡过湘江的这些人，最终推翻了他的一代王朝！

第八章
危境中毛泽东力主红军改道，历史也在改道

1

突过湘江防线的红军，进入了桂北的越城岭山脉。这里群山连绵，密林遮天，既给拼命奔波的部队提供了安全的屏障，又给他们增添了新的行军困难。

战斗每天都在继续。

桂系部队和训练有素的民团，利用熟悉的地形，常常隐蔽在红军的侧翼，发起突然攻击，刚刚经过湘江血战急需休息的红军，往往被打得措手不及。

流血牺牲时时都在发生……

在一个叫两河口的地方，战斗十分激烈。三军团第四师守在一座山上，赶来的桂军拼命围攻，双方多次打成混战状态。师政委黄克诚亲眼看着自己的一个排被敌人包围缴械，这是他自参加北伐战争、井冈山斗争以来，都从未见过的事情。但他无可奈何，他不能出击，整个部队在后撤，他奉命阻击，任何轻率、鲁莽的举动都会给全局带来更为严重的损坏……他只好闭上眼睛，不去看那场面。他身边急着要出击的战士，看见政委痛苦的神情，都一个个背过身子。

对于红军，这是一种最难忍受的人格羞辱……

当主力通过两河口后，黄克诚和张宗逊师长爆发了几天以来的第二次争执。

他俩第一次红脸是在湘江之战的最后一天。奉命扼守界首渡口的红四师，和反扑的桂军打了两天两夜，看着主力全部通过湘江后，黄克诚提出部队应迅速撤退，张宗逊因没有接到上级命令，坚持不撤。黄克诚火了："现在不撤，拖下去想撤也撤不走了！"

张宗逊理直气壮："没有命令谁敢动！"张宗逊是从军委第二纵队参谋长改任为四师师长的，他当然清楚，没有命令带着部队撤走，那是临阵脱逃。

黄克诚急不可待地说："任务已经完成，情况又相当危险，难道你要看着全

师覆灭？"

张宗逊扭头不理，这位在黄埔军校就入党的陕西汉子，宁肯战死，也不愿给别人议论。

黄克诚跳到他面前，指着他喊道："撤，我是政委，我负责！"

当时，政治委员有最后决定权，张宗逊这才怀着不安的心情带走了部队。

事后，上级没有追究此事，因为四师保全了力量。

今天，又是这样一个情况，红军主力已经过去，敌人攻得很猛，上级的命令未到，但部队已经支持不住了。能撤吗？张宗逊神情坚定，没有上级的命令，他是不会退后一步的。

黄克诚没有直接和师长争执，他先命令师政治部主任张爱萍，带着一支部队撤走，然后才去找张宗逊："撤不撤？"张宗逊一看阵地部署已经瓦解，朝着政委"哼"了一声，带着剩下的人员离开了。

黄克诚并不责怪师长，作为政委，他明白自己的责任，他的前任师长洪超，就是在通过第一道封锁线时因晚离阵地而牺牲。现在，怎么能让这种悲剧重演！怎么能让从湘江死神那里争斗过来的同志无辜牺牲？

红四师又一次避免了被围歼的厄运。

入山的红军为了尽快摆脱桂敌的拦截，不得不再次轻装。从中央苏区出发以来，几乎天天都在减轻行装，剩下的大大小小都有用场，但这一回都被彻底减掉了，不少设备被推进山谷，那些失去装备的战士，身子轻了，但心里却更沉重了……

2

急行军，急行军！

伤员来不及安置。像红一军团红一师那样能打善战的部队，此刻也不得不把大批伤员遗弃。这些人的命运是凄惨的，大部分死在群山密林里，活着的又遭到歹徒捕杀。幸存的也有，那只是寥寥无几。

朱镇中是九死一生里逃出来的，他原来是红一师三团八连的班长，左脚髁中弹后昏迷，当晚被送到救护站。第二天清晨，他被枪声惊醒，发现部队已经转移，留下一百多重伤员无人照管……

幸好，他被一个姓栗的铁匠救出。在门上贴有白崇禧四集团军《劝告共匪携械投诚书》的茅屋里，栗铁匠把这个江西来的"赤匪"照看了一年，一年后，又变卖田产换回银元，让他去寻找红军……

五十二年后，作为中国人民解放军一位高级干部，他又重返越城山脉。在栗铁匠的墓地，朱镇中献上了一束鲜花，也献上了他终生的感激与思念。

对于遗弃他的事，两鬓斑白的老军人没有耿耿于怀，他边回忆边深沉地说："那个环境太紧张了，白崇禧不愿意在广西境内打仗，拼命'赶'我们走，我们也只能拼命地撤……"他把话题一转，似乎是几十年后的感受，"为了我们百十来个伤员，拖住成百上千的同志，这不值得。他们甩得对，这，大概就是革命的残酷性吧……至于阶级友爱，也得服从大局，不能只认一个模式。当时，我满肚子委屈，后来想通了，伤一好又去找红军……人，应该无条件地服从本阶级的斗争总目标。"

此时，担架上的毛泽东就是这样想的，尽管他现在只是一个没有国土的国家主席，而且成为高层政治圈子里的少数派，但他的心里却装着整个红军的命运，包括反对他的那些人，他为他们的安全和未来命运时都在焦虑着。

传来的最新统计是，西进的红军仅有三万余人！

特别使他揪心的是，昨天翻越主峰猫儿山，道路狭窄，部队拥挤，这对多日征战、又要时刻提防桂军侧击的红军，带来的是士气低落……

减员严重，军心不振！

毛泽东再也坐不住了，他走下担架，挂着一条棍子，在中央纵队缓慢的队伍里，去寻找政治部主任王稼祥。

他追上了王稼祥的担架。西进以来，他们之间能够平等地交换意见，对一些军事行动，也有不少共同的看法，当然，这首先基于王稼祥对毛泽东没有另眼相看。

王稼祥看毛泽东吃力地赶过来，忙招呼抬担架的人停下来。他的伤口不好，时常流着脓液，几乎全靠担架行动。

毛泽东掏出一张《红星报》递给对方："稼祥，你看看这一段……"

王稼祥习惯地看看日期，知道这是渡江期间出版的，他的目光扫过去——

　　由于党和中革军委领导的正确，向着敌人进行了坚决的反攻。在我主力红军西进中，调动了蒋介石的主力离开中央苏区……一切把我们离开中央苏区反攻敌人的行动，解释为退却逃跑的机会主义者，都在这些伟大的胜利之下完全宣告了破产！

王稼祥抬头，含笑解释说："这不是针对你的……"

毛泽东表明态度说："我对挨骂早就习惯了，主任同志，我只是对'伟大的胜利'不敢苟同。"

王稼祥叹了口气，说："伟大的失败也是悲壮的。"

"我们要这样的悲壮干什么用？三万人马，再悲壮几下，就彻底完了！"

王稼祥心头一怔，这些事，他曾想过，但经毛泽东铿锵的几句，似乎危险就在明天！

王稼祥无可奈何地说："现在是没有法子，谁也不愿意让部队走这条路，我看，会师之前，我们还得咬紧牙关……"

"会师，会师，为什么老瞅着贺龙那块地方！？"毛泽东激动起来。

王稼祥不甚明白："不为这个总目标，你我到这里来干什么？现在是困难时期，只有……"

毛泽东没有听下去，打断王稼祥说："只有什么，全都是些文字游戏，我看，你说的那个总目标要变一变才行！"

王稼祥一愣。

毛泽东说："谁是退却逃跑？我看现在倒有这个味道，整天被敌人追着喘不过气来，这样下去，部队拖垮了，人心拖散了，能不能实现和萧、贺的会合？就是会合了，我们全是一些残兵败将，那又有什么意义？"

王稼祥追问道："那你的意见……"

毛泽东断然道："不去和萧、贺会师，我们重走一条路！"

王稼祥沉默了，他感到毛泽东的见解打开了新的思路，从战略方针上提出了独到的见解，这在中央是很难听到的声音。自从苏区一连串的反倾向斗争以来，党内已经滋长了一种不良的风气，就是听不得半点反面意见，致使很多人都不敢讲话。毛泽东讲了，且不说他的意见是否正确，他敢于讲话的精神是难能可贵的……眼下，全党的统一、口号的一致是否也掩盖着个人的专横、士兵的不满？

他没有再想下去，忙招呼自己的担架起程。

毛泽东一时没有明白，他望着远去的王稼祥，喃喃地说："听不听由你，为了整个红军的存亡，我是不能再沉默了……"

3

当天，在"三人团"那里，出现了新的讨论内容。博古坦率地说："我感到担心的是在政治上会不会出现别的波动，影响我们当前的斗争……"他边说边看看李德，希望他能拿出原则的意见，然后再议论一番。

李德只顾抽烟，他考虑不出成熟的发言，他看着周恩来，想让总政委先谈谈，因为，这类事情周恩来最有发言权。

周恩来理了下长长的胡须，心情一下沉痛起来，他说："毛泽东是政治局委员、国家主席，为什么不能参加党的重要决策？这件事，我有责任。我们口口声声不计较个人的恩怨，实际上并没有言行一致……稼祥向我们提出这个问题，很尖锐。现在又是这样一个特殊时期，不迅速纠正我们的一些做法，对红军不利。人家前三次反'围剿'打得很成功，蒋介石那里就承认朱、毛，还没有提到你博古和我……"

李德开口说："我只提醒你们，毛泽东想改变我们的战略方针，这是不是一种可怕的倾向？"

"这是两回事。"周恩来不同意李德刚才的讲话，"首先，要让毛泽东议政，我们要坐下来，让人家讲话，不要动不动就是什么倾向。至于他提到不去会师另择新路的事，也许真有道理。"

博古吃惊地看着周恩来说："怎么，你对到贺龙那里去也动摇了？"

周恩来道："不是我动摇，是蒋介石逼得我们动摇。现在，他摸清了我们的动向，湘江没有堵住我们，他是不会甘心的。三万人马，再要出现一个湘江……"

周恩来的话把一个生死攸关的问题摆在了桌面上，对于现实，谁也不敢再高谈阔论。因为事实每时每刻都在抽打夸夸其谈者的嘴巴。

博古回答不上。

李德见周恩来的态度很明确，也不好再说什么，就他来说，中共内部的复杂状况，他也不愿意介入更深，怕的是陷进去不能自拔……

"三人团"终于统一了认识。

毛泽东重新进入红军的统帅圈子。

历史悄悄地翻开了一页。

这期间，他们和毛泽东是否发生过激烈的争论，史料上没有留下原始的文字记载。不少史学界的同志分析说，是毛泽东在这个时候坚持部队兵入贵州，而"三人团"却非要往敌人的口袋里钻，这些说法显然有失偏颇。事实是，当时的红军已经实行了避实就虚的战略方针，它的总方向是在继续西进中寻求北上的战机，以实现与二、六军团的会师。在这个问题上，毛泽东是赞同的。他和他们的最后分歧，是在会师遇到困难时，仍然拼命实现会师还是另作选择。

不几天，西进的红军占领了湘南的通道县，在那里，中央的决策者包括毛泽东，第一次在心平气和的气氛里，研究了敌我势态，大家决定，部队应继续西进入贵州，只有这样，才能摆脱从南压来的湘军和尾随追击的桂军，才能寻找到北上会师的途径。

为了创造新的环境，军委指示二、六军团向他们靠拢，以调动和迷惑各路敌人，打乱他们的新的围歼部署。

贵州守敌王家烈，在湘江战役进行时，已部署了防堵计划，之后，又接到何键、蒋介石的多次来电，令其"严防赣匪入黔"，所以，当红军还在湘南行动时，他已动员部队、民团在湘黔边界严密防堵。

王家烈清楚，何键的电报是提醒他不要扮演桂军角色。但他又无可奈何，他只有十五个团的兵力，何以抵挡红军数万之众。前思后想，还是决定执行命令，尽力给红军打击，以迫使其早日离开黔境。

西进的红军，以与黔敌决战的态势，逼向黎平，谁知先头部队还未到达该地，守城的王家烈一个团，就弃城而逃。溃兵退到一地，该地驻军也弃营而走。黔军犹如滚雪球一般闻风而溃的情景，同湘、桂军阀部队的素质成了明显反衬。渡过湘江以来，过广西，入湖南，进贵州，不费一枪一弹占领县城这是第一例。这种情况，引起红军领导中枢的高度重视。

新的争论在胜利之时又一次兴起。

争论的一方是毛泽东，他的意见是：停止会师，安营贵州。

而博古他们却认为，机不可失，时不再来，这是千载难逢的会师良机。

4

中共中央政治局在黎平举行了会议，专题讨论战略分歧，这本身也标志着僵化的领导方法开始解冻。

毛泽东的政治命运也随之出现了转机。

当委员们步入城东二郎坡一家姓胡的店铺时，住在那里的周恩来和朱德早就等候在大门口。

周恩来向大家介绍着这座清代嘉庆年间的建筑群，他不时指着两层三进、大小天井讲着主人的身世……

毛泽东已站在前院的封火墙边，看着二门两旁的隶书对联：

　　　传家自有藏书乐，卜宅何嫌近市居。

毛泽东明白它的意思，自语地："噢，这道门后就是内宅，咱不得擅入呀……"

周恩来走过来，说："哪能是擅入，是我和总司令请你们来的。"

毛泽东指着对联："我是说它。"

大家笑了。

气氛是宽松的。

周恩来主持了这次会议。

他以极大的兴趣听取毛泽东的发言，在他看来，这是决定红军进军路线的关键，提前开不行，拖后开也不行，现在开正是时候。

大家围坐在一起，目光都集中在毛泽东的脸上。

毛泽东善意地笑了笑，说："恩来让我痛痛快快地讲，我也不会吞吞吐吐。"他眉头一扬，"我一直在想，这一路上的围追堵截，目的只有一个，就是阻止我们去萧、贺那里。蒋介石是个聪明人，他在湘江没有消灭我们，怎么会放虎归山，让我们平平安安地去湘西？"

博古认准会师一条路，不冷不热地说："现在就是要顽强地作战，畏战情绪是危险的，你不打他们，他们也不会放过咱们……"

"你说得对，敌人是不会让我们喘息的，但对怎么个打法，应该研究。我们避实就虚到了贵州，为什么不来个避实击虚呢？"毛泽东盯着大家，想让他们能品出"就"和"击"的味道来。

博古又想说什么，被周恩来拦住，他小声说："让泽东讲完吧。"

毛泽东继续说："我反对死打硬拼，死打硬拼并不能代表进攻路线，那实质是一种盲动和无能！"

博古听到这里，不自在地动了动身子。

周恩来没有怨言，他心里想到湘江两岸的血迹，还有那没有过江的三十四师，并由此又想到中央苏区的失利……

毛泽东平静了一下自己的情绪，接着说："我说的'击'虚就是放弃北上会师，到黔北一带开辟新的战场，让蒋介石做他的围歼梦去吧！"

张闻天担心地插话说："我们到黔北，蒋介石还会追过来，会不会事与愿违，我们又陷进一个新的包围？"

博古也想提出这个问题，现在，他等待着答辩者的高见。

毛泽东坦然地说："完全可能，但我们是活人，不会等着挨打。大家不要忘记，这次过湘江，白崇禧就没有听蒋介石的指挥，黔军本身就四分五裂，王家烈怎么会效忠南京政府？"讲到这里，他的声音猛一下沉重起来，"要是在福建能重视那个共和国的力量，也许，我们今天不会落到这个地步……"

博古急了，说："那是中央的决定。不和蔡廷锴合作是他们的问题，这些人信不过嘛！"

张闻天接过话头说："博古同志，福建政府失败就这么简单？你们决策者就没有直接的责任？"他看看大家，"毛泽东的提示使我想到一个问题，我们确实应该总结一下教训，就从福建这件事开始。"

会场上鸦雀无声，平时文静的张闻天，一阵猛炮轰击，把大家的思路带到了另一个思考的范围里……

李德一看这气氛，借口身体不适，提前退场了。他曾和周恩来交换过意见，坚持去二、六军团那里，以便联合开辟根据地，对别的行动方案，他表示了悲观的看法……

李德的离去，使会场充满了生气，一些不愿意在他面前表露感情的人，现在都提高嗓门，敞开了心扉。王稼祥甚至公开对共产国际的军事顾问提出了看法，批评他在中央苏区的指挥专断……

博古第一次感到不可收拾的局面，他见周恩来一直没有表态，忙制止住大家，说："让恩来也说两句嘛！"

大家都静下来。

周恩来早就想妥了，他措辞简练、语调诚恳地说："大家的发言，不少地方是针对我的，我接受。我同意泽东同志提出的黔北扎营方案，也同意闻天同志提出的中央要总结教训，我看，此事关系对红军的领导权威，不宜再拖，由博古和我准备一下，总结检查……我要说明的还有一点，就是党的政治路线是正确的，我们的错误是在执行正确路线的过程中发生的，否则，会引起上上下下的混乱，不知在这个问题上，大家是否统一？"

毛泽东认为周恩来的考虑是及时而周到的，首先表态："对的，政治路线是不能怀疑的，也不是现在可以解决的。眼前，主要是军事路线，它直接关系着中央红军的生存。"

博古见自己处境孤立，又提出："李德的工作怎么办？他是代表共产国际的。"

周恩来说："我去解释。我想，对于保存红军力量、准备反攻敌人这个总纲，他不会反对的。"

博古又想起什么，他不安地说："到黔北那里去，要过乌江……"

毛泽东肯定地说："放心，王家烈不是何键和白崇禧，他没有本事把乌江变成湘江。"

周恩来继续说："我看，让老毛把他的具体意见再讲一讲，讲细一些，还有哪些困难，准备怎样克服，部队现在开展些什么……越细越好。"

毛泽东见大家都等着他发言，润润嗓子，把他扎营黔北的设想，详细地讲了起来，他知识渊博，从贵州的历史、风情到军阀内部的争斗一直谈到红军的部署、当前的任务，越讲越生动，给大家勾勒出了一幅呼之欲出的动人图画……
……

这样，胡家店铺产生了中央政治局在川黔边建立新根据地的决议。西征以来，既定的战略方针从此改变了……

5

黎平会议以后，红军出现了不少新的变化：五军团参谋长刘伯承重返军委，接替叶剑英任总参谋长；撤销了红八军团的建制并入红五军团；中央纵队和军委纵队合编为军委纵队，新任的纵队司令员是刘伯承……

刘伯承的出任，对未来红军的行动，起到了非同小可的作用。作为南昌起义的领导人之一，他又一次和起义的首领周恩来、朱德在一起，为红军的未来承担起历史的责任。

这是一个新的历史前夜，明天还是未知数。

进军黔北的新的战略方针能否实现，他们重任在肩。

博古和李德虽然是"三人团"的核心人物，但在兵出黔北上，早已表明了态度，他们是不会承担责任的。

军委决定兵分两路，以一、九军团为右纵队，三、五军团为左纵队，前进途中如遇黔敌阻拦，就坚决消灭之。

为了形成三足鼎立之势，要求二、六军团积极活动，调动湘敌，并随时向黔境行动，钳制尾追的中央军；要求四方面军，加强在川陕进攻，以牵制四川敌军。

黎平会议结束的第三天，中央红军开始执行新的进军方案。

右路纵队势如破竹，占施秉、入余庆，未遇坚强抵抗，迅速抵达乌江南岸渡口大乌江。

左路纵队风卷残云，攻台拱、夺黄平，直指乌江门户瓮安。

瓮安守军为黔军第五、第六团，算是贵州强悍善战的部队，但他们却没有依托高大的城墙顽抗，红三军团前卫十团向敌猛攻一小时，守敌弃城逃走。接着，三军团又抢渡龙安河成功，顺利到达乌江另一个渡口茶山关的南岸。

仅十天功夫，中央红军迭克数县，频频取胜，士气大振。

红军行进地域，不少是苗族集居的地方，接替王稼祥的政治部代主任李富春，专门签发了军民关系的指示，对群众纪律提出严格要求。

饱受兵灾烟害之苦的黔北民众，第一次见到这样一支秋毫无犯的军队，他们回敬的决不仅仅是粮食、布匹和盐巴……

何键"追剿"军第一兵团的刘建绪，这个曾在湘江之战与红一军团血战全州的新任总指挥，在当年12月份"剿匪"工作报告书上，不得不公开承认——

> ……赤匪盘踞该地，不过数日，而其所需，均取自财主之家。对于一般穷苦民众，并未予以不利，但多数为其宣传所动。故国军到时，民众多相率逃避，在家者均系老弱。民心如此，隐患良深。

隐患良深，岂只此一例？

贵州名为统一，实为四分五裂，王家烈、犹国才、侯之担、蒋在珍四大派系，各据一方。王家烈虽为贵州省主席兼二十五军军长，主持贵州军政，实际上他能指挥的部队也只有两个师。红军由湘入黔时，他曾令犹国才出兵布防，犹乘机要枪要粮，就是按兵不动，造成黎平、锦屏一线只有二千兵员，结果一触即溃、望风而逃……

现在，红军陈兵乌江，黔军怎能全力对付？

王家烈的担忧是千真万确的。

乌江河防由侯之担负责。侯系川南边防司令，他号称有八个团的兵力，实属空架子，每团二三营不等，总数只有万人左右，担任守河的教导师，兵力不过五千多，而且分布在百十公里长的十余处渡口上。面对红军入黔之举，侯之担还很自信，认为乌江素称天险，红军远征疲惫，必难飞渡。因此对守河部队下令，必须堵截红军过江。

他的部下却没有信心：委员长的数十万大军，尚不能阻挡红军西进，湘江天险，都能突破，乌江又何能阻止？万一被突破一点，全线必为之动摇……几个旅长判断红军不会久留贵州，建议将部队撤离遵义，待红军走后，即进行收复，这样，可避开红军锋芒，保全自己实力。

侯之担主张坚决守河，他认为黔北是他的地盘，红军占领后，自己无处安身，即使红军不久留此地，王家烈也会借机侵入黔北，使他无法回防。另外，赤水是他的老巢，全部财产和家小都在那里，若红军进入黔北，赤水必不能保，他的财产怎么办……他的各种想法中还有一条，即乌江险要，若重兵把守，红军力不能克，便可能改道他往。

为了弄清红军去向，侯之担派便衣密探过河侦察，得悉红军渡江决心已定。这时，并不想和红军抗衡的侯之担，急令驻川南的部分兵力兼程开来遵义，以加强乌江防线。同时，为防万一，又去电赤水，将他的家小及财产迁往重庆……

这是 1935 年的第一天。

红一师由林、聂率领，红二师由军委直接指挥，分别在袁家渡河点和江界渡河点，实施突破。

6

党中央所在地瓮安县猴场，政治局的委员们开会讨论渡江后的行动方针。

气氛宽松，从黎平到这里，谁都感到春风得意，委员们的脸上，再也找不到那种昔日的愁容。

朱德向委员们通报了敌情。

博古对渡江后的想法没谈一字，首先对眼下的处境表示了极大的担心："前有乌江，左右有敌，我们还在一个三角形里……"

周恩来说："不会成为背水一战的结局，根据前沿情况，一两天就能打开渡口。"

朱德兴冲冲地向大家通报战况："二师陈光师长带领四团昨天到达江界河渡口，南岸敌人全部撤到北岸。今天一早，四团耿飚、杨成武已经向对岸试渡，一师一团的杨得志也带着先遣队向大乌江渡口进发。"

这是两支能打硬仗的部队，从来没有令人失望过。

博古还是不放心，他说："从黎平开进，一路顺风，我怕天有不测风云，咱们湘江损失太惨重了，要是再有个三长两短，咱们……"

毛泽东听出了他的话，直截了当地说道："你有什么新的想法，就讲出来嘛，不要拐弯抹角了！"

"也不能说是我的个人意见，李德同志也多次表示过这种想法。"博古没有看大家，低着头说，"还是那句话，利用现在的形势，赶快实现同二、六军团会师！"

"怎么，乌江不渡了？"王稼祥是带病来开会的，他按住腰部的下端，生气地说，"你怎么出尔反尔，这样下去，政治局整天要和你解决问题了！"

博古不服，他说："我提出问题有什么错，你口口声声说别人专断，我看你就太专断了，我连个意见都提不得吗？"

"提得，提得。"毛泽东温和地对博古道，"你不该一朝被蛇咬，十年怕井绳。乌江的侯之担不是何键、白崇禧。渡过乌江，占领遵义，这个决心现在可不敢动摇呀！"

博古平静了一下情绪，问道："渡过乌江，占领遵义，就能完全摆脱我们的困境？"他用手指在地上画着几个小圆圈，"四方面军在这里，二、六军团在这里，我们在这里，到底离哪个近？老实说，要是去萧、贺那里，我们沿乌江南岸北上，连条河都不过。"

毛泽东见博古坚持原来的战略方针，生气地说："我真不明白，你为什么硬是要往敌人口袋里钻！现在，湘西那边很吃紧，何键去了三个师，蒋介石从江西抽去一个师，鄂军也把三个师部署在湘鄂边上……"

博古打断毛泽东的解释："你考虑过没有，过了乌江，以南的军队压下来，后有乌江，侧有追兵，我们才真正钻进了口袋！"

毛泽东不想再更多地阐述道理，他斩钉截铁地说道："不可能！"

博古说："你太自信了吧！"

毛泽东并不退让："在原则问题上，我是不会谦虚的！"他略停片刻，加重了语气，"我们要为这个已经没有了国土的共和国负责，要为这剩下的三万红军负责！"

张闻天几乎是忍不住了，他说："黎平会议才几天，又要改方针，这中央的工作太难办了，朝令夕改，我看谁也搞不了！"他对着博古："那次会上定下的，要总结教训，不知这个现在变不变？"

博古看着大家，说："我没说过变，恩来，你可以证明嘛！"

周恩来点点头，语调沉重地道："这是不能变的，政治局的意见统一不了，再不挖挖根由，下面的同志就进退两难，那我们就只有等着敌人来消灭了！"

王稼祥说："咱今天的议题是过江后的问题，我看，就讨论吧，人家江边的战士在流血牺牲，我们不要再纸上谈兵了。"

博古知道这是在说他，不满地看了对方一眼……他心里清楚了。在原来十分信任的圈子里，现在早已发生了变化……

争论也罢，发火也罢，这次会议最终作出了渡江后建立川黔边新苏区的决议。

据说，会议一直开到深夜。

这一天，毛泽东的警卫员陈昌奉，在猴场号了一间大房子，并摆设了桌凳，以表示过新年。但等到半夜，还不见人回来，便提着马灯去找，半路上，碰见了毛泽东，陈昌奉把找房子的事报告了。但毛泽东没有一点兴致，他的心被新的转折吸引着……

从黎平到猴场，政治局的两次会议，毛泽东的意见都已占了上风，那种撤离苏区前的压抑感一扫而空。他心里有些激动，暗暗告诫自己，要珍惜这种难得的转机，为这支红色大军，开创新的局面。

当陈昌奉又一次提到房子时，毛泽东才想到应该回答警卫员那片好心："很好。但我们明天不能休息，我们要打过乌江去！"

"明天？现在天都快亮了！"陈昌奉提醒说。

这是凌晨4时，天上还有寒星闪烁，毛泽东索性向乌江边走去，黔北山区的寒风，让人感到阴森森的，但毛泽东的脚步从来没有这样轻快过……

乌江，又名黔江，是长江在贵州境内的最大支流，全长一千多公里。它由西南向东北横贯贵州全境，江面宽阔，水深流急，加上两岸山峦挺拔，成了北护遵义、南安贵阳的天然屏障。

红军强渡乌江的故事曾广为流传，也免不了有些演义，其基本事实是：

红四团耿飚团长和杨成武政委到渡口实地侦察，挑选了十八名勇士强渡。首批渡江的八名勇士因在江心遭到敌人炮击，强渡失败。黄昏后，又组织三个竹筏偷渡，其中两个竹筏因水急浪猛先后退回，一个竹筏下落不明。第二天，四团又组织几十个竹筏，实施强渡，当首批竹筏靠岸时，突然，敌阵地的崖下响起策应的枪声，原来是昨夜失踪竹筏上的红军战士早已过江上岸，在寒夜里潜伏等待……红军占领对岸高地，敌人又反扑夺回阵地，过江的一营红军被迫退到江边，形势非常危险。这时，二师师长陈光立即命令炮兵连长赵章成扛来一门八二迫击炮，用仅有的四发炮弹轰击对岸目标。赵章成弹无虚发，群敌四散，红军突破了乌江天险。

红军工兵部队，在三十六小时里，完成了乌江浮桥架设任务。

在另一个渡口，红一团团长杨得志，指挥一营营长孙继先，乘着夜幕，率队划筏过江，接应大部队攻占对岸……

7

这一夜，侯之担给南京中央党部、军事委员会发了特急电报，他用颤抖的手，写下了乌江失守的详情：

> 共匪朱毛西窜，自上月中旬，由湘入黔，此剿彼窜，狼奔豕突，直趋乌江。担奉命总领后备军，率教导师全部，沿乌江三十余里，构筑扼防固截工事，严阵以待。匪于一日抵江来犯，担部沉着应敌，制该匪于南岸，俾追剿各部易于成功。该匪竟猛攻三昼夜，片刻未断。各渡均以机炮集中轰击，强渡数十次，均经击退。毙匪溺匪约三四千名，浮溺满江。冬午匪忽增二三万之众，拼命强渡。担仰体钧座埋头苦干之训诲，督各部死力抵抗，务祈追剿各军一致奋击。无如众寡不敌，我林旅守老渡口、岩门之一五团，被该匪机炮灭净。匪于冬日午后五时，突过乌江。……

这份长电，为了洗刷自己的失职，侯之担可谓煞费心思。

王家烈在草拟军部通报中，言简意明，把责任推在"共匪"身上，他写道：

> 冬（二）日午时，共匪突以巨大火力，向我岩门老渡口猛烈轰击，我八

团余营守兵击毙匪众逾千，该营亦伤亡殆尽，匪乘势抢渡，占据箐口。

不管是侯之担的"毙匪溺匪约三四千名"，还是王家烈的"毙匪众逾千"，他们都无可奈何地说出了乌江失守的实话。乌江失守，黔北大乱。

在猴场驻防的黔军前敌总指挥副师长侯汉祐，在红军强渡乌江时曾接到过告急电报，正想派预备队增援，突然又接到侯之担来电，谓红军已突破江界河防线，令他迅速撤到遵义集中。

侯汉祐星夜赶往遵义，在那里，正遇上教导师师长侯之担乘车欲走。

这位副师长忙赶上去，请示下一步去向："司令，现在往那去？"

身为川南边防司令的侯之担，连交谈的时间都没有，忙说："我去重庆刘湘那里商讨军情，你赶快收容部队到仁怀、茅台一带集中，听候命令！"

正在这时，遵义城里传来枪声，侯之担脸色大变，以为红军已到，连任务都来不及交代，就上车往桐梓方向逃去。

侯汉祐见司令如惊弓之鸟，自己也无可奈何，令副官带上武装士兵，前往城里查看，这才发现是溃败进城的黔军，因口角引起冲突，以致动起家伙……当时遵义人心惶恐，秩序已难维持，到处风声鹤唳……

侯汉祐自知局势已无法挽救，当即令城里驻军全部撤出，兵退茅台。后续退兵赶到遵义附近，闻听这里已是空城一座，忙绕道而逃……

遵义，被红军占领成了历史的必然。

红军很快占领了遵义，时间是 1 月 7 日。

历史很快打下一个新的印记，黔北重镇遵义，这座有两千四百年历史的古城，三百年前隶属四川，清雍正六年（1728 年）归属贵州，而 1935 年 1 月 7 日，才真正属于人民。

历史还留下这样一个事实：从 1934 年 12 月 31 日渡乌江开始，到 1935 年 1 月 7 日进入遵义，八天时间恰好和抢渡湘江的时间相近，但结果却完全相反。

毛泽东，他的名字从上到下又广为传播开来……

第九章
遵义会议揭开新页，红军命运由此转折

1

最先报告红军在遵义的重大事件的是黔军第三师师长蒋在珍，他在1月11日从川黔边界的正安致电王家烈称：

> （一）匪在遵义附近筑工事……（五）遵义设匪军总机关。毛泽东当主席。……

此刻，遵义会议并未召开，不知蒋在珍所讲的"毛泽东当主席"是何含义，难道这个土军阀还有先见之明？也许，他是捕风捉影，故意吓唬军政头目。但不难看出，他们惧怕这位井冈山下来的"赤匪"领袖，生怕他又把黔北变成第二个江西。

遵义，成了敌我双方共同关注的城市……

在遵义老城的枇杷桥，有一幢砖木结构、中西合璧的两层楼房，它临街的三间铺面相连接，左侧铺面的墙上写有"颜料纸张"，右侧铺面的墙上是"天顺酱园"，在平房棋布的枇杷桥一带，这幢建筑可算是鹤立鸡群。

追溯起来，这是柏杰生继承祖业，靠经营酱醋发迹后买下地基，由他的二儿子柏辉章花了三万大洋，参看上海建筑特点，为柏家完成的光宗耀祖的业绩。三万大洋对柏家老二来说，并不犯难。这个毕业于贵州讲武堂第二期的学生，当时已是王家烈二十五军第二师师长，这在"广种罂粟、烟税繁多"的贵州，是一个合法的肥缺。

红军进入遵义后，总司令部并没有设在柏家。后来要开会，派前线指挥设营队的曾美去号房子。这位作战参谋在枇杷街转了一圈，见柏家楼房漂亮，楼上又能俯瞰四周，家里的桌椅都摆设完好，就选中了这里。两三天后，总司令部搬来，作战室住进了一楼，二楼住有周恩来、刘伯承和朱德夫妇。博古和李德夫妇

住在附近一个小军阀的公馆里。

在与老城一河之隔的新城里，毛泽东，张闻天和王稼祥三人则住在另一个小军阀的小楼里。毛泽东和王稼祥住在楼上，张闻天住在楼下……也许是无意，这次住房，安排毛、王、张住在一起，使他们有了更多交流对时局和形势看法的机会。

此时，红一军团第二师第四团，正向遵义以北的桐梓、松坎开进，军团主力在遵义以东地域；红三军团在城南刀靶水一带，扼守乌江北岸，控制贵州通往遵义的公路；红九军团在遵义东北的湄潭；红五军团在遵义东南的珠藏，这样，遵义城就处在一个坚实的防卫圈里。

蒋介石为遵义的丢失大发雷霆，下令对"丢失要隘潜来渝城"的侯之担拘留看管。但因对集结遵义的红军动向不明，只好同意"追剿"军第二路军前敌总指挥薛岳的请求，命令第一纵队吴奇伟部在贵阳集结整训，第二纵队周浑元部在乌江南岸对遵义警戒。"追剿"军总司令何键，这时正率领二十个团对付湖南常德一带的萧、贺；四川的刘湘只在长江南岸陈兵，不敢轻进，这就给遵义带来了战时难有的平静……

当然，蒋介石没有想到，几天后的遵义会发生中共历史上具有转折意义的事件——遵义会议，并从此导致他和毛泽东新的命运的较量。

2

按照黎平会议的决定，现在是总结反五次"围剿"的良机，对今后的任务，也急待拿出具体的实施方案。历史严肃地把两大任务摆在了红军领导人面前。

没有谁阻拦会议的召开，也没有人对会议的议题表示异议，对参加会议的人员也没有争执，总之，就等着1月15日这一天了。

会前，周恩来和博古准备着自己的发言，他俩是"三人团"的成员，所有重大决策都经过他们的研究和同意。尽管李德也参与了制定，但他毕竟是外国人，让他在会议上总结发言，显然是不妥的。

周恩来和博古商谈过，博古坚持自己作反"围剿"的总结报告。这一点，周恩来是感激的，他清楚，参加会议的人，不少人在这场战争中都和他们有过冲突和摩擦，现在要作出一个人人都能接受的总结，那是不现实的。

周恩来看完博古的发言提纲，觉得他偏重于事件的罗列，虽然没有推卸责任的意思，但缺乏主观上的剖析。他不好直接批评他，暗暗调整着自己的发言内容，想以此来弥补总书记那份偏重客观阐述的总结。

这几天，周恩来压力很大。

他不担心别人利用追究失败来追究个人责任，而是担心无休止的争论会引起新的隔阂。他心里清楚，博古年轻，对军事工作生疏，作为有决定权的红军总政委，应该自己多承担责任，以此来为开好这次会议铺平道路。特别是对于毛泽东的态度和看法，要彻底转变，这样做又会不会引起李德的不满……

他心情沉重的原因还有，尽管从黎平开始，一路顺风，又占了遵义这座大城市。但"天无三日晴，地无三尺平"的贵州，民穷地贫，并不是红军理想的立足之地……过两天，遵义还要成立革命委员会，毛泽东将以中华苏维埃共和国主席的身份参加大会，遵义将宣布为共和国的首都。可共和国到底在哪里落脚，谁也说不上个一二来。

另外，瑞金那里的情况也牵着他的心，那边多次打来电报催要指令，但这边因情况紧迫，一直未予研究答复，致使项英在电报上火气冲冲……去年7月寻淮洲率领的七军团三千人马去和方志敏会合，陷在敌人的重围里，情况怎样？中央派去鄂豫皖的程子华，把红二十五军带出来没有……

一个接一个的问题、疑团，都要周恩来去想、去办，他感到担子太重……他自觉地想到了毛泽东……

毛泽东此时也忙得不可开交。他除了参加遵义的社会活动，更多的精力是放在即将召开的扩大会上。他尚不知博古的总结基调，但他觉得，对于五次反"围剿"，特别是退出中央苏区以来的军事指挥错误，要进行充分的揭露，政治局忽略对军委的领导和战争指导思想，这一点要讲透；对李德的批评要和共产国际的指示分开……这样才能把会议开出成效来，说心里话，他对中央的领导意识和领导水平是不满的，甚至感到他们没有能力扭转被动局面。而他觉得，要扭转被动局面并不是毫无办法，从井冈山斗争时起，他就有了这样的感受：不在于有多少难题，而在于怎样对待和解决难题……

毛泽东拟了个发言要点，和王稼祥、张闻天逐条进行了讨论，形成了一份论据充分、很有说服力的发言提纲。在讨论谁来发言时，考虑到王稼祥的身体，毛泽东同意张闻天去讲。

1月15日这一天，政治局扩大会议在柏辉章的住宅里召开了。作战室楼上东走道的小客厅里，围坐着到会的人。

3

1月的遵义，正是花木凋零、寒气逼人的时节，而会场中间烧得很旺的木炭火盆，给这里增加了浓烈的春意。

参加会议的前线将领，大都是骑着战马而来，只有一军团政委聂荣臻是用担架送来的，他的脚在过湘江爬山时磨破感染了。他们进入会场，都主动地和毛泽东点头致意，因为听到传闻，是毛泽东的建议，才使一线的指挥者有机会和政治局委员坐在一起，这是过去从来未有过的事情。

博古主持会议。他清点了一下人数，五军团政委李卓然还没有到，估计正走在路上，为了抓紧时间，便宣布开会。

他的发言题目是：关于五次反"围剿"战争的总结报告。

此刻，博古想起一年前的这一天，在瑞京召开了六届五中全会。

那次会议也是他博古主持的，在推选中央书记处负责人时，有人首先提到他，他没有推辞，笑了笑，说："好，那就是我吧。"获得通过后，他给大家发表了充满雄心壮志的讲话。

可今天！虽然不敢说五次反"围剿"的战争已经失败，但跋涉千里，退至遵义，这是无法掩饰的事实。特别令博古不安的是，毛泽东正坐在他的对面，他心里有点打鼓，似乎觉得毛泽东正等着挑剔他的报告……

博古意识到了自己的慌乱，他把手中的稿子齐了齐，稳住自己的情绪，用作报告的声调边读边讲起来。

他首先肯定了四中全会即王明上台以来，中共中央在政治上和战略上的正确性，以此来为自己推行的路线筑起坚固的堤坝，至于退出中央苏区，他列举了一系列众所周知的因素，强调了第五次"围剿"与历次"围剿"的不同之处，特别是帝国主义力量的强大；在主观原因方面，也作了一些检讨，如党在白区工作没有显著进步，各苏区的红军在统一战略之下缺乏呼应与配合等等……

对于他的长篇报告，与会者反应平静，倒是他本人讲得很激动，额头上渗出了汗粒。

留着长胡子的周恩来，接着作了军事问题的副报告，他表情严肃，态度真诚，声音里充满内疚与惭愧。他说明了红军的战略战术，分析了撤离中央苏区的原因，重点从主观上寻找了问题的症结，特别对军事指挥上的错误进行了诚恳的自我批评，并主动承担了责任。

总政委的发言，使大家陷进长久的沉思，也使博古的发言显得言之无物……到会的人沿着他打开的窗口，从新的角度去审视走过的山山水水……

张闻天发言了，他没有客套话，一开始就对军事上的一系列失误，进行了深刻的揭露。这位戴着眼镜的政治局常委，直接点到了"三人团"的名字，因为周恩来刚刚作了自我批评，博古和李德就成为了躲避责任者。

会场上引起了共鸣，大家低声议论起来，能听出彭德怀的声音，他正在抱怨他们在苏区的指挥……

会场很快又静下来，大家看到毛泽东准备发言。他们知道这位被夺了权的苏区创建者发言的分量。

毛泽东本想再等一等，张闻天的发言已经代表了他的观点，但他早就期待着有朝一日，能把心里话全部倒出来，让是非曲直，听从公论。

但他没有发泄个人私愤，一开口就和风细雨。令人惊讶的是，在这种场合，他竟然又讲到福建事变，讲到他对那次事变的模糊认识，讲到他当时错误的发言，并由此承担了自己应负的责任……

他的话，一下拉近了大家和他的距离，因为当时对于那个突发事件，中国共产党人还不具备支持它利用它的战略眼光。直到后来蒋介石收拾了蔡廷锴，集中兵力进攻苏区时，人们才逐步认识到这个失误。

今天，毛泽东又提起这件事，大家倍感不安。然而，这个教训一直没有引起足够的重视……

毛泽东又讲起来，他的讲话艺术和独到见解是完整的统一。他没有停留在五次反"围剿"的战事上，也没有停留在前四次反"围剿"战争的成就上，而是通过普通的战例，论述了中国革命战争的战略问题。他由红军的特点讲到中国社会的特殊性，由战争的普遍规律讲到中国农民战争的独有性……这在公元1935年的1月，在整个红军难以实现预定作战方针的情况下，不能不让人感到毛泽东的政治眼光和驾驭中国革命战争的智慧是无人能比的。

毛泽东声音仍是平静的，虽然有不断的手势，也有不少典型比喻，还有激动人心的预言，但谁也听不出有强加于人的语气。这种平等交换意见的态度，也使与会者耳目一新，仿佛走进了一个新的精神世界……

博古心里很不好受，他的形象在毛泽东的讲话以后一落千丈。但他确实感到毛泽东的发言击中要害，其中不少观点还是他第一次听到。他甚至想，要是几个月前能听到老毛的讲话，也许红军的处境完全是另一个样子……

李德则不然，他认为毛泽东在影射他，在和他挑战。他心里本来就有火，自渡过湘江以后，他觉得自己的意见不被中央重视了，周恩来、王稼祥、张闻天都不像过去那样……他参加这次会议，本想听听意见后，再一次把会师二、六军团的想法说明一下。没想到，张闻天的发言里，说到了他的责任，毛泽东又从战术原则方面否定了他的"短促出击"。他环视四周，见彭德怀满脸兴奋，聂荣臻含笑沉思，刘伯承……这些将领们都沉醉在老毛的发言里，猛然，一种孤独之感涌上心头。他越想心里越不是味，便用拼命地抽烟来强抑难耐的心情。

王稼祥的发言很短，但却是一个高潮，他说："我以政治局委员的身份提议，把毛泽东增补到常委里去，这样可以更好地发挥他的作用！"

有人提出："现在常委由四人组成，再增加一个……"

王稼祥似乎早就考虑过了，说："项英同志留在瑞金，实际上很难参加这边的工作，我们的环境特殊，增加常委也是合理的。"

三个常委周恩来、博古、张闻天没有表示异议，在场的政治局委员也没有表示不同意见。

坐在一旁记录的是邓小平，他曾在党的八七会议上作过记录。毛泽东是参加那次会议的中心人物，他在那次会议上关于枪杆子和土地革命的论述，对陈独秀的批判可谓入木三分，连与会的共产国际代表都为之惊叹……今天，毛泽东的发言高屋建瓴，引起到会者的共鸣。特别是王稼祥的提议，将会使中国共产党的历史出现新的转机……

邓小平预感到会议的不寻常之处。自从中央苏区反倾向斗争他被打成邓、毛、谢、古的派别分子以后，中央一直缺乏正常的政治气候。今天别开生面，不仅公开批评主要领导，连共产国际的李德，也敢于指名道姓地指出他的错误，这将是党内政治生活的一个崭新开端……这位早在旅欧时期就编过《赤光》杂志、现又以《红星》报主编列席会议的笔杆子，尽量把每一个人的发言都记录下来。可惜，这本珍贵的记录在后来的岁月里不知去向，造成今日国内外史学界对这次会议无休止的争论……

历史的遗憾，遗憾的历史。

4

中国官方详尽列出过参加会议者名单、职务，最早见于 1979 年第 11 期的《中国青年》杂志上——

> 政治局委员：王稼祥、毛泽东、刘少奇、张闻天、陈云、周恩来、秦邦宪；
>
> 政治局候补委员：邓发、朱德、何克全；
>
> 红军总参谋长：刘伯承；
>
> 总政治部代主任：李富春；
>
> 红一军团军团长：林彪；政委：聂荣臻；
>
> 红三军团军团长：彭德怀；政委：杨尚昆；
>
> 红五军团军团长：董振堂；政委：李卓然；
>
> 党中央秘书长：邓小平；翻译：伍修权；
>
> 共产国际军事顾问：李德。

七年以后的 1984 年第 10 期《瞭望》杂志，第一次证实了五军团军团长董振堂没有参加会议。另外，朱德当时是政治局委员，王稼祥是政治局候补委员。

三天会议是否进行了组织调整，从会议的议题上找不到依据，在与会者后来的回忆文章里，也只是片言只语的议论，从没有一段详尽的文字来论述这个场面。包括最有权威的会议决议，在长达万言、分为十三个部分的篇章里，也没有提供这方面的内容。五十年后的 1985 年 1 月 17 日，《人民日报》发表了陈云当时写下的《遵义政治局扩大会议传达提纲》手稿，手稿的内容使遵义会议研究进展有了划时代的突破，提纲上写道：

> 扩大会最后作了下列决定：
>
> （一）毛泽东同志选为常委。（二）指定洛甫同志起草决议，委托常委审查后，发到支部中去讨论。（三）常委中再进行适当的分工。（四）取消三人团，仍由最高军事首长朱、周为军事指挥者，而恩来同志是党内委托的对于指挥军事上下最后决心的负责者。

这份手稿表明，扩大会议确实进行过人事调整，毛泽东由政治局委员被选为常委。

当然，三大的会议，讨论的问题又是一个热点，自然少不了面红耳赤的场面，但最终还是达到了统一与协调。由会议形成的决议要点表明，"三人团"被取消，原来的军事指挥者，包括红军中惟一的共产国际人物李德，破天荒地受到了严厉的批评。这在当时，没有大无畏的气魄和胆略是很难做到的。既然这样做了，说明新的军事领导成员已经开始从过去的盲从意识里走出来……

当会议进行第二个议题时，会址的主人柏辉章率领他的黔军第二师，袭击了三军团在乌江的警戒，彭德怀只好告辞，连夜离开了遵义……

新上任的总参谋长刘伯承先讲了几句，他说："前些日子，部队到了瓮安，正是过新年的日子，有的单位想改善伙食，让奔波了两个多月的部队吃上年饭。结果，连豆腐都没搞到，战士眼巴巴看着我，弄得谁心里都不是滋味……"

给养的不足，这是每个人都能感受到的，谁也不愿意叫苦，都沉默不语。

刘伯承又接着说："不是又要批评博古和李德两位，他们总想到二、六军团那里去，且不说敌人重兵堵截，萧、贺也在打开局面阶段，即使和他们会师，几万人怎么能在那里立足？"

聂荣臻感到总参谋长话里有话，忙催着："刘总，军事上你有办法，你就大着胆子讲。"

刘伯承又想了想，说："贵州很穷，在这里创建根据地还不如打过长江去，到四川，到四方面军那里去！"

这不是一句普通的言谈，总参谋长要改变中央才制定不久的要在黔北建立根据地的方针……

聂荣臻早就想过这个问题，他从地域特点上分析道："那里有四方面军接应，这样，我们可以在成都西南和西北建立根据地，背靠空无敌人的西康地区……"

朱德了解刘伯承，九年前，他和他的这位同乡在四川共同领导过泸州起义。至于聂荣臻，他认识得更早，当他三十岁去德国学习时，在那里见到了从法国赶来的聂荣臻。他深知他俩提出的新的战略转移是经过深思熟虑的。

作为遵义会议上才被确定为最高军事首长的朱德，应该对刘、聂的提议作出反应。他看看周恩来，对方示意他先讲，他用浓烈的川语讲开了："我先报告大家两件事，刚才接到张国焘的电报，说鄂豫皖的红二十五军三千多人，已到陕西商南一带；另外，敌人在川南的叙永，没有兵力部署。"

将领们忙拉过地图，寻找叙永的位置，发现这是川黔边界属川南的重镇，它的北面不远处就是长江。

朱德把自己的设想摆出来："如果取道桐梓、赤水，直插泸州与宜宾之间渡过长江，这样，入川的中央红军与二、六军团相配合，就可控制长江上游，北与红二十五军相呼应，进而可雄视中原……"

总司令把刘、聂的提议具体化了。

毛泽东听得津津有味，这个方案，他曾提出过，现经将领们一论证，更丰富了他的设想。他连连称好。接着，会议进行了热烈的讨论。

目光炯炯的周恩来，一面耐心地听着，一面紧张地思考着。他希望能听到反面意见，以便在他下决心前有新的启迪。可惜，除了具体问题的研讨外，在大的方向上都是完全一致的……

他没有表态，心里不停地思索着每一个人的发言。这是取消"三人团"后第一次军事行动，它的成功与失败直接关系着三万红军的命运，也关系着党在红军中的威信，因此，要深思熟虑，深思熟虑……

5

遵义会议后，中央军委决定北渡长江。

1月19日，红军兵分三路向黔川边界的赤水前进。

第二天，中央军委制定了《渡江作战计划》。

蒋介石对中央红军的意图似乎是明白的，他在红军分三路推进赤水的当天，亲自下达了"川江南岸围剿计划"，企图对红军聚而歼之。

四川"剿匪"军总司令刘湘，预料红军必然渡江入川。他在重庆团以上军官会议上，判断红军很可能"沿赤水河出合江，渡长江北上；或经古蔺、永宁出泸州北上"。

当时，蒋介石派遣的行营参谋团主任贺国光，已率领参谋团各处处长、政训人员、宪兵连及交通电讯人员等三百多人，进驻重庆，直接统帅川、黔两省军阀，以便与中央军及滇、湘、桂、粤、陕等军阀部队，联合对中央红军进行追堵、围攻。仅川南、黔北投入总兵力已达一百五十多个团，二十多万人。

在诸多部队里，川军和中央军兵员相近，两军各约六万多人。

刘湘如此卖力，并非是效忠蒋介石，而是怕红军渡江成功，配合川北的四方面军"赤化"四川。他从1920年起踏着士兵的血迹，爬上军长宝座后，率军逐鹿巴山蜀水，北讨南征，先后击败滇、黔及川军等部，时下已拥兵百团，十余万众……他对"赤化"最为恐惧，几年之间，川陕的张国焘、徐向前领导的红四方面军，已经把川北的通、南、巴一带"赤化"到难以想像的地步：公布了宪法大纲，发行了货币，成立了川陕苏维埃政府。蒋介石委任的"川陕边区剿匪督办"田颂尧曾率领六万人马，对川北红军三路围攻，结果惨遭失败；后来蒋介石又委任他刘湘为"剿匪"总司令，集中全川各部力量，向红军发起六路围攻，二十万人马被红军打得一败涂地……

刘湘听说，在川陕苏区首府通江县城内的列宁公园里，有斗大的石刻标语：活捉刘湘；在该县沙溪的崖壁上，有"赤化全川"四个大字，字高丈六，宽丈四，笔画深为一尺，其里可卧躺一人，四字在三四十里外都看得清楚，可见红军同他势不两立的决心……现在若朱毛红军渡江成功，岂不是他刘湘的末日？

"我刘湘一定要堵住红军！"他下了决心，要求部下全力以赴，拼命阻击，哪怕全军覆没也在所不惜。他采取了北守南拒的作战方针：对川北红四方面军严加封锁固守；对欲渡长江的中央红军则以攻为守。他把泸州、宜宾定为中心防御地段，任命原四川预备军潘文华为南岸总指挥。并在泸州设立"南岸剿匪总指挥部"，亲自到泸州和潘文华商讨对策，并动用他的公安舰队，另租用商船共计十五艘，在长江分段游弋防守……

他不惜工本，在黔北投入了总兵员的一半。

对这些，指挥红军的朱德、周恩来，包括刚刚进入常委的毛泽东，却是始料不及的。他们也没有想到，这个四川军阀，不仅兵多，而且善战。其中下层军官几乎全是自己培训，内聚力强，在四川军阀长期争夺中，久经战阵。至于抽鸦片的则绝无仅有……

6

为了迅速北渡长江，中央政治局和中革军委发出《为红军主力入川给四方面军电》，要求他们迅速集结部队，以群众武装与独立师团向东线积极活动，钳制刘湘部队。同时集中主力向嘉陵江西岸进攻，以此来配合中央红军渡江作战。

当中央红军向赤水推进时，川军南岸"剿匪"总指挥潘文华即令章安平、达凤岗两个旅由合江急趋赤水河东岸，先机进据贵州赤水县城及附近地域；令廖泽旅由綦江尾追，令郭勋祺旅、潘佐旅插向习水县温水地区拦截。但当郭勋祺率部到达温水时，红军主力已越过这里，正向赤水河东岸的土城、赤水地域前进。郭勋祺当即与由綦江而来的廖泽合股，两旅川军紧跟在中央红军后面。

26日上午，红一军团一师先头部队在向赤水县城前进时，受到先期进据那里的章安平旅的阻击。在黄陂洞一带，章安平旅占据两侧高地，以迫击炮、机枪施行火力封锁，陷一师于三面包围之中……

27日早晨，进至赤水附近复兴场的红二师先头部队，受到达凤岗旅的阻击，红军数次猛冲，始终未能破敌……

两路红军，均受川军堵截，且战况不佳。

第三路进军赤水的红军为军委纵队和三、五军团。他们于27日下午进至赤水河东岸地域，军委总部驻土城。

"好厉害哟！"毛泽东听了赤水城军情后，感叹了一声。他看看朱德、周恩来，说："尾追我们的敌人也很嚣张，骄兵必败，我们打！"

朱德同意，他说："根据侦察，尾敌是郭勋祺和廖泽两个旅，约四团人，我们完全吃得动！"

刘伯承也十分有把握地说："来个诱敌深入，围而歼之！"

周恩来也觉得正是时候，加之朱德、刘伯承又是四川人，对川军摸得透，便表示支持："刘湘要给我们一点颜色，我们先给他一点！"他望着遵义会议确定的新常委毛泽东说："你看谁来指挥？"

毛泽东想了想说："彭德怀！"

朱德赞成："对，对，让他打个翻身仗嘛！"

在座的都知道，几天前，红三军团的第五师，担任部队掩护时，被王家烈利用宿营机会咬了一口，为此，师长李天佑被撤职，军团长彭德怀也窝着一肚子气。

朱德又说："这是对川军的第一仗，胜败直接影响着赤水城守敌的进退，我看，我和伯承都到前线去，靠近指挥。"周恩来接着说："政治工作也要做到有声有色……"

决定打这一仗，他们感到确有把握。在随队前往土城途中，就发现这一带全是山坡谷地，道路两侧，山峰相依，是个理想的伏击战场，如敌孤军深入，将在劫难逃。

当时，他们在马背上就已经议论过这场战事，现在确切的情报又是敌两旅四个团，自然是不能放过这个天赐良机了。

经集体研究，由彭德怀统一指挥三、五两个军团，秘密集结在土城东二至四公里的有利地形上。由五军团一个团诱敌至枫树坝，并在此顽强扼守青杠坡，造成关门打狗的局面，总攻时间定于28日拂晓……

7

为了迷惑敌人，红一军团继续夺取赤水县城。

为了给川军郭勋祺部以决定性打击，决定全力发动总攻，朱德到三军团四师，总参谋长刘伯承到五军团……

看来，胜利是无疑了。

但是，事与愿违。

谁也没有料到，被诱敌人采取了攻击前进态势，红五军团一部被截断，尾追之敌一直进击到青杠坡、石羔咀一带。尽管红军凭险阻击，予敌以重大杀伤，下午，青杠坡仍被敌人占领。

青杠坡两旁峭壁夹峙，前方深沟拦护，地势险峻，它的失守，给敌人打开了紧逼土城的大门……

情况复杂了。

周恩来和毛泽东都陷入长久的沉思里。

毛泽东拼命抽着烟，他几乎不相信，面对的川军这样骄横。他甩掉烟蒂，自语道："郭勋祺就这样厉害？长驱直入，一点都不怕……"

周恩来分析说："他可能有援兵，胆子自然大了……"

毛泽东果断地说："量他的援兵在总攻前也赶不到这里。明天，我们还是要打，把干部团也拉上去，不行的话，把红二师从赤水城那边调回来！"

当夜10时，红军司令部下达了补充命令。命令三、五军团及干部团全部参加总攻，时间为28日5时。

这一夜，枪炮声没有断过，双方都在准备着来日的战斗……

28日拂晓，在三军团军团长彭德怀亲自指挥下，红五师向青杠坡右侧突击，红四师向青杠坡背后攻击，五军团向石羔咀以东突击。

但是，敌人依据险地，进行顽抗。他们在优势火力掩护和督战队威逼下，反复和红军争夺阵地，并步步向土城镇进逼，红军遭到很大伤亡……川军旅长郭勋祺亲自率领预备队、机炮营、手枪营增援，并严令各团长、官兵，凡后退一步者，不问情由，一律就地枪决……

红军虽经英勇冲杀，敌仍固守阵地，战斗呈胶着状。

恶战中，险情环生，董必武、林伯渠、邓颖超、贺子珍所在的干部休养连，突遭敌火力拦截，幸亏，两营红军战士突入战场，这是支由连排干部和步校学员组成的干部团，他们在团长陈赓的带领下，发起了猛烈的反冲锋，这才夺回了几座小山头，使战局化险为夷。

但整个战事没有进展，出击的部队多被压了回来。

朱德渐渐沉不住气了，他浓眉紧皱，那饱经风霜的农民模样的脸上，出现了压制不住的急躁表情。过去，瑞金的"三人团"里没有他，使他虽有军委主席的头衔，但不能左右军事决策，遵义会议上，大家把他推到指挥作战的领导岗位，这第一仗就打成这个样子……

他攥着军帽，直奔前沿阵地，在途经正在待命的红四师阵地时，看不见师领导。一问，才知道师长张宗逊负伤住在卫生所，政委黄克诚害病躺在担架上。整个部队疲惫不堪，似乎群龙无首。

总司令火了，他找到黄克诚，大发了一通脾气，并命令他立即整顿队伍，随时准备出击。

黄克诚拖着虚弱的身子，坚决执行了命令，这个经过湘江血战的红军将领，猛然感到眼前的战斗远远超过当初的兴安阻敌，他咬紧牙关，暗暗告诫自己：死也不能给红军丢脸。

在赤水城攻击的红二师也赶来土城增援，但战局仍无明显扭转。敌人抢占有利地形，步步向土城逼近……

前有强敌，后有赤水，中央红军在土城面临背水一战的严重局面……

这时才从俘房口里得知，向土城进攻的有好几个川军番号，兵力也不是当初认定的四个团六千余人，实际是超过八个团约万余人……

"打不得了！"毛泽东发觉对敌情判断有误，忙找到周恩来说，"增援的敌人会迅速赶来，那时情况会更加复杂！"

周恩来沉吟着说："看来我们从赤水城北上渡江的计划无法实现了……"

"是的。"毛泽东果断地说，"现在必须撤离土城，渡过赤水，进入四川古蔺地区，暂时与敌脱离接触。"

几位负责人统一了认识，明确了分工，由周恩来负责在赤水河上架设浮桥，陈云负责安置伤员，朱德、刘伯承仍在前线指挥……为了迅速脱离敌人，全军再次实行轻装，中央纵队将机器、笨重物资沉入赤水，三军团将全军仅有的山炮抛入河中。

29日拂晓，中央红军按照部署，兵分三路，渡过赤水……

这一仗，红军受到了挫折。

据敌方材料统计："毙匪"三千以上。美国的索尔兹伯里在他的著作里记载：红军伤亡四千多。精确的数目很难确认，但有一点可以认可，在土城战斗中建立功勋的红军干部团，伤亡百余人。这些来自苏区彭杨学校的干部学员，还没有看到革命形势的根本变化，甚至连遵义会议的消息还一无所知，就长眠在黔北的荒山野岭……

土城，像湘江的名字一样，刺痛了每个红军的心……

第十章
红军四渡赤水，伟人的智慧写进碧水清波

1

中央红军渡过赤水河后，分别经过古蔺东南和北部原始森林，迅速西进。

右翼先头部队一军团红二师进至叙永县城郊，接受了围攻这座川南边陲重镇的任务，以打通前往古宋、兴文、长宁等地的通道。沿着这条道路前进，可逼进长江或金沙江。

陈光的红二师，曾在湘江之战阻击过全州南下的湘敌，乌江之战中又出现过十八勇士，这次在回援土城的战斗中，虽然打得顽强，毕竟被迫撤了下来，全师上下，雪耻心切。加之古蔺、叙永均是贵州军阀侯之担的防区，他在乌江防线的溃逃，正好证实了"黔军是条狗，红军打着走……"

情况却并非如此。因侯之担被蒋介石扣押，川军潘文华派去范子英旅的参谋长先智渊兼任叙永县长。城防部队除川军教导师第一旅周瑞麟团和第二旅的部分兵员外，又调集全县团防队编成五个"义勇大队"，他们从 1 月中旬起就星夜修筑城墙工事，挖掘护城壕沟，设置鹿砦障碍，这时已形成坚固的城防。

红二师连续攻城三日，未能突破。城里守敌以每人二十块银元为犒赏，招募敢死队员，配备二十响驳壳枪、手榴弹，令其跳下城墙反扑……

川军南岸总指挥潘文华获悉叙永吃紧，又令郭勋祺等八个旅直奔这里堵截。

军委只得下令撤离战场，全军向川滇边界西进。

红军与川军两战皆败，此刻，不得不迎着寒风，士气低落地向西移动……

当军委西行到川、滇、黔三省交界的水田寨，也叫"鸡鸣三省"的地方，政治局的常委又一次坐在了一起。

在这之前，张闻天找过毛泽东，他说："遵义会议还没有传达下去，我们就

出师不利。我觉得常委的分工该进行了。"

毛泽东知道这是件大事，忙去找了周恩来。

周恩来觉得博古自遵义会议后，已经不大过问政治局的事务。随着遵义会议精神的传达，他工作起来就更有难处。

周恩来深思熟虑过，眼下军事形势如此严峻，党的领袖十分重要，他的形象应该成为全军公认的旗帜，这个人选是谁？只有他，毛泽东比较合适。

周恩来说出自己的想法，毛泽东摆摆手，没有同意总政委的建议。他不是谦虚，也不是不愿挑这副担子，而是考虑到，多年来，他个人和中央的关系一直紧张，现在刚刚进入常委才半个月，一下担任总书记的角色，势必会引起一些同志感情上的波动，这对解决当前军事矛盾不利。另外，政治局里，博古、凯丰都对自己有看法，他们的情绪也会对中央的工作造成不必要的损失……

想到这里，毛泽东语气诚挚地说："我，还是当这个共和国主席吧，总书记这个位子，我看让洛甫干，他行。有难处，我们大家帮嘛！"

毛泽东的提议是经过深思的。他了解张闻天，1925年入党，去过苏联，并在共产国际东方部工作过。回国后任过党中央的宣传部长，四中全会上被选为政治局常委，1933年1月进入苏区后，又担任共和国人民委员会主席。他在很多原则问题上，都有正确的认识，在对待福建事变和同十九路军联合问题上，他就有过与众不同的见解，在广昌战役中，他对拼消耗的打法表示了极大的不满。西征时，他发表的《一切为了保卫苏维埃》的文章里，首先提出了中国革命长期性的问题。这些，毛泽东都是很赏识的，特别是在遵义会议上，他的发言得到了大家的支持，最后被推举为会议决议起草人。另外，他是从苏联回来的，和博古、李德个人之间，关系也好，这对沟通相互思想，也是合适的人选……

周恩来虽然感到有不踏实的地方，但在毛泽东一再劝说下，也同意由张闻天负总责。

现在，常委们坐在一起。

博古低着头，自从遵义会议上受到批评后，虽然怏怏不快，但还是明白同志们的批评大都出自好心和爱护。特别是中央规定在基层传达讨论《决议》时，不要宣布他的名字，这和他在苏区开展斗争的方法截然相反。眼下，对于变换领导一事，他自然无话可说。

"我同意张闻天同志。"博古表明了态度。沉静片刻以后，说："我不再负总责了，愿意在中央做些具体工作。"博古的态度很好，其他人也就不再说什么了。大家议论了一阵军事上的问题，会议就结束了。

"鸡鸣三省"，也有人说不在云南境内的水田寨，而在四川境内的石箱子，但无论在哪里，博古交权是千真万确的。会后，军委改变了进军方向，令部队向云南的扎西前进。2月7日，军委电告各军团，公布了新的行动方针——

> 根据目前情况，我野战军原定渡河计划已不可能实现，现党中央及军委决定我野战军应以川滇黔边境为发展地区，以战斗的胜利来开展局面，并争取由黔西向东的有利发展。

在扎西，红军进行了几天的整休与缩编。除一军团外，其余军团均取消师的编制；张闻天还向营以上干部传达了遵义会议的精神。

总之，似乎结束了一个时期，又开始了一个时期……

就在这时，军情又发生新的变化。

四川军阀刘湘和云南军阀龙云，均认为中央红军进入滇东北，是到了一个地形不利，气候恶劣，给养困难的死角。于是，他们决定相互配合，企图在这里消灭红军。此时正急急忙忙调兵遣将，直逼扎西……

党中央审时度势，决定迅速摆脱川、滇之敌的合击。

去路何方？

回师川南。

2月15日，中央负责人在川南古蔺南部的白沙场，就迫在眉睫的军事行动举行了碰头会。大家根据黔军王家烈未按龙云命令入川合击的情况，制定了东渡赤水，以消灭黔敌王家烈为主要作战目标的作战计划。并在这里发布了《告全（体）红色指战员书》，文中特别针对部队普遍关心的问题，指出，只有消灭贵州、四川、云南以及蒋介石的"追剿"部队，红军才能在云贵川区域创造新的根据地，没有流血的战争就没有苏区。红军不能消灭敌人，就摆脱不了敌人的追击堵截，也摆脱不了整日东奔西走……

总政治部也发布了回师东向政治工作的指示，强调指出，政治工作是红军的生命线，每个政治工作人员都要提高责任心与积极性……

红军按照军委部署，渡过了赤水河。

这就是长征中的二渡赤水。

2

红军再次进入黔北地区，一个多月前，他们曾在这里打垮过黔军。

欲取遵义，先占两关，这两关是桐梓和娄山关。

当红军向两关进军时，总政治部张贴了《告黔北工农劳苦群众书》——

> 我们现在回转到黔北来，要完全消灭国民党军阀——贵州王家烈及蒋介石的主力周（浑元）薛（岳）纵队；要彻底推翻黔北绅粮区乡公所的反动势力……要巩固的建立起工农自己的政权——苏维埃。

敌人研究了这份布告，并没有弄清红军的作战意图。

川军潘文华担心红军又要北渡长江；蒋介石和他的中央军却以为中央红军又要与萧、贺谋取联络；滇军本想尾追，因要入川，刘湘设置矛盾而无法前进；至于王家烈只听蒋介石的。

这就为红军提供了战机。

一、三军团以日行七十里的进军速度，行进在黔北的山道上，只四天时间，就逼进桐梓。这两个军团统归林彪、聂荣臻指挥，他们命令红一师第一团为前卫，趁黑夜展开攻城。

桐梓守敌只有黔军两个连，接火两个小时，守敌便弃城而逃。

滇军孙渡，听到桐梓失守，忙致电王家烈表示"不胜悬念"。而王家烈更是惊慌，他听了蒋介石的判断，把桐梓一团守军调往松坎，以防止中央红军与二、六军团会合，没想到，红军却从这里乘虚而入。

桐梓的失守，切断了黔军南北联系，也为进入娄山关打开了通道。而娄山关又是遵义的北门户，它的攻占直接关系到未来的战局。

红三军团奉命攻占娄山关。

彭德怀找来红十三团团长彭雪枫，亲自传达军委的电话命令："电话是毛泽东亲自打来的，要你们天黑前攻下娄山关！"

二十八岁的彭雪枫是由红五师师长改任为十三团团长的，扎西整编时，红三军团取消了师的编制。现在，中央把这样一件重大任务交给他，他心里既激动又紧张，当下就命令曾在抢渡乌江中带领战士武装泅渡的团特派员欧致富带领三营，先行出发。

彭雪枫来到执行任务的三营队伍前面，半晌没有开腔，他几乎是把每个人都看了一遍，之后，对大家说："同志们，这是军委直接下达的作战任务，你们不是代表咱十三团，是代表我们红三军团，代表中央红军！我们一定要报土城之仇，夺取进军黔北的新胜利！"

先头部队冒雨向娄山关急进。

前卫侦察连在逼近娄山关口时，与黔军尖兵连发生遭遇。侦察连长韦杰一看狭路相逢，当即指挥部队在公路两侧闪开卧倒，展开短兵相接的争夺。黔军尖兵连事前没有想到红军到了这里，突然受到袭击，一时弄不清情况，扭头就跑。韦杰带领队伍边追边打，一气冲上关口。

当他们看到路边的大青石碑上，镌刻着"娄山关"三个楷书大字时，确信这个地处两座山峰之间的口子，就是遵义的北门户娄山关了。还没来得及将队伍展开，南面的敌人已向山口冲来，猛烈的炮火顷刻笼罩了山口⋯⋯

这时，彭雪枫带着十三团赶来，控制了阵地。

敌人是黔军柏辉章师的杜肇华旅，虽说战斗力不强，但清楚娄山关的重要。杜肇华忙命令部属抢占了关口东侧的制高点——点灯山，居高临下，直接对娄山关形成威胁。

前卫团猛烈进攻，激战终日，不克。

彭德怀亲临前线，他心里十分着急，若不迅速击退娄山关守敌，占领遵义就是一句空话。而在贵阳的中央军，就会很快赶来增援遵义，那时，整个入黔歼敌计划就要落空。

中央已经明确规定，从娄山关到攻占遵义的军事行动，由彭德怀指挥，并把一军团也划归他统一调动，现在，说什么也不能让土城的战况重演！

彭德怀把三军团现有的四个团全拉上阵地。其中，十三团在关上与敌争夺点灯山，十二团在关下两山间的沟底公路与敌激战⋯⋯

战争是流血的代名词。

娄山关一带，敌我交错拼杀，从早至晚，弥漫着不散的硝烟⋯⋯

两个血肉模糊的红军伤员被抬进了卫生队的草棚里，经过医护人员的清理，才发现他俩的腿已被打断，严重的出血浸染了全身⋯⋯

医生决定截肢。

没有麻药，伤员又虚弱成这个样子，怎么下手？

当护士擦掉伤员脸上的血迹后，大家才认出这是十七团的政委钟赤兵和参谋长孔权，前者在扎西整编前是红五师的师政委。

钟赤兵完全明白医生的处境，他咬着牙，几乎是下命令一样："锯！"

就这样，他自己看着被医生截掉了一条腿，手术后，汗水浸得就像从河里捞出来一样……

二十一岁的钟赤兵，这种胜过《三国演义》中关云长刮骨疗毒的胆量，并不是天生就有的，早在江西苏区时，他就听说过独臂政委蔡树藩的故事……

第三次反"围剿"时，当时任红一军团一师政委的蔡树藩，在前沿阵地用望远镜观察敌情时，被冷枪击中左臂，当时条件简陋，药物奇缺，骨伤很难治愈。蔡政委主动向医生提出，将自己左臂锯掉。后来，在一无麻醉药二无手术工具的情况下，医生用一把普通锯子，完成了手术……今天，他是红九军团的政治委员，正用仅剩的右臂指挥着部队在后面阻击尾追的川敌。

钟赤兵忽略了一点，三次反"围剿"和现在的情况完全不同……

果然，组织决定把他俩就地寄养。

钟赤兵一听，支起虚弱的身体问："谁的决定？"

医生如实回答："彭军团长。"

钟赤兵不服："九军团蔡政委留不留？"

医生摇摇头。

钟赤兵瞪着眼，说："断了胳臂能跟上队伍，我断了腿就要留下？我去找彭军团长……"

医生按住他，劝道："你的伤很重，不休息不行！"

钟赤兵从怀里掏出手枪，"啪"一下放在床头："谁再说让我留下，我的家伙不客气！"

这样，只好让他随着部队走，在紧张行军的行列里，又多了一副担架。由于他年轻，体力恢复很好，不久就练得可以单腿上马、跃跳自如……

当时被留下寄养的团参谋长孔权，以后与部队失掉了联系，解放后虽然还活着，但却成了个需要政府给予照顾的人了。

人生就是这样简单，也就是这样复杂。

红三军团最终攻占了娄山关、点灯山，被击溃的黔军退往遵义。这一仗，敌人死伤了不少，三军团也付出了血的代价。

彭德怀来不及让部队喘上一口气，就命令部队沿公路南进，直逼遵义。

3

根据军委情报，中央军薛岳的增援部队可于 28 日赶到遵义，一、三军团务于 27 日占领遵义。

遵义守城的黔军，在王家烈的亲自率领下，正纠集四个团的部队负隅顽抗。他心里清楚，只要能坚守一天，乌江南岸的中央军就会兵临城下，那时将会形成内外夹击红军的局面……

彭德怀赶到遵义城外山上时，侦察员报告说，从敌人的长途电话中偷听到，薛岳的部下吴奇伟当晚就可赶到遵义。

敌情的变化让彭将军不得不把攻占遵义的时间提前：天黑前就得占领！

遵义有新老两城之分，新城在东，无城墙；老城在西，有城墙护围。担任打击援敌的红一军团很快占领了新城，攻打老城的任务主要由三军团担负。

为了一攻即克，军团领导都分别到部队指挥。三军团参谋长邓萍来到十一团，带着团政委张爱萍亲临老城阵地前沿，部署夜间攻城任务。他们一行冒着流弹隐蔽在城下土墩草丛中，邓萍参谋长正用望远镜观察地形时，突然，一声冷枪，打中他的头部……

噩耗传来，彭德怀热泪扑鼻，神情恍惚，他不相信这是事实。抬来的担架放在他跟前时，这位坚强的将军伏在担架上哭出了声……

邓萍是四川富顺人，黄埔军校毕业生，很早就参加革命活动。平江起义前，党派他到国民党第八军独立五师第一团搞兵运工作，当时彭德怀任该团团长。他先在团里当文书，实际上负责该部党的工作。平江起义后，他任过红五军军长，随彭德怀参加了井冈山斗争和历次反"围剿"战斗，牺牲时，年仅二十七岁。

倒下去一个人，立起来一座山，山再也不会倒下，它有了人的灵魂。攻城的三军团指战员心里，顷刻耸起一座不屈的山峰——邓萍。

红军战士高呼着邓萍的名字，向各自的攻击目标冲去。红十一团迂回到城北，抢占了老鸦山制高点，居高临下，用火力控制老城。黔军一看形势不妙，只好弃城而去。当晚，红军进入了这座有双层城墙的老城。

此时的遵义老城，已不像红军第一次来时的情形，全城群众几乎走空，整个城池，一派瓦砾，到处都是战火留下的伤痕。

彭德怀心中的悲愤还没有消失，邓萍的影子总在眼里出现，即使攻占遵义的胜利也无法抚慰他心灵的悲痛。

　　守城的黔军军长王家烈，没有和遵义共存亡，当天下午，他就带着贴身的手枪排前往忠庄铺会见吴奇伟。看着中央军整齐的阵势，又是两个师的兵力，他又满怀信心，把到嘴边埋怨对方行动迟缓的话全咽在肚里，二人当即商定，第二天联合反攻。

　　第二天，来自乌江南岸的援军吴奇伟纵队第五十九师、九十三师一齐向遵义外围的制高点发起进攻。红花岗、插旗山、老鸦山都成为双方争夺的目标。

　　三军团主力在老鸦山打得十分艰苦。能打善战的红十团，原是改编前的红四师一部，现有兵力两千五百人，团长是原师长张宗逊，团政委是原师政委黄克诚。他们率部攻下两座山头，很快又被敌人夺取。接着，十团再次攻击，又将敌人赶走。在双方反复争夺中，他们乘敌人反扑时被打退之际，组织部队追击，只留下政委黄克诚带领少数人坚守山头阵地。

　　敌人发觉追兵单薄，便重新调整部署，向红军反攻过来。十团毕竟人力有限，顶不住敌方凶猛攻势，吃了大亏。山头上的黄克诚，凭着一挺重机枪坚守阵地，敌人轮番冲锋，情况相当危急。恰到这时，陈赓率干部团赶到，接替了防务，这才摆脱了厄运。干部团就是这样，总是在危急时出现，上次土城一战中，也是由于它的出动才稳住了局面。

　　陈赓告诉黄克诚，红一军团奉命包抄了敌人的后路，敌人很快就支撑不住了。

　　原来，在三军团激战时，一军团占领了中央军在忠庄铺的指挥所。

　　当黄克诚下山收拢自己部队时，碰见了一军团军团长林彪。

　　林彪劈头就批评黄克诚："你们守住山头就是了，追击什么？一军团在侧后包抄，局势已化险为夷，干部团到你那里，敌人的败局已定！"

　　他们说话之间，敌人开始全线崩溃。

　　黄克诚顾不上解释，忙建议林彪多派些人实施追击，以防敌人反击。

　　林彪颇有将帅风度地说："全线溃退，兵无斗志。我少量精干部队追歼，即可解决战斗。"

　　他的话说对了，溃敌只有奔逃，无力还击。

　　在吴奇伟发现指挥所即将被围之时，即向薛岳报告，薛岳命令吴部撤回乌江北岸，坚守渡口。吴奇伟只好跳上汽车，随大队夺路而逃。

　　当他赶到乌江岸边，望着滔滔江水，大有项羽临江悲歌之感。后面追兵将近，他来到那座由他控制的浮桥边……怎么办，坚守北岸，追兵即到，自己一时难有招架之力；退往南岸，薛岳又有令在先，他左右为难。最后还是好汉不吃眼前亏，渡江逃命为上……

吴奇伟渡过乌江，又怕红军尾随过江，进逼贵阳，顾不上北岸自己的部下正在过河，即令砍断浮桥，致使他的一千八百弟兄，隔江哭喊……

公元 1935 年 3 月 1 日，整个遵义战役结束。这次战役是西征以来第一次大胜利。

4

桐、遵之战，击溃王家烈六个团，歼灭吴奇伟约三个团，俘敌三千余人。

对于遵义大捷，也有人有不同看法，红十团政委黄克诚在五十一年后撰文中指出：娄山关和遵义两次战斗，虽然将敌人打败，但缴获不大，我们自己受到了不小的伤亡。

军团长彭德怀于大捷后的第二天，怀着极其沉重的心情，给中央军委写了关于三军团部队编制的报告，报告中说，三军团在娄山关、遵义城、老鸦山诸战役中，减员很多。现在只有一个团能维持原编制，每连也只有五六十人，其余各团，每连只能编四五个班，只有大量补充才能维持四个团的编制。

彭德怀含着热泪在报告中写道：第十团、十一团团长负伤；营长伤亡八人，十团参谋长钟伟剑和军团参谋长邓萍牺牲。现在各团部及军团参谋处一空如洗，希望军委能即刻派一位军团参谋长和其他指挥人员，以便继续战斗……

毫无疑问，这场战斗，红军付出了巨大的牺牲。对于蒋介石来讲，损失三千人马，可谓九牛一毫，可对于三万红军，别说上千，就是三百，也是伤筋动骨，何况还有邓萍这样的名将。但即使这样，不打又有什么退敌之策呢？

也许是由于心情沉闷的缘由，扶着团长张宗逊的担架进入遵义城的黄克诚，又从敌伪的报纸上看到方志敏、寻淮洲、刘伯坚牺牲的照片，湘鄂赣省委书记陈寿昌、军区司令员徐彦刚牺牲的消息也登在上边。这时，他才知道中央苏区损失严重。看到这些令人痛心的消息，三十二岁的黄克诚，当即找到一位领导谈心。他没有否认桐、遵大战的成果，只是提到，老根据地已被敌人摧残殆尽，主力红军又受到重大挫折，剩下的部队不多了，应该尽量避免与敌硬拼，红军再也经受不起消耗，必须与敌人作战时，要注意掌握时机等等。不知是他没把问题讲透，还是因为他过去曾被批判为右倾过，意见反映上去后，领导认为他缺乏信心，不适宜担任部队领导工作，于是，把他调离红十团，回到军团司令部赋闲……

遵义大捷的战果是辉煌的，吴奇伟的惨败，促使中央军委下了新的决心：与蒋介石主力决战。

新的打击对象是谁？

周浑元纵队。

红军指战员都知道国军三十六军军长周浑元的名字，五次"围剿"时，他率队进攻兴国，和红三军团多次交锋过；西征以来，他尾随红军追击，湘江之战时，抢先占领道县，又和红五军团交火……周浑元确属蒋介石的左臂右膀，只有果断地斩断它，红军在黔北建立新根据地的战略目标，才有可能实现。

吴奇伟纵队新败之际，正是中央军恐慌之时，决战抓住这个时机，迅速实施起来。

1935年3月4日晚6时，中央军委发布了《关于设前敌司令部并以朱德为司令员毛泽东为政治委员的命令》。这份由朱德、周恩来、王稼祥联合签署的电文，以"火急"的等级发至各军团负责人手里。

毛泽东的出任，是由党的总负责人张闻天提议决定的，他认为，只有这个新当选的政治局常委，才能完全驾驭和把握住未来的战事。二渡赤水后的遵义之战，就是毛泽东谋划的成果。

这份"火急"电令，不仅是一个任职通知，它是自1932年宁都会议撤销毛泽东在红军中的领导职务后，第一次对这个历史人物的肯定。因此，从某种程度上讲，这次任职不亚于在遵义会议上当选常委的意义……特别是这期间，总政治部在遵义召开团以上干部会议，正式传达了遵义会议精神。毛泽东名字的出现，意味着中国红军又有了自己的领袖……

消灭周浑元纵队，成为毛泽东担任红军领导职务后第一个引人注目的战斗。

前敌司令部根据敌人要会攻遵义的情报，了解到周浑元部准备从枫香坝、长干山、鸭溪一线向遵义及其西南地区进攻。于是下达了关于消灭周纵队萧致平师和谢溥福师的部署，落款为朱、毛。红军军事命令上多年来没出现过这两个字了。今天，两个井冈山的战友又开始用朱毛的名义，揭开再创根据地的历史帷幕。

蒋介石最怕这两个字，十多年来，他正是和以这两个字冠称的军队为敌。可想而知，他知道这件新闻时，心里将会是什么滋味……

当毛泽东任前敌政委的命令刚刚发出时，蒋介石亲署的电令也已发至黔北战区——

> 本委员长，已进驻重庆，凡我驻川黔各军概由本委员长指挥，如无本委员长命令，不得擅自进退。务期共同一致完成使命。

接着，他命令周浑元部6日向枫香坝、白腊坎前进，以便向遵义西南进攻。

毛泽东、朱德则命令林彪、聂荣臻指挥一军团、干部团于6日拂晓在枫香坝等地发起攻击……

两军决战，即刻交火。

但蒋介石谨慎小心，5日下午他得到红军向鸭溪西南移动的情报，判断出红军决战意图，当即电令周部就地构筑强固工事，暂取守势防御。

红军的决战部署第一次落空。

集中在鸭溪地域的红军主力主动西进，周浑元忙转向长干山方向回避。

军委见周敌迟迟不进，决定以主力追击来消灭周敌，但当红军进至长干山地区，周敌又退到桑树湾一带。

3月10日，军委决定打击黔军犹禹九所部，以引动周纵队求得决战，结果犹敌不敢接战，先行逸去，周敌仍未打成。

求战情绪极高的红军指战员，经不住敌人的死拖软磨。敌人避而不战，更暴露了他们的虚弱，因此，决战的呼声一天高过一天。

3月10日，负责决战的直接指挥林彪、聂荣臻给朱德发来万急电报——

> 朱主席：关于目前行动，建议野战军应向打鼓新场、三重堰前进，消灭西安寨、新场、三重堰之敌。

5

新的军事行动需由中央会议决定，二十多位党政军负责人紧急聚会。鉴于林、聂在西征中的作用，特别是遵义之战抢占吴奇伟指挥部的果断，他俩的建议被通过了：打！

"慢！"毛泽东听完大家发言后，直率地指出，"打鼓新场有守敌一个师，吃掉它是完全可以实现的，但部队的集结、行动，会引起敌人的联合行动，这对我们不利，我的意见是，这个仗打不得！"

会场哗然。

毛泽东接着讲了应在运动中消灭敌人，在运动中寻求决战……

看上去敌情我情都有利于打，毛泽东的意见使在场的人很难听得进去：从 6 日开始决战至今，天天运动，也没有打成个样子，现在再运动下去，会有什么结果？至于引起敌人的联合行动，我们也会有相应的对策。

说服是很难的。敌人长期避而不战增加了党的领袖们急切决战的情绪。

毛泽东不因为大家的情绪动摇自己的战略意图。他心里想的是，新的战斗要打得比遵义之战更好。更好的标准是：歼敌多，自己损失小……他在遵义大捷的胜利欢呼声中，曾经责怪过自己：三军团损失太重了，太重了……

但他又不便讲出来，过分的强调会给人们带来心理的压力。

那时候的毛泽东，只是中央领导成员的一分子，在打与不打的尖锐冲突中，他孤立了。

毛泽东说服不了大家，站起来道："要打，我就不当这个前敌指挥了。"他讲的前敌指挥，就是前敌政治委员。

会场上突然静了，毛泽东强硬的态度使大家始料未及……主持会议的张闻天不知怎样扭转这种局面，而军事行动又不能拖延。让他去说服谁呢？他觉得谁都有理。

有人提议"表决吧"，这才使僵持的气氛有了缓和。

表决是民主作风的体现，遵义会议后注意这方面的开展，以纠正过去博古一言堂的错误。

一举手，都同意打。

毛泽东这位前敌政治委员的意见被表决掉了……

他退出了会场。

这一夜，军委并未电令执行攻击打鼓新场的作战方案，而只是指示部队正常集结。

周恩来、朱德都没有入睡，虽然他俩举手同意了林、聂建议，但对毛泽东的解释亦提不出有力回绝。

这是遵义会议后，中央高层里第一次分歧。

轻轻的敲门声打破了两位最高军事首长的沉思默想。

毛泽东提着马灯走进来。

这一夜，他谈了很多，中心议题还是打不得。

周恩来和朱德被说服了；他们同意采纳毛泽东的意见。

这一夜，敌情也发生了变化。当黔、滇两敌的动向和周、川两敌态势的详情送达这间小屋时，天已经亮了。

早晨，二十多人的军政大员又集合在一起，讨论了打鼓新场的形势，毛泽东昨天的意见又占了上风……

攻击打鼓新场的作战方案被取消了。

这次反复，提醒了党的总负责人张闻天，他觉得战时应提倡当机决断，靠中央组织开会会贻误战机；况且，每次会议由他主持，他对军事比较生疏……他建议，党中央成立军事领导小组，全权指挥军事。

是他建议并经中央通过，还是由毛泽东提名，首先征得他的同意，这些细节已无法弄清楚。领导小组由三个人组成，他们是周恩来、毛泽东、王稼祥，由周恩来负责。

这也是"三人团"，它的作用和中央苏区最后一次反"围剿"时建立的"三人团"是一样的。

军事"三人团"是在红军多次寻求对周敌决战不成的情况下成立的，因此，实现打大仗来赤化全贵州的中心任务，就落在他们身上。

红军在西移中终于找到战机，仁怀县南侧的鲁班场有周浑元三个师部队固守。军委决定消灭此敌，粉碎敌人在黔北围攻，扭转整个战局。

红军主力一、三、五军团及干部团计十四个团的兵力，几乎全部使用到主战场，而周浑元部也投入了十二个团的部队，这就使这场决战远远超过土城、娄山关、遵义之战的规模。这次作战，仍由一军团林彪、聂荣臻指挥。他俩在打鼓新场的求战热情，现在可以更好地发挥了。

"三人团"对取胜是有把握的，不然，不会用全部红军冒这个风险；他们的计划也是周密的，比消灭吴奇伟部更细、更准确。

然而，世界上的事情是错综复杂的，往往稳操胜券的事却出人预料……

3月15日凌晨发起进攻的鲁班场之战，一开始就受到敌人的阻拦。住在鲁班场街上财主大院里的第二纵队司令官周浑元，亲自到前沿督战；他们还准备好了步兵白色标志，在战斗最紧张时，引导飞机向红军阵地狂轰滥炸；短兵相接、白刃格斗，阵地前半人深的灌木野草都被踏平；周部前几天修筑的工事又一次发挥了"堡垒"的作用……

整整一天，红军没有根本性的进展。

晚8时，军委决定立即退出战斗，连夜向茅台方向转移。

装备齐整的周浑元部，慑于红军英勇，又恐中了红军圈套，因而龟缩在鲁班场未敢出巢追赶。倘若真是出兵追赶，这位司令官对蒋介石的贡献也许会载入民国的史册，可惜他没有超脱常人的胆识，只会靠阵地抖几下威风……

鲁班场一仗，红军从战略上未获成果，并付出不小代价，仅一军团伤亡四百余人，三军团伤亡更大，红六师十八团一营三连，一百四十九人参加战斗，伤亡达一百二十二人……

它的创伤还不全表现在这些数字上，而是在人们的心里：这是定为"反攻"、"决战"、"比遵义战斗更大的胜利"的把握之战，想不到却是这样的结局。

兵退茅台时，指战员们在盘算着、揣摸着、痛苦着……

刚刚成为"三人团"成员的毛泽东，为鲁班场的挫折感到忧伤，但他没有慌乱，他在密切注视和分析着战局的每个变化，捕捉着新的战略意图……这时，毛泽东提出再渡赤水，寻求新的战略机动，"三人团"通过了毛泽东的提议。

朱德很快颁发了《三渡赤水河的行动部署》，要求红军部队用一个晚上加半个白天全部渡过赤水河西岸。干部团的陈赓和政委宋任穷为全军渡河司令及政委。

工兵连在离茅台不远的赤水河东岸架设浮桥，架桥时间只有多半天，当晚部队就要渡河。

这一天，渡河的部队又遭到敌机的轰炸……

傍晚，在距茅台很近的梅子坳宿营的刘伯承参谋长刚从"三人团"那里回来。这时，不远处的大树上一只乌鸦"呱呱"乱叫，露营的红军战士都认为这是不祥之兆。刘伯承掏出了手枪，他的随从提醒说："靠近点打，靠近点打……"总参谋长却后退了几步，举枪一击，乌鸦栽落下来，他对围拢上来的士兵们说："退两步比进两步好，目的是打下它！"

大家的情绪被感染了，他们似乎领悟到什么。

刘伯承继续说："我们还要退，退到川南去……"

6

蒋介石一到四川，即向战区发出了统一指挥川黔各军的手令。鉴于四川乡绅控告中央军军纪败坏，他不得不以红军爱民为例，训教部下。之后，又连电前线，从军事行动上给予指示，终于取得鲁班场固守成功的战绩。

现在红军又第三次渡过了赤水河，进入川南，他们的行动方向是什么？

蒋介石在苦苦思索着……

这时，传来消息，川军驻古蔺镇龙山的廖九甫团与西进红军相遇，被击溃。

蒋介石没有生气，脸上露出得意的神色，他肯定地对幕僚们说："朱毛主力集结古蔺，意在北渡长江，我各路围剿大军，应在此地，聚而歼之……"

他的幕僚晏道刚提醒他说："朱毛战力未减，川黔边境又多系山脉，大部队无法机动，小心他们化整为零，在乌江以北打游击……"

"嗯。"蒋介石觉得有道理，"江西赤区虽被国军占领，但匪情不止，项英、陈毅仍暗自活动，这个教训不可不取。"

当下，他决定在加紧"围歼"的同时，严密封锁，再把碉堡政策用于黔北，以便把红军消灭于古蔺一带。

蒋介石在重庆发出了筑碉"阻剿"红军的电令。各路"追剿"人马，纷纷向川南麇集。很快，就使古蔺一带又成了重兵围堵、堡群林立的"围剿"之地。

"三人团"受到了挑战，尽管他们不知道敌方的电文，但各路敌人的方位已使他们感到处境的危机。

危机并没有引起慌乱。

毛泽东找来总参谋长刘伯承，关切地问："桥怎么样？"

刘伯承干脆地回答："没问题！"

他俩说的这个桥，是指赤水河上二郎滩、太平渡两个渡口上的浮桥。一个多月前，红军曾从这里渡过，打响了桐遵大捷的枪声……这次红军渡过赤水河，一进入川南，毛泽东就想到它，当听说浮桥未遭严重破坏时，立即派工兵连长王耀南带着人去加固……

这座浮桥，现在又到了它为红军服务的时候了。

3月20日下午5时，军委主席朱德发布了四渡赤水的部署令，要求红军主力务必于第二日晚全部渡过赤水河。为迷惑川、滇敌人，令一军团一个团向古蔺游击，伪装红军主力西进。

秘密、迅速、坚决，四渡赤水以它独有的果断得到了圆满实现，红军再次进入黔北。

蒋介石的各路大军仍纷纷向古蔺前进，当中央红军进到遵义、仁怀中间地区时，蒋介石还在紧紧盯着那块"窄小地区"。

只有川军的南岸总指挥潘文华，当天就发现红军主力向太平渡运动，已有数千人渡过赤水，但他仍担心红军西进，未采取大的军事行动。

滇军孙渡直到23日，对从太平渡、二郎滩渡过赤水河的红军主力去向，仍含混不清。他在给部下的电文中说："赤匪惯用曲线行动，是否是主力东窜，还是其一部东窜，大部仍准备西窜，现不得而知……"

还是潘文华尚有头脑，他在23日的军情报告中，说到红军主力已到仁怀，有"回窜"遵义、桐梓的动向，并往松坎派去了部队，虽然这个判断也是错误的，但毕竟把注意力集中到了黔北一带。

蒋介石确信红军主力在黔北寻求机动，于24日下午，乘飞机离开重庆抵达贵阳，住进贵州绥靖公署。

他对前来迎接他的地方军政大员，发表了即兴讲话："共军已是强弩之末，现今被迫逃入黔境，寻求渡江，地点未定，前遭堵截，后受追击，浩浩长江俨如天堑，环山碉堡星罗棋布，他们已经到了走投无路的困境，朱毛之匪再也没有回枪之力……"

委员长对"剿共"前途的预言，赢来了一阵热烈的掌声。但他心里却很苦涩，川南的包围圈被红军突破，在那里完成聚歼的计划已经破产。

猛然间，他觉得眼前向他喝彩的官员十分讨厌，这些人把功夫全都用在阿谀逢迎上，真正对"剿匪"大计，却总是三心二意或口是心非。

他还是控制住即将出口的训斥，改为苦口婆心的教诲："诸位同志，千条万条，当今最要紧的是军政同仁，同心协力，这才能最后在黔完成剿赤大业！"

这时的蒋介石，非常希望能与红军主力进行决战，他现在能动用的部队首先是川、滇、黔军，这对他消灭"赤匪"、排除异己都是难得的机会。

7

就在蒋介石贵阳讲演的时候，毛泽东、朱德、周恩来却在汇集敌情。他们认为，乘敌频繁调动立足未稳之机，应迅速回师南下，再渡乌江。

这是一个大胆而冒险的决定，因为红军前进的方向是蒋介石坐镇的贵阳。

毛泽东点燃了一根烟，自信地说："我们就是要到他的眼皮底下搞一下，我看这个委员长是想不到的，他呀，总是把自己估计得太高。"

朱德对总的行动方案是满意的，他知道，毛泽东在声东击西的战术上，是独树一帜的。现在大军南下，听起来怕人，但仔细分析，出其不意，攻其不备，无疑是高棋一着。他只提出一点："这样，九军团的任务很重。"

毛泽东道："是的，他们现在不是出发时的万把人，满打满算也就是三千多一点。不过，这样更精干些，我相信罗炳辉会完成任务的。"

周恩来考虑得更细，他说："我看，把军委三十分队无线电台给他们。军团领导干部也要加强。"

当下，"中革军委"研究决定，派王首道为中央驻九军团代表，何长工为九军团政治委员。在这之前，原政委独臂将军蔡树藩已调往军委纵队任职了。何、王在红军中颇有声望，都有独立工作的历史。一个曾任过粤赣军区司令员兼政治委员，一个是湘赣省委书记。

"中革军委"对未来军事行动的认识可谓空前统一，尽管局势并不乐观，三万红军将士还在敌人的围追堵截之中，但作为军事决策者来说，他们从来没有像现在这样默契和一致。

红军主力以遭遇敌人的态势迅速通过遵义至仁怀的封锁线。这道封锁线的战略目的并非防止红军南下威胁贵阳，而只为把红军阻挡在黔北地域。

当红军主力到达白腊坎、枫香坝、鸭溪等封锁地域时，朱德按预先安排好的方案，命令九军团伪装主力，钳制蒋介石中央军纵队以掩护野战军主力南移寻求机动，并要封锁消息。

罗炳辉深感重任在肩，他接到军委指示后，即以马鬃岭为活动枢纽，展开工作。他指示部队在很多山头燃点炊烟，并给附近村寨宣传打大仗，还利用电台伪装主力发报，造成频繁联络的假象，又组织小分队调查去湘西北路线……

九军团出色的表演吸引了敌人，特别是成功地诱惑了中央军吴奇伟、周浑元两个纵队，使其五个师的部队注意力都集中在红军"主力"的动向上，这为南进的红军部队创造了条件。

蒋介石也没有想到红军会再渡乌江。当他接到周浑元来电说，仁怀以南的鲁班场、枫香坝附近防线遭红军袭击，打鼓新场也发现红军活动时，他淡淡一笑，说这是朱毛的战术行动，企图向黔西县西南溃窜，即令滇军孙渡前往黔西截堵。黔西是乌江北部的重镇。

历史有时是有趣的。当蒋介石电令孙渡前往黔西的那一天，红军的一支先遣分队已抵进到乌江北岸。他们隐蔽在江边一座大山背后，准备选择渡江点。这是红一军团的第三团，他们的任务是肃清对岸渡口之敌，掩护主力红军过江。

为了保证完成任务，林彪、聂荣臻派军团组织部长肖华到红三团加强领导。十九岁的肖华，外貌还未脱孩子气，两年前就已是少共国际师的政治委员，在全军是最年少的师职干部。遵义会议期间，他的部队被精简撤销，编入军团的一、二师里。他一到三团，就被团营干部围得水泄不通，大家争先恐后地向他汇报求战备战情况，团长黄永胜热情地迎接了肖华，并立即召集了研讨会……

那时的人们，还没有轻视年少的陋习，对人的看法主要是看才干，而很少会考虑年龄的大小，否则，一个十九岁的年轻人，是绝不会交给他一项关系红军命运的任务的。

他们到达江边侦察，才知对岸是"追剿"军第二路前敌总指挥薛岳的一个江防营，敌人早已构筑了坚固的堡垒，破坏了全部渡船，通往江边的道路全被封锁……

"你看……"有人意外地发现了什么，指给肖华看。

肖华看到，对岸石壁上有一条羊肠小道，通往五十米高处一座悬桥，桥头的石洞里，约有一个班的敌人在活动……

黄永胜高兴地说："这是控制渡口的好地方，居高临下，易守难攻，只要我们占领，南岸就在我们手里……"

肖华下了决心："好，这条路非走不可！"

当下，他们研究用突袭办法渡过乌江。

但前卫分队向乌江运动时，被敌发现，偷袭失败了。

接着，红三团又派出一个排，利用自扎的竹排强攻对岸，由于山顶上的守敌疯狂射击，加上竹排在激流中难以掌握方向，半小时后，竹排漂回北岸……

渡江成败，事关全军，肖华一想到肩头重任，第一次感到力不从心。

一天过去了。

黄昏，突然狂风骤起，雷电交加，恶劣的气候又打乱了夜袭的部署。

一分钟也不能等了！肖华把营团干部集合在一起，下达了一个并没有十分把握的命令：冒雨夜袭！

他甩掉额前的雨水，对聚拢在石坎下的同志们说："我知道，这样很难，可也有一条，敌人往往会大意的，他们不会想到，我们敢在狂风暴雨中过乌江……"

信任和责任逼着大家去冒这个风险，每个人都知道，眼下的路只有这一条。

当石坎下的会议还在进行时，一队战士已经站在他们面前。这是白天强渡失败的那个排，也许听到了什么消息，集体跑来要求担任先遣，年轻的战士把完不成任务当成羞辱，有时置生死于不顾，也不愿留下完不成任务的名声。

晚10点整，先遣排出征了。一个小时后，三名到达对岸的战士，借着雷电的光亮，寻到那条羊肠小道，后来又摸到吊桥的石洞口前。正像肖华估计的那样，这里的守敌没有想到红军会在这样的天气里闯过乌江。当洞口的手榴弹爆炸声和天上的惊雷闪电同时响起时，这一班敌人完全被吓瘫了。

8

隘口被占，渡口由红军控制。

这一夜，毛泽东、周恩来、朱德谁也没有合眼，白天强渡失败的消息使他们心情格外沉重，若是第二天再拿不下渡口，整个主力南下的决策将受到敌方运动的制约，红军各部都可能发生意外的情况……

他们的担心消除了。风雨之夜，先遣团的后续部队不断过江，随团而来的工兵连连夜忙碌，当天亮的时候，一座浮桥已连接乌江南北两岸……

红一师主力在天亮后渡过乌江。

红三团为二渡乌江建立了功勋，先遣排的丰功伟绩更是光彩照人。但由于这次渡江任务急迫，过江的大部队又紧急南进，因而，使这批渡江先锋来不及宣扬，时到今日，已很难查找出他们的名字……

在红一军团渡江同时，红三军团从江口，红五军团和军委纵队从梯子岩，也先后渡江，到3月31日，红军主力除九军团外，全部进入乌江南岸地域。

渡江工作并非圆满，失误和粗心造成了另一支红军主力的孤军行动……

1935年3月底，为了摆脱蒋介石坐镇贵阳精心布置的围堵，红军出敌不意，突然挥师南下，第二次渡过乌江。

3月31日下午，红军主力已全部过江，跳出了敌人的包围圈。

在梯子岩渡口，干部团走在最后，它的三营担任守护浮桥的任务。按照指示，等殿后主力红五军团过江后立即拆桥，以断尾敌之路。当他们知道五军团已从另一渡口过江后，又得到军委一位参谋的口头命令，便迅速把浮桥拆除。这天下午，当干部团急行军四十里赶到宿营地，向总参谋长刘伯承汇报情况时，才知道这次完成任务铸成了大错。罗炳辉将军带领的后卫主力红九军团还没过江！

很少动气的朱德，按捺不住心中的焦急，冲干部团长陈赓斥责道："岂有此理，这么大的行动不请示，九军团还在后边，拆了桥，他们怎么办？"

陈赓他们脑袋"轰"地一响：拆桥断路，九军团被甩在北岸，这将会造成什么样的后果……

在场的人，都记得渡湘江时，红三十四师没能及时过江，最后全军覆没的惨痛教训。

陈赓看着干部团政委宋任穷，说：咱们立即想办法补救！

三营政治委员罗贵波当即表示，一定把九军团接回来，无论如何也不能把九军团丢在敌人堆里！

事关重大，担任渡江指挥的朱德、周恩来、刘伯承当即决定：干部团返回江边，重新架桥。

朱德盯着陈赓说："土城你立了功，这一回你还要立功。"

陈赓保证道："天亮前，一定把桥架好！"

朱德和周恩来、刘伯承又交换了意见，最后给陈赓交代说："明早7时，九军团赶不到江边，你们就拆桥、追赶我们。"

当下，干部团三营和工兵连重返乌江南岸，连夜砍竹伐木，天亮前架起了浮桥。但是眼巴巴等到7点，还不见九军团的影子，只好又把浮桥拆除。忙碌了一夜的三营和工兵连，心理上总算得到一丝宽慰，又急着去追赶部队，一气追了两天多，才赶上大队。

战争时期的情况是千变万化的。有时复杂得让人不知所措。

原来，当九军团完成了江北牵制敌人、掩护主力渡江的任务后，军委即令罗炳辉带九军团于4月1日8时前赶到沙土镇，从这里奔江边渡河。但因九军团南进途中，沿途避敌，又在雨中穿行山间小道，赶到沙土时，已晚于限定时间六个小时……

望着滚滚江水，一时军团长罗炳辉、政治委员何长工束手无策。架桥过江？显然没有把握。当时，吴奇伟、周浑元两敌正向渡河点逼近，尾追的黔军也正压向江边……

战士们纷纷喊起来：

"我们掉队了，怎么办？"

"宁死不掉队，宁死不离开朱总司令！"

罗炳辉喝住议论不休的战士，喊来了各团负责人。说道："咱们口上都爱讲党来考验，这下，考验真来了，谁能经起，谁经不起，党会说话的！"这位1927年7月被中共江西省委批准为正式党员、同年率四十名官兵宣布起义的原吉安靖卫大队大队长，经过几年的红军生涯，明白党是革命者的信心和力量之源，因此一开口，就把眼前的斗争和党联系起来。

何长工接着说："军团长说得对，我们要经受住党的考验，我是二二年的党员，首先接受大家的监督……"

罗炳辉和何长工的几句话，把大家的心都连在了一起，大家决定：转战江北，迎击敌人，首先把黔军作为主要打击对象，以摆脱敌人的尾追……

他们不会成为第二个红三十四师，因为历史已经进入到新的阶段……

9

蒋介石对红军渡江的情报当天就得到了，他表面镇静，内心却异常恐慌，他不得不佩服红军的用兵，总是出其不意，攻其不备。特别令他不安的是，原定在乌江以北全歼红军的计划，是他希望所系，然而却在他坐镇贵阳后破产了，这对国民将产生何等恶劣的影响……

他召集陈诚、薛岳、晏道刚等高级将领和幕僚，对红军渡江后的行动进行商讨。

幕僚们一致认为，南下的红军，一是乘虚袭击贵阳，二是仍图东进与萧、贺会师。

蒋介石自有高见，他说："朱毛赤匪虽距贵阳仅百余里，但他们急求东进，后又有国军尾追，不可能顿兵攻坚，进攻贵阳。即是有靠近贵阳的行动，也是虚张声势，掩护主力东移……"

薛岳作为前敌指挥，自然要对红军渡过乌江负责，现在不敢多言，只是提醒说："赤匪无路可走，必欲东去，不过，东去也会波及贵阳，当前应以确保贵阳为急。"

蒋介石没有吭声。陈诚对薛岳说："贵阳飞机场要加强警戒，不要小看他们没有防空武器，白崇禧的飞机就被击落过。机场，肯定是他们攻击破坏的目标。"

薛岳说："清镇机场我已派出部队专任警戒。"

蒋介石对薛岳说："你的兵团和湖南的何键部，务必在余庆、石阡等地布防，无论如何也不能让朱毛窜到萧贺那里！"

他表面上把注意力都集中在黔东一线，似乎对贵阳防务并不关心，实则是为了在幕僚面前掩饰恐慌。他心里十分清楚，贵阳城只有两个团的兵力，如果红军主力真要攻城，眼下是很难对付的。

他想过自己应该离开贵阳，但又怕自己的"剿赤"形象一落千丈，甚至给人一个临阵弃逃的笑柄。因此，还是下决心待在这里。

他接连急调滇军三个旅赶到贵阳以西，有的直接进驻清镇，保护机场安全……

孙渡拼命督师向贵阳进发，按期完成了委员长的指示，受到蒋介石的犒赏。

然而，蒋介石又失算了。

红军声东击西，有意向东佯动，作出与二、六军团会合姿态，乘各路"围剿"大军向贵阳以东开进之机，突然从贵阳、龙里之间，突破防线，以日行一百二十里的速度，向兵力空虚的云南急进……蒋介石四天前刚予表彰的滇军头目孙渡，从贵阳前往龙里途中，被红军便衣侦察阻击，小汽车被打坏，卫士被打死，要不是孙长官侥幸逃脱，他就会成为又一个张辉瓒。

红军的这一着，使贵阳城里的蒋介石气得咬牙切齿，但又无可奈何。他坐镇省城，不能毫无收获，便以调整"围剿"部署为名，免去了贵州王家烈的省政府主席的职务，任命他为二路军"追剿"总指挥，不久，连这个军职也免去了，他的部队被改编。

蒋介石在贵州没有消灭得了红军，却彻底消灭了王家烈……

第十一章
共和国本土完全陷落，血火中有无尽悲歌

1

1935年3月27日，也就是蒋介石坐镇贵阳之时，国民党中政会作出决议，任命他为特级上将。李宗仁、陈济棠等八人为一级上将，白崇禧、刘湘、何键、龙云等二十人为二级上将，以表彰他们在"围剿"红军中的卓著功绩。确实，他们虽也互相明争暗斗，但在这次"围剿"和追堵红军中，是为"党国"效尽犬马之劳的……

这时候，在粤、桂、湘军及中央军的"进剿"下，中华苏维埃共和国的本土已全部沦陷，最后一个红色乡雩都县的上坪乡也被国军占领。整个中央苏区受到了空前的洗劫，到处是喊捉、喊杀的声音，到处是被捕的红军战士，到处是通缉的布告……

青天白日旗升起来了。

腥风血雨肆虐着整个苏区……

然而，火种没有熄灭……

在通往油山的赣粤边界的丛林里，走着五个衣着褴褛、精疲力尽的人。他们没有言谈，更没有说笑，只用摇晃的脚步追逐着时光。他们是谁？

半个月前的《中央日报》曾报道过——

> 中央社南昌十五日电　罗卓英顷电绥署告捷，连日所部进剿伪中央军区股匪，斩获甚多，匪首陈毅、周建屏、项英等，均化装潜逃……

这五个人正是项英、陈毅和两名警卫员、一名向导。至于周建屏，是红二十四师的师长，突围后已走失了。

中共中央分局书记、中央军区司令员兼政治委员项英，中华苏维埃中央政府办事处主任陈毅，怎么会落到这个地步呢？

红军主力离开中央苏区以后，国民党动用了二十个正规师对这里开始了"分区清剿"，在一个多月里，当初博古、周恩来交代下来的最后坚守地区全部丧失。

主力红军西征时，留给他们的是红二十四师和几个独立团。这些部队中的指战员，不少是红一、三、五、八、九军团留下的伤病归队人员，加上地方武装虽有三万之众，但战斗力不强。

项英接受任务是坚决的，因为中央给予他们的训令展示了美好的前景，要他们保卫苏区，等待主力回师反攻。

争取新的伟大胜利的信念鼓动着每一个共产党人，他们愿意用自己的鲜血迎来这一天。

中华苏维埃共和国中央政府机关报《红色中华》继续出版发行。患有肺病的瞿秋白是报社编委的负责人，为了报纸按时出版，他几乎每天都工作到深夜。为了稳定人心，也为了麻痹敌人，报纸上仍标明着"中国共产党中央委员会、中华苏维埃共和国中央政府机关报"，直到 1935 年 1 月下旬才改为"中国共产党中央分局、苏维埃中央政府办事处机关报"。

良好的愿望扭转不了严酷的现实。

到这年年初，经过两个多月的死打硬拼，留守中央苏区的三万红军，只剩下五六千人，他们控制的地盘已经只有零都南部狭小的地域，还面临着敌人的拉网夹击……

项英连连向西征路上的博古、周恩来、朱德要指示，要方针，以扭转苏区的困境，但都没有接到中央的回电。

当时，项英和陈毅还打算乘敌人南下围歼他们之时，迅速带部队北上，打到兴国，从敌人背后出击，没想到，中央政府办事处秘书长谢然之当了叛徒，结果使计划落空。

2

局势严峻，没有指示，也得拿出对策来，于是中央分局决定保存有生力量，从中央苏区突围出去。但在去向问题上，又很难达到统一，项英又连电请示中央。

终于，中央来电了，这是张闻天代替博古负责中央工作的那一天。电文指示他们，在中央苏区及其临近苏区坚持游击战争，并宣布成立决定军事问题的"革命军事委员会中区分会"，以项英为主席。

遵义会议后的党中央对项英是信任的，否则，他不会成为危难时刻身兼三职的领导人物。

当时，中央分局里有人提出把红军主力二十四师分散游击，项英没有同意。并非是他看不到形势的严峻，而是他这个人，干事总爱请示中央，没有得到中央的许可，在方针政策上绝不轻易改动。

决不是他无才能，而是长期从事党的上层工作锻炼出来的一种"党性"。

项英是湖北武昌人，少年时当徒工。党的"一大"代表包惠僧在党成立十个月后介绍他加入组织。在著名的京汉铁路大罢工中，他是罢工委员会的总干事，曾担任京汉铁路总工会法律顾问的施洋，就是由他和另一名同志介绍入党的。那次大罢工中，他率领工人纠察队去营救被绑走的共产党员林祥谦，因寡不敌众，未能如愿。林祥谦死于敌人屠刀之下，他只身逃了出来……他出席过"六大"，还曾被共产国际选为监察委员，到苏区后，代理过苏区中央局书记，西征之前的1934年1月，在瑞金召开的党的六届五中全会上，他当选为政治局委员和中央书记处书记。在中央苏区，他还代替生病的王稼祥，担任过军委副主席。

但他也有过不少教训。

1931年1月，苏区中央局在宁都小布正式成立，他担任中央局代理书记兼军委主席。4月间，中央代表团进入苏区，批评他执行了调和路线，不久取消了他以上两种职务……

现在，他不是怕丢官，而是自己责任重大，务必得到中央支持才行。特别是在这个时候，红军主力反攻的可能性日益变小，苏区地域几乎全部沦陷，他们的各项工作都面临着新的情况，需要重新决策，中央不说话怎么行呢？

对于游击战争，他也事先就有过考虑，并着手进行过准备。红军主力一出发，他就开办了游击训练班，为加强对游击战争的领导，他还派出一批干部到各地去担任领导。其中，张鼎丞被调往福建开展闽西南游击战争，李乐天、杨尚奎也带着五百人的队伍开赴赣粤边的油山，会合当地游击武装开展斗争。

三十七岁的项英显得成熟、老练，眼下已得到了中央的指示，他感到一切都好办了。

他首先安排瞿秋白、何叔衡、邓子恢等人由一个警卫排护送，向福建长汀一带转移，到那里去会合张鼎丞。然后，按照中央指示分散了二十四师，以团为单位，配备了分局领导，进行多路突围，有的将去闽西，有的将去湖南，有的将去井冈山……

3

有说五路突围大队，也有说是九路突围大队，反正待部队都出发后，项英他们才动身。

在出发前夕，又收到中央关于遵义会议决议的电报。这位远离中央的政治局委员、书记处书记是在遵义会议四十天后，才知道中央批评了博古和李德，至于对领导成员的调整，他仍一无所知。

突围前，项英把他所在的一路人马又进行了整编。这路队伍由红二十四师的七十团和中央军区直属队组成，现又缩小为四个大队。师长周建屏、陈毅和他又分别编在不同的大队里。他们准备穿越会昌封锁线，向福建长汀地区突围转移，那里有苏区，而且靠漳州、香港近，可以找到红军主力的关系，便于开展游击战争。

两个大队先走了一步，途中受敌阻击，除了少数人突出重围，大部分失散和牺牲了。

项英向中央报告突围情况，谁知电台联络不上，直到下午 5 时，才把电报发出。这时，他命令埋掉电台，和陈毅一起率领两个大队离开那个叫上坪的山区，人数还有四百多人。

那天晚上，天黑路滑，又遇大雨，当部队到达安远河畔时，河水猛涨，两岸又有敌人封锁，他们只得再返回上坪。雨夜中，项英带的队伍与陈毅失去了联系，又遭到敌人的截击，部队被打得七零八落。天亮后，当他收集好队伍时，看到一个个狼狈不堪的样子，使这位新上任的军委会主席眼里闪动着泪花……

他带着残兵向上坪走去……

这时，项英想到了陈毅，他们俩一个是党的领导，一个是政府领导，整日形影不离地经管着中央留下的摊子，现在分手了，死活不知。

项英对自己和陈毅过去的争执感到有些内疚，特别是在讨论突围方案时，陈毅提出到井冈山去，那里人熟、地熟。他却考虑到，部队到那里，要过两条河，正值春汛期间，徒涉有危险……两人争起来，争得面红耳赤，最后只好电请中央决定。

"唉……"项英越想越后悔，自语道，"到井冈山有什么不好，只要能和他在一起，啥法子不能想，现在，丢下我一个人……"

他不敢想下去，一路上，没吭一声，只顾闷头走。他们要去的上坪，是全苏区此时惟一没有被敌人占领的地方。到了那里，再来确定下一步的行动吧。

当项英到达上坪村时，意外的情况使他呆愣了，陈毅不知啥时候已等在这里。

两个人啥也没说，对视片刻后，扑上去就抱在一起……

陈毅的四川腔说："你跑到哪里去了，急死我了！"

项英只顾捶打着对方的后背，泪水哗哗地流起来。

陈毅安慰说："我晓得，昨晚上你吃了亏。不要紧，人在就好，福建去不了，我们去油山，那里有咱们的人。"

项英松开对方："到油山？找李乐天、杨尚奎他们？"

"对的！"陈毅分析道，"那里有赣粤边特委，再说，走这条路保险些，主力红军西征时走过，敌人想不到我们现在还敢去。"

浑身泥水的项英，当即清点了部队。这天晚上还很顺利，部队走了几座山。

可到第二天晚上，又和敌人打起来，队伍被打散，集合人员时，只有三四十人了。为了不被敌人围歼，这些人又边打边冲地往外闯，等到出来时，项英和陈毅身边只剩下几个人。

幸好这时他们在山下碰到了南康的总支书记曾纪才。曾纪才原来任过雩都南部地委书记，因为在反倾向斗争中，被认定为机会主义错误，便撤职罚他劳动改造，任务是抬担架。这个人很忠厚，明明知道组织冤屈了自己，工作仍很积极，抬担架很卖力。中央苏区一垮，劳动改造队散了，可他哪里也不去，整天挂着棍子在山里找部队。

曾纪才认识陈毅，一见面，鼻子一酸："首长，没想到今天能见到你……"

担任过江西军区总指挥和政治委员的陈毅，也面熟眼前这个人，忙问："你从哪里来？"

"他们斗争我，说我是机会主义，送到劳动改造队都两年了……"曾纪才说的"他们"，当然也包括苏区制定政策的人们，陈毅心里"咯噔"一下，一种内疚之感涌上心头……

"你现在准备怎么办？"陈毅心平气和地问。他知道，反倾向斗争给苏区留下的创伤是严重的，被整的人有些怨气也是正常的。

曾纪才见陈毅语带关切，便讲出了心里话："我想回家乡，怕白匪杀，我的亲戚都被他们杀掉了……想找咱们的部队，又怕说我是机会主义，不收我，夜里还杀掉我。"

一旁的项英听到这里，忙尴尬地走开，他心里"咚咚"直跳，前些天里，他曾处决了宁都起义过来的人……

陈毅能看出，曾纪才很想找组织，忙保证说："你不要这么说，哪个敢杀你！斗争你是错误的，你不是机会主义！"

中央政府办事处主任这么讲，曾纪才眼泪"刷"一下落下来……

陈毅劝慰地说："中央苏区失败了，将来会检讨总结的，我们谁也不要计较，现在，咱们在一起，打游击好了！"

曾纪才擦了一把泪，说："首长，只要组织信任我，我曾纪才就算没白当这个共产党员。你说吧，要我干啥？"

这也就是患难之交吧。

曾纪才对去油山的路很熟悉，他带着这几个人，穿过广东军阀的盘查哨，翻山过河，联络交通站，终于和赣粤边特委取得了联系。这时候，他们只剩下五个人了：项英、陈毅、曾纪才和两个警卫员。

现在，这五个人走在通往油山的路上，不远的山那边，赣粤边特委已派来三个人接应。十多天的夜行晓宿生活就要结束，他们都想些什么？

二十年后，成为中华人民共和国元帅的陈毅，在回忆这段艰险的经历时，有这样的讲话录音：

> ……那次行动多亏了曾纪才，他是个很好的同志。这个人的特点是不抱怨。那时肃反搞得很"左"，把他打错了，送去劳动改造……上山以后，我们派他回到游击区去作县委书记，发展组织，搞游击队。可惜后来他牺牲了。那是敌人搜山时把他捉住的。牺牲得很英勇。

项英的心情很沉重，由大规模的根据地一下变成分散的游击区，新的斗争形势，新的斗争局面首先要求他这个党的负责人要有思想认识的转变，而他现在，还说不出个一二三来。至于遵义会议的决议，不少地方也触及到他的思想方法，但纠正这种思想方法还需要时间……

项英追上几步，赶上拄着树拐的陈毅，不安地说："这一路队伍就出来咱两个，别的几路也不知情况怎样……"

陈毅估计得很悲观，但语调很坚强，他说："我看，比我们强不了多少……不过，只要能冲出来，就会有好戏给蒋介石看的。我就不信，他老蒋能一手遮天！"

4

陈毅的判断是准确的。各路突围部队都受到严重的损失……

由赣南省委书记阮啸仙、省军区司令员蔡会文、政治部主任刘伯坚和中央办事处副主任梁柏台率领的一路两千余人，在突围中多次与敌遭遇。刘伯坚、梁柏台被俘，阮啸仙中弹牺牲，只有蔡会文率领一些人冲了出去。

在这些人中间，有必要提及刘伯坚和他的妻子王淑振。

刘伯坚是四川平昌人，曾赴法国、比利时"勤工俭学"，任中共比利时支部书记，后在莫斯科东方大学学习。回国后曾在冯玉祥部队主持政治部工作，在西安结识了妇女协会总干事王淑贞。由于刘伯坚是国民联军政治部部长，他的婚礼来过不少名人，于右任、杨虎城、邓宝珊、吉鸿昌都亲临门庭。王淑贞被安排在联军政治部担任秘书，并经刘伯坚介绍加入中国共产党。为了表示与封建残余决裂，王淑贞改名为王淑振。

1930年，刘伯坚夫妇从上海来到瑞金。刘伯坚任中央军委秘书长，协助朱德总司令工作，已经是三个孩子妈妈的王淑振，任中央政府秘书，后又任苏区中央局秘书科长，负责会议记录、译电、保管文件……

主力西征时，这对夫妇留在了苏区。

这次分路突围时，他们又分别随队行动。

刘伯坚在突围的战斗中，身中数弹，左腿负伤，不幸被俘……

他是一个硬骨铮铮的汉子。

当敌人把他押赴刑场时，问他还有什么后事要办，刘伯坚略思片刻："有。第一，我要写封家信；第二，我死后葬在梅关，那里地势高，我能登高望远。"

执刑者不相信共产党人面对死亡能这样镇定自若，便取来笔墨纸张，看他能写下什么家书。

他先提笔给凤笙大嫂写下一封信——

凤笙大嫂并转五六诸兄嫂：

弟于三月四日在江西信丰县唐村被粤军俘虏，押往大庾粤军第一军部，三月二十二日要在大庾牺牲了。

弟在唐村被俘时，就决定一死以殉主义，并为中国民〔族〕解放流血，曾有遗嘱及绝命词寄给你们，不知收到没有？

弟为中国革命牺牲毫无遗恨，不久的将来，中华民族必能得到解放，弟的热血不是空流了的。

虎、豹、熊三幼儿将来的教养，全赖诸兄嫂。豹儿在江西，今年阳历二月寄养到江西瑞金武阳围的船户赖宏达（四十五岁）老板，他的船经常往来于瑞金、会昌、雩都、赣州之间，他的老板娘名叫郭贱姑，媳妇名叫梁照娣，儿子三十岁左右，名叫赖连章（记不清楚了）。另有吉安人罗高，二十四五岁随行，是个裁缝，罗高很忠实很爱豹儿，他无论如何都同豹儿在一起，你们在今年内可派人去找，伙食费只能维持四五个月。熊儿生后一月即寄养福建连城属之新泉区芷溪乡黄荫胡家中，黄业中药铺，其弟已为革命牺牲，弟媳名菊满，称熊儿为子，爱如己出，因他无子。

熊豹两儿均请设法收回教养。

诸幼儿在十八岁前可受学校教育，十八岁后即入工厂作工为工人。他们结婚更不要早，迟至三十岁左右再结婚亦不迟，以免早婚多儿女累，不能成就事业。

最重要的，诸儿要继续我的志向，为中国民族的解放努力流血，继续我未完成的光荣事业。

这封信要给淑振同志一阅，她可能已到沪了。

此致

最后的亲爱的敬礼

弟　刘伯坚
三月二十日于大庾

我已要求粤军枪毙我后葬在大庾梅关附近。

一封信写完，伯坚粗看了一遍，接着，饱蘸墨汁，又写下第二封信——

淑振同志：

我的绝命书及遗嘱你必能见着，我直寄陕西凤笙大嫂及五六诸兄嫂。

你不要伤心，望你无论如何要为中国革命努力，不要脱离革命战线，并要用尽一切的力量教养虎、豹、熊三幼儿成人，继续我的光荣事业。

我葬在大庾梅关附近。

十二时快到了，就要上杀场，不能再写了，致以最后的革命的敬礼

刘伯坚
三月二十日于大庾

刘伯坚的高风亮节和视死如归的凛然正气，全都体现在这两封文笔流畅、字迹潇洒的信件上，连刽子手看到这情景，都深吸了口气。

刘伯坚牺牲了。当他拖着沉重的铁镣，吟唱着那首流传后世的"带镣长街行……"的诗句走向刑场时，一个坚贞不屈的共产党员的形象已像高高的梅岭一样耸立在人民的心中。

5

刘伯坚的两封信王淑振都没有看到。

她也没有像丈夫信上写的，已到了上海，而是仍辗转在敌人的网状封锁线里。

终于，她随突围队伍到了闽西长汀县四都乡以西的姜畲坑，这时，她并不知道刘伯坚已经牺牲，仍期待着胜利后的团聚。

当时的闽西，情况相当紧张，突围到这里的人员随时都有被围堵拦截的可能，而那里又没有一块固定的红色区域，每个人的安全没有任何保证。在这种情况下，福建省苏维埃政府保卫局注意到了王淑振，他们担心这个二十九岁的女机要人员在未来的转移中，万一落到敌人手中，能否经受住严刑而不吐露党的秘密？她知道的东西太多了！

1935年的中国共产党，有她不成熟的方面，多年来在党内形成的那种残酷斗争的惯性仍在发生作用。既然对王淑振产生了怀疑，厄运的降临就是不可避免的了。

一天夜里，她被捕了。

王淑振竭力申辩也是徒劳的。

好在对她并没有网罗罪名，而是如实地讲清了形势，并传达了组织的最后决定。

王淑振服从了，为了革命利益去死，是她惟一的欣慰。

执刑时，她提出一个请求："我，我要喊句口号……"

对方答应了。

王淑振含泪高呼："共产党万岁！"

砰！枪声响了。不是敌人射来的子弹，而是应该射向敌人的子弹……

仍然用不着谴责这个事件。今天的人们，是很难理解当时那种环境的。

中央军区参谋长龚楚，带着七百人去湖南开展游击战争，突围不久，便打死政治委员率部投降了广东军阀，敌人还任命他为"剿匪"游击司令。他编造谎言，声称在湖南开展了很大游击区，然后，带着几十个人，来油山找项英、陈毅去那边领导工作。一路上骗杀了不少人，最后一直摸到离项英、陈毅住的草棚只有五六分钟路程的地方，幸亏带路的警卫员及时识破并开枪报警，这才使项、陈脱离危险。

龚楚后来在台湾写了一本书《我和红军》，除了污蔑之词外，披露了中央高层的不少秘密。可见，他当时所起的负作用远远超过敌人一个师团的力量。

无论敌人的堵奸，还是叛徒的出卖，苏区的革命力量并没有被全部消灭。

但代价是巨大的。

这次突围和突围以后牺牲的主要领导人有：周以栗、何叔衡、瞿秋白、毛泽覃、蔡会文、刘伯坚、梁柏台、李才莲、胡海、古柏、钟循仁、赖昌祚、李锡凡、徐彦刚……

中央苏区所属四省五任省委书记，幸存者仅曾山一人；四个军区司令员，牺牲者竟达三位，至于共产党员和革命群众，受害的数字是无法统计的。

最野蛮的蹂躏带来的是最伟大的觉醒。

项英、陈毅终于在油山点燃了赣粤边游击之火；张鼎丞、邓子恢、谭震林也在闽西南掀起游击风暴……

他们在与党中央失去联系的极为艰苦的环境里，坚持了南方游击战争。直到三年后，国共再度合作，才恢复了党中央对他们的领导关系。而这时候，南方各地游击队，已经不是支离破碎的几股势力，而是一支拥有万人武装的大军了……

第十二章

进军滇东难以立足，渡金沙江再寻出路

1

民国二十四年四月十八日，即 1935 年 4 月 18 日，《湖南国民日报》的"中外新闻"栏目，登载出中央社 14 日发自贵阳的电讯：

朱毛股匪，自二日由息烽以北地区，偷渡乌江南岸，转向东窜……又因我开阳及瓮安部队之堵击，六七两日，徘徊于贵定、龙里以北清水河西岸……至本日午刻，将匪之全部包围于洗马河、大小脏龙之狭小区域……据俘匪供，匪首被炸死者甚多。朱德于三日在扎佐猪头山，被国军击毙。其尸首用红绫缠裹扛抬，尚未掩埋等语。现在漏网之匪，狼狈向龙里西南逃窜……

这个栏目里，同时刊出了"追剿"军第二路前敌总指挥薛岳同一天的电文：

匪部自匪首朱德阵亡，毛泽东病后，领导无人，内部日益分化。加以我军跟踪追击，不能立足，恐慌万状，日来纷纷向我投诚者甚多。

那个年代，造谣者并不承担任何责任，蒋介石也听之任之，哪管事实真相。

其实，朱德健在，毛泽东体康，红军主力顺利通过了贵阳至龙里的封锁线，如果按照他们发稿的时间，红军已经到了贵阳西南的紫云一带。

在这期间，红军有过损失，特别是周恩来很得力的助手钱壮飞，在息烽流长乡客户寨遭民团冷枪杀害，使大家深感悲痛。

钱壮飞原是中央特科人员，20 世纪 30 年代，就打入国民党武汉行营，给行营主任何成濬担任机要秘书。

1931 年春，中央政治局委员、长期参与并领导特科工作的顾顺章，在武汉执行任务时，违反秘密工作纪律，用"化广奇"的艺名，在一家剧院登台表演魔术，被叛徒认出。被捕当天，他就叛变了，还声称有重要情报到南京面见蒋介石报告。何成濬忙把情况向南京特务头子徐恩曾紧急发电，密报顾已招供，拟急速解往南京。钱壮飞看到电稿，用密码译出电文，才知道出了大事。他立即乘车赶到上海，把情况告诉给担负保卫中共中央机关责任的陈赓。陈赓当下又赶到周恩来家里，把顾顺章叛变的情报告诉了在家的邓颖超，要他们立即搬家。

顾顺章熟悉我党领导人的住地，也了解打入敌人内部的地下工作者名单，知道我地下交通线路和接头方法。他的叛变，把整个上海党的秘密机关都暴露了。

立即行动，赶到敌人动手之前！周恩来亲自领导部署中央机关的大转移，在前后两天时间里，切断了与顾顺章有联系的关系，所有与顾顺章熟悉的领导人都搬了家。

结果，敌人大搜捕时，什么也没捞着。

顾顺章急于邀功，他到南京的第二天，亲自去了监狱，指认了恽代英。恽是一年前被捕的，他化了名，敌人一直没有认出他，没想到，正在组织设法营救的关头，让顾顺章出卖了。两天后，恽代英被杀害了。后来，顾顺章领着特务回上海，搜查了我党几乎所有的机关。

由于顾顺章的叛变，钱壮飞已无法再在敌人内部坚持工作，这位1925年入党的知识分子，便来到中央苏区。

《红星》报的红星二字就是他题写的。

在首都瑞金，他精心设计并亲自参加建设了红军烈士纪念亭、红军检阅台、公略亭、博生堡，这些在当时被称为宏伟的建筑，给年轻的共和国增添了生命的活力，直至几十年后的今天，这些建筑还屹立在当年的大地上。

西征以来，钱壮飞任军委二局副局长，主管情报工作。这位才智超群的人物，长眠在了乌江南岸的崇山峻岭里……

2

当滇军向东急进、拦截红军向萧、贺方向靠拢时，突然发现主力红军并无继续东进迹象，而是在贵阳、龙里间地域运动。孙渡立即停止部队向黔东前进，而改为回调龙里、贵阳，在此摆开一条防线。

穿过这条防线成了当务之急。

军委主席朱德部署了进军行动，三军团一部佯攻贵阳，一军团一部佯攻龙里，掩护主力南移。

贵阳、龙里东西相隔百十里，有公路接连。当佯攻部队分头在阵地和敌人抵抗时，红军控制了约三十里宽的口子，这才保证了主力的行动。

红军通过"口子"时，由于心情紧张，人员拥挤，出现了严重的抢路和插队现象，一时分不清建制。红一师师长李聚奎发现自己的队伍和三军团的先头部队同在一条路上，立即把自己的队伍带到山梁上前进，让出大路给三军团。第二天下山通过公路时，听说彭德怀在公路旁的村子里，他忙去见他。李聚奎是彭德怀的老部下，平江起义、留守井冈、围攻长沙，他一直和彭德怀在一起，现在虽不在一个兵团，感情上的情谊一直是深厚的。

一见面，彭德怀就提到他们插乱三军团队伍的事。他一向严肃，一认真起来，更使人胆怯。他不高兴地说："现在军委和部队都没有过来，敌人在贵阳有四个师，在龙里有三个师，今天可能从东西两面夹击我们，如果出了问题，你要负责！"

李聚奎忙向他说明情况，他不听，也不再追究插队的责任，而是改口说："你们一师归我指挥！"

李聚奎虽没有接到林、聂指令，但战争年代为应付紧急军事事态，听从友邻首长指挥的事也是常事，所以干脆地答应："好。你给任务吧！"

彭德怀指着对面山地："你们占领西南山，监视龙里方面，我们占领观音山，监视贵阳方面。"他斩钉截铁地补充道，"哪一边的敌人出来，都要死打，以掩护军委和后续部队。他们都过去了，你听命令再撤。到时，我派人通知你们。"

当天上午，一师在山上监视龙里的敌人，一面派人瞭望对面三军团的行动。

军委纵队从山下通过了，一些随军的女同志也顽强地一瘸一拐地向前赶。

下午3时，部队已经全部通过，三军团的部队也撤出了阵地，红一师还未接到行动的通知。李聚奎急了，撤吧，没有命令；坚守吧，倘若派来送信的人出了意外……最后，他还是下令撤离了阵地。

彭德怀是否派人通知过李聚奎，已无从考察，但当时的情况确很紧张。当军委纵队通过这里后，红五军团接替了彭德怀的掩护任务。五军团弹药很少，与敌稍一接触，就拼命向南奔跑，将急进的三军团队伍给冲乱了，两支部队混在一起，一口气跑了几十里，才好不容易把部队收拢住，这也许就是未能通知李聚奎的原因吧。

突破孙渡贵、龙防线后的红军，急进之中，攻克了定番、长寨、紫云、广顺，两天攻占四城，打开了红军西进的有利局面。

此时，中央红军的战略目标仍是川滇黔边，并不是绕过贵阳、直插云南，继而北上，至少这时还没有这个计划。

这样，迅速打击尾追之敌孙渡，会使多日奔波的红军取得机动，并鼓舞全军士气。

军委决定在这一带开辟战场。

但彭德怀、杨尚昆觉得不妥，他俩根据土城、鲁班场失利的教训，认为广顺以西三十里起伏地尚可作战。若更向西行以至北盘江两岸，石山峻峭，居民大半是苗族，作战易成对峙局面。他俩联合致电朱德，建议野战军迅速渡过北盘江，袭取平彝、盘县。那里是滇黔咽喉，四向均易出击，使敌封锁困难。同时在那里给滇军打击，红军机动区域更大……

不知是军委采纳了彭、杨的意见，还是"三人团"也有改变计划的方案，军委命令红军各部迅速渡过北盘江，兵分两路向云南进发。

3

4月23日，红军进入滇境。

入滇的第一仗，是在白龙山制高点打响的。当前卫一师红二团向平彝羊肠营急进时，滇军李菘独立团先赶到了这里。红二团乘着夜色掩护，包围了白龙山主峰。李菘怕遭覆没之灾，率队逃离。红二团乘胜追击，途中毙敌二百多名，李菘仅带着几个随从，逃到曲靖城里。

这一仗打得干脆，也暴露了滇军虚弱无能的本质。但在如何打击滇敌尾追的先头部队上，军委和有些军团首长持有不同意见。

最后军委决定放弃了平彝行动，改向沾益、曲靖以求与滇军追敌作战。

这时，一军团林、聂对军委决策有不同意见，他俩对整个形势的估计和中央完全不同，因而也就没有当初在打鼓新场那种求战的情绪和热情。这天夜里10时，他们二人手里拿着中央"万万火急"的"指示"，向军委发去电报，提出："野战军应立即变更原定战略，而应迅速脱离此不利形势，先敌占领东川，应经东川渡金沙江入川，向川西北前进，准备与四方面军汇合。"

中央和军委没有理睬。军委坚持在云南东北地区取得新的发展局面，并把这一地区看成是战略机动的枢纽，背靠西北天险，有利于向东、向南作战，在不利和必要时，向北和向西转移。因此，一、三、五军团必须乘蒋敌主力正向云南东北集结之时，首先在白水、曲靖、沾益消灭滇敌的先头部队，以顿挫滇敌的猛进，然后再进入另一个机动地域，消灭周浑元、吴奇伟前进的一部……

4月26日，按照军委既定部署，三军团进驻白水，一、五军团对曲靖包围监视，三军团一部对沾益包围佯攻。红军准备在这里回击滇军先头部队。

但这一计划没有实现。

住在昆明的"剿匪"第二路军总司令龙云，认为云南东北方面"围剿"部队甚多，红军不会向平彝前进，主力会从曲靖、沾益之间通过，尔后趋向元谋渡过金沙江。因此，在朱德发布改向沾益、曲靖集结指示的同日，他下令给孙渡，要求滇军各部超越截堵，各取捷径，向昆东的宜良前进，以对红军实行迎头截堵。

滇军改变行动方向的情报，军委没有及时掌握，这就造成了无敌可击的局面。

这一天，进驻白水一线的红三军团，遭到八架敌机的轰炸扫射，共投弹一百二十枚，不少红军战士遇难，军团政委杨尚昆被炸伤小腿。

彭德怀火了，打击敌人不成却被敌人打击，这是怎么部署的，他站在杨尚昆的担架前，眼睛湿润了……

彭德怀说："我执行命令从来没有讲过价钱，今天，我不能不讲。"

杨尚昆也难过，十多天前，他和军团长曾电报军委，战场应选在平彝、盘县，而中央没有采用，硬要在曲靖、沾益地区寻求决战，结果造成这种出师不利的局面。

他望着军团长，一种对红军和对党的事业的责任感涌上心头，他以征询的口气说："给军委发个报吧，谈谈我们的意见。"

当天，以彭、杨落款的电报到了军委：

> 争取滇黔边各个击破敌人可能极少，因为我军行动，错失争取平彝、盘县的良机，使战略已陷于不利地位。……明日应继续向西北前进，渡过东洪江，争取休息几天，解决一切刻不容缓的事件。

电报传到毛泽东的手里，他的心情沉甸甸的。他没有想到，仗才打了一天，前线指挥员的情绪就这样波动，甚至怀疑中央的决策！

毛泽东对着周恩来，说："看来，委员长的飞机好厉害哟，前两天炸伤了我的堂客，今天又炸怕了彭德怀。"

堂客是湖南话中的老婆或妻子。毛泽东的妻子贺子珍在轰炸中负伤，当时就昏死了过去，浑身有十几处弹伤。她编在干部休养连里，现在伤势很重，连里建议把她留在老乡家里养伤，毛泽东没有答应。

今天，他去看过她，她的头上、脖子上都缠满了绷带，好几块弹片还没有取出来……他当时很难受，眼里涌着泪水……

毛泽东的心绪很不好，但此刻，彭、杨的电报却使他清醒了，他不由联想到林、聂的电报，难道一、三军团之间会有什么默契？

周恩来在一旁也感到为难，说："看来，他们还是没有理解中央的意图。"

"不仅是这些。"毛泽东说，"我看，这些人认为中央不行，没有能力摆脱当前的困境，说不定首先就不信任我。"

朱德觉得问题不会有这么严重，忙说："这些人都想和敌人打硬仗，把敌人狠狠教训一下，他们的目标是中央军，对打滇军自然就不高兴了。"

毛泽东不满地向朱德说："问题怎么会这样简单，你听听，彭德怀的电报是怎样写的，'争取几天休息，解决一切刻不容缓的事件'。"

这几个字很刺耳，自然引起了大家的深思。

"我看，遵义会议后，李德老实了，我们有些人倒傲了起来。上次在打鼓新场，我一个政治局常委都不能讲话，现在，又开始了。中央就这也不行，那也不行？"

周恩来没想到问题这么严重，他总是从善良的愿望分析事态。他看毛泽东动了气，忙劝解说："这几个人，你了解，不会有别的意思，他们的目的也是急于找到根据地。"

"但愿如此。不过，我觉得中央对他们软弱会助长这种风气的。看来，还得有一个会议，才能统一思想。"毛泽东表明了自己的态度。

会当然要开了，什么时候，什么地点，谁也拿不出意见，因为眼下的局面还没有改观，预定打击滇军先头部队的方案还没有实现，下一步的行动部署还很难出台。

尽管林、聂、彭、杨有电报陈述，军委并没有改变作战意图，对于第二天的作战行动，仍然按原定计划进行。

27日，红三军团攻击沾益未克。

同日，红一军团攻击曲靖未克。

两战皆无进展。这时又得知滇军追敌改道而行，原计划在沾益、曲靖地区回击滇军方的方案无法实施。

军委果断指示，野战军绕过沾益、曲靖，向西南马龙、寻甸、杨林急进，寻求新的机动。

行进途中，在昆靖公路上，总部管理科长刘金定和其率领的通讯连截获一辆国民党汽车，内有云南十万分之一军用地图二十余份，还有白药一千余包。据押车的副官交待，他是前敌总指挥官薛岳的副官，因中央军尾追红军入滇没有军用地图，专门派他去昆明索取，原准备用飞机空运，因飞机师突然生病，改用军车送往贵阳……

中共曲靖地委和市委，对这一历史事件有自己的述说。他们认为，截获军车是周恩来指挥的。而有些回忆录却未曾这样提及。无论是否有周恩来参加，龙云是实实在在丢失了军车。

当红军把军车上的东西全部搬走后，正要将军车烧毁时，担架队的同志拖延了烧车行动，他们割下轮胎，钉在鞋底上，以减少鞋底在千山万水中磨损，这也算是一大发明吧！

尽管在沾益、曲靖有过不愉快的事情，但缴获二十余份军用地图却使中央和军委的领导人眉开眼笑。

朱德高兴地砸了一下手心："这太好了，在渡北盘江时，我就向各军团发过电报，要他们想法买点各种图书，特别是云南的地图地理，没想到，龙云给咱们准备了！"

毛泽东把地图铺在了地上，正在那里细细看着，他抬起头，用手招呼大家："快来，快来。"

周恩来、张闻天、博古、陈云、王稼祥、刘伯承都围了上来。

毛泽东指着地图说："你们看，我们站的这块地方，是一块较大的平原，没有山区可以利用。我们不宜在平川地带同敌人进行大的战斗，尤其要避开昆明。"

朱德忙用铅笔在地图上标明了各军团的位置，特别在金沙江的各个渡口上标明了记号。

毛泽东继续看着图，说："现在我们左右有敌，后有追兵，蒋介石是想利用金沙江的险阻，在这里围歼我们，看来，只有渡过金沙江才会有更大的机动。"

朱德插断话，介绍了金沙江渡口的情况。

毛泽东考虑得很成熟，他说："我们要像第四次渡过赤水河那样，迅速、保密，在行进中搞些假象，以掩盖我们的意图。当然，蒋介石很可能先走我们一步，但金沙江江防空虚又给了我们取胜的条件。现在有两件事很紧迫，一是尽快赶到江边，二是要找到船……"

这一夜，经过政治局成员的认真研究，确定了放弃滇东北，渡过金沙江的战略方针。

4

遵照军委部署，红军兵分三路，向金沙江前进。其中，一军团占领龙街渡口，三军团抢占洪门渡口，干部团夺取皎平渡口。

这三个渡口，以皎平渡战略位置更为重要，它位于另两个渡口之中，随时有策应一、三军团渡江的可能。因此，军委把这个任务给了陈赓和宋任穷，由总参谋长刘伯承亲自率领，国家政治保卫局执行部长李克农也带随员同往。出发前，周恩来亲自向陈、宋两人又交代了一次，要他们尽量争取时间，出敌不意地攻击。

红五军团像往日各次苦战时那样，担任全军渡江行动的后卫。

正像毛泽东所估计的，蒋介石已先走了一步。当军委行动指示还未下达的前两天，蒋介石已电令龙云和川军刘文辉说，金沙江江防至为重要，而且指出红军将"经寻甸、禄劝而入会理"。禄劝入会理的惟一渡口就是皎平渡。只隔一天，蒋介石又令将巧家至元谋一切渡河材料全部集中，甚至连竹木板片也要严密收集。他说的巧家至元谋，正包含着金沙江红军欲占的三个渡口地域。

用不着笔者更多的述说，三个渡口均被红军夺得，中央领导在5月3日从皎平渡过江，在对岸的石洞里指挥全军渡江北上。凭借七只木船、三十六位各族船工，昼夜不息，运兵摆渡。这中间，因一、三军团在龙街和洪门渡江不便，军委电令他们也赶往皎平渡江。到5月9日，包括后卫阻敌的五军团在内的中央红军，全部渡过了金沙江。

这期间，尽管一军团在龙街渡口、三军团在洪门渡口遭到敌机的轰炸，他们的活动却迷惑了敌人。

红军中路从皎平渡摆渡两天以后，龙云还电询江北川军会理守军刘元瑭，"惟匪之渡河点择在何处，尚不明了"。当一、三军团向皎平渡运动时，龙云又以为他们"回窜"曲靖、沾益……

当然，龙云还不知道，川军刘文辉并未遵令在金沙江北岸实行防堵，这给一、三军团的渡江赢得了时间。

就在中央领导人坐镇金沙江北岸的石洞里指挥全军渡江时，二路军总指挥龙云，却在5月7日给他的纵队司令孙渡发去这样的电报：

> 限今夜到。元谋。孙司令……均鉴：命令：（一）匪过大江未成，楚窜环州，必已军心慌乱，希望断绝，兵法攻心，良机难再。（二）……（三）匪方重心，全在军委，我军无论何时，发现其军委所在，务选有勇有为之团长，不惜牺牲，直前猛扑，本擒贼擒王之旨，将其重心摧毁。（四）顷奉委座电，匪首朱德、毛泽东、周恩来、博古四人，无论生擒枪毙，查实均奖国币十万元，即谕官兵知照。……

真是天方夜谭！

龙云最终归顺了人民，新中国成立后曾任过中央人民政府委员。可惜，他对这一段历史未有过详尽的回忆，倘若能写清他在金沙江一连串的判断失误，或许对研究红军战术能提供典型的例证。

渡过金沙江的中央红军，进抵会理。

红三军团包围了会理城。

会理守敌共六个营，加上民团，有三千余人，有机枪六挺，迫击炮三门，坚固的城墙上，有大小碉堡二十余个。这对于连续行军、装备较差的红军来说，要迅速攻克决不是一件轻而易举的事，而且北部西昌的敌人又会随时增援这里。

根据敌情，彭德怀决心放弃攻城企图，以集中力量打击援敌。

军委没有同意。

围攻三天会理的三军团未取得新的进展，但军委仍令他们继续攻城。

这时，五军团军团长董振堂、政委李卓然向野战军司令部提出，目前应利用北渡金沙江有利形势，争取迅速渡过大渡河，过多的延误时间，会使部队丧失有利时机，使敌人得以重新调整追堵部署。

5月12日，军委命令工兵部队向会理城下挖掘地道，准备炸开城墙，突击攻城。

彭德怀感到这个决策确有失误，它将带来新的牺牲，便再次提出放弃会理，迅速派出有力支队控制大渡河要点，以便北进。

也许，作为一名军团指挥，他考虑的是战术原则，而忽略了政治影响。但他的几次措辞强硬的意见却引起了毛泽东的不满和关注。

就是这一天，当彭德怀以矛盾的心理正在会理城下作攻城准备时，中央通知他和杨尚昆，下午 2 时到城郊铁厂参加政治局扩大会议。

5

会址选在铁厂村的树林里，临时搭起的草棚，既是会场，又是寝室，军团来的人就住在这里。同是政治局会议，比起遵义会议柏章辉的公馆，这次扩大会的条件就简陋多了……

出席会议的有政治局委员和候补委员，还有刘伯承、李德，一军团林彪、聂荣臻，三军团彭德怀、杨尚昆。

毛泽东作为中央的三人军事小组成员，主持了这次旨在讨论渡江后行动计划的会议。

当然，会议一开始没有研究今后的行动，毛泽东公布了林彪写给他们三人小组的信。

信就是最近写的。他对从四渡赤水到会理之战的战略战术提出质询，公开提出三人小组指挥不行，要求更换领导。

现在这封信的原件未曾找到，会理会议也和遵义会议一样，没有文字记录，因此，很难说清林彪信件的具体提法。根据当事人的回忆录，林彪曾给会理城下的彭德怀打过电话，说现在的领导不成，你出来指挥；也有回忆说，林彪的信上写着毛、朱、周随军主持大计，请彭德怀任前敌指挥……

毛泽东没有仅仅停留在这封信上，而是提到了刘少奇、杨尚昆在渡赤水期间的电报。那封电报，是他俩根据同彭德怀的谈话内容，对部队长期疲劳，又没有根据地等实际问题向中央阐述的意见。

"你们的右倾情绪由来已久。"毛泽东扫了彭德怀一眼，说，"我晓得，你对批评是不服气的，我不勉强你，刘、杨的电报是你鼓动写的吧，林彪的信也是你鼓动写的吧？"

林彪没有吭声，他懂得，过多的解释，反会解脱不了，只好用沉默表示悔改之意。

彭德怀采取了事久自然明的态度。虽然林彪写信他并不知道，和刘少奇谈部队动态也光明正大，但此刻，他没有申辩，而是从积极的一面去理解毛泽东的批评。

到会的不少人都对林、彭进行了批评"帮助"，良好的愿望和善良的心意是可以理解的。

彭德怀听完大家一席话，作了自我批评，他从心底里剖析了自己，他说："说心里话，渡赤水期间鲁班场没有打好，我很烦闷，总想狠狠教训一下敌人，摆脱被动局面，现在看来，烦闷的思想实质，就是右倾。"

"你认识到了就好嘛，要在实际工作中表现出改错的决心。我们共事多年，扩大会议批评你这还是第一次，你不要记在心上。"毛泽东说完又回头对着林彪："你是个娃娃，你懂得什么。这个时期直接跟敌人顶不行，不绕圈子，能渡过金沙江？"

彭德怀听到这里，心里想：直接跟敌人顶不行？中央总是决战决战地喊又为什么？……但他没有说出来。

博古态度诚恳地说："意见可以提，更换领导是万万不行的，能把红军带过金沙江，我就没有这个本事。再说，更换领导这是政治局的事，林彪同志也无权干预。"

担任负总责角色的张闻天，对被批评者的态度是温和的，现在又强调道："眼下，中央最先提出的战略方针可以实现了，林彪、德怀在这方面多动动脑筋……"

共产国际军事顾问李德，能被允许参加会议，他心里已经是很高兴了，他从中感受到东方共产党人的诚实，要是在莫斯科，和中央发生如此严重的分歧，早就被清洗了。他对整个红军的前途感到乐观，也佩服中共的领导人，能在九死一生的环境里，把红军带到这里。所以，发言时的神态是激动的，他说："同志们，我们人员也许又减少了，但代价的付出是值得的。现在，过去的已经过去了，我们还是多谈谈未来。"

被批评的林、彭、刘、杨没再说什么，他们接受了大家的批评。

会议进入新的议题。对于红军今后的行动方针，扩大会决定，向大渡河挺进，到川西北与四方面军会合。

　　这个方针早在遵义会议时由刘伯承、聂荣臻提出，事实证明了他们的战略远见。大家认为，刘伯承在四川活动时间较长，在川军中有很高威望，对这里地理民情非常熟悉，一致推举他为先遣队司令员，聂荣臻同为四川人，了解四川情况，被任命为先遣队政委。由刘、聂为全军北进开路。

　　这次扩大会只开了多半天，晚上就结束了。

　　这天夜里，张闻天和毛泽东住在一间破瓦房里。张闻天又用门板支了铺，派人去叫林彪、彭德怀来住，想再交流一下思想。

　　中央队的女秘书长刘英去喊两位将军，她刚走到白天开会的草棚门前，听见里面谈论得好热闹。

　　林彪的声音：“我说老彭你行，让你到前方去指挥，这有什么？”

　　彭德怀的声音：“我不干，我不干！”

　　刘英闯进去，指指远处的瓦房，说：“请二位司令员到那边去住。”

　　彭德怀拱拱手，连说：“谢谢，谢谢，前方有战利品，我先慰劳你。”

　　林彪也推辞说：“不用，不用，我们在这里很自在。”

　　彭德怀又说：“不去了，我后半夜还要到前线去，检查炸城的坑道。”

　　当然，这两位将军尚不知党的总负责人正偷偷爱着这位小个子秘书长，不然，也许还会有一阵开心的玩笑。

　　战争年代就是这样，批评的火力过后，被批评者很少有人放在心上。只要是为了共同的奋斗目标，个人的得失从不计较。

　　关于会理会议上的这段公案，以后很少有人提及，不过毛泽东还记得，建国以后，多次提到这件事，而且还牵扯到张闻天……

　　岁月，未能抹去那道淡淡的印痕……

第十三章
危难中彝海结盟，佳话背后也有隐情

1

无论是强攻，还是智取，经过七昼八夜的围击，会理仍未得手。

周恩来亲自来到前沿，指挥工兵部队把地道挖到城墙脚下，弄来一口棺材，装上百多斤黄色炸药，又掺上芒硝和沙土，制成一个巨型"地雷"，塞在地道顶端。随着一声巨响，城墙塌陷了一半，三军团组成的主力突击队，向爆破点突进，但受到集中火力阻挡。

守城的刘元瑭在金沙江北岸就遭到红军打击，他退至会理后，采取了守城待援的方针。他估计到红军会坑道爆破，便让士兵在城墙上埋下空坛子，用来侦听有无挖地道的声音。红军在城西北角的挖土声音很快被他发觉，他立即把兵力集中在这里防堵，并派人在西北墙角挖沟灌水，浸湿土壤，以造成红军爆破困难。

久攻会理不克，红军只得撤围北上。

红军占领了川南有名的富庶之乡德昌镇。红一军团在这里没有大打，守军就撤退了。

川军边防司令刘元璋，从红军围攻会理的声势上，感到了自己力量薄弱。为了保存实力原准备放弃德昌，无奈的是，德昌附近住有一户名叫张自禄的大家族，其子是蒋委员长留日同学，当时又任南京政府典礼局局长之职。在中央军势力日益渗透扩展的时候，他一个小小的边防司令怎能得罪朝臣？为此，他还是派第十六旅旅长许剑霜率一个团又一个营在这里阻截红军。

说也巧，这许剑霜是刘伯承当年领导顺、泸起义中的一个团长，当时还加入了共产党。起义失败后，与党失去了联系，后来到了刘元璋部仕职。刘伯承写去一封亲笔信，追忆往昔，晓明大义。许剑霜接信一看，是原国民革命军四川各路总指挥刘伯承的墨迹，忙主动给红军让路。他率部和红军稍一接触便撤退北去，让红军占领了德昌。许旅长的作为，后来引起川军上层的不满。他本人由于这次感召，后来几经辗转，最终加入到抗日队伍……

德昌一克，红军直逼川南重镇西昌。

这是进军的极好时节，也是空前的大好形势。

但是，毛泽东皱紧了眉头，朱德和周恩来也显得格外焦急。

因为有一支红军队伍牵动着他们的心。

这就是罗炳辉、何长工率领的红九军团。

九军团在抢渡乌江时，因担任后卫掩护主力，又加上雨天路滑，晚规定时间六小时才赶到江边，结果浮桥已拆，同主力红军隔断于江北。从此，就单独活动于主力红军右翼，再也没有机会会合。

历经数十天的艰苦奋战，红九军团在敌军的包围中纵横驰骋，最后在巧家渡过金沙江，进入到大小凉山地区。

这里，离主力只有百十里山路。因在少数民族地区活动，他们仍十分谨慎。未曾想到的是一路顺利，两天以后，红九军团与红三军团胜利会师。两支兄弟部队久别重逢，忘情的欢呼消除了跋涉的疲劳……

党的总负责人张闻天在礼州亲自会见了这支战略轻骑。

罗炳辉以九军团的名义，当即向中央上交了几十匹骡马，近万块银元，几千两烟土，以表示全军将士的深情厚谊。

张闻天接过清单，感慨地说："中央给你们什么也没有，你们反给中央这么多东西。分开五十天，兵员还扩大了一百多，真是让人不敢相信。炳辉、长工，请转告全军团每个人，中央感谢你们，你们是全体红军的骄傲！"

罗炳辉陷入繁杂的思绪里，要说感受，太多太多，一时不知从何说起，想了半天，他开口道："我觉得，现在这个仗算是打顺手了，以己之长，克敌之短，多跑点路不吃亏呀！"

张闻天高兴地说："炳辉，你说到点子上了，咱吃亏就吃在觉悟得迟，从今后，说什么也不能走过去的路。"

这一天，张闻天给他们通报了会理会议的情况，又结合遵义会议的精神，详细阐述了军委的决策，特别是三人小组的战略意图。

罗炳辉他们听着，听着，心里直觉得热乎乎的。

2

当红九军团渡过金沙江进入彝区时，中央担心发生民族误会，及时电令他们尽快跟上主力。

罗炳辉对此很有感触。记得在江北邀请彝族代表就餐时，来客却在饭桌前提出比武，指定三十米外的目标各打一枪，三位代表全部命中，剩下就看红军亮相……那一回，他真有点紧张，不是自己枪法不好，而是这关系到能否取得彝民的信任……

现在，中央红军要渡过大渡河，实现一、四方面军会师。由西昌到大渡河沿岸，必须经过彝族聚居区。

在这之前，红军在德昌至西昌之间，已经和彝民地方武装有过接触。

川康边防司令刘元璋，已令他的第二十旅旅长兼彝务指挥官邓秀廷，率部在这一带布防阻截。邓是当地人，他靠"剿办"彝民发迹。五年前，他亲自征剿了西昌北大山彝人部落，烧毁彝寨三十余处、房舍千户，打杀彝民千余名，使自己成为地方实力人物。两年前，刘文辉在川军混战中，由成都败退雅安，为了控制彝族，委任他为二十四军二十二旅旅长，后又任命他为靖边司令……

这里是奴隶制社会，奴隶主有严密的家支组织，每个家支都有固定的聚居区，家支与家支之间，以高山、河谷等天然界线为标志，划分着势力范围。由于家支间利害冲突，经常发生械斗，这就使生活闭塞、文化落后的彝族群众，常常在刀光剑影中显示自己的勇武。但是，一旦遇外部侵袭，又都联合行动，正如《西昌县志》上写的：平日相争雄长，遇战则联兵合作。

作为北进的红军先遣队司令员刘伯承，十分了解这个民族的特性。他知道，对付土著地主武装并不困难，难就难在不明真相的彝族同胞会随之而来。

刘伯承对邓秀廷的阻拦采用了规劝。他写信给这位彝族军阀，说明红军部队，不以彝民为敌，只是路经贵防，彝民开枪，红军不会还击。

这样，顺利通过了邓秀廷的防区。

接着，对于西昌守敌，红军也未曾攻击，其中一个重要原因是城内有彝兵两三千人。

5月20日，中央红军先遣团在杨得志的率领下，到达西昌以北的泸沽。这个团由红一团、一个工兵连和无线电台，加上肖华率领的一个工作队组成。他们的任务是，进行战略侦察，为红军北上开路，特别是为主力通过彝区做好工作。

从泸沽到大渡河，有两条路可走：一条是经巂西县（今越西县）到大树堡，由此渡河到对岸富林，这是通往雅安、成都的大路；一条是经冕宁县到安顺场，这是一条险峻的山路，而且要通过彝族聚居区。

彝族对汉人充满疑惧，对汉族军队尤甚。要使他们很快认识红军和国军的本质区别，确是一件很不容易的事情。

到底走哪一条路渡江？

刘伯承苦苦思索着。

在这之前，朱总司令已指示他和先遣队，从越西北上。但刘伯承认为，走大路渡江容易暴露行动，敌人肯定会在富林渡口点设兵防堵，只有走小路才能出其不意地接近江边。但这条路上却有彝区相衔，怎样走，才能尽快赶到大渡河边？

冕宁地下党的同志，这时找到刘伯承，汇报了大渡河守敌的部署，促使这位先遣司令员下了最后的决心：从冕宁到大渡河。

刘伯承和先遣队代理政委聂荣臻商定后，即把这个意图电告中央。但电台一时联络不上，刘伯承于是果断决定，先遣团不去巂西，改向冕宁。他们这样决定的另一个原因是，此时的冕宁已经是座空城，守城的川军早就押着彝民人质，抄小路向雅安方向逃去。当然，他们还不知道，这些逃走的县长、团长在半途被彝民围住，人质被救，县长和川军团长均被砍杀……

军委收到进占冕宁的电报后，同意了刘伯承选择的从彝区通过的决定。

当红军进占冕宁的同时，左权、刘亚楼率另一支先遣团占领了巂西县，他们将北出大树堡，以佯攻之态在富林渡江，以掩盖红军主力从安顺场渡河的战略意图。

他们在出发前已经得到指示，务必在行进中保护彝族群众的利益。当他们一进县城，就听说县监狱还监押着几百彝族群众，忙赶到那里。

监狱还留有人在那里看管。当师侦察连长刘忠问他们，为什么不开监放人时，几个办事人员神秘地说：“红军先生，他们都是野人，不开化，放出来就会杀人、抢人……”

刘忠走进监狱一看，几百彝民分别关在笼子里，一个个蓬头垢面、赤身裸体，脚镣手铐把他们压得直喘粗气，到处是烂泥、污水、屎尿……

刘忠气愤地说：“是你们把好人折磨成野人的，这哪里是监狱，就是地狱也不能是这个样子……放，放出来！我要看看他们是怎么杀人的……"

监狱打开了。红军给他们打开铐锁，扶他们站起，发给他们新衣……

一个意外的事情发生了，几百个释放的"犯人"，"哗啦"一下全给红军跪倒，口里喊着："卡沙沙！卡沙沙！"

这是彝语谢谢的意思。

这些人都是"换班作质"的彝人，地方军阀用这个办法，来催交苛捐杂税或敲诈勒索，长期交纳不起的家支，只好用人质顶替。

左权还在县府大堂和监狱门前，将地亩银粮册簿和欠款档案全部焚毁，大火熊熊燃烧，四周的彝民围得水泄不通……他的这一举动，虽然只是一阵功夫，可给后来的崏西政府带来很多困难，他们不得不在两年后重新清丈土地、重造田赋银粮册簿，直到1942年才完成，至于彝家群众欠款欠粮，则被那把大火烧得没有头绪了。

3

崏西解救彝民的消息很快传到冕宁，彝族群众对红军的敬佩就不仅仅是私下的议论和公开的接近了……

冕宁成立了革命委员会和有五十多人参加的佩戴红袖章的武装组织抗捐军。

陈云、周恩来、毛泽东、朱德分别参加了他们的有关会议。

在革命委员会宣告成立的大会上，近千名彝族群众涌向文庙会场，当军委主席朱德走上简陋的主席台时，彝族群众喊着整齐的口号："瓦瓦苦！瓦瓦苦！"他们用万岁的含义祝福这位张贴布告的红军领袖。

冕宁县革命委员会主席由地下党负责人陈野苹担任，曾在遵义县苏维埃政府担任过主席的李井泉任副主席。

冕宁县抗捐军由红军派去的干部黄应龙任总司令，这位黄埔军校的学生，大革命失败后，曾参加过创建鄂东南革命根据地。

王首道还主持建立了党的秘密组织中共冕宁县工委，由陈野苹任工委书记，以领导县革命委员会的工作。

红军在冕宁还留下王首道和李井泉，并配有武装分队和红军干部；在崏西，留下了中央地方工作团主任王观澜开展游击斗争。至于这些是权宜之计还是长久之策，不好断言。

北上的先遣队过了大桥镇，行进到喇嘛房附近时，从四周的群山里突然涌出一批手持棍棒、长矛、弓箭、土枪的彝民，拦住去路，而且人越来越多，"啊呼！啊呼！"的吆喝声震耳欲聋……

随先遣队同行的负责群众工作的冯文彬，给他们扔去两百块银元，彝民一抢而散，他们没走多远，又被一群彝民包围，声称刚才是罗洪家支的人，现在是果基家支的。

这时，后面来人报告，给了钱的罗洪家支彝民，袭击了工兵连，剥光了战士的衣服。

先遣队只好停止前进，夜宿桃树沟，就在这种情况下，零星的冷枪还是不断，部队已有伤亡。

住在大桥镇的先遣队司令员刘伯承，正为部队受阻而焦虑。这时，地下党的同志领来一个向导。向导叫陈志喜，祖籍湖南，读过私塾，在彝区经商，对当地情况十分熟悉，且在彝区有一定声望。

刘伯承热情地欢迎和款待了他。

陈志喜愿为远途而至的红军服务。

从向导的介绍中，刘伯承进一步了解到果基家支正和罗洪家支械斗，红军经过的地方正是这两个家支控制的地域。这样，身带武器的红军进入这里，难免不引起对方猜疑，彝汉矛盾，使他们想夺取汉兵的武器。

宣传、喊话都来不及，深山老寨的彝民不是一两天就能明白道理的，而红军又没有更多的时间来开导他们。

一道难题。

陈志喜提出了一个办法，他对刘伯承说："彝人讲究义气，喜结拜兄弟，若能和他们的头人共饮血酒，那他的娃子就会沿途欢送大军。"

这还是一道难题。

要红军的总参谋长和奴隶主称兄道弟，这能行吗？

刘伯承请示了中央。

毛泽东哈哈大笑，首先赞赏道："要得，我们这个拜把兄弟，不是封建迷信的那一套。我们诚心诚意对待弱小民族，也求得他们对革命的帮助和支持，恩来，你说呢？"

周恩来很干脆，他说："拜就拜呗。历史会证明，红军才是彝族同胞真正的兄弟。"

就这样，陈志喜通知果基家支的头人果基约达，告诉他，红军借路通过，不进村，不扰民，不伤财，连彝家一根汗毛都不动。

果基约达，即后来人们讹传的小叶丹，他想趁机借用红军的力量打败罗洪家支，于是同意了结盟。在这之前，他还派人试探了情况，知道红军能打善战又心意诚实。

结盟仪式在"鱼海子"边举行，按彝语来说，这里叫"乌勒苏泊"，也有人叫它彝海。

由于结盟时间紧迫，仪式进行得简单、庄重。红军先遣队司令员刘伯承在肖华等人陪同下，来到这里，果基约达带着精通汉语的当家娃子沙马尔各等人，也匆匆赶来，双方寒暄问好之后，便面对湖水，并排跪下……

按照彝家习惯，由沙马尔各念了咒语，用刀破开一只大公鸡的脖子，把鸡血滴进刘伯承从腰带上解下的装着湖水的旧茶缸里。然后由结盟人喝"血酒"发誓。

刘伯承端起"血酒"，说着誓言："上有天，下有地，我刘伯承与果基约达今天结为兄弟，如有反悔，天诛地灭。"说毕，喝了几口"血酒"。

果基约达端起"血酒"，激动地说："我今日和刘司令结为兄弟，如有三心二意，同此鸡一样死去。"说罢，将剩下的"血酒"一饮而尽。

刘伯承将自己的左轮手枪送给了他的这位弟弟，果基约达将自己的骡子送给了他的这位大哥。

这一夜，刘伯承把果基约达请到大桥镇，备以小宴，同时款待了向导陈志喜。

席间，果基约达拍着胸脯说："明天，我要果基家的娃子到山边接应你们。罗洪家支再敢来，你们打正面，我从山下打过去，烧光他的村寨！"

刘伯承没有答应他的要求，只是说："我们说话算数，只是借路通过，不进村，不扰民，不伤财。"

红军言行如一，使果基约达更为踏实。

关于"彝海结盟"一事，朱德在给各军团行动指示的电文中，作了介绍：

> 刘、聂率我一团于昨日在冕宁北五十余里外之袁居海边，为彝民之罗儿、老五、沽基三族所困。经交涉，沽基与我为盟，老五中立，罗儿截去

我工兵一部、器材及枪三十支后，为我击溃。沽基蛮王允今二十三日护送我一团经拖乌、筲箕湾赴岔罗。岔罗到纳儿坝渡口则为汉族居地。

果基约达说话也是算数的，5月22日，他亲自随先遣队从大桥镇出发，护送红军北进。一路上，仍有成群结队的彝民"啊呼！啊呼！"吆喊，但这已不是过去拦截汉人的信号，而成为迎候大军的欢呼。

对于陈志喜的帮助，刘伯承一直没有忘记，解放后，曾派人寻找过他，还向冕宁县委写过证明，说他做向导时对红军帮助很大……可惜，在红军经过彝区八年后的1943年，陈志喜被债务逼迫自缢而死，没有等到整个民族真正平等的这一天。

果基约达也没有等到这一天，他比陈志喜还早两年就离开了人世。他的死，颇为悲壮。红军走后，他曾联合老五和罗洪家支提出"停止冤家械斗，一致对外"的主张，并组织游击队，上山坚持斗争。军阀邓秀廷多次武力"进剿"，都遭到失败。于是转而采用"以夷治夷"的手法，挑拨离间，分化瓦解，使老五、罗洪家支离开了原定的三方联盟，只剩下他自己领导的果基家支。这给邓秀廷创造了时机，这个靠杀同胞起家的彝家败类，于1941年在大桥镇捕杀了果基约达，他留给后人的是一面上写"中国夷民红军沽鸡支队"的红旗。

4

和一切人一样，果基约达也受着历史的局限，他不可能摆脱统治阶级的局限性，在追念他对中国革命伟大贡献的同时，也使人想到了抗捐军……

红军离开冕宁后，中共冕宁县工委考虑到薛岳、刘文辉、邓秀廷将至，抗捐军无力坚守县城，决定向北转移。他们会合了城外红军游击队百余人，途经大桥镇。当时，红军后卫九军团一部正从大桥镇北进，抗捐军等他们全部离去后才进了镇子。

才转眼工夫，大桥镇的气氛就全变了。

当抗捐军还在镇场口休息时，十几个彝人就打着"中国夷民红军沽鸡支队"的旗子来向抗捐军要枪。与此同时，彝人队伍挤满整个镇子，这些人的脸上，失去了昨日的微笑，全是一副冷冰冰的神色。

抗捐军总司令黄应龙和政治委员陈野苹当即商量，决定采取三条措施：一、尽快脱离危险区，迅速追赶主力红军；二、当日下午就和果基、罗洪两个家支的头人喝"血酒";三、请果基约达派二十人护送抗捐军通过他的控制范围。

当天下午,抗捐军请来了彝族头人果基约达和罗洪。抗捐军的主要负责人都来参加新的结盟仪式。

仪式更为简单:大家围成一圈蹲在地上,抗捐军的总司令特别让果基约达蹲在正中,表示对他的尊重。

还是杀了一只鸡,鸡血滴到一碗酒里。

大家轮着喝,谁喝谁就说一句誓言:如果我有反心,就像这只鸡一样死。

黄应龙、陈野苹看见果基约达的脸色很难看。

轮到这位头人喝时,他既不举酒碗,也不发誓言⋯⋯

抗捐军的人催他说:"你为啥子不喝?我们是真心实意地喝,你信不过?"

果基约达只好端起酒喝了一口,但不吭声。

大家又催问他为什么不发誓。

果基约达这才念了誓言。

抗捐军负责人觉出了果基约达的变化,晚上,他们不放心,留果基约达在大桥镇过夜,请他抽了大烟,又给他讲了很多道理。

第二天一早,抗捐军从大桥镇出发北进,上路不久,发现护送的彝民远远不止二十人,而且还三三两两插进抗捐军的队伍,几乎每个战士左右,都有彝民。

整齐的队伍插乱了,彝民又越来越多⋯⋯

黄应龙一看这个情况,忙要果基约达和他走在队伍后面,以应付万一。

当队伍走到俄瓦山的坡下时,罗洪家支的人给抗捐军送来消息,说邓秀廷已派人在前面堵截他们。

黄应龙认为消息可靠,又从昨晚喝"血酒"仪式上感到罗洪家支对红军态度大有转变,便当即决定改变前进方向,从罗洪家支的领地北进。

果基约达坚决不去,仍然径直往前走,整个部队在彝民的拥挤下也只好继续前进。没走多远,果基约达不走了,不等黄应龙问清原由,突然队伍里一声枪响,红军刘排长中弹身亡⋯⋯

也许,这是预谋的信号,抗捐军队伍随之大乱,插入队伍里的彝民趁此开始抢枪⋯⋯

黄应龙没有命令部队还击,他跳在一块石头上喊道:"不用打,不用打,有话慢慢说嘛!"

抗捐军见自己的司令员还在劝说，自然未放一枪。

在一片混乱中，抗捐军的枪被抢光，队伍被冲散……

黄应龙带着一些红军战士，只好跑到另一个家支。后来，夷务指挥官带领部队进驻冕宁，责令这个家支交出了红军，后又转交薛岳总部，最终被押往成都杀害。

建国后任过中央组织部部长的陈野苹从山林脱险，只好到外地从事革命活动，他的几个哥嫂全被抓进了牢房。

5

几百名抗捐军指战员和一百多名红军战士，就这样结束了短暂的斗争历史。

至今，人们也没有弄清楚，果基约达为什么会中途变卦？是有人给他出了坏的主意？还是他一时忘却了许诺的誓言？

五十二年后的 1987 年，当年的当事人王首道在他的回忆录里，给了我们一个比较准确的答案：

> ……中央派我和李井泉同志带领一部分干部和一个独立营的武装，试图在伯承同志结盟之地冕宁地区开辟一块根据地。这一带的彝族人还处在奴隶社会。他们信奉黄教，迷信魔法和鬼神。由于历代汉族统治者，特别是国民党反动军队对他们的迫害，他们惧怕汉人又仇视汉人的心理，不是短时间可以消除的。他们把抢汉人的东西视为殊荣。正是这样，他们虽初步认识到红军与其他汉人组成的反动军队不同，允许我们顺利通过，但并不欢迎我们留在那里。因此，红军主力北上后，当地彝族头人就千方百计想法赶走我们，甚至企图缴我们的枪。对此，中央又经研究决定放弃原计划打算，要我们撤离冕宁，随罗炳辉、何长工同志领导的红九军团北上，这一方面说明，在少数民族地区建立根据地条件尚不成熟……

看来，谁也不能超越历史的局限。对果基约达的评价也不能超越他的地位、环境、条件。今天，屹立在这块土地上的彝海结盟大型石雕，就是中国共产党人对昨天的纪念……

第十四章
抢渡大渡河，石开达的命运不属于红军

1

当红军向大渡河挺进时，蒋介石即电令四川军阀杨森为大渡河守备指挥。

成都《川报》在民国二十四年（1935年）五月二十五日，以显赫位置刊出这位委员长的勉电，电文中说：

> ……以清代活捉石达开之川督骆秉章相勖勉。

让太平军的悲剧重演！这就是蒋介石的目的。

为了确保上下一致，实现这个战略意图，蒋介石于第二天午后，由重庆飞赴成都坐镇指挥。他的"国民政府军事委员会委员长行营参谋团"，也随之从重庆迁驻成都。

骆秉章，这位早已化为黄土的四川总督，数十年后又成为国军效仿的楷模了……

1863年4月中旬，石达开率五至七万太平军由云南巧家渡金沙江入川，沿会理北上德昌又入冕宁。据《西昌县志》记：有乡民赖由诚献计于翼王说，大路必有清军防备，可由大桥走山中小道至大渡河。石达开采纳了这一建议，率兵由冕宁经大桥直抵大渡河南岸紫打地。途中，他向彝族各军土司管带发送文告，要他们勿听谣言，滋生事端，并以重金送松林地番族土司王应元和邛部彝族土司岭承恩，向他们借道北上。

四川总督骆秉章得悉石达开兵临大渡河，立即调兵遣将，围堵拦截。他重赏松林地土司王应元和邛部土司岭承恩，许以太平军辎重财物，归其所有。于是王、岭背弃让路诺言，协同清军围剿太平军。

王应元首先斩断松林河铁索桥，阻止石达开渡河；岭承恩率兵用巨石古木堵塞山路，断了太平军的后路；此时，又逢连日大雨，太平军进退维谷；在紫打

地，石达开因妻临盆，喜得贵子，全军庆贺三天……这样，使清兵赢得了时间，赶赴大渡河两岸，对太平军凭险阻击，四面围困。

接着，石达开怒斩彝族向导二百余人，更加剧了民族冲突。

以后，太平军虽数次强渡大渡河，皆因水势汹涌、清军轰击，伤亡惨重而失败。于是清军乘势进攻，王应元、岭承恩也分头夹击，到 6 月初，石达开率余部七八千人退至老鸦漩，又为彝兵所阻，辎重尽失，进退无路，终于受骗被擒，遇难于成都……他的部属，大多被清兵屠杀，少数逃亡者，则被彝族奴隶主捕捉，沦为奴隶。据 1963 年调查，这一带有太平军的后裔千余户，他们是怎样熬过岁月的磨难，只有去听滔滔江水的诉说了……

今天，红军的处境同当年的太平军极为类似：相同的路线，相同的时节，相同的地点！

蒋介石真能使朱、毛成为石达开第二？历史的悲剧真会如此惟妙惟肖地重演？中央工农红军真会重复太平军的命运而遗恨千古？

每一个红军战士都感到了面临的危险局面，红军领袖和将领们更是觉出了肩上的责任。

很清楚，突破大渡河的关键是抢占渡河点和架桥。

2

先遣队！全体红军都盯着先遣队！

先遣队司令员刘伯承心情沉重，一路上都在思考着行动方案。能否顺利完成军委交给的任务，关系到全体红军的安危。虽然他率领先遣队安全通过了彝族区，为大部队打开了北进的大门，并让左权、刘亚楼在大树堡一带作渡河佯动，吸引敌人，但他的先遣队能否顺利占领安顺场？能否由这里渡河成功？这都还是一个个问号。

刘伯承表情镇定，镇定是智慧之母。和他同行的政治委员聂荣臻，也很沉着，他了解自己的红一团，他们能够果断处理各种情况。

这一夜，先遣队在离安顺场十五里的小村里停下来。经过打听，安顺场有守敌两个连，由二十四军彝务总指挥部营长赖执中统领，对岸是刘文辉第五旅第七团的韩槐楷营，双方只有一条船往来，现停在南岸。

"南岸守敌空虚，是否有诈？"刘伯承不放过任何疑点，又令部队继续侦察。

一会儿，情况核实无误。原来，蒋介石曾三令五申，要其河防部队在南岸实行坚壁清野，扫清射界。川军韩槐楷在安顺场满街堆积柴草，准备放火烧尽民房，以防后患，但遭到地方军赖执中的反对，因为安顺场的房屋和财产一大半是他的，他舍不得付之一炬。他认为，红军不会沿着石达开的旧路从冕宁经小道而来。况且，他又在安顺场通往冕宁的山道上，配有十多个哨位，一有动静，哨兵会走捷径向他飞报，到那时再点火也不迟。

刘伯承决定由杨得志团长带领一营夺取安顺场。

他找来一营营长孙继先，亲自交代任务。

刘伯承问："累不累？"

"不累！"孙继先挺着胸脯回答。

"说假！"刘伯承拍了拍孙继先的肩臂说，"一百二十里路的强行军，又是难走的山路，还有不累的。"

孙继先笑笑。

"任务明确了没有？"刘伯承又问。

"明确了！团长说了，占领安顺场！"

刘伯承又问："你知道安顺场的历史吗？"

孙继先憨憨地笑着，回答不上。

刘伯承严肃地说："安顺场就是紫打地，七十二年前的这个时节，太平天国的翼王石达开，领着几万精兵强将在这里全军覆没。蒋介石派飞机撒下传单，说前有大渡河，后有金沙江，我们红军也要变成石达开……"

聂荣臻接着说："我们会不会成为石达开，就看你一营的行动了！"

孙继先热血沸腾起来……

刘伯承又记起什么，问："你知道为什么让你去？"

孙继先一时不知从哪里说起。

刘伯承用自豪的口吻说："一营能打。一月三日，你在龙溪回龙场渡口，带领十几个人，突渡乌江成功……"

"总参谋长，请你放心，不管十达开还是九达开怎么样，我们一营坚决拿下安顺场！"孙继先没想到，首长日理万机中，还能记清自己参加过的一次战斗，激动地表示了决心。

夜幕降临的时候，孙继先带领红一营神不知鬼不觉地插向安顺场的街心。只用了二十多分钟，就包围了赖执中的住处，短兵相接，很快解决了他的巡逻兵，要不是赖执中翻墙的速度快，也成了红军的俘虏。

留在南岸的那只小船，听到枪声，急忙向对岸划去，这时，正碰上二连指导员黄守义带着战士沿河搜船，他们发现水面上的黑点在移动，知道是船，便一边鸣枪，一边跳去水里抢船。船上的敌人被吓住了，又把船划了回来。

当刘伯承、聂荣臻赶到江边时，红一营正在那里准备渡河。

刘伯承面对滚滚河水，感到夜渡冒险性很大，万一船毁人亡，整个渡河计划都要改变，特别是船，再要找到一只比大海捞针还难！

他当即改变了夜渡大渡河的作战方案。连夜寻找了熟悉水情的地方船工，决定第二天实施抢渡。

25 日晨，也就是《川报》公布蒋介石勉电的同日。在大渡河边，红一营组成了十七勇士敢死队，他们每人配发一支驳壳枪、一支冲锋枪、一把马刀、六七颗手榴弹，乘上惟一缴获的那只小船，开始了气吞山河的抢渡！

在抢渡乌江战斗中的神炮手赵章成被调来了。

几挺重机枪也架在河边的阵地上……

刘伯承、聂荣臻亲自来到机枪阵地旁的岸坡上，观察和指挥战斗……

抢渡成功了！

十七勇士，是怎样渡过水深莫测、漩涡回转、礁石狰狞、险象环生的大渡河的？笔者是无法描述那惊心动魄的情景的。可以这样说，没有无可匹敌的英雄气概，是无法写出这样一部血火史诗的！

让我们记住他们的名字：二连连长熊尚林，二排排长罗会明，三班班长刘长发、副班长张表克、战士张桂成、肖汉尧、王华亭、廖洪山、赖发秋、曾先吉、四班班长郭世苍、副班长张成球、战士肖桂兰、朱祥云、谢良明、丁流民、陈万清。

其中，熊尚林应为熊上林，郭世苍应为郭士苍。这是因为红一军团政治部，在渡河五天后，发行的油印报《战士》第 186 期中撰稿人的笔误。

我们颂赞渡河勇士的同时，大都忘记了船工的贡献。这些人当时并没有高深的革命追求，但也能冒着生命危险为红军摆渡，其精神确实可嘉。据船工帅士高后来回忆，他们原定把船靠在对面"尖石包"上，以躲过敌人的火力，但由于水流很急，船不能靠拢，又碰上了大礁石，只好被水冲到"桃子湾"去了。其中有四名船工跳进急流，拼命用背顶住船帮，另外四名船工则用篙竿尽力撑着，这才使船慢慢靠岸。

今天，八名船工已很难找全，只有五人还在与河为伴，以一支竹篙撑渡着暮年……他们是龚万才、帅士高、张子云、何建楷、韦崇德。

对于红军渡河成功，蒋介石有何感触？这也许就是他在 26 日飞往成都的直接原因吧。进驻成都的行营参谋团，不敢掩饰军事上的失败，它在当年的追堵报告中，鼓足勇气写下了失败的记录：

> ……二十四日，匪过越西。次日，河南之农场、大树堡及洗马沽（石达开被擒地）一带，发现匪之便衣队甚多。而刘文辉部担任河防之夷兵赖营又叛变与通匪，匪之一部，遂得由安顺场窜渡，致其韩营覆没，安庆坝为匪所占。

3

红军先遣队夺得安顺场渡口，紧接着的任务是架桥。由于渡船太少，水流太急，架桥遇到了难题，有几次把合股的铁丝都拉过了对岸，但又都被凶猛的河水冲断！

后续部队陆续会聚江边。

渡船虽又增加了两只，但几万人马何时可以渡完？

时间不饶人！

5 月 26 日，也就是蒋介石赶往成都坐镇的当天，毛泽东、周恩来、朱德匆匆来到安顺场。目睹江边的混乱情况，立即召集刘伯承、聂荣臻、林彪、罗瑞卿等人开会，研究渡河事宜。

和往常一样，朱德首先通报了敌情：中央军五十三师已到西昌北部，正向大渡河压来；新任命的大渡河守备指挥杨森，也正率他的二十军由东追来，离红军只有几天路程……

刘伯承面带愧色，为没有架起渡桥而难受。

"这不能怪你，怪我们对情况估计不足。"毛泽东安慰着先遣队司令员，然后问，"红一团什么时候能全部渡完？"

刘伯承回答："上午就渡完了。"

"这就好。我看，让一师全部过河，干部团也过去，别的部队不过江了！"毛泽东提出了自己的见解。

大家一愣，不过江怎么办？

"由林彪带红二师、一军团军团部和五军团，就在江这边直接北进。这样，我们夹江而上，从东西两岸直扑泸定桥！"毛泽东边说边在地上画起来。

在会理受了批评的林彪，一听有新任务，忙问："到泸定桥距离？"

朱德说："三百二十里。"

林彪看着毛泽东，问："要求哪天赶到？"

毛泽东说："日行百里，三日内赶到并夺桥成功！"

林彪不吭声了。大家也在思索着……

这是一个事关全军安危的战略性措施，只有夺取泸定桥，红军才能越过大渡河，否则，河水阻隔，追军围堵，拖延下去就很难避免石达开的悲剧。

毛泽东继续分析道："我看川军刘文辉和龙云一样，并非真打，还是为了应付蒋介石。从安顺场的防守看，他们还不是我们的对手，现在我们急进泸定，会打他个措手不及……"

周恩来有自己的看法：他说："刘文辉的部队比不上刘湘在土城调集的郭勋祺，但他在江北一线布防早，我担心伯承那一路力量弱些。"

毛泽东同意这个看法，想了想："那就让罗瑞卿和肖华也过河，跟刘、聂一起走。"

周恩来还是不放心地说："加强力量很对，要是有意外情况，伯承和我们会合不了……"

毛泽东想到了这个后果，说："那就只好单独在川西活动了。不过，四方面军正向南边打，川军被吸引过去很多，伯承他们不可能形成孤军作战的局面，起码不会长时间有这种局面。"

朱德对局势的各种变化进行了对比，最后说："这一仗，关键是夺取泸定桥。否则，隔河并行的两支大队就无法会合。没有过河的这一部分，包括我们几位，也许被逼入西康。"

军委主席的话，把夺桥的利害摆在大家面前。当下，刘伯承、林彪都表示，一定抢在时间前面，夺取泸定桥。

4

行动开始了。

刘伯承、聂荣臻迅速渡过大渡河，带着红一师和干部团向泸定城飞奔。

未过河的部队，由红二师四团为先头部队向泸定桥急进。带队的是团长王开湘和政委杨成武。四团打过不少硬仗，以长途奔袭而闻名，年初，抢占娄山关的战斗就是由他们和友邻团承担的，那一仗的胜利，保证了遵义会议的顺利举行。

第一天，这支先头部队行程八十里。途中两次遇敌，其中一次在菩萨岗，和守敌纠缠甚久，直到傍晚才结束战斗。

第二天拂晓出发时，接到军团首长林、聂的指示信，信中传达了军委要他们提前一天夺取泸定桥的命令。

原来，刘文辉已得知红军夹河北取泸定的行动，他怕坐镇成都的蒋介石怪罪，急令袁国瑞旅赴河防增援，其中李全山的第三十八团直奔泸定桥。

王开湘从信上看不出敌情变化，凭着经验，他知道提前一天关系全军，不然，不会限他们用一天一夜的时间，跑完剩下的二百四十里的。

先头部队不容片刻迟疑，立即在崎岖的江边山路上急进，到下午5时，又遇大雨，指战员连饭都没有吃，还要奔袭一百一十里，不少人只好用生米充饥。

天黑后，部队冒雨行至杵汲坝时，只见对岸有支部队打着火把也向泸定疾进。他们是谁？是刘伯承率领的一师，还是川军的河防？王开湘和杨成武受到点火赶路的启示，立即命令自己的部队也点起火把。

两条火龙沿江而上！

对岸传来喊喝声："喂，你们是啥子部队哟？"

一听川腔，就知道这是敌人。王开湘让川籍战士大声回答对方，骗过了敌人。他又让司号员吹起敌人的联络号谱，一时间，两岸号声，对答不断，好生热闹……这对又累又饿、浑身湿透的红军指战员来说，也是难得的精神鼓动。

红四团于5月29日黎明，按时赶到泸定桥西岸。

泸定桥建于康熙四十四年（1705年），二百多年以来，它一直是川康藏地区的咽喉孔道，是千里大渡河上的惟一桥梁。桥长百米，宽不到三米，由十三根碗口粗的铁链连环东西两岸。其中九根铁链为底链，上铺木板，以通行人，另外四根分悬左右两边为扶栏……何人设计，未曾留名，但据《小方壶斋舆地丛钞》记载，建设者也颇费周折：

> ……曾于东岸先系铁索，以小舟载铁链过重，未及对岸辄覆；久之不

成。后一番僧教以巨绳先系两岸，每绳上用十数短竹筒贯之，再以铁索入筒，绳长数十丈，于对岸牵拽其筒，筒达铁索亦至。

红四团没有时间了解这些，他们的任务是夺桥。而较量的对手，正是昨晚和他们打着火把隔江并行的川军李全山团，这是刘文辉特意为守桥而派出的部队。

敌人正在桥东构筑工事，并用密集火力横扫桥西，铁索上的桥板也正在拆除。

王开湘望着光溜溜的铁索和汹涌的河水，只恨自己少一双翅膀。只有这时，他才埋怨军委，为什么不命令将行军的时间缩得更短！

怎么办？只有抢夺一条路了！

他和杨成武当即组织了二十二人的夺桥敢死队，配备短枪、手榴弹、马刀，由连长廖大珠和指导员王海云负责，攀踏铁索冲向对岸；由连长王友才率领第二梯队，紧跟他们抢铺桥板，为后续部队开路……

下午4时，夺桥战斗打响，王开湘、杨成武在西桥头指挥，全团司号员集中在桥头附近同时吹响冲锋号，顿时，机关枪、迫击炮一齐向对岸发射，爆炸声，军号声，喊杀声淹没了大渡河的咆哮和敌人的哭叫……

有三名敢死队员从铁索上落入激流，是中弹？是失手？我们都已无法知道了。咆哮的大渡河水吞噬了他们的生命，但他们的勇气和精神已经化为丰碑，同青山一道，永远地屹立在泸定桥头……

李全山看到红军拼死而来，国军难以抵挡，立即下令火烧东岸。一时，东桥头出现了一道熊熊火墙，给敢死队设置了新的生死关口，之后，他又组织部队反扑，但这一切都未能阻止殊死一拼的红军勇士，冲过桥去的红军战士，如决堤的洪水，一泻而下，很快就占了泸定城。李全山带着残兵向天全逃窜。

红四团胜利了。王开湘和杨成武却不安起来，当激烈的枪声停止以后，他俩又为刘伯承、聂荣臻率领的红一师和干部团担忧起来。

其实，他们不知道，从东岸北上的部队，一路上也是激战不断，等到刘、聂到达泸定桥时，已是深夜两点了。

这一夜，刘伯承顾不上长途奔袭的困倦，首先要看泸定桥。杨成武前提马灯，陪着红军总参谋长从桥东走到桥西，又从桥西返回桥东。走到铁索桥中间时，刘伯承手扶桥栏，重重地在桥板上连跺三脚，激动地自语道："泸定桥，泸定桥！我们为你花了多少精力，费了多少心血，现在胜利了！"

是的，泸定桥的夺得，使中央红军得以渡过天险大渡河。这样，遵义会议后确定的与红四方面军会师的计划，已经进入到胜利的前夜……

5

毛泽东、朱德、周恩来和党的总负责人张闻天立即召集有关中央同志，就渡过大渡河后的形势和当前的任务进行了研究。

大家一致认为，尽快与四方面军会师是当前的头等大事，部队在继续北进途中，应走雪山一线，避开人烟稠密地区。

会议的另一个议题是：派人去上海，恢复白区党的组织，建立中央与上海地下党的联络，以通过他们尽快和共产国际实现电讯联系。

去年8月，当中央苏区和上海中央局中断联络后，中央就一直进行着恢复联系的努力，但毫无结果。

离开中央苏区时，中央曾派陈潭秋经上海去共产国际，至今没有音讯。

遵义会议后，张闻天亲自找了潘汉年，让他去上海，恢复中央与共产国际的关系。潘汉年在贵州地下党的帮助下，2月份离开了贵阳，到现在也无消息……

眼下派谁去为好？

政治局的委员们在思考着……

周恩来看看陈云，用商量的口气说："我看你去吧，你是青浦人，离上海很近，过去一直在那一带活动，情况熟悉。我记得，你来到中央根据地之前，在闸北还任过区委书记。"

陈云佩服周恩来的记性，边点头边说："你不提醒，我倒忘了。大革命失败后，我在青浦还干过县委书记。"

毛泽东一拍掌，说："好，你是中央白区部部长，这联络的事也是你工作的范围，我看你就杀个回马枪吧。"

陈云对毛泽东说："我在这时候离开你们，心里……"

毛泽东打断他的话："你不要这样讲，这话应该我们来说，你一个人回去，千山万水，困难比我们大得多！"

三十岁的陈云接受了中央的指派，很快就动身出发了……

第二年，在巴黎出版的《全民月刊》上，登出一篇署名廉臣的回忆文章《随军西行见闻录》。作者以一个在第四次反"围剿"战争中被俘国军军医的口吻，详尽介绍了他随中央红军西征直到一、四方面军会合的所见所闻，第一次向全世界披露了中国红军的长征……

廉臣就是陈云。

当然，这一切都是后来才知道的，分手后的党中央并不知道他的行迹，因为中央和上海党的电讯联络一直未通。

在这次会议上，大家的议题又转到毁不毁泸定桥上。

朱德肯定地说："敌人决不会放过对桥的争夺，这是尾追我们的一条通路呀！"

刘伯承考虑得很细，他说："我们北进要攻天全，现在冰消雪化，河水猛涨，万一在天全受阻，泸定桥还是全军惟一的一条退路。"

周恩来说："毁桥容易，架桥难，我看暂时不必破坏，后卫九军团一定要保证大桥的安全，万不得已，也得请示军委批准。"

毛泽东心情很沉重，他说："这是一条重要的运输线，老百姓离不得的。现在没办法，毁桥也是军事的需要、斗争的需要。人民有一天会理解的。先告诉何长工，九军团一定要守住它！"

九军团守住了，守了近一周的时间，由于敌情变化，他们向军委建议有限度地破坏桥梁。

军委复电说，要他们在动手之前四小时报军委。

不知最后报告了没有，九军团召开了一次军团党委扩大会议，根据中央军尾追的速度，决定将大桥底盘九根铁索链，每两根之间锯掉一根，这样，到了桥西的敌人每天也只能开进一个营的兵力……

政治委员何长工按照党委扩大会议的决定，指挥战士锯断了四根铁索。当最后一根重达三千多斤、有近九百个环扣的铁链断入大渡河的波涛时，何长工和锯桥的战士们都肃立在桥头，为默默做出贡献又默默做出牺牲的铁索桥致以注目礼……

也许，两岸的百姓会责怪红军的，但历史会告诉每一个善良的人，这是形势所迫，万不得已……

第十五章
一、四方面军会师，大雪山下不再宁静

1

和四方面军会师，这是中央在遵义会议上确定的战略方针。至于到四川，早在第二次反"围剿"前的青塘会议上，就有人提出，说斯大林说过，四川是最好的根据地。毛泽东对于这片红色的国土，也有着很高的评价和深深的向往。他在1934年初的第二次全国苏维埃代表大会的报告中说道：

> ……川陕苏区是中华苏维埃共和国的第二个大区域，川陕苏区有地理上、富源上、战略上和社会条件上的许多优势，川陕苏区是扬子江南北两岸和中国南北两部间苏维埃革命发展的桥梁，川陕苏区在争取苏维埃新中国伟大战斗中具有非常巨大的作用和意义。

1935年6月的川陕苏区，已经实际上不存在了。4月，当红四方面军主力西渡嘉陵江后，张国焘把苏区所有游击队、川陕省党政机关工作人员、地方乡以上干部集中起来，由他率领撤离了川陕苏区。只留下千把人的地方武装，组成红军游击队，继续坚持游击战争。

对于这段史实，历来就有不同的看法。有的认为这是张国焘擅自放弃，使四方面军陷入无根据地作依托的流动作战局面。有的则认为，川陕苏区经过几年拉锯战争，人力和物力都消耗到了难以为继的地步……

这块根据地的领导人张国焘后来叛逃，投入到蒋介石的怀抱。1938年4月，党中央开除了他的党籍，共产国际执行委员会主席团批准了中国共产党的这一决定。

张国焘早年加入中国共产党，参加过中共一大。党成立之后，这位毕业于北京大学的知识分于曾作为党的代表，到苏联向共产国际汇报中国共产党的情况，并听取共产国际指示。在苏联，他还以出席远东劳动人民代表大会中国代表团团长的身份，去克里姆林宫受到了列宁的接见。中共"六大"后去鄂豫皖，1932年冬转战到川陕，建立了当时仅次于中央苏区的第二大苏区。此时的张国焘，也正急切地盼望着与中央红军的会师。川陕苏区的放弃，使红四方面军急需一个新的根据地落脚。他们盼望着同红一方面军的会合，以便采取联合行动。

红四方面军渡过嘉陵江后，在嘉陵江和涪江之间转战二十多天，歼敌万余人，攻占了八座县城，控制了东起嘉陵江、西至川北、南临梓潼、北达川甘边境纵横二三百里的地区。兵员和给养都得到了及时的补充。

根据敌情，特别是中央红军北进的形势，红四方面军主要领导人和各军负责人，在嘉陵江边的江油附近召开了高级干部会议。张国焘在会上讲了为什么要撤出川陕根据地以及下一步的任务，他说：撤出川陕，是为了迎接中央红军北上。两军会合以后，要在川西北创造新的根据地。四方面军眼下首先要占领北川、茂县、理番（今理县）等地……

当然，夺取茂县、汶川、理番并非容易，以四方面军总指挥徐向前为主的军事领导人，一直率部队在前线冲杀。徐向前对实施会师计划做出了卓著的贡献，蒋介石及其部僚，一直把四方面军冠以"徐匪"，可见徐向前当时已是威名远播了。

四方面军进占茂县后，它的总部机关很快迁至茂县。张国焘在这里又召集部分高级干部开会，决定成立"中共西北特区委员会"，还宣布成立"中华苏维埃共和国西北联邦政府"，并以主席名义发表了联邦政府宣言，向国内外通电中华苏维埃共和国西北联邦政府的成立。

对于这一史实，有人认为这是和党中央分庭抗礼，是张国焘妄图篡夺党和军队最高权力采取的重要步骤。

徐向前对此有他自己的看法，他在《长征路上》这篇回忆录里，是这样评价这个历史事件的：

> 建立藏族苏维埃和人民政府、民族自决、信教自由、取消一切苛捐杂税、没收汉官和发财人的土地分给旁人、武装藏民劳苦群众、藏回羌汉穷人联合起来打倒国民党军阀等项纲领、政策，发动群众，建党建政。这是我军第一次开展少数民族地区的工作，一切要从头做起。

在动员群众组建民族政权中，有一个日夜奔波在回民聚居地的红军战士，他叫肖福祯，原是江油县中坝有声望的阿訇。西渡嘉陵江的四方面军攻占江油后，纪律严明，尊重民族习俗。在战斗中，还专门派出卫兵保护回族祖先墓地——"拱北"，这使肖福祯和他的朋友们深受感动，他们便一起提出参加红军。获准后，肖被调至方面军政治部从事民族工作。在茂县清真寺，他严格按照程式领教民诵经，讲解穆罕默德的历史，使这个较为闭塞的县城有了轰动的传闻……他不久被吸收为西北联邦政府回番夷民委员会的成员。几个月后，在金川赤区又被任命为大金省回民委员会主席。一年后，红军重新北上时，他行至马塘附近受敌袭击，弹尽援绝之时，肖福祯策马跃入梭磨河的滚滚激流，使追击的敌人目瞪口呆。国军们不会知道，这位红军壮士原是一位很有造诣的伊斯兰教学者；当然更不会明白，一个宗教信徒会为共产党的信仰献身。

2

此时的茂县一带，从地方政府到各族群众，都在为迎接中央红军而忙碌着……

6月上旬，四方面军总部决定，由三十军政委李先念率五个团组成接应部队，立即赶往懋功去迎接中央红军。

徐向前专门找来执行这项任务的九军二十五师师长韩东山，指示他："你马上做好战斗准备，为中央红军入懋功打开通道。会师后，向中央首长汇报我们的情况，并掩护中央红军安全通过夹金山。"

韩东山率三个团出发，一路喜形于色。他率部疾行，三天赶了三百多里。挺进到懋功城前，经过半小时激战，占领了这座四川军阀邓锡侯固守的重镇。之后，又令一部星夜兼程，奔赴县城东南的达维镇。

达维位于夹金山以北的山窝里，进驻这里的七十四团三营，当晚在荒野露宿。次日拂晓，又向夹金山出发，寻找中央红军的先头人员，不料，在巴朗地区，突然与川军遭遇，短兵相接，经过一番冲杀，终于取得胜利。但营长陈玉清和六十几位战士，倒在了阵地前面……

这是两军会师前的最后一仗，红四方面军指战员用鲜血赢来了久盼的时刻……

这时，住在茂县的张国焘给住理番的徐向前打来电话，要他代表四方面军领导人写一份报告，火速派人去懋功，转送中央。理番离懋功距离近些，徐向前连夜写了报告，介绍了敌我双方在川西北的部署情况，并请示两军会合后的作战方针，他的报告情谊真切，感人至深：

> 西征军万里长征，屡克名城，迭摧强敌，然长途跋涉，不无疲劳……最好西征军暂位后方固阵休息补充，把四方面军放在前面消灭敌人……再带各方地图数份请收……红四方面军及川西北数千万工农群众，正准备十二万分的热忱欢迎我百战百胜的中央西征军。

第二天一早，报告和地图就派专人送往懋功。

当四方面军迎接部队到达夹金山北脚达维后，中央红军先遣部队红一军团二师四团也进抵到夹金山南麓的硗碛村。

高达四千多米的夹金山，白雪皑皑，神秘莫测，它成为两大红军劲旅会合的最后障碍。

强渡乌江、夺取泸定桥的英雄部队，在硗碛村进行翻雪山动员后，便向夹金山进发。

夹金山上下七十里，终年积雪，寒气逼人，只有上午9时至下午3时以前才可过山，别的时间多是风雪困扰、冰雹成害，行人不是迷途就是冻死。当地居民称它为"神仙山"，意即只有神仙才能登攀而过……

红四团指战员衣服单薄，又无抗寒的烈酒、辣椒，但年轻的战士，热情高涨，众志成城，大家找了些木棍，于中午12时行动，开始了红军史上第一次翻越琼玉世界的壮举。当然，说这是红军第一次翻雪山，并不准确，因为在此之前，四方面军三十军政委李先念和八十八师政委郑维山奉命去懋功迎接中央红军，率两团人马从汶川出发，中途翻越了近五千米高的红桥山。由于晴空万里，强烈的雪光刺得战士睁不开眼睛，到傍晚下山时，很多人都害了雪盲，看不清东西。急进的部队顾不上休息，也无法医治眼疾，战士们只好忍受痛楚，相互拉手拽衣，向目的地前进！

此时，红四团在山上碰到了冰雹袭击，战士们被打得遍体青肿。强烈的政治热情没有使他们稍为懈怠，大家唱着歌艰难行进。他们知道，只要向前多走一步，会师的时间就临近一刻……

突然，从山脚下传来一阵枪声。

下山的红四团指战员立即进入战斗状态，团长王开湘和政委杨成武跑向前卫班，观察情况。他俩从望远镜中看见山下有影影绰绰走动的人群，还背着枪……

王开湘一面叫大家做好战斗准备，一面叫司号员用号音与对方联络。

对方回答了，但从号音中判断不出敌我来。

杨成武指示战士向对方喊话，因距离太远，对方听不清楚。

他们只好以战斗姿态向前推进。退路是没有的，谁也不愿意退到雪山顶上经受自然界的肆意蹂躏。

这时，山风送来一阵很微弱的呼声，战士们屏息细听，仿佛听到对方喊的声音是："我们是红军……"

真是红军？红四团沸腾了，大家都站起来，想尽快得到证实的消息。

侦察员跑回来了，年轻人含着泪花喊到："是咱们的！咱们的四方面军！"

空气凝固了，部队也凝固了。大家呆立在原地；竟不知该怎样……片刻，大家"轰"的一声，呼喊着蜂拥而下……

3

山下的红军正是红四方面军七十四团的战士，四天前，他们占领了达维。之后，整天在夹金山北麓寻找瑞金来的中央红军。

两团胜利会合的喜讯，很快传到红四方面军总部和中央军委。

第二天，总政治部向各军团发布了两军会合后加强政治工作的指令：

一、迅速传布已经与四方面军会合的捷报，提高红色战士情绪，鼓动不掉队，不落伍，不怕粮食困难，注意卫生，严整纪律，迅速争取与四方面军的全部会合。

二、解释两大主力的会合，是为着以更大的战斗胜利消灭敌人，赤化川西北以至全四川。克服以为会合后可以放下枪弹，安心休息的情绪。

三、在部队中发动与四方面军联欢与慰问的盛大运动，号召每个战士准备娱乐，准备礼物，去会亲爱的弟兄。二师应即进行与四方面军先头的联欢。

接着，毛泽东、周恩来、朱德等中央负责人，率军委纵队翻越夹金山，进抵达维。

在过雪山时，由于年龄和体力的原因，使他们经历了一场求生的搏斗，徐特立、董必武、谢觉哉、林伯渠、产后虚弱的贺子珍，还有一直躺在担架上的王稼祥，尽管有战士护送，稀薄的空气、尤情的风暴，使他们几死一生……

红四方面军师长韩东山，早等在路边迎候军委纵队。当毛泽东、周恩来、朱德等中央负责人从他身边经过时，他只是一一敬礼，就是不认识。在他焦急万分的时候，陈赓出现在他的面前，他喊了一声："师长！"便扑了上去，两个人热情拥抱……

原来，陈赓在鄂豫皖任红十二师师长时，韩东山是他三十六团副团长。1932年 10 月，红四方面军未能打破敌人的第四次"围剿"，准备退出鄂豫皖苏区向西转移前夕，十二师在新集附近的胡山寨打了一仗，陈赓腿负重伤，在场的徐向前总指挥强令他离开战场。当他的担架随着部队越过平汉铁路西进时，因伤势加重，组织才决定他去上海就医，从此，他离开了红四方面军……

韩东山激动地抓着老师长的手说："我听说你到上海后，被敌人抓去杀害了。"

陈赓心头一缩，不知该怎样回答才好，他口里随便支吾着："哪能呢……我也不是块豆腐，谁都能切几下……"但心里却很不是味道，一股酸楚涌上了他的心头……

这是一段让人难以置信的故事。

陈赓化装成商人去了上海，在那里他有幸两次会见鲁迅，而且详细深入地介绍了鄂豫皖苏区的斗争情况。据说，鲁迅曾有过为这些人的斗争写一部"中国式《铁流》"的想法。五个月后，陈赓的腿伤基本治愈，在返回中央苏区前夕，他决定到丽都大剧院看望钱壮飞的女儿，她在那里表演爱国歌舞，父亲已转移去了瑞金。谁料，被在中央特科工作过的叛徒陈连生跟踪，遭英国巡捕包围……

英国人将他引渡给国民党上海市公安局。

当时，正在南昌坐镇"围剿"中央苏区的蒋介石，曾利用叛徒顾顺章到囚室劝降陈赓，被陈赓踢翻礼品，轰出门去。

后来，他又被押解到南京，宪兵司令谷正伦对他软硬兼施，也一无所获。

蒋介石没想到他的黄埔学生如此"赤化"，亲自在南昌找他谈话，陈赓对蒋介石的劝降同样不予理睬……

经历了四个月的狱中生活，终于在宋庆龄的营救下，陈赓被释放了。

他跑到上海找到党的关系，但对方已经是另一种态度。最后，他只好去了中央苏区，在那里，临时中央对被敌人"释放"回来的人，给予了取消党员资格进行审查的处分。

西征以来，他虽然是干部团团长，自己的问题并没有公正的结论。他的部下，也有不少是失去党籍、军籍的"犯人"……

陈赓是个心襟坦荡的人，对这一切，他都处之泰然。此刻，在老部下面前，他没有任何表露，只是用玩笑岔开了对方的追问："好一个韩师长，还不去认认总司令、周副主席，还有苏维埃共和国的毛主席。"

韩东山着急地说："我不认识他们，分不出谁是谁呀！"

陈赓又开玩笑说："有眼不识泰山，只认识我这个团长可不行！"

就这样，韩东山在陈赓的介绍下，代表红四方面军第一个见到了中央和军委的领导人。

两天后，中央机关继一军团之后，由达维开进懋功，在这里受到了李先念的热情接待。毛泽东看见不少骡马队驮着物资也赶到这里，一打听，才知道他们都是从几百里地以外动身的，驮运的是各军和省苏维埃捐赠的慰问品。慰问品大部分是粮食、盐巴、军衣，还有牛羊肉和酥油。一个驮工说，我们听说中央红军要来的消息，每天每人少吃半两粮，省下送来的。

李先念走到毛泽东跟前，递上慰问品的清单。毛泽东看了一张，这是红三十一军送来的，其中衣服五百件，草鞋一千四百双，毛袜五百双，毛毯一百条，鞋子一百七十双，袜底两百双……

毛泽东的心情十分激动，他热情仔细地询问了红四方面军的情况。他把一幅军用地图铺在地上，详尽地分析着军事形势。这时，他已知道，所要会师的红四方面军已经失去了川陕根据地。据史料记载，毛泽东还问过李先念，能不能打回川陕苏区，在那里重新立足，史料上没有李先念的回答。但这位三十军政治委员大概不会同意再返通南巴的，不要说敌我形势的对比，不要说那里供给的贫乏，就凭他们撤离那块土地时，为了对敌人实行坚壁清野，而对该地区的破坏，就已经是一时难以恢复了。

三十军是红四方面军的主力，军政委李先念的汇报关系重大。毛泽东还问了些什么，李先念又回答了些什么，至今没有更多的披露。不过，人们看到毛泽东的脸上，隐约显出了忧郁的神色……

不管有多少难堪的往事，会师的喜悦冲淡了一切苦恼。当晚，在懋功天主教堂举行的干部同乐会，把两军会师的热烈气氛推向了高潮。会餐，歌声，篝火，还有朱德和博古的讲话，起伏的掌声一直持续到深夜。

至于互赠礼品的场面，就更是催人泪下了。

从 6 月 12 日至 18 日，几乎每天都有一方面军的部队翻越夹金山。连续几天晚上，达维和懋功成为不眠的城镇，每晚都有两军的联欢和歌唱。

4

一、四方面军的会合，已列入民国大事，国民党御用文人胡羽高，在其著作《共匪西窜记》里，悲哀地泣叹：

> 国军防止朱毛西窜之声，早已传之数年，今朱毛毕竟西窜，而达其预定之目的矣。在朱毛西窜当中，行营三令五申，严防朱毛与徐匪向前会合，声犹在耳，墨尚未干，而朱毛毕竟与徐匪向前、张匪国焘会合矣。然而全川之六路大军，不能拒堵徐匪之南窜，中央与各省数十万劲旅，不能截拒朱毛之西奔。中间虽有河山之险隔，给养之困难，病疫之交侵，霜雪之严冷，均不足以慑匪胆，激其改变初衷。两大洪流，竟于中华民国二十四年六月十有六日在懋功之达维合拢。查国军电令，一再言曰，须收聚歼之效，今使之聚矣，何以不歼。然在分窜之中，各个尚不能击破，今既会合，则已蔓不可图，尚可聚歼之大言不惭哉。

胡羽高悲愤的嘲讽直接对着新任命不久的特级上将蒋介石。

蒋介石虽然气愤部属的节节失利，但他心里明白，朱毛的战术，红军的勇敢确是很难对付的。他对没有阻截住四方面军西渡嘉陵江的防区负责人田颂尧下令撤职查办，对在金沙江、大渡河未曾拦堵住一方面军的刘文辉，通令记大过一次，要其戴罪图功，并要刘湘对闻警先逃、弃城不顾的县长，一律军法从事，严惩不贷……

但他更注重攻心为上，强化军心。

在成都行辕的会议室里，委员长面对召集来的担负"剿匪"责任的高级将领们，并未训斥。他一改平日老板着面孔的习惯，一开口就赞扬大家说："诸位都是川军精华，在剿匪之战中，建树卓著……"

吃了败仗的将军们都知道这是客套话，谁也不敢正视他一眼，只是正襟而坐。

蒋介石揣摸着在座的心理，提高嗓门，说道："川军作战，勇敢异常。据我所知，剑门关对抗徐匪之战时，杨倬云团长败退营盘咀，誓死不当俘虏，纵身跳崖，杀身成仁，这就是精诚报国嘛！"接着话题一转，"现在四川的情形，并不是特别不好，若与三年以前的江西比较，实在要好得多了。不过大家对剿匪没有经验，作战协同差一点。其实，我们有这样多的军队，要剿灭这一些残匪，决无问题！"

四周的将军们这才放松了紧张的神情，开始研究起"剿匪"要诀来。按照蒋介石的话说，就是要讨论缺点、讲求方法、建设心理、改良军队……

蒋介石看到红军又进入到了一个不毛之地，他认为国军再次面临着一个彻底"追剿"的时机。

蒋介石在成都的活动，川西的红军是不知道的。

他们也正面临着一个生死攸关的战略选择。

6月15日，中共中央以中华苏维埃共和国中央政府主席毛泽东，副主席项英、张国焘，中国工农红军革命军事委员会主席朱德，副主席周恩来、王稼祥的名义，向全国发出《为反对日本并吞华北和蒋介石卖国的宣言》，宣言中提出继续向日本宣战，号召全国海陆空军与红军携手抗日。能否实现宣言，显然距离甚远，但这份措辞强硬的文告，向全中国乃至全世界显示了一个红色政权在川西北的存在和壮大，也同时宣布了蒋介石围追堵截中央红军的失败。

没想到这种难得的形势在几天之内就改变了，而且成为中国共产党历史上争论了几十年的课题。

6月16日，朱德、毛泽东、周恩来和张闻天联名致电张国焘、徐向前、陈昌浩，提出两军会合后的总方针是：占领川、陕、甘三省，建立三省苏维埃政权，并于适当时期以一部兵力组织远征军，占领新疆。目前的行动计划是两个方面军主力宜在岷江以东，对于即将到来的敌人新的大举进攻给以坚决打击，向着岷、嘉两江之间发展，如受限制时，则以陕、甘各一部为战略机动地区。坚决地巩固茂县、北川、威州，击破胡宗南的南进攻势，是这一计划的核心点。电文指出，以懋功为中心的地区均深山穷谷，人口稀少，给养困难，至于西康情形更差，红军主力出这些地区，均非良策，若敌人封锁岷江上游，则红军北出机动，极端困难。电报还提到，集中懋功一线的中央红军，因粮食极少，不能休整……

突然放弃川西北建立根据地而改之为川、陕、甘，是谁首先提出来的，现在不得而知，但从四人联名的电报上，可以看出，中央和军委是经过认真分析对比后才确定的。即使这样，电文还仅仅是个意见、设想，并非命令，这大概是考虑到四方面军接受的能力。因为在此之前，中央给他们的指示或贺电仍声称在川西北建立根据地。电文在结束时，客气地写道："弟等意见如此，兄意如何，乞复为盼！"

住在茂县的中华苏维埃共和国西北联邦政府主席张国焘，收到这份改变原定战略行动方针的电报后，没有表示反对意见。当时就北取陕、甘还是南下川西南，他也拿不出成熟的方案。表面上在这一带建立各级苏维埃政府，忙得不亦乐乎，实际上，他也为川西北山大地贫，人稀粮少，不宜大部队久留而举棋不定。

他拿着电文，找到方面军政治委员陈昌浩，就"弟等意见"进行了研究，表示同意向川、陕、甘发展。在具体部署上，他俩主张一方面军沿金川地区北进占领松潘草地西端的阿坝，四方面军从茂县、理番北上进占松潘以西，然后两军去青海、甘肃，以一部组成远征军占领新疆，主力伺机东向陕西发展。为解决给养困难，隐蔽作战企图，暂时可南下先取岷江以西的天全、芦山、名山、雅安地区。

张国焘在接电的第二天，回电阐述了这个主张。

6月18日，中央对张国焘的复电进行了答复，认为目前形势必须集中主力首先突破涪江上游的平武，以取得北上转移的枢纽。提出四方面军应绕攻松潘，力求得手，否则红军大部队经阿坝与草原进入甘、青，将遇绝大困难，甚至不可能。至于南下雅、名，即使一时得手，亦少继进前途。因此应力攻平武、松潘，是此时主要一着，望即下决心为要。

中央强调力攻平武、松潘，是有战略依据的。当时，四川"剿匪"五路大军，分别由江油、中坝、灌县、汶川等地，向四方面军占领的北川、茂县、威州地区进逼。川军杨森、刘文辉部及尾随中央红军入川的薛岳部，分驻芦山、丹巴、大金川西岸及康定一带，伺机北进。国民党第三路军第二纵队胡宗南部，占据平武、松潘、南坪一线，防止红军向北发展。薛岳则率吴奇伟、周浑元集中雅安休整待命，以为机动……二百余团的重兵，使川西处于包围封锁之中。就战略发展来看，北面胡宗南虽有二十七团之众，但置兵于青川、平武一线。至6月底，他集于松潘的仅为第一师所部及六十一师一部。其初来乍到，立足未稳，堡垒线尚未完全构成，且众多官兵不服水土，又遭瘟疫，虽有精良武器，战斗力已大大减弱……

5

张国焘对中央第二封电报还没有来得及回电时，前线形势，发生变化，被四方面军控制的北川县城，19日受到川敌猛烈攻击，红军被迫放弃。

南面的红一方面军，亦遭北进杨森部的压迫，撤离宝兴。

战局突变，时间紧迫。20日，中央第三次致电张国焘，强调突破胡宗南防线比西移作战有利，应力争红军主力出东北，实现川陕甘计划，如绝无办法，暂时只好向川西南发展。如是这样，四方面军须速向懋功开进，两军集中二十个团的兵力，突击雅、名等地区，以打开战局。中央认为，这一行动关系全局，需张国焘去懋功面商行动大计。

毛泽东从电报的交往中，已深深感到张国焘和中央战略意见的分歧。他安慰自己，但愿这种分歧是正常的，是出自对共同事业这个基准点的。凭着他的经验，又觉得这里面掺杂着不健康的成分……他对张国焘了解不深，虽然在党的"一大"上见过面，开过会，限于当时的环境，来去匆匆，至于后来，接触就更少了……但无论如何，眼前最需要的是团结，在目前这种形势下，无原则的争论或者有原则的争论，都会导致不良的后果。他把这个想法和周恩来交换过意见，周恩来表示同意，并提醒周围同志，注意言行，以防引起对方的不满和不安。

张国焘骑着高头大马从茂县动身，按他的说法，是去懋功的抚边，实际是抚边以北的两河口。从茂县到两河口要翻山越岭，还要穿过原始密林。这一带住着少数民族，枪法很准的藏民枪手常常躲在密林深处打冷枪，已有红军战士受伤牺牲的先例。他在三十多名骑兵卫队的护送下，三天的行路中并没有发生任何意外。快到两河口时，正遇上大雨，这多少有些扫兴，雨水使他的仪表略受影响。但他挺起胸脯，快马加鞭，气宇潇洒地冒雨前行。

当他的马队冲出雨雾来到两河口镇前时，出现在眼前的情景使他感动万分：雨地里，迎候他的一方面军指战员列队整齐，口号响亮；尽管衣着破旧，颜色也深浅不一，但人人精神饱满，热情洋溢……

朱德迎上来了，

周恩来迎上来了，

毛泽东迎上来了，

所有在两河口的政治局委员都到这里欢迎他。

欢迎是真诚的，实心实意的。一方面军指战员把对四方面军指战员的崇敬和爱戴，都倾献给了张国焘。

张国焘在他写的《我的回忆》一书中的第二章里，记述了他的懋功之行，对于迎接他的事，他是承认的：

六月的一天下午五时左右，在离抚边约三里路的地方，毛泽东率领着中共中央政治局委员们和一些高级军政干部四五十人，立在路旁迎接我们。我一看见，立即下马，跑过去，和他们拥抱握手。久经患难，至此重逢，情绪之欢欣是难以形容的。毛泽东站在预先布置好的一张桌子上，向我致欢迎词，接着我致答词，向中央致敬，并对一方面军的艰苦奋斗，表示深切的慰问。

6

但是张国焘对会面后发生的事情及中央召开的两河口会议，所作的叙述却完全是另一种样子。

张国焘写到，他第二天参加了政治局的军事会议，会议在毛泽东住所举行。毛泽东提出，宁夏是富庶区域，相信莫斯科会从外蒙古策应红军。蒋介石的飞机大炮厉害，他想找红军打，我们不中他的计，跑到宁夏，背靠外蒙古，看他蒋介石还有什么办法……

张国焘说到他自己在会上发了言，提出在西北活动的三个计划：一是向以北甘南至汉中一带发展；二是移到陕甘北部行动，夺取宁夏为后方；三是移到兰州以西的河西走廊地带，以新疆为后方，可以名为"西进计划"。

他写道，参加会议的同志，多表示重点是避开战争，虽然都支持毛的主张，但也没有否定他提出的西进意见。

按照张国焘的回忆，会议未达成确定的结论，最后毛泽东宣布：我们再从长研究吧。但到下午，周恩来就把北进的部署告诉了他，他不愿意使自己和所有的政治局委员对立，因而没有独持异议。这次会后，他被任命为军委副主席。

张国焘也写到他和有些人的冲突，他提到午餐时，他的秘书黄超将一份中央出版的油印刊物《布尔什维克报》给他看，上面有中央宣传部长凯丰写的《列宁论联邦》，在这篇文章里，作者提出西北联邦政府是违反列宁主义的，是为了否定中华苏维埃共和国。黄超告诉他，这份刊物是一方面军的干部私自交给他的，规定只发给一方面军的干部看，不给四方面军的干部看。为此，张国焘质问了张闻天。

他还写到，在他未到这里开会时，政治局开过会议，有三点决定：一、中央和一方面军所有同志，不要向四方面军干部说起一方面军的不幸遭遇和中央内部有过的纠纷；二、四方面军远离中央，由机会主义者张某领导，因而在报上要发表文章，批评西北联邦政府；三、与张某会面时只谈军事，不谈政治，改任张国焘为军事委员会副主席，实际由中央直接指挥第四方面军，立即实行北进。

当然不止这些，他还写到自己和博古、邓发的争执……

7

张国焘的回忆文字，充满着情绪化的描述，显然是不真实的。但它清楚地告诉今天的读者，在两河口会议上，这位四方面军的核心人物，已经和中央有了明显的隔阂。

出席会议的聂荣臻，在他的回忆录里，对这一段历史是这样记述的：在会上张国焘坚持异议，态度傲慢，主张到川康边境去创建根据地。

据当时任红三军团政治委员的杨尚昆在1980年回忆说，参加会议的彭德怀会后对他讲，毛泽东在会上正面阐明了为什么要北上，对张国焘的西进没有批评。是几个不懂政策的人，比如博古，在会上曾用挖苦的话说张国焘西进路线等于麻雀飞进阴沟里头，这话引起张国焘的反感。会后，毛泽东批评博古是个书生，不懂事。毛泽东是力求避免同张国焘进行针锋相对斗争的……

显然，当时的气氛是不正常的，它由战略方针的分歧派生出个人权力的欲望已开始露头，我们不是给张国焘"欲加之罪"，此时，他的心里确实有了另一片天地。

两河口会议实际上进行得还比较顺利。这是与任军委副主席、红军总政委的周恩来分不开的。会前，他和毛泽东、朱德、王稼祥、张闻天包括遵义会议下了台的博古，细致研究过，初步形成了改变在川西北建立根据地的意见。

周恩来主持了会议。

他就两军未来的战略方针作了首席发言。

他态度诚恳，语气严肃，加上连日来的劳累，脸上充满疲倦的神色，一开口，就使人陷入冷静的沉思里。他说："同志们，我们都离开了原来的苏区，好不容易会合了，力量增加了，现在共同任务是创建新苏区根据地。在什么地方建？总的原则要有利于党和红军的发展。川康地区高山深谷，利于敌人封锁而不利于我军作战，这里人口稀少，又是藏区，生产落后，粮食不能自给，大部队在此活动物资难以保障，因此，陷在这里是没有前途的……"

这都是大实话，完全是摆情况、讲道理，张国焘自然也听得顺心。

周恩来说："现在，我军必须转移，向南，不可能；向东，过岷江，敌人有一百多个团；向西北，是草原，困难多。现在只有北上，所以决定在川、陕、甘三省广大地区建立根据地。首先到岷山以北，到甘肃岷县地区，靠西向东发展。那里山少，路多，人口多，我们可以用运动战消灭敌人。到了那里若不利，还可以渡过黄河到西宁地区……"

周恩来讲到如何实现战略方针时，加重了语气："首先要迅速北进，向松潘的胡宗南部队作战。考虑到当前的给养问题，也必须尽快前进；其次要高度机动，以我们的高度机动造成敌人对我军行动企图的判断错误；第三，要坚决统一意志，两个方面军配合作战，人多了，没有统一和坚决的指挥是不行的！"

关于兵力部署，周恩来指出，部队分为左、中、右三个纵队，中央纵队六个团协同左纵队进攻松潘之敌，在岷江东岸实施佯动，不使敌人在松潘集中，在南面留四个团钳制敌人兵力。北上要走草地，趁夏天要力争迅速通过，万一北进受阻，向西更加困难，但这条退路要保留。

周恩来的发言，平等待人，毫无武断和强加于人之意，坐在一边的张国焘很难挑出毛病来。但他隐约感到，两军行动的关键所在，是四方面军的态度，也就是他张国焘的态度。现在，大庭广众之下，他不能给与会者留下另一种印象。

待周恩来结束发言，用目光征求大家意见时，张国焘首先发表了见解，他说："我同意副主席的报告，赞成建立川陕甘苏区的战略方针，至于怎样个打法，军委应做具体计划……"他的江西腔略带川味，让人听起来，很有入乡随俗的味道。

毛泽东强调了一句："我们全力进到川陕甘，是为了把创建新苏区放在更加巩固的基础上。咱们几个人通了还不行，要告诉红军指战员，北上是前进，是转入反攻……"

王稼祥身体一直不好，他捂着伤口说："川陕甘能否成为苏区，要看我们能否消灭敌人。从松潘打出去是个关键，要坚决迅速，牢牢掌握住北进的主动权……"

朱德则从全局对周恩来的报告给予了肯定，他说："背靠西北，面向东南，总的方针这样决定好，现在要先打松潘，进占甘南。两军会合了，必须一致行动打击敌人。"

张闻天以中央总负责的身份，环视大家，着重指出："一致通过的方针就要一致实现它。这个战略决策是惟一正确的。说惟一，就是没有第二。当然，可以发生另外一个方针，比如过草原，那是退守的，不适用的。要实现我们的方针，必须进攻和控制松潘，困难有没有？有。我们要依靠决战的精神取得胜利。"讲到这里，他推推眼镜，"咱们在组织上应统一，国焘同志是常委，是军委负责的一个，他熟悉这边情况，肩上的担子很重……"

大家的目光都看着张国焘。张国焘没有任何反应，正襟危坐，但他心里已感到自己的位置和作用……

到会的刘少奇、邓发、刘伯承等人，都一一表示，同意中央北上的方针。

有人说会议举行了一天，也有人说举行了几个小时，这都无妨。会议最终通过了由张闻天起草的由中央政治局发出的《关于一、四方面军会师后战略方针的决定》。

两河口会议后，总参谋长刘伯承受军委委托，根据政治局决定，拟定了《松潘战役计划》。并以军委主席朱德和副主席周恩来、张国焘、王稼祥的名义，颁布了这一计划。

北上之路能否打通，在此一役……

第十六章
松潘久攻不克，寻求生存时也有人寻求权力

1

张国焘骑着高头大马返回茂县，在途中见到了四方面军总指挥徐向前。

他对会见中央领导及两河口会议的情况没有多谈，而是叹了口气，说："中央红军一路很辛苦，减员很大，和我们刚到通南巴时的情形差不多。"

红四方面军由鄂豫皖进入通南巴时，因长途跋涉，只有万把人员入川。张国焘用这个比喻把中央红军的现状告诉徐向前。

徐向前更关心下一步的行动，他忙问："现在咱们往哪里打？"

张国焘如实说了："中央要北出平武、松潘，扣住甘南……我看还是先取川西南比较好，否则粮食、给养都不好办。"

中央会议上刚刚形成决议，张国焘又有了自己的想法。

徐向前不好直接否定张国焘，便说："北打有北打的困难，南打有南打的困难。平武那边，地形不利，硬攻不是办法；松潘地区不利大部队展开……南下固然能解决目前给养困难，但一则兵力有限，二则要翻越雪山，不是长久立足之地，万一行动受挫后再北出将遇到更大的困难。"

徐向前的话使张国焘沉思良久，最后还是同意先打松潘，但对坚持南取邛崃山脉地区的意见，仍舍不得放弃。他当下起草了一份电报给中央，要徐向前亲自去懋功，当面向中央陈述这个意见。

第二天，因威州战局紧张，徐向前无法脱身，结果没有去成。

张国焘回到茂县后，又回心转意，觉得此时向中央陈述先取川西南，有食言之嫌，便又给徐向前去了电话，要他仍按中央的决定，攻打松潘。

对于张国焘的心态，中央并没有觉察，即使在战略方针上有分歧，这在当时也是常有的事。遵义、会理，用批评和检讨的方法完全可以达到统一，所以，谁

也没有想到这次分歧会埋下"分裂"的悲剧种子。

两河口会议结束后，中央特意派出一个规格很高的慰问团去理番的杂谷脑，那里是四方面军的后方，也是川陕省苏维埃政府所在地。前去慰问的有叶剑英、林伯渠、李富春、王稼祥、李维汉等。临行前，中央还找了李维汉，让他慰问结束后，就留在那里担任苏区四川省委书记，如不行，就到白区当四川省委书记。很清楚，这是实施中央关于会师后有关战略决定的具体行动。一方面，增强两大主力的团结，另一方面，在大、小金川加强开展游击战争的领导。

张国焘也从茂县赶到杂谷脑，他以党政军负责人的身份迎接了中央慰问团，这也可看成对中央在两河口欢迎他的回敬。除了双方热情地问候，亲切地握手拥抱，最突出的是，杂谷脑的伙食搞得相当出色，这是两河口欢迎会望尘莫及的。这使连续八个月西征而来的叶剑英他们一行，大饱口福，他们没有料到，在穷山僻壤的川西北，在战事频繁的红四方面军，会有如此美味佳肴……

然而，好景不长，没几天，当李维汉开始展开工作时，他意外地感到，很难见到四方面军的同志了。

渐渐地李维汉明白了，这里的主人并不真心欢迎远方的弟兄……这样，他不得不又电告中央，要求跟上中央工作。

已经出发北进的徐向前，也听到一些议论，特别是张国焘表露出来的话，诸如"中央政治路线有问题"之类。与此同时，也听到部下传言，说一方面军有人指责四方面军撤离鄂豫皖和退出通南巴是"逃跑主义"，四方面军"政治落后"等等，这些也引起了川陕同志的反感。

大敌当前，有心之人开始为未来担心了……

2

进攻松潘的枪声终于打响了，虽然已经响得太迟。

红军兵分三路向松潘北进。左路十六个团，由林彪、彭德怀率领；中路十个团，由徐向前挂帅；右路十一个团，由陈昌浩掌印。其中左、中两路向北迂回，和由南进攻的右路军将对松潘形成夹击之势。

动用这样多的兵力去攻占一个县城，可见目标的战略地位了。松潘位于岷山山脉与千里草原之间，是川西北地区北往陕、甘、青的交通枢纽。

对红四方面军来说，这已是第二次进攻松潘了。

两个多月前，红四方面军两个团，在松潘呷晰土司安登榜的引导下，曾向松潘进军。安登榜是羌人首领，被国民党政府委任为该县第六区区长，因他不满政府对羌人的欺压，多有违令行动，遭到县府追捕。躲逃之中，遇到红四方面军部队，亲眼看到红军纪律严明，便投奔了红军。红军知道他的身世，安排他随军搞民运工作。但这次由安登榜引导的进军并未成功，由于胡宗南已抢先赶到设防，虽经战斗，未能实现控制这个地域的计划。

按照《松潘战役计划》规定，左、中两路分别要从阿坝、壤口经草地绕攻松潘。当时，红军粮食无着，长途转战又未稍整休，要穿过自然条件极为恶劣的泽国草地，没有相当的时间，势有不能，即使匆匆上阵，也无法做到迅速、机动灭敌。因此，军委发布《计划》不久，很快修正部署，让左、中两路部队经黑水直趋毛儿盖。

毛儿盖位于松潘以西，是红军由南向北绕攻松潘或北出甘南的必经之路。

毛儿盖被红军顺利占领。

这是一个不大的村镇，但却有相当规模的寺庙。寺庙的名字叫索花寺，其建筑之精美，名声之显赫，在附近几百里内，都是屈指可数的。

攻占毛儿盖的红一军团和四方面军的三十军，他们的先头部队在这里和胡宗南的一个加强营接火，很快形成包围之势。敌人见情况危急，忙退入索花寺内，依据错综的庙堂经室，作困兽之斗。最后经红军猛攻，才从寺院东面乘夜逃走……这一仗俘敌四百人、缴获轻、重机枪二十挺。对于弹药紧张的一军团来说，多少解决了一点儿燃眉之急。

红军虽然占领了毛儿盖，但进攻松潘时却不顺利……

3

7 月中旬，红一军团在距松潘不及百里之羊角塘与胡宗南的补充旅相遇。当时，守敌因毛儿盖失守，正在这一带加修碉堡。两军交火，激战竟日，红军难以前进。与此同时，许世友的红四军，按照战役计划要求，由松潘以南向北进攻，最终将战场推进到了离县城二三十里的牟尼沟。岷江以东的四方面军部队也向镇江关进攻，这样，从西到南的弧形战线上，战况甚烈，时有拉锯之势，有时枪声响处，距松潘仅一箭之遥……

胡宗南坐镇松潘，他把指挥部设在城南山下。

胡宗南系黄埔军校第一期毕业生，和红军将领中不少人是同学好友，但对立的政治观点和效忠于蒋氏的权欲之心，使他决心在北堵红军之战中，一显身手，不辱所谓嫡系中嫡系之名声。

三十三岁的胡宗南，曾在甘川边境的摩天岭、悬马关和四方面军进行过血战，虽然死伤惨重，但阻止了红军北出甘南。这次固守松潘，他决心更大，动用了空军，时常有六架飞机配合作战。

红军的松潘之战出现了难以预料的前景。

为了统一部队指挥，胜利完成北上任务，军委主席朱德、副主席周恩来、王稼祥和新增补的张国焘联名发出通知：

> 一、四方面军会合后，一切军队均由中国工农红军总司令、总政委直接统率指挥。仍以中革军委主席朱德同志兼总司令，并任（由）张国焘同志任总政治委员。

张国焘接替了周恩来的红军总政委。没有迹象表明，遵义会议后的三人军事小组继续发挥作用，特别是在军事上负总责任的周恩来，其职位已排在张国焘的后面。有史料说，在进攻松潘作战中，张国焘提出解决军队的统一指挥问题，周恩来为顾全大局，维护团结，主动让出了红军总政委这个职务。当然，这一任命，也包含着中央对张国焘真诚的信赖和期待。对于党中央来说，没有人想抹煞张国焘对川陕和四方面军的贡献，他的八万红军将是未来创建根据地所倚赖的主要力量……

在后方，一切都显得正常和平静。

当党中央和四方面军的领导者会合在黑水西侧的芦花时，毛泽东不顾刚刚翻越第四座大雪山仓得山的疲困，立即会见了开创川陕苏区的军政大员，他以中华苏维埃政府主席的名义，把一枚五星金质奖章授予徐向前，以褒奖英勇奋战的红四方面军。

张国焘也采纳了徐向前、陈昌浩的建议，同意从四方面军抽调三个建制团约三千七百人编入一方面军。

一方面军一些具有指挥经验的干部，如张宗逊、陈伯钧、李天佑、李聚奎等，也由中央决定，调往四方面军任各军参谋长。

7月21日，政治局专门在芦花召开会议，正式听取张国焘、陈昌浩、徐向前关于四方面军政治、军事，创建根据地等情况的汇报。博古、张闻天、毛泽东、周恩来、朱德、李富春、邓发……在会上都热情发言，使这次会议开得很成功，双方没有争执，充分肯定了四方面军是坚决执行党的路线的英勇劲旅。在军情紧迫的时刻，能在这样一种规格的会面中，消除误会，袒露胸怀，可见中央为两军的团结确是用心良苦的。

当天，军委为方便作战，又决定组成前敌总指挥部，以实现打开北上通道的计划。指挥部以徐向前为总指挥，陈昌浩任政委，叶剑英任参谋长。

三位前敌负责人当即前往毛儿盖，实施指挥进攻松潘的战事。由于松潘一带地形险要，胡宗南兵力凭碉固守，红军火力不强，无论正面进攻或侧翼迂回，攻击均无大的进展。

松潘未克，使十万红军处于进退维谷的境地。而粮食的紧缺，又直接威胁着部队的生存。接着是疾病的流行……

4

新的减员呈日渐增多的趋势。

仅就不担负战斗任务的一军团直属队，从懋功到毛儿盖的行军途中，十八天减员一百二十人，占全队总人数的近 10%。

为生存计，部队不得不四处筹粮运粮，新成立的筹粮别动队也四出奔走。反动土司规定，凡卖粮给红军的藏民，一律处以死刑，凡不把粮食坚壁者，一律没收全部财产，别动队所到之处，群众早就逃匿一空。

实在无法可施，只好采摘地里未成熟的青稞充饥……

生存境况的窘迫，使部队的纪律受到破坏，出现了很多过去从未出现过的事情。

为克服各种消极现象，部队进行了严肃的纪律整顿。

当时，颇有影响的事件是对贺敏仁的处决。

贺敏仁是贺子珍的弟弟，他在红一方面军一个团里当号兵，由于年纪小，肚子饿时，爱发牢骚。部队驻在毛儿盖后，有人报告说，贺敏仁违反纪律，擅自进入喇嘛庙里，拿走了很多银元。于是保卫部门把他五花大绑起来，要枪毙他。贺敏仁说是冤枉他，他只拿了百十个铜板……师政治委员认为应该维护红军铁的纪律，还是当即执行了处决……

对这件事的说法很多，但有一件事确是真的，那就是毛泽东没有干预。整个红军正处在生死存亡的紧要关头，一切都必须服从这个大局。

当处决贺敏仁的枪声响起时，在毛儿盖附近为红军征集粮食的羌族首领安登榜和与他同行的十名红军战士，遭反动武装截堵，因寡不敌众，全部英勇捐躯……

流血的事件接踵而来。

粮食问题并没有得到缓解，它像瘟疫一样，已经波及松潘前线。

这时，除胡宗南主力已集结松潘地区外，薛岳部也已抵进文县、平武一线，川敌已先后进占懋功、茂县、威州。很清楚，蒋介石企图死扼松潘，压迫红军经草地出甘、青，而后在临潭、临夏、夏河等地，将其聚歼。

针对日益严峻的形势，8月初，中革军委在毛儿盖附近召集会议，重新研究敌情，确定新的行动部署。大家冷静地分析了敌情，一致认为，松潘屡攻难克，应该放弃松潘战役计划，改为执行《夏洮战役计划》。

对于这一计划，张国焘是赞同的，并且为实施战役目标提出了行动方案，大家采纳了他的意见，兵分两路：一路以卓克基及其以南地区的第五、九、三十一、三十二、三十三军为左路，由朱德、张国焘负责经查理向阿坝开进，然后北去。在毛儿盖地区的一、三、四、三十军为右路军，由前敌总指挥徐向前、政治委员陈昌浩率领经班佑北上，中共中央、中革军委随右路行动。

《夏洮计划》是两军会师后第一次改变战役方针的战略计划，它的成败关系着北上红军能否找到立足点，为了更好地完成这项战略工程，同时，也是为了进一步加强两军的团结，中央政治局委托总负责人张闻天草拟了一、四方面军会合后的形势与任务决议案。张闻天才华横溢，仅用一天一夜，就完成了近万字的文稿。文稿分为七个部分，对会师后很多亟待解决的认识问题和实际问题，作了明确的阐释。

5

8月4日至6日，中央在毛儿盖地区的沙窝寨再次召开政治局会议。

史料记载，张国焘和陈昌浩出席了这次会议。但张国焘在他写的回忆录里，却否认了这一点。他写到，他和陈昌浩偕十余骑兵策马参加会议，他们到达沙窝山口时，张闻天已在山口外迎接。张闻天告诉他，这是一次秘密会议，陈昌浩不能参加，于是陈只好暂驻在山口外等候。

会议在沙窝寨一个喇嘛庙的外亭中举行。

供奉神灵的羊油蜡烛是会场上的照明工具，这里没有遵义会议时那样舒适的靠椅，也没有悬顶而亮的气灯。8月的夜风，不时地把雪山的寒气送到这里，使到会者都不自觉地裹紧衣服。

这是自两河口和张国焘会谈以后第二次聚会，到会的人对张国焘格外表示亲热。

张国焘首先看了起草的决议草案，他的眉头皱了一下，显然对文稿中提到的自四中全会以来，党的政治路线都是正确的这一点表示不满。他心里认为，中央应该承认自己的政治路线是错误的，只有这样，一切问题都有了解决的大前提……

他没有表态，想听听别人的意见。

毛泽东看透了他的心境，但不愿意在这种场合引起争论。就四中全会而言，张国焘和他都没有参加，现在要否定党的政治路线，波及面太广，由此会引起新的动荡。在座的周恩来就出席过那次会议，况且，那次会议是共产国际一手导演的，眼下，红军的落脚点还没有最后确定，讨论路线问题的后果将会是什么……团结为重，团结为重，当前压倒一切的是团结，这，就是革命的灵活性。

毛泽东很客气地说："国焘，你不讲我就先说几句吧！我看，认清形势很重要，第五次反'围剿'，我们受到损失，但只是部分失败，蒋介石只是部分的胜利，总的讲，他的统治削弱了。中国西北部，是反动统治薄弱地区，它靠近苏联，到那里去，我们可以得到政治、物资和技术上的帮助。因此，我们要用全力实现战略方针，首先进到甘肃南部地区。现在，一、四方面军会师后出了一些问题，经过说服教育，这些问题是完全可以解决的。"

朱德接着说："一、四方面军都是党创建起来的军队，有光荣的历史，经过长期战争锻炼，成了铁的红军。会师前，敌人找我们决战，企图各个击破，现在我们会合了，我们要去找他们，用战斗的胜利去创造川陕甘新苏区！"

张国焘听得很仔细，觉得他俩并没有把问题点明，便发表起意见来，他说："不管苏联能否给我们帮助，我们共产党应把责任放在自己身上。对形势的估计，从西北发展到东南是可能的，但政治局决定整个革命问题时不能偏向西北一边，不能把少数民族问题看成是个困难问题。至于对一方面军的估计，在全国来说是先进的，有光荣的历史，又经过一万八千里的长途征战，这是应该肯定的。但一方面军也存在失败的情绪、疲劳现象、纪律松弛等问题，对此，看轻了就会影响整顿，看严重一点才会抓紧整顿。四方面军也发生过不好现象，很快就克服了。"他想了想，又继续讲下去，"现在，我们要反对'左'、右两种倾向，对在川康边创建根据地缺乏信心，认为少数民族工作难，作战想避开敌人，还有在'左'的掩盖下的右的倾向，这些都要反对的……遵义会议以前发生的错误，虽总的路线没错，但这是决定的错误，对错误不能估计太小，总之，一切问题要在原则上来解决。"

张国焘越讲越有劲，但他还是留有余地，用了不少让人难以揣摸的词句。

周恩来身体不好，他是抱病前来参加会议的。对他来说，如何使两大主力搞好团结，这比什么都更为重要，他听出了张国焘的话外音，但坦率而诚恳地说："国焘的估计是正确的，一切问题要在原则上来解决，这是对的。什么是原则？我们的作战胜利是最高原则，为了战胜敌人，两个方面军要团结起来……对一方面军的问题，国焘的看法尽管过火了一点，但出发点是要整顿部队……你说呢？"

张国焘见周恩来逼问着他，忙点点头表示同意对方的分析。

6

由于大家在发言中注意分寸，没有出现伤害对方感情的词语，加之局势的紧迫，会议很快通过了《决议》。

接着，张闻天代表中央政治局提出：徐向前、陈昌浩、周纯全增补为中央委员，何畏、李先念、傅钟增补为中央候补委员，陈昌浩增补为中央政治局委员，周纯全增补为中央政治局候补委员。

张国焘一听，忙说："能不能多提几个？我本来要提出九个同志到政治局的。"

毛泽东很善意地解释说："国焘，四方面军能打善战都写进了决议，确实有不少好干部，中央提出的几位，都是慎重考虑过的。这些人，国焘比我们更了解。本来，政治局不能决定中央委员，现在是特别时期，这也算是破天荒的呀！"

张国焘脸"刷"地吊下来："我完全是为工作着想，为总的战略方针着想。在遵义政治局会上不是还增补了政治局常委嘛？特殊时期就要特殊处理嘛……"

这显然是指毛泽东。

毛泽东没有气恼，他接过话头说："国焘的意思很明白，要把得力的同志用到中央来。我看，现在实际工作很多，四方面军的优秀干部可以吸收到军事、政治领导机关去工作，将来也可以吸收到中央机关来工作……至于进入中央委员会，国焘也要替中央多想一想……"

毛泽东一阵和风细雨的讲话，使张国焘寻找不到新的借口，他沉默着表示了赞同。

通过讨论，会议决定增补徐向前、陈昌浩、周纯全为中央委员，何畏、李先念、傅钟为中央候补委员，陈昌浩、周纯全均为中央政治局委员。在此前已任命陈昌浩任红军总政治部主任，杨尚昆任副主任，恢复红一方面军建制，由周恩来任司令员兼政委。

第十七章
北上道路现出曙光，右路红军走出草地

1

8月的毛儿盖，秋风送凉，天气一点也不显热。

重峦叠嶂中，毛儿盖河从原始森林中的辣子山脚缓缓流出，河水清冽，水激浪溅，腾起丝丝凉气。

两骑马沿崎岖坎坷的河堤走来。

走在前面的是毛泽东，警卫员陈昌奉紧随其后。毛泽东的土黄马很是温顺，他在那个粗糙的木头马鞍上坐着，腰显得有些佝偻。

开完沙窝会议，毛泽东仍然心事很重。会上他没同张国焘正面争执，但张国焘心里想的些啥，他是一清二楚的……

"主席，你好。"一个四川口音打断了毛泽东的沉思。

来人是杨尚昆，不久前从三军团政委调到总政治部，当了副主任，成为陈昌浩的副手。

"啊，是尚昆哪。"毛泽东勒住马，杨尚昆向毛泽东敬过礼。毛泽东问："和你那老同学合作得怎么样？"陈昌浩在苏联中山大学时，跟杨尚昆是同学，不过那时陈昌浩连党都没入，还是个团员。

"还好。我照主席说的，记住一个'韧'字。"杨尚昆说。他记得临去总政治部任职前，毛泽东找他谈话时，对他说，你和陈昌浩有点老关系，到了那里，须记住一个"韧"字。

毛泽东说："这就对了。要当牛皮糖，扯不断；不要当玻璃，玻璃一敲就碎。"

杨尚昆又向毛泽东简单地汇报了一些情况，毛泽东又说："同陈昌浩的关系要搞好，不要碰，一碰就破裂了；破裂了就不好做工作了。另外，见到张国焘，

一定要叫张总政委，不要叫国焘同志。"

毛泽东知道，张国焘对这些东西比较计较，也比较敏感。

说完，杨尚昆带着警卫员走了。

毛泽东的土黄马仍不紧不慢地走，陈昌奉心里有些着急。这一带是藏民区，红军来时，藏民都跑到山里躲了起来，不时地朝不提防的红军打冷枪，红军几乎每天都有被藏民冷枪打死的。

陈昌奉朝四周看了看，这一带地势比较开阔，离两边的山林有一百多米，藏民的土枪打不到，同时附近驻的红军多，藏民在这种地方是不敢袭击的。他心里安定了一些，但仍然把手枪子弹顶上了膛。

毛泽东还在想着沙窝会议：张国焘在会上要提九个政治局委员，原来政治局为八个委员嘛。任弼时不在，政治局才七人，一下增加九个委员，这不是想改组政治局嘛。中央对张国焘再次作了让步，总算通过了《关于一、四方面军会合后的政治形势与任务的决议》，两个方面军可以统一执行《夏洮战役计划》了。

一想到《夏洮战役计划》，毛泽东心里又有些担心，他觉得张国焘的态度还是很勉强。看来有些问题光在会上统一还不行，还得私下做些工作。他已同张国焘约好晚上去看王稼祥，到时，再同王稼祥一起和国焘好好谈谈。

想到这里，毛泽东习惯地伸手去口袋里掏烟；口袋是空的。他这才想起，断烟已经几天了。

毛泽东的烟瘾是有名的，没了烟抽，实在不好受，他把口袋小心地翻过来，一丝烟末也没有。他很丧气地把口袋拍打两下，又塞回去。

这时毛泽东看到河岸的乱石缝中，长着一种叫牛耳大黄的大叶草。

毛泽东不认识这种植物，他对陈昌奉说："你看，那像不像你们江西的叶子烟？"

陈昌奉知道毛泽东这几天对烟馋得不行，便说："像，真像。"

毛泽东高兴起来，随即下了马说："走，弄一点回去试试。"

陈昌奉急忙拦住毛泽东，他跳下去很快采了一大把。毛泽东拿过一张叶子在鼻子上嗅嗅，说："烟叶味儿不大。"

陈昌奉说："好像没有烟叶味儿。"

毛泽东把牛耳大黄叶还给陈昌奉，说："拿回去烤干，尝一尝，实践出真知嘛。"

毛泽东住的房子是一座独立的藏民屋，屋右边有个小水沟，水不大，是从山上流下来的，很清亮，可以浣衣。房子后面有一片树林，但离房较远。

藏民房不高，上下两层，楼下堆放杂物和拴牲口，楼上放食物和住人。

陈昌奉拴好牲口，同毛泽东上了楼，藏民房是木楼，很粗糙，一踩上去就吱吱嘎嘎响。

火塘的火很旺，陈昌奉将牛耳大黄叶放在火塘上烤着。毛泽东双手叉腰不停地踱着步，木楼发出有节奏的响声。

毛泽东在思考着什么，但也没忘记不时望一眼火塘上正在烤的"烟叶"。看看有一片叶已烤黄了，毛泽东立即走过来蹲在火塘边，拿过来放在手掌里揉碎了。陈昌奉急忙撕下半张藏民的经卷纸，卷起一个大喇叭递给毛泽东。

毛泽东顺手从火塘里拿出一块燃着的木柴，迫不及待地点燃"烟"，狠狠地吸了一口。

"没味，没烟味……"毛泽东话还没说完，就被呛得猛咳起来，咳得眼泪直流。陈昌奉慌了，赶忙把干的、湿的牛耳大黄叶从楼上扔了出去。

毛泽东咳了一阵，对陈昌奉说："你去告诉王稼祥，晚上我约了张总政委去看他，有些话一起谈谈。"

陈昌奉下楼走了，毛泽东又开始不停地踱步……

2

王稼祥在苏联时，同张国焘认识。他是当初从中山大学回国的"二十八个半布尔什维克"之一。与王明是安徽同乡，关系不错。他到中央苏区后，任过红军政治部主任。随部队行动时，对博古、李德的瞎指挥有亲身感受。因此，他较早地认识到毛泽东的正确，也较早地起来反对博古、李德。在宁都会议上，王稼祥支持过毛泽东，这在当时的情况下，使毛泽东非常感动。

遵义会议，也是由王稼祥提议毛泽东进政治局常委的。后来，在一些问题上，他同毛泽东也有过意见分歧，但总的是和谐的。在中央同张国焘的争执上，王稼祥没有说过刺激张国焘的话。让他一起同张国焘谈是比较合适的。

王稼祥在五次反"围剿"时受伤，一块弹片卡在右肠骨窝上，取不出来，成了腹膜炎，医生每天换绷带，这万水千山，他是在伤痛的折磨下，躺在担架上过来的。

听说毛泽东要约张国焘到他这里来谈话，王稼祥知道这绝不是随便聊聊。前几天朱德来看他，也对他说："稼祥同志，你再去做做国焘的工作，不要老是这样固执己见了。"

王稼祥让警卫员准备了茶水，他把自己要说的意见在心里认真想了一遍。

毛儿盖的夏天，入夜就寒气森森。毛泽东同警卫员天一黑就走着来了，他们住得相隔不远，在王稼祥住的藏民楼下略停了停，张国焘带着几名卫士策马而来。

见毛泽东高大的身子站在楼下，张国焘跳下马，把缰绳交给一名卫兵向毛泽东走来。

毛泽东迎上去握手，显得十分亲热。

"还是离得近好啊，你就比我先到了。"张国焘笑着说。

"两只脚可不及四条腿快嘛。"毛泽东一面说着，一面领张国焘上了王稼祥的小楼。

王稼祥伤在直肠，插着一根橡皮管子排便。这时，医生正在从管子里清除大便。见毛泽东和张国焘上来，王稼祥想坐起来，毛泽东急忙拦住了。

"稼祥，近来身体怎样？"张国焘关切地问。

"还好。"王稼祥开玩笑说，"就是这家伙总想走捷径。"他指的是从橡皮管排出的大便。

三个人说着闲话，医生急忙收拾好走了。

警卫员端来一碗羊脂油灯，放在火塘边，又提来一大壶茶水，给三人各倒上一大碗。

围着火塘，三人东扯西拉了一阵，谈话逐渐转入正题。

"国焘，"虽然心事各异，但却心平气和，毛泽东说，"中央苏区第五次反'围剿'确实受到了很大损失，但从总的形势看，我们还是胜利的嘛。两个方面军会合了，这就是了不起的胜利呀！两支人马北上川、陕、甘，开辟一块新的根据地是不成什么问题的嘛。"

"润之，"张国焘为了显得亲热，称了毛泽东的字。当时的毛泽东党内职务是政治局常委，政府职务是中华苏维埃共和国主席，中央内部这时还称他"泽东"，"七大"以后才改口称"主席"。徐老、谢老等几位老人称毛泽东"润之"，既显亲切，也显示熟悉程度和年龄与别的人不一样。朱德对毛泽东的称呼与别人不同，除了公开场合，一般都称"老毛"。

三十九岁的张国焘比毛泽东小四岁，虽然他们一直没有深交，但认识较早。

张国焘接着说："由于中央政治路线的错误，把大片的根据地都丧失了。现在客观形势已到了两个高潮之间，北方缺少革命传统；况且，陕、甘跟四川不一样，那里靠近中国中部，地方军阀势力薄弱，交通也方便，很利于蒋介石的部队行动。大部队去了那里，可是前途难卜啊。"

毛泽东正要说什么，王稼祥插话道："国焘，我看形势可比你乐观。'九一八'以后，日本帝国主义侵入中国，东北五省沦陷，华北的危机日重，北方人民对蒋介石的不抵抗政策不满加深，那里正是我们这数万人马的用武之地。"

接着，毛泽东以十分诚挚的语气，耐心细致地谈了去北方的考虑，并十分婉转地指出了南下或西进的不利。王稼祥不断地插话，补充着毛泽东阐述的意思。

张国焘开初还很有兴致，偶尔说说自己的意见，后来在毛泽东浓重的湖南腔滔滔不绝的宏论面前，索性往王稼祥的床上一躺，双手抱住头，微微闭上眼睛，打起哈欠来了。

王稼祥见张国焘不大爱听，也对谈话没了信心。只有毛泽东仍然侃侃而谈，管他张国焘听不听，自管自地说下去，一直说到凌晨，而且越说越诚恳……

临走时，张国焘说："润之，我们都是党的老同志，我们个人的意见都是为了对革命负责，只要北上确实对革命的发展有利，我会认真执行北上决定的。"

"国焘，有了你这句话就好。大敌当前，前途为重，前途为重啊。"毛泽东同张国焘握了握手，他感到已显肥胖的张国焘，手掌像女人的手一样软绵绵的。

3

张国焘回卓克基不久，给中央发来电报，提出经阿坝、出青海，北渡黄河入宁夏、新疆的主张。其理由有二，一是可以避开国民党军队主力，二是可以打通国际路线。当时的所谓国际路线，既有争取外援的意思，也有在万不得已时，退到境外这一层心照不宣的含义。

毛泽东拿着电报，手有些微微发抖。

看完以后，毛泽东什么也没说，把电报交给张闻天和博古，双手叉腰踱起步来。

看完，张闻天说："张国焘节外生枝！"

博古说："这是机会主义、逃跑主义。"

过去，毛泽东、张闻天、博古之间也曾有些争论和龃龉，但自从来了个张国焘，总想抓住中央的政治路线问题不放，这就使中央内部达成了空前的一致。

遵义会议上，毛泽东闭口不谈中央的政治路线问题，而张国焘一会合就提出中央政治路线有错误，毛泽东与张国焘在政治斗争艺术上的高下之分是显而易见的。当然，这斗争艺术出发点的区别还在于：是顾全大局团结起来挽救危局，还是追逐个人的权力？

毛泽东踱了一会儿步，他此时考虑的，是如何才能做到既全军北上，又不刺激张国焘。他对张闻天说："我们去恩来那里商量商量。"

周恩来住在距此不远的一座大喇嘛寺内。

前不久，周恩来病了，有几天发高烧，病情十分危险。傅连暲医生随朱德走了，后来毛泽东让人去找来红军中另一位医生戴胡子，终日为周恩来诊治。

毛泽东等走进周恩来住的屋子，周恩来躺在床上，十分消瘦，戴胡子医生正在给周恩来诊病。邓颖超病恹恹地坐在火塘边架着一个小罐煮着什么。长征出发时，邓颖超就有病，长征后女同志一律住在休养连。前两天，因为周恩来病重，才特别批准让她和周恩来住在一起，照顾周恩来。

见毛泽东等进来，邓颖超急忙站起来打招呼，周恩来让戴胡子医生扶着坐起来。

毛泽东等三人走近周恩来的床前，毛泽东问："恩来，今天感觉怎样？"

周恩来显得十分虚弱，那把被称为美髯的大胡须也零乱不堪，但一双眼睛仍炯炯逼人。他说："我不要紧。你们要注意休息，泽东，你的身体越来越瘦了。"

其实周恩来的病情很重，经戴胡子检查，患的是"肝浓疡"，就当时的医疗条件，这种病的治愈率仅为1%。

"国焘可是不想让我们轻松啰。"毛泽东故作轻松地笑着说。

"他又怎么了？"周恩来问。

博古气愤地把张国焘提出又要西进青海、新疆的事讲了一遍。

周恩来说："北上的事，不是沙窝会议上中央政治局做过决定的嘛？才几天，他怎么又变卦了。"

张闻天说："国焘这个人啊，刚解决了北上和南下的分歧，他又挑起个西进的争论，你不知道他到底想的啥！"

毛泽东说："国焘的根子是不愿北上陕、甘，不管南下也好，西进也好，都是这个出发点。可是我们的红军不仅要活命，更重要的是要发展。"

"国焘已经去了卓克基，现在怎么办呢？"周恩来显出对形势的忧虑。

"发电报，坚决制止他西出青海、新疆！"博古说。

"我看，两路主力都经右路北上，阿坝只出一部作为左翼掩护。"毛泽东想得更深更远些。

大家讨论了一阵，决定以中央名义先给张国焘发报，如果不行，再由政治局正式召开会议讨论。

周恩来说："电报措辞还是婉转一些好。"

"对，目的是一个，要团结为重，不要刺激国焘，但一定要陈明利害。"毛泽东说。

这时，邓颖超走过来，要留毛泽东他们吃饭。周恩来也说："泽东、闻天、博古，吃了饭再走吧。正好徐向前送了几斤牛肉来呢。"

毛泽东说："对了，闻天、博古，你们再去做做陈昌浩的工作，让前委也给国焘发个电报。"

张闻天、博古点头答应。他们又嘱咐了周恩来好好养伤的话，然后各自走了。

4

8月15日，中央就北上行动问题致电张国焘，拒绝了张国焘提出的出青海渡黄河入新疆的主张，同时对原定的红军主力经阿坝北上的方案也做了变动。电报中说："不论从地形、气候、敌情、粮食任何方面计，均须以主力从班佑向夏河急进。""一、四方面军主力均宜走右路，左路阿坝只出一部，掩护后方前进。"

当时，如果西出青海，就敌情言，没有国民党的正规部队。但马步青、马步芳的骑兵仍是强大的对手。东边的甘南一带此时还没有大量部队，蒋介石在四川成都的一次国民党高级军官会议的讲话中，已料到红军打不下松潘，会北走草地，经腊子口出甘南。胡宗南、土均部也正急速北调，但他们都必须绕道陕西，完成堵截尚需时日。另外，从气候、地形、物产上看，甘南也比青海强得多，因此，中央的电报虽然是对前次决定方案的修正，但这个修正是有道理的。

这里有一个被过去有关长征的记述忽略了的问题：这时无论是经班佑还是经阿坝，都是径去夏河。当时红军还不知道有经腊子口入甘南这条路，尽管蒋介石此时已经料到红军会走这条路。以后红军出腊子口到甘南，那已不是夏河，而是洮河以东了。

也就在 8 月 15 日这一天，朱、张率领的左路军先头部队已从卓克基出发，经草地边沿向阿坝进发。

8 月 18 日，陈昌浩、徐向前去电张国焘提出："左路大部，不应深入阿坝，应从速紧靠右路，速齐并进，以免力分。"

第二天，张国焘回电，提出三条理由：解决部队财粮来源；大部队应分辟多路北上；以为部队后方根据。因此："阿坝仍需取得。"

毛泽东对张国焘这一行动未置可否，他想的是：阿坝是比较富庶的地区，左路军数万红军北上，能取得一产粮地补充北上的口粮，也为必需的考虑。但问题是，张国焘即使取得阿坝，是否能一定会北出夏河？

这样，8 月 20 日，中央政治局在毛儿盖的索花寺召开了政治局会议，即长征中有名的"毛儿盖会议"。

索花寺是毛儿盖方圆百里的大喇嘛寺，汉语名称叫灵光寺，据说最盛时有喇嘛四百八十人，高大巍峨，金碧辉煌，像一座城堡。后来笔者所见到的却是一片残垣颓壁。

而那时的索花寺正在兴旺时期，红军到时，喇嘛跟着反动土司跑了，中央机关和红军总部都住在这座寺院内。在正殿的一间大房子里，毛泽东、张闻天、博古、王稼祥、陈昌浩、凯丰、邓发、徐向前、李富春、聂荣臻、林彪等参加了会议。朱德、张国焘、刘伯承去了左路军，彭德怀率三军团殿后，不在毛儿盖，没有出席会议。

毛泽东首先在会议上做了关于夏洮战役计划的报告，指出向北行动存在两个方向。一个是北上甘南，占取以岷州为中心的洮河东岸为根据地。他分析说，这里背靠草地，四川军阀的军队无法来；北靠黄河，便于作战；东可以向陕西发展；西部青海、新疆可作退路。另一个方向是北出青海，这里是少数民族地区，既难对全国形势造成影响，又难以发展。把红军逼到黄河以西，正是蒋介石的如意算盘。他说，他的意见，是主力向东方向发展。

毛泽东的分析，宏论滔滔，很有说服力。他在指出有一种向西方向的意见时，没有点张国焘的名，只是对这种观点做了客观的表述。

讨论中，大家都发言支持毛泽东的意见。

会议最后委托毛泽东起草了《关于目前战略方针之补充决定》，将红军目前的战略方针定为："迅速占取以岷州为中心之洮河流域（主要是洮河东岸）地区，并依据这个地区向东进攻，以便取得陕、甘之广大地区，为中国苏维埃运动继续发展之有力支柱与根据地。"

《补充决定》基本上反映了毛泽东的观点。中华苏维埃，这个失去国土的共和国，在流动了整整十个月之后，才又一次由共和国主席毛泽东描绘了蓝图，似乎要在甘南洮河这块土地上落脚了……

但蓝图同现实之间的距离还十分漫长。

5

张国焘执意要去阿坝。

左路军以红七十四团为先头团，8月7日即占领大藏寺。8月15日，左路军主力向阿坝进发，九十三师先头部队进到档格哈里玛山西南的地方，同阿坝地区的土官杨俊扎西率领的两千余藏骑兵相遇。红军初战失利，被迫后撤，很快红军大队赶到，将杨俊扎西击败。

在此前的一、四方面军刚刚会合时，蒋介石即电饬马步芳严阻红军北上，阿坝地区当时属于马步芳的势力范围。马以驻青海玉树和果洛的两个团为第一线防守。玉树、果洛距阿坝尚远，马步芳力有不逮，便封了麦桑（阿坝）土官杨俊扎西为西北"剿匪"第一路支队长，于是有了红军同杨俊扎西之战。

杨俊扎西战败，见红军大队人马众多，十分恐慌，不顾马步芳要他"不得退却"之严令，收拾起金银细软，毁弃了官寨，带着家小兵丁急急忙忙逃往果洛去了。

于是，左路红军21日占领阿坝。

毛儿盖索花寺中央政治局会议结束后，徐向前、陈昌浩接连发电报给朱德、张国焘，告诉他们中央的新决定。由于左路军此时已到达阿坝，徐向前、陈昌浩便建议左路军占领阿坝后，不必肃清该地区之敌，可速向右路军靠拢，以便集中兵力，速出甘南。接着，中央也将毛儿盖会议决定精神电告朱、张。

朱、张率左路军刚到阿坝，部队十分疲累，接徐、陈和中央电报后，决定执行中央的决议，向徐向前、陈昌浩的右路军靠拢。8 月 20 日，派出董振堂率红五军主力向班佑探路前进。

阿坝位于大草地的西南角，班佑则在草地的东北角。由阿坝到班佑，需斜过草地，路程较远，且穿越草地中心。探路部队找不到向导，地图十分简单且又错误百出，因此，红五军的探路进展十分缓慢。

此时，右路军以四军、三十军为右翼，一军、三军为左翼，平行经草地向班佑前进。

川西北草原又称松潘草地，纵横六百里，面积约一万五千二百平方公里，海拔三千五百米以上，整个地势略略向北倾斜，草原起伏较小，为典型的平坦高原。草地水草丰茂，但地势过于平坦，排水不畅，潴水形成众多的牛轭湖和大片的沼泽，偶尔有相对高度在百米左右的小丘。更主要的是气候恶劣，年平均气温在零摄氏度以下，一天之内，风雹雨雪变幻无常。5—9 月是草原的雨季，其余时间为旱季。雨季使本已流水潴堵的草原水汪汪一片；而旱季气候严寒，时而风来，时而雪去，无遮无拦。因此，这片看似繁花似锦的广袤美丽的草原，实际上却像女妖一样令人可怖，古往今来，不但人迹罕至，也无鸟兽出没。只在草地边缘，盛夏草长花开之时，有点点藏民的牧骑。

红军前敌指挥部参谋长叶剑英，率两个团先行出发，程世才军长带红三十军随后跟进。

进草地不久，叶剑英的先遣团即和三十军走到了一起。

大军随一位姓李的向导前进，由于草下是沼泽，大家只能踩着一个个草窝子走。草窝子是沼泽上的水草，年复一年，时间长了，便长成盘根错节的一大坨，虽在沼泽上面悬着，但仍可行人。但草窝被踩踏的人多了，便渐渐陷进水下，于是行人又不得不另寻路径。

草原没有高大树木，不易辨识方向。向导也经常搞错，所以部队走了不少错路。

他们进入草地第五天，就基本上断粮了，只有寻野菜充饥。毛儿盖地区两个月来的饥饿，战士们已十分虚弱，加上在风雨和寒冷中露宿，许多人永远地留在了草地上……

8 月 24 日，先头部队击溃敌骑兵一部，到达班佑。这时向导站在一窝水草上向东北方向看了看，等叶剑英跟上来后，说："参谋长，你看，右边有棵大松树。"

这时草地天气十分晴朗，碧空如洗，能见度很好。叶剑英顺向导指的方向望去，看清了右前方天地相连处，隐隐约约有棵独立树。

"从松树再往右走，是一条大路，顺大路往东离甘南比较近。"向导又说。

"从拉卜楞寺去甘南呢？"叶剑英问。这是中央作战计划制定的行军路线。

因为没有大比例尺的地图，中央当时不知道班佑往东还有一条去甘南的大路。

"从这里去拉卜楞寺至少得走十天，全是水草地，路上还有藏民骑兵，再从拉卜楞寺去甘南，就绕了一个大圈子了。"向导说。

叶剑英不放心，又详细向向导问明了情况，于是同程世才商量，决定部队先在这转弯处住下，等中央和大队红军到后，向中央和前敌指挥部汇报情况，等决定了路线再说。

走出了草地，大家都非常高兴。顾不上休息，程世才立即带部队出去打粮。

傍黑，程世才喜滋滋地回来了。叶剑英一见，忙问："今天收获不小？"

"嘿，你怎么知道？"程世才笑着反问。

"一看你的高兴样子，还能不明白。"叶剑英也笑着回答。

程世才告诉叶剑英，出去不远，就是山，他们很顺利地搞到几头牦牛和几百只羊。

这些地方居民全是藏民，他们受反动头人的宣传，红军一到，便把粮食藏起来，把牲口也赶进了深山老林。

叶剑英记得，在毛儿盖时，红军缺粮，实在没法，便到藏民楼里去拆墙刨地。后来又去地里摘采还未成熟，正在灌浆的青稞充饥，尽管红军打了借条，可藏民并不理解，于是加剧了对红军的仇视，许多红军在割麦时，被藏民冷枪打死。

也有部队进山去找牛羊，但付出的代价更大。牛羊藏在山里，往往有藏民躲在树林子里看守。叶剑英记起，一军团的一个排进山找羊，牺牲了七名战士仅弄回三只羊。羊肉煮好后，尽管大家已经几天没吃东西了，但没有一个人去动那羊肉，想起牺牲的战友，他们吃不下呀……

"打粮时部队有损失吗？"叶剑英担心地问。

"没有，这里没过部队，短时间吃的可以解决。"程世才说。这时，中央还没到。叶剑英建议给中央送点吃的去。程世才立即派人送去了一头牦牛。

6

中央纵队马骡比较多，行动要比部队迟缓。彭德怀的红三军担任掩护，周恩来和王稼祥因病随三军行动。

他们沿林彪的红一军走过的路线前进。

三军刚刚进入草地，彭德怀接到一军林彪和聂荣臻发来的电报，电报说他们即将走出草地，到达班佑。同时告诉了过草地的情况和后续部队过草地需要注意的事项，并请彭德怀和李富春将情况转告周恩来。

原三军政委杨尚昆调红军总部任政治部副主任，由李富春接替杨尚昆任三军政委。

电报的结尾说："一军团此次因衣服太缺和一部分同志身体过弱，以致连日来牺牲者约百余人。经过我们目睹者均负责掩埋，在后面未掩埋的一定还有，你们出动时，请派一部携带工具前行，沿途负责掩埋。"

彭德怀同李富春商量了一下，便拿着电报去向周恩来汇报。

经过一段时间的休息和治疗，周恩来的病情已有好转。他躺在担架上看完电报，对彭德怀和李富春说："一军过草地的经验教训很重要，你们要尽可能地准备充分一些，要争取人员少受损失。"

彭德怀简单讲了红三军的准备情况。周恩来又说："一军的掉队人员要负责收容，牺牲的一定要掩埋好。"

三军作为后卫掩护，行军速度更慢了。一路上能吃的野菜被先头部队采光了，他们遇到的困难更多……

一天早上，三军政治部作战处长黄克诚的警卫员给彭德怀送来几斤骡肉。彭德怀一见是肉，高兴地问："黄克诚哪里搞的肉？"

警卫员说："首长的骡子杀了。"

"这黄克诚呀，杀了骡子，以后怎么行军呢？"政委李富春插话说。

警卫员告诉说，有的人老在打首长骡子的主意。昨天晚上，骡子屁股上的肉被人剜走一大块。首长说干脆杀了给大家吃掉算了。

彭德怀叹了口气："部队已经断粮了，大家饿啊！"

　　黄克诚的警卫员走了。彭德怀和李富春决定去看看部队，想办法克服饥饿和疲劳，走出草地……

　　草地的早晨，弥漫着一层淡淡的薄雾。衣衫褴褛的红军战士一堆一堆地瑟缩着。

　　见彭德怀、李富春走过来，红军战士扶着枪站起来同首长打招呼。

　　彭德怀看见，说话时，红军战士那菜色的脸在打哆嗦。

　　他来到几个连队的炊事班，揭开锅看看，一锅清水里漂着几片野菜……

　　彭德怀的眉头皱紧了，他掉过头，急匆匆地回到军部。远远地就看见警卫员正在放马，彭德怀从警卫员手里接过缰绳，用手轻轻摩挲着马颈上的鬃毛。这是一匹跟他多年的乘骑，经历了无数次战阵，既是乘骑又是战友啊！依偎着战马，彭德怀眼睛潮湿了……

　　突然，他掏出手枪，后退几步，闭上眼睛，扣动了扳机……

　　"砰"，战马挣扎着倒下了，警卫员突然明白了是怎么回事，哭喊着向倒下的马扑去。

　　彭德怀头也不回地走了……

　　这一天，红军战士的锅里有了喷香的马肉。第二天、第三天大家仍然吃上了一小块马肉……

　　后来军团首长都将自己的牲口杀了，又坚持了三天，部队终于走出了草地。

　　临出草地前，彭德怀来看周恩来。周恩来听了部队的情况后，又问道："路上一军团牺牲的烈士都掩埋了吗？"

　　"掩埋了。不过牺牲的同志比林彪电报上预料的要多。"彭德怀说。

　　"有多少？"周恩来急切地问。

　　彭德怀说："有四百多。前天，我们路过一个用雨布撑起的小篷子，一看里面背靠背坐着一军团的五个同志。当时我们还认为他们睡着了，一个战士上去一推，人都僵硬了……"说着，彭德怀的声音喑哑了，泪花在眼里滚动……

　　周恩来的脸上也现出痛苦的表情，好一会儿没说话。大家也都沉默着，像在对死难同志的默哀。

　　过了一会儿，周恩来说："以我的名义，给林彪和聂荣臻发个电报，请他们注意改善部队给养，恢复体力。"

　　彭德怀走了。周恩来心里仍不平静。他想，一军一共才五千多人，这次过草地就牺牲五百余人，想当部队的十分之一呀！这些同志，从江西出发到这里，经过多少次艰难困苦的考验，每一个人都是革命的种子呀！

7

正当周恩来和彭德怀的红三军在草地跋涉的时候，中央也已走出草地，到了班佑。

叶剑英向张闻天、博古等迎上去。张闻天等虽然疲惫，但显得十分兴奋。

张闻天说："剑英同志，你这个开路先锋当得不错。"

博古也说："老叶，多亏昨天你们送来的那头牛，我们饱餐了一顿，脚上一有劲，今天就走出草地了。"

说完，大家都笑了。

这时叶剑英和程世才给他们说了向导指路的情况。并说："我们建议改变计划，不走拉卜楞寺，从这里转弯走大路直接去甘南。"

大家都表示赞同，但毛泽东还没到，要等毛泽东到了大家商量后才能决定。

当晚，第二次外出打粮的部队带回一个四川内地的汉人。这汉人是个风水先生，这里的少数民族笃信风水，盖房的地形和朝向都有讲究。这风水先生便长年在这一带走动，对地形、道路等情况比较熟悉。他告诉说，顺着大路，翻过山就是甘南，两天路程便可到俄界。

风水先生的说法跟向导所说的一致，大家知道由大路走，可以不再走草地了，都十分高兴。

毛泽东为了便于了解敌情、指挥部队，同前敌指挥部一起行军。8月26日，毛泽东一到班佑，叶剑英等便向他汇报了了解来的道路情况及改道走大路的建议。

毛泽东听了，很赞成地说："好！有大路走当然好。我们就在这里转弯！"

不久，派出的侦察部队报告说，班佑向东约百里左右，有国民党部队把守的包座，那里是胡宗南的兵站，给养甚多。

这一晚，毛泽东同徐向前等前敌指挥部的同志一起，制定了打下包座，夺路进入甘南的计划。

包座位于松潘以北的包座河畔，在班佑的东边，地扼松（潘）甘（南）故道要冲，地理位置十分重要。包座又分为上包座和下包座，两地相距约二十五公里。

松甘故道是胡宗南的主要粮道，胡宗南在下包座北二十公里的求吉寺设有兵站。胡部补充第一旅的一个团在这里驻守，其中一个营驻上包座，团长康庄率两个营驻求吉寺。红军先头部队到达班佑时，与敌骑兵打了一仗，这支骑兵是敌游击指挥部张莱孝支队。张莱孝被红军击败后，于8月24日电告胡宗南，说红军已到班佑。胡宗南接电后立即向在峨眉山上的蒋介石急电报告，同时令驻甘南临漳的伍诚仁四十九师速向包座驰援。

红军攻打包座的部队还没出发，突然得到报告，增援包座的敌四十九师先头部队距包座只有四十余里。

敌四十九师装备精良，而红军刚出草地，劳师疲惫，还打不打包座？由谁去打包座？

毛泽东同徐向前、陈昌浩紧急开会研究。

毛泽东说："红军大部队北上，只有打下包座才能保证通道安全。包座不打不行。"

徐、陈也主张打。徐向前说："一、三军团人少疲惫，就让三十军和四军打吧。"

"好！就让三十军和四军打。"毛泽东表示同意。接着说："一定要给同志们讲清楚。能不能打下包座，关系红军的安危存亡。如果我们拿不下包座，我们去甘南就无路可走。"

徐向前说："你放心，三十军和四军都是能打硬仗的部队，我们保证完成任务，拿下包座！"

前敌指挥部立即发出命令，在援敌到来之前，速战速决，先消灭包座守敌、控制要点，然后集中兵力打援。

具体作战部署是：三十军八十九师一个团攻打上包座；八十八师和八十九师的另两个团在包座西北打援；四军十师攻打下包座的求吉寺；四军主力控制战区要道，一军作预备队并负责保护党中央的安全。徐向前的指挥所设在上下包座之间的一座山上，叶剑英协助指挥。

8

攻打包座的意义太重大了，毛泽东不放心，又亲自给程世才、李先念等人交代任务。没有桌子，毛泽东将一幅北上路线图铺在地上，程世才等人蹲成一圈。毛泽东把同徐向前等人研究过的作战方案，又指指画画地说了一遍。然后强调说："全国抗日高潮即将到来，只要北上，形势就对我们有利，我们就能在陕甘建立根据地，打开新局面。但能不能北上，这一仗很关键，一定要不惜一切牺牲，打下包座。"

从毛泽东那里出来，程世才和李先念都没有说话，他们感到了这一仗的责任重大。

默默走了一阵，李先念说："担任主攻的团要加强领导力量，师里领导要下到团里去，靠前指挥。"

"对，只许进，不许退，这是死命令。"程世才说着，朝胯下的战马抽了一鞭。两骑马奔跑起来，急促的蹄声在山谷间回荡着。

8月29日，战斗打响。

三十军攻打上包座大戒寺的进展比较顺利，红军的一个团经过一天激战，攻克了许多碉堡，歼灭了约两个连的敌人。

从捉到的俘虏口中，知道了增援敌人的路线，徐向前用少部兵力将大戒寺里顽抗的残敌围住，主力打敌援兵。

这时的红三十军，因为会师后拨出一个建制团和一个师部给中央红军，加上行军减员，投入战斗时，约有一万三千多人。而伍诚仁的四十九师有一万一千余人。红军出草地后，未得到休整，要打好这一仗，并不能说有很大把握。

红军埋伏在大戒寺西北的山林中，以小部队诱敌，敌怀疑不敢进。红军再以一个团的兵力抗击，激战后退却，敌军以为是红军主力败退，全速推进，终于进入伏击圈。

在总攻开始前，徐向前同叶剑英在一座小土山的树林前观察敌情。突然，传来枪弹的尖啸声，徐向前久经战阵，感到不好，一把将叶剑英按倒，几发枪弹从叶剑英的头上飞过。

"好险！"徐向前扶起叶剑英，说。

"你又帮我捡回了一条命。"叶剑英拍打着帽子上的土，笑着说。

正说着，红军总攻击的枪声响了。

顿时，长达六七里的战场上一片火海，四十九师抵抗非常顽强。经反复拼杀，激战至夜半，最后将其围歼，师长伍诚仁受伤逃脱。

这一仗，红军毙伤俘敌四千余人。四十九师后勤部队也被截获，缴获牦牛、马匹八百余头，以及粮食、弹药等。

四十九师原是张贞的部队，后由十九路军改编，参加过对中央苏区的"围剿"，颇能打仗。"福建事变"失败后，被蒋介石所并。蒋介石委派黄埔军校毕业生伍诚仁为师长，伍任师长后，将连以上官佐全部用黄埔生撤换。这时，刚刚改组不久，士兵对新到的军官不满，士气不高。

四十九师被歼后，蒋介石十分震怒，以"包座战役指挥无方"给予伍诚仁"免职"处分。

与此同时，围攻大戒寺的红军也向凭险顽抗的守军发起多次进攻。半夜时分，守军营长率二百余残兵乘大雾逃脱，余皆全歼。

红军突入大戒寺，国民党守军逃跑时放火的寺内粮库正在燃烧。饿极了的红军战士一面灭火，一面抓起粮食大把吞嚼。

向下包座求吉寺进攻的战斗也与进攻上包座大戒寺的战斗同时打响。但进攻很不顺利，守军团长康庄指挥两个营的兵力坚守，十分顽强。

求吉寺是一座大寺庙，院墙又高又厚，寺外的制高点上都筑有坚固的碉堡，火力猛烈，易守难攻。红军没有重武器，担负攻击任务的四军十师经反复冲锋，付出了很大伤亡之后，消灭了守军一个营，占领了部分阵地，但是仍无法接近寺院。

红十师师长王友钧见寺院久攻不下，一次又一次的冲锋都被击退，寺院外倒伏着牺牲的烈士，他再也按捺不住心中的怒火，一把从机枪手手中夺过机枪，架在警卫员肩上向寺院猛扫，不幸中弹牺牲……

指挥部见伤亡太大，根据寺院地形，一时难以攻克，便下令停止进攻，将敌围困。此后，直到红军撤出战斗，求吉寺仍未攻取。

战后，蒋介石以"康庄团及游击队张莱孝部全体官兵，下包座求吉寺阿西茸一带之役，以少胜众，截获甚多"给予嘉奖，并"特奖洋一万元"。

至此，东出甘南的通路已经完全打开，短时间内不会受到威胁。

这条通路的发现出于偶然，但对红军实在是天大的幸运。假若按原计划再走十天草地去拉卜楞寺，那鲜花盛开的魔沼又将会吞噬多少红军战士年轻的生命啊！

"流浪"了十个月，并几陷于绝境的中华苏维埃共和国命运的天空上出现了几颗希望的晨星……

第十八章
1935年9月9日，毛泽东度过最黑暗的一天

1

北上道路打通，在雪山草地间徘徊了两个多月的红军，命运出现了转机。

红军出其不意越过草地时，蒋介石甚为惊慌，急忙调整了围堵红军的部署。除令王均、毛炳文、马步芳等部坚守原防线外，又令薛岳部迅速集中川甘边，令马鸿逵部在固原及陕甘边的环县布防。蒋介石对张学良的东北军部署也重新作了调整：何柱国驻平凉，于学忠驻天水和兰州，董英斌、王以哲到平凉、固原作最后堵截准备。这时的陕、甘，虽然部队不少，但大都是杂牌，并不跟蒋介石同心同德。特别是作为堵截红军主力的东北军，"九一八"不战而退，家乡父老丢给日本人践踏，处处受到国人的冷眼和唾骂，入关后又被蒋介石推向内战前线，从鄂豫皖到陕甘边，在同红军的作战中不断被消耗、削弱。渐渐地，张学良对蒋介石的不满情绪在增长，东北军的广大士兵，更是强烈要求抗日，收复故土。

蒋介石也深知用杂牌部队消灭红军是靠不住的。红军占领包座后，蒋介石急令胡宗南回师甘肃，并令甘肃绥靖公署主任朱绍良妥为防堵。9月初，朱绍良令其新编第十四师鲁大昌部火速进驻腊子口附近构筑工事固守。

从甘南的军事形势看，胡宗南回师甘肃尚需时日，只要十万红军速上甘南，前途是大有可为的。

中共中央深知这一点，打下包座后，即令林彪、聂荣臻率红一军由巴西、阿西茸一带北进，9月5日顺利抵达甘南俄界。

此时，左路军仍在阿坝一带徘徊。

还在草地行军的时候徐向前便与陈昌浩商量说："会师以后，张主席在进军路线上老同中央闹别扭，这样恐怕不好。何况，从军事上看，集中兵力出甘南是上策。"

陈昌浩表示赞同徐向前的想法，同时也不无担忧地说道："中央政治局也开会作了决定，怎么好改变呢？"

徐向前又说："大军已经出发，这已是箭在弦上，不可不发了。"

陈昌浩也有同感，说："在这个问题上，张主席再坚持会很被动的。"

"我们给红军司令部发个电报吧，再向朱总司令和张主席陈述陈述我们的意见。"徐向前建议。

陈昌浩同意。当下陈昌浩拟好了电文，递给徐向前说："老徐，你也先签名吧。"

徐向前展开电文，文中说："弟意右路军单独行动不能彻底消灭已备之敌，必须左路马上向右路靠近，或速走班佑，以便两路集中向夏、洮、岷前进。"看到这里，徐向前停住，略作思索，取出笔，在文末添写道："主力合而后分，兵家大忌，前途所关，盼立决立复示，迟疑则误尽中国革命大事。"

陈昌浩没说什么，也签上自己的名字，交给了机要参谋。

电报已经发出四天了，仍不见张国焘的回电。部队已经走出草地，行动不能拖延。陈昌浩、徐向前很着急，又给张国焘去电，再次催促说："左路宜很快向此方进，不然前进道路必为敌阻。"

这段时间，陈昌浩积极赞同北上，他同徐向前一起，向张国焘做了许多工作。当时，陈昌浩是四方面军中名副其实的二号人物，由于年轻气盛，在许多事情上，张国焘也得让他几分。此时，陈昌浩作为红军总政治部主任和前敌指挥部政委，对部队的行动，说话是有分量的。不管是南下还是西进，张国焘都需要陈昌浩的支持。

这期间，中央同朱、张之间；陈、徐同朱、张之间，文电交驰，十分频繁，目的只有一个，要朱、张北上向右路军靠拢。

8月30日，在中央和徐、陈的一再催促下，张国焘终于下令左路军北上。朱、张带红军总部随第一梯队从阿坝出发，横跨草地向班佑行动。

毛泽东看了朱、张北上的电报，长长地舒出一口气。但随即又不安地走动起来。他在想，张国焘要率队横跨草地，如果遇到困难会不会再改变主意？想了想，觉得不放心，便又同陈昌浩、徐向前联名再电张国焘，介绍了包座战役的情况，分析了新的敌情，对红军迅速东出甘南的有利因素又一次作了说明。

以后，右路军滞留巴西一带，等待左路军。中央领导人几乎每天都去前敌指挥部同徐向前、陈昌浩讨论红军行动问题。

这天，毛泽东又来到前敌指挥部，见了陈昌浩，毛泽东说："昌浩同志，左路军今天有电报来吗？"

陈昌浩说："昨天出发以后，今天还不知道情况。"

毛泽东还是担心张国焘北上之意不坚，他沉思了一会儿，说："从阿坝到班佑，一个星期可到吧？"

"大部队行动，至少得一个星期。"陈昌浩说。

"从敌情看，要快些才好。"毛泽东担心地说。

徐向前建议道："如果他们过草地困难，我们可以派出一个团，带上马匹、牦牛和粮食去接应他们。"

徐向前的话提醒了毛泽东，他高兴地连声说："好，这个办法好！我们一发电报催，二派部队接。好，就这么办！"

毛、徐、陈当即又拟了电报，徐向前马上让前敌参谋部通知四军三十一团准备粮食、马匹待命。

2

左路军的一部在朱德、张国焘、刘伯承的率领下此时来到了草地中的噶曲河边。天公不作美，张国焘8月30日从阿坝的刷经寺出发，9月1日、2日连下大雨。部队担心为水所阻，积极冒雨前进，雨中的草地行军，上无遮盖、下无干土，倍感艰苦……

第三天，部队到达噶曲河。噶曲河是草地上一条比较大的河流，也叫白河，因这里是黄河的发源地，也有把它叫做"黄河尾子"的。

河道较宽，平时水流不深，可以徒涉。但当左路军到达时，由于连降大雨，竟滚滚滔滔，宽达半里，徒涉已不可能，部队停止了前进。

担任左路军先头部队的是董振堂的红五军。在河边停下以后，干部们非常着急。他们出发早，所带口粮只够维持两天了。先头团三十七团团长李屏仁、政委谢良急忙找到向导，问："还有哪里可以过河？"

向导想了想，说："顺河往上走半天的路程，有一处地方或许可以过。"

谢良又问："你看这河水什么时候能退？"

向导抬头看看天，雨后放晴，天空湛蓝，纤尘不染。说："天晴了，水很快会消下去的，再等上两天，就可以过河了。"

谢良等合计了一下，认为等吧，粮食不够，最好是改变一下行军路线，从上游过河，但需报告后批准才行。于是部队就地宿营，等待上级指示。

这天半下午的时候，刘伯承穿着一件用羊毛织的质地粗糙的军衣，挂着拐棍，浑身泥水地徒步来到先头团。

一进团部的帐篷，刘伯承就问："噶曲河的情况怎么样？"

团长李屏仁简单地说了说情况。刘伯承十分急切地说："走，到河边去看看。"

一行人来到河边，刘伯承双手扶着拐棍，疲惫的身子显得有些佝偻。他面对大河，一丝不动地站着，深邃忧郁的目光默默地凝视着滚滚奔流的河水……

好一会，他弯腰拣起一截拇指大的枯枝，挥臂向河中扔去，立即随急速的流水像箭一般漂走。

"有人下去探过水吗？"刘伯承问。

"派人下去过，一人一手还不见底。"

"别的地段也这样吗？"刘伯承又问。

"据向导说，上游有一段浅些，估计可以徒涉。"

刘伯承急忙让把向导找来，详细询问了情况，当得知离此四十里左右的上游可以过河和至多两天以后河水会消退的情况时，他的脸色显得深沉而严峻。

最后，刘伯承要求部队暂时休息，等候总部决定。

刘伯承走后不久，天色傍黑时分，他又派通信员给先头团送来一封信，要他们密切注意水情的变化，及时向上级报告情况，并做好绕道上游徒涉的准备。

先头团在噶曲河边过了一夜。第二天一早，他们又焦急地来到河边，见河里已露出一片片的河滩，水退得很快。但此时天上又阴沉沉地布满了乌云。站在河边，他们心里十分焦急：要是今天再下雨就糟了！

正在这时，传来命令：部队立即返回阿坝待命。

这一天是9月4日。

3

在9月3日晚，中央和前敌指挥部就接到了张国焘的电报，内容为："（甲）上游侦察七十里，亦不能徒涉和架桥，各部粮食能吃三天，二十五师只两天，电台已绝粮，茫茫草地，前进不能，坐待自毙，无向导，结果痛苦如此，决于明晨分三天全部赶回阿坝。"

这里张国焘所列的困难是客观存在的。上游是否侦察七十里，在今天已无法确证。从刘伯承询问先头团向导的情况看，向导所说上游四十里可以徒涉，是仅凭猜测，并不是亲眼所见。笔者数十年后探访长征路见到噶曲河，因未遇雨，流速平缓、波澜不惊，虽也曲曲折折，但颇少跌宕。由此推想，先头团到达地点的噶曲河，水深一人一手尚不见底，而向导说上流四十里可徒涉，这显然是不大可能的。而且刘伯承作为总参谋长，了解情况后，不会不让人去上游勘察。当时左路军也有造船队，但草地茫茫，漫天水草，无树无木，架桥造船的材料无法解决。就粮食言，先头部队的红五军粮食仅够两天，其他部队仅能吃三天也是事实。因为部队在阿坝仅停留四五天时间，数万红军，筹粮不易……

电报中又说："如此影响整个战局，上次毛儿盖绝粮，部队受大损；这次又强向班佑进，结果如此。再北进，不但时机已失，且恐多阻碍。"

这里，张国焘对北进方针提出了明确的反对。这就叫后来的许多人对他电报中所说的客观困难也加以怀疑，认为是带部队西返的借口了。

电报的最后一段为："（丙）拟乘势诱敌北进，右路军即乘胜回击松潘敌，左路备粮后亦向松潘进。时机迫切，须即决即行。"

张国焘不但又提出了南下主张，而且具体方案也出来了。

中央和张国焘为南下和北上的问题在毛儿盖纠缠了很长时间，后来虽然作出了北上的决议，但张国焘并没有在思想上解决问题。对这一点，毛泽东是知道的，也是深为忧虑的。特别是在分兵之后，毛泽东更感到中央和张国焘分开之不妥。

张国焘曾在占领阿坝后，提出川康省委以阿坝为中心，赤化草地，使阿坝成为苏区一部。同时，他还命令第一梯队一部向黄河及其以北推进。该部以阿坝格尔登寺和尚罗车儿兄弟为向导，进到了黄河南岸现属甘肃玛曲县的齐哈玛寺院，因北岸藏兵阻击，又没找到适当渡河点，才返回阿坝。与此同时，张国焘也派出了红五军向班佑探路前进。这说明张国焘并未一心北上。

这次的从噶曲河畔回兵阿坝，噶曲河水涨是个因素，这一点是不可否定的。但他去意之不坚，也不能不说是一个重要原因。

在这段史实过去了半个多世纪的今天，公正而论，张国焘个人对左路军没能到达班佑，是难辞其咎的。

4

中央接到张国焘从噶曲河回兵阿坝的电报，既感吃惊又很焦急，博古等要求立即去电，严令张国焘来班佑。

只有毛泽东沉得住气，他说："噶曲河涨水，部队无粮，回兵的理由很充分嘛。"

博古拿着电报，说："你看，他这不是明明反对北上，要求南下吗？"

毛泽东从博古手里拿过电报，又仔仔细细看了一遍，左手叉腰，右手捏着香烟，一个劲儿地吸。毛泽东这几天有烟了，打下包座后，缴获了几条哈德门香烟。战斗刚一结束，徐向前将战报和几条香烟派人飞马给毛泽东送去。毛泽东一见香烟，战报也不看，立即抽出一支，点上火，很劲一口吸掉了大半截，半天才徐徐吐出。并高兴地套了两句苏东坡："日抽一包哈德门，不辞长做革命者。"

毛泽东在思考着，其他人也都不做声。突然，毛泽东停住踱步，说："国焘也没说非南下不可嘛？我看这事还有转圜的余地。现在他既然要回阿坝，就让他先回嘛。"停停又说："如果只是一个张国焘，怎么都好说。可这牵涉到数万红军，工作一定得慎重，不可意气用事！"

张闻天心事重重，担忧地说："国焘这工作恐怕难做。如果他执意南下怎么办？"

"那我们就只好先跟着他走吧。北上的方针他迟早会认识的，四方面军的同志们迟早会认识的。"毛泽东说。

这时陈昌浩来了。这段时间，陈昌浩主要担任着前敌指挥部同中央的联系，徐向前需要处理一些军事上的事情，只有开会时他才到中央这边来。当时前总和中央驻地彼此相离不远。

毛泽东说："昌浩同志，你同国焘比较熟悉，我们一起想想办法，说服国焘，早定北上大计。"

陈昌浩显得有些为难地说："我同向前是同意北上的。我们再发电报向张主席催催吧。"

毛泽东说："不忙。现在他们正在返回阿坝的路上，到达阿坝后，以你和向前的名义向国焘陈说利害并请示下步行动，看国焘是何打算。"

接着，大家又议了一会儿北上的准备情况，然后散去。

9月8日，右路军在巴西地区已停留八天，敌情天天在变化，粮食问题也口渐突出。张国焘这时已回到阿坝，但对部队如何行动，却没有什么动静。

中央和前敌指挥部一天比一天着急。8日上午，陈昌浩、徐向前致电朱德、张国焘请示："胡（宗南）不开岷，目前突击南、岷时间甚易。总的行动如何？一军是否速占罗达？三军是否跟进？敌人是否快打？飞示，再延实令人痛心。"电报中又说："中政局正考虑是否南进。毛、张皆言只要南进便有利，可以交换意见；周意北进便有出路；我们意以不分散主力为原则，左路速来北上为上策，右路南去南进为下策，万一左路无法北进，只有实行下策。如能乘敌向北调时取松潘、南坪仍为上策。请即明电中央局商议，我们决执行。"

这里的毛、张，指毛泽东、张闻天，周即周恩来。由徐、陈电告中央态度，取的是从旁做工作的意思。为了使红军能一致行动，毛泽东甚至认为南下也可继续商量，这说明中央已在步步退让了。

当天下午，张国焘回电，要徐、陈放弃突击南、岷的打算，速率右路军南下。

5

接到电报，徐、陈不敢擅作主张，陈昌浩立即拿着电报去向中央报告。

毛泽东、张闻天等人正在一起议论如何对张国焘做工作的事，一见陈昌浩急慌慌地走来，知道有事，大家都站起来迎上去。

"张主席给前敌指挥部发了电报。"陈昌浩说着，把电报递给了毛泽东。

毛泽东一目十行地看着，眉头越皱越紧。然后又把电报递给张闻天、博古等。

大家都不做声，就连平时最爱发议论的博古也沉默着。空气很沉闷，大家内心的沉重和焦急是可想而知的。

张国焘连商量的余地都不给，突然下令部队南下，而且也不给中央打招呼，直接发电给徐、陈，这是中央未曾料到的。事情到这个地步，张国焘已把自己推到了和中央针锋相对的位置上。情况既紧急又重大，大家沉思了一阵，都把目光看着毛泽东，等着毛泽东拿主意，毛泽东不语。

张闻天建议道："在这边的中央同志和前总的同志先一起议一议，然后再给国焘发个电报吧。"

毛泽东沉吟半晌："也只能如此了。把我们集体的意见告诉国焘，再郑重地给他陈明利害。"

周恩来住在三军司令部，离此不太远。这时他的病仍未痊愈，毛泽东、张闻天以及陈昌浩等一行人来到周恩来的房间，周恩来半躺在床上，由毛泽东执笔，一起研究起草电报。

傍黑时，又让陈昌浩去通知徐向前也来参加会议。会上毛泽东把起草好的电文念了一遍，大家都表示同意。徐向前没有参与研究，毛泽东对徐向前说："向前，我们的意思，右路军暂不行动，先同国焘商量，还是北上为好。你的意见呢？"

徐向前表示同意电报内容，但对南下问题说是没认真考虑，没有明确表示态度。

陈昌浩说："我也同意力争两路军一起北上，如果总司令和张主席那边不同意，是否请中央可以考虑南下。"

大家看了看陈昌浩，都没做声，电报通过后，立即发出：

朱、张、刘三同志：

目前红军行动是处在最严重关头，须要我们慎重而又迅速的考虑与决定这个问题。弟等仔细考虑结果，认为：

（一）左路军如果向南行动，则前途将极端不利，因为：

（甲）地形利于敌封锁，而不利于我攻击，丹巴南千余里，懋功南七百余里均雪山、老林、隘路。康泸天芦雅名邛大直至懋抚一带，敌垒已成，我军绝无攻取可能。

（乙）经济条件，绝不能供养大军，大渡河流域千余里间，如毛儿盖者，仅一磨西面而已。绥崇人口八千余，粮本极少，懋抚粮已尽，大军处此有绝食之虞。

（丙）阿坝南至冕宁，均少数民族，我军处此区域，有消耗无补充，此事目前已极严重，决难继续下去。

（丁）北面被敌封锁，无战略退路。

（二）因此务望兄等深思熟虑，立下决心，在阿坝、卓克基补充粮食后，改道北进。行军中即有较大之减员，然甘南富庶之区，补充有望。在地形上、经济上、居民上、战略退路上，均有胜利前途。即以往青、宁、新说，亦远胜西康地区。

（三）目前胡敌不敢动，周、王两部到达需时，北面仍空虚，弟等并拟于右路军抽出一部，先行出动，与二十五、六军配合行动，吸引敌人追随他们，以利我左路军进入甘肃，开展新局面。

　　以上所陈，纯从大局前途及利害关系上着想，万望兄等当机立断，则革命之福。

恩来、洛甫、博古、

向前、昌浩、泽东、

稼祥

九月八日二十二时

　　签发完电报，陈昌浩、徐向前刚走，前敌指挥部的参谋长叶剑英、政治部主任杨尚昆、三军团的彭德怀等人来了。听到张国焘要部队南下的消息，他们都很着急，不约而同地到了中央驻地打听情况。

　　毛泽东问了一些部队的整顿情况，打下包座后，9月2日，中央开会决定对一方面军进行整顿。从江西转战以来，连续作战，环境险恶，部队纪律松弛，各种不良现象比较严重。乘等待左路军北上的时间，对部队进行了教育。

　　彭德怀汇报完情况，对毛泽东说："部队士气很高，都盼着早一点北上。"

　　叶剑英说："主席，张国焘命令右路军南下，我们怎么办？"因为毛泽东是中华苏维埃共和国政府主席，除中央政治局的同志称名外，其他人都称他"主席"。

　　张闻天说："我们又给国焘发电报了。"

　　毛泽东说："国焘是不撞南墙不会回头的。我看现在要说服张国焘接受中央意见也难。我们再等他两天，实在不行我们先走。"

　　"陈昌浩、徐向前会跟我们走吗？"博古问。

　　"能跟我们一起走更好，实在不想跟我们走，我们红一方面军先走嘛。"毛泽东说。在8月中旬又恢复了一方面军的建制。

　　大家听毛泽东说一方面军单独北上，既感到突然，心理上又一时难以接受。红一方面军为了同四方面军会师，经历了多少艰难险阻、付出了多大的牺牲啊！

　　毛泽东见大家不做声，又说："当然我们要力争四方面军一起北上，不到万不得已，不出此下策。另外，这事一定要保密，不能跟别的任何人说。"

6

　　9月9日，似乎是个不祥的日子，秋收起义失败，同张国焘的分裂或者叫作巴西脱险，还有毛泽东的逝世，都在这一天。

9日一早，张国焘的回电到了：

向、浩转恩、洛、博、泽、稼：

（甲）时至今日，请你们平心估计敌力和位置，我军减员、弹药和被服等情形，能否一举破敌，或与敌作持久战而击破之；敌是否有续增可能。

（乙）左路二十五、九十三两师，每团不到千人，每师至多千五百战斗员，内中病脚者占三分之二。再北进，右路经过继续十天行军，左路二十天，减员将在半数以上。

（丙）那时可能有下列情况：

1.向东突出蒙西封锁线，是否将成无止境的运动战，冬天不停留行军，前途如何？

2.若停夏、洮是否能立稳脚跟？

3.若向东非停夏、洮不可，再无南返之机。背靠黄河，能不受阻碍否？上三项诸兄熟思明告。

4.川敌弱，不善守碉，山地隘路线为我特长。懋、丹、绥一带地形少岩，不如通、南、巴地形险。南方粮不缺。弟亲详问二十五、九十三等师各级干部，均言之甚确。

阿坝沿大金川河东岸到松岗，约六天行程，沿途有二千户人家，每日都有房宿营。河西四大坝。卓木碉粮、房较多，绥、崇有六千户口，包谷已熟。据可靠向导称：丹巴、甘孜、道孚、天、芦均优于洮、夏，邛、大更好。北进，则阿坝以南彩病号均需抛弃；南打，尽能照顾。若不图战胜敌人，空言鄙弃少数民族区，亦甚无益。

5.现宜以一部向东北佯动，诱敌北进，我则乘势南下。如此对二、六军团为绝好配合。我看蒋与川敌间矛盾极多，南打又为真正进攻，决不会做瓮中之鳖。

6.左右两路决不可分开行动，弟忠诚为党、为革命，自信不会胡说。如何？立候示遵。

张国焘
九月九日八时

张国焘电报上所说各条，都是当时的实际情况，从眼前的形势和战术上考虑，南下也是能说服人的。陈昌浩看了电报，沉思了一会，对徐向前说："我看张主席的分析是对的，目前的敌我形势，还是南下为好。"

陈昌浩在此之前是一直支持中央北上方针的，这时突然态度变了。这既有张国焘电报的作用，也有情知左路军不会来，不愿脱离四方面军大队的考虑。徐向前长期任四方面军的总指挥，当然不想让四方面军分开，便也表示同意南下。

陈昌浩立即带上电报，去向中央汇报。

不一会儿，陈昌浩回来了，情绪很不好，说是受到了中央的批评。

陈昌浩坐着生了一会儿闷气，突然想起今天要去三十军开会，便同徐向前一起去三十军。

三十军前几天请总政治部的宣传队去演出，定于这天去，宣传部长刘志坚正在集合人员。总政治部副主任杨尚昆的妻子李伯钊是红军中闻名的文艺工作者，她跳的苏联水兵舞很受欢迎。在一、四方面军会师晚会上，李伯钊被台下一次又一次的"再来一个！""再来一个！"的喊声弄得简直下不来台。这时她也要随宣传队去三十军。杨尚昆知道，毛泽东说过再等两天，张国焘不来我们就走。也许，李伯钊这一去，他们夫妻就要一南一北地分开了。当时战事频繁，形势变化不定，分开之后，能否再相见是谁也无法预料的。但杨尚昆更不能让李伯钊不去三十军，因为这样会引起别人的怀疑，那将会影响大事。

杨尚昆站在门口，只好看着李伯钊他们在刘志坚的带领下，高高兴兴地走了。

中央这边，在陈昌浩走后，立即又给张国焘发报。事已至此，中央的电报态度明确，也比较强硬："陈谈右路军南下电令，中央认为是不适宜的。中央现恳切指出，目前方针，只有向北才是出路，向南则敌情、地形、居民、给养，都对我极端不利，将要使红军陷于空前未有之环境。中央认为：北上方针绝对不应改变，左路军应速即北上，在东出不利时，可以西渡黄河占领甘、青交通新地区，再行向东发展。"

中央的电报坚持了北上方针，但是在向东还是向西的问题上作了让步。原来张国焘要求向洮河西部北上，中央不同意，现在张国焘干脆要南下，毛泽东只好退而求其次：只要北上，西出也行！

7

电报发出以后，毛泽东心里仍非常焦虑，他在思考着张国焘会对中央的这份电报作何反映，以及下一步该怎么办？

这天下午，毛泽东正在一边想事，一边踱步。突然一阵"噔噔噔"的脚步声上了小楼。这些日子，毛泽东焦思苦虑，神情疲惫，眼眶布满红丝，头发也显得越来越长了。

彭德怀上了小楼，毛泽东向他点了下头，算是招呼，仍没停止踱步。

彭德怀平江起义后，到了中央苏区，后来以平江起义部队为基干，发展为红三军团，成为中共苏区的主力部队之一。

从五次反"围剿"直到长征以来，三军团打得很苦，部队减员也大。会理会议上彭德怀受到过毛泽东的批评。一、四方面军会师后，张国焘曾请彭德怀吃饭，派他的秘书黄超送给彭德怀三百块大洋及粮食、牛肉，还说要拨部队给他。后来被彭德怀顶了回去。

彭德怀在楼门口站住，叫住没停步的毛泽东，说："情况好像有点不对。"

"你听到什么啦？"毛泽东的思考中断了，他对彭德怀的话重视起来，又指指一条粗糙的木凳，请彭德怀坐下。

"我上午到前总去，陈昌浩的态度也变了，给我说川康如何好、如何好，看样子他要南下。"

陈昌浩上午送电报来时，已表示同意南下。陈昌浩态度的改变，毛泽东已经知道了。

"徐向前怎么说？"毛泽东问。

"徐向前心事重重的样子，没做声。"

"看来陈昌浩是要跟张国焘走的。"毛泽东像是自言自语地说。

彭德怀担心地问："中央同前总住在一起，他们要裹胁中央南下怎么办？"

"陈昌浩还不至于这样吧。"毛泽东沉思着说。

"他们人多，为了预防万一，我们是不是扣他们几个人？"

毛泽东脸一沉，立刻说："不可！断乎不可！"

"我是想万一中央被……"

毛泽东打断彭德怀说："不管南下还是北上，我们还都是红军嘛。现在分开，以后还会走到一起，断断不可把事情弄到敌对程度。"

彭德怀不再做声。正在这时，一阵急促的脚步声响上楼来，毛泽东和彭德怀不约而同地将目光朝向门口。

叶剑英气喘吁吁地大步跨进门，叫了一声："主席。"

毛泽东迎上去："剑英，有事？"

叶剑英拿出一份电报交给毛泽东，说："主席你看这个，是刚刚收到的。"

原来就在刚才，前敌指挥部收到一份张国焘的电报。陈昌浩、徐向前到三十军去了没有回来，叶剑英是参谋长，机要参谋找不到徐、陈，便把电报给了叶剑英。叶剑英一看内容，吃了一惊，趁陈昌浩、徐向前不在，便直接送毛泽东这里来了。

近年来，关于张国焘的这封电报说法较多。先是到底有没有这样一封电报？张国焘在他的《我的回忆》一书里矢口否认；李德在他的《中国纪事》里也说他没有看到这封电报，并说他后来曾同博古谈起这件事，博古对李德说他也没见过电报；徐向前的回忆录《历史的回顾》中也没提到有这样一封电报。张国焘是主要当事人，平心而论他的回忆中情绪化的立论十分明显，不足为据；李德的书是20世纪70年代初反华特别是反毛泽东的产物，况且博古早已作古，是否给李德说过没见到电报的话，实在难以佐证，不足为信史；至于徐向前的回忆《历史的回顾》中确实没提电报的事。

彭德怀、聂荣臻、杨尚昆等都提到电报的事。笔者查阅资料发现，"密电"问题最早是1937年2月27日凯丰在《党中央与国焘路线分歧在哪里》的文章里提到的。但没有说明内容，原话是："当中央发觉国焘私自给徐、陈南下密电时，曾经详述南下的不利，并劝其仍率队北上。"1937年2月离分裂事件发生不久，况张国焘当时已在延安，当为可信。但从这句话的意思看，似乎密电仅仅是要徐、陈南下，没有提到有企图危害中央的内容。

更主要的是找不到这份电报原文，所以众说纷纭。

密电问题至今仍是中共党史上一个待解的迷。

电报的内容究竟是什么？因没有原电，无从查证。对这份电报回忆较全的是吕黎平。吕当时是前总作战科副科长，他回忆说，当时他看过电报内容，电文是："×日电悉。余经长期考虑，目前北进时机不成熟，在川康边境建立根据地最为适宜，俟革命高潮时再向东北方向发展，望劝毛、周、张放弃毛儿盖方案，同右路军回头南下。如果他们不听劝告，应监视其行动，若坚持北进，则应开展党内斗争，彻底解决之。"很显然，这段内容有很大的回忆成分。历来引用的内容都是"彻底开展党内斗争"这一句。可以断定，不管具体内容是什么，这一句是电报中最足以证明张国焘企图武力危害中央的内容。但这句话既可以理解为武力危害中央，也可以理解为从组织上改组中央。1937 年 3 月 31 日中央政治局作出的《关于张国焘同志错误的决定》中也只是说："他甚至走到以军队来威逼中央，依靠军队的力量，要求改组中央。"但不管是哪种企图，中央面临危险，这是当时的实际情况。

8

毛泽东看完电报，没动声色，但他那大口的吸烟和那微微抖动的嘴唇说明他内心在激烈地翻腾。他把电报递给彭德怀，然后把住在隔壁的张闻天和博古都叫了来，他们一一看完电报，都感到非常吃惊。

毛泽东说："看来我们不走不行了。"

张闻天、博古等都以探询的目光看着毛泽东。

彭德怀说："这里危险，中央先到三军团司令部去吧。"

毛泽东又走了几步，开始讲话。他先对叶剑英说："剑英，你回前总，要镇静一些。"

张闻天说："剑英怎么走啊？"

"我那里人少，好办。"叶剑英说。

毛泽东说："中央作出决定后立即通知你。"

毛泽东又对彭德怀说："老彭，你马上跟一军团联系，让他们停止前进，在俄界待命。"

两军会师，张国焘任总政委后，下令各军之间不能发生横的联系，收缴了一、三军团的密码本。在几天前，为了应付突然事变，彭德怀派了三军一个团驻在中央驻地附近，以暗中保护中央；同时还重新编了密码，同一军团开通了电报联系。

"中央的同志到三军团司令部开会，走的问题中央决定后再定具体时间。"毛泽东说。

"中央去三军团开会，会不会引起怀疑？"张闻天担忧地问。

"没关系，我先去给陈昌浩打个招呼。"毛泽东胸有成竹。

从毛泽东住处出来，天色将晚。

毛泽东来到前总，他先到徐向前那里。徐向前的总指挥部在一个喇嘛庙楼上的经堂里。毛泽东站在院子里问："向前同志，国焘的意见还是要南下，你的意见怎么样？"

徐向前急忙迎出来，有些为难地说："两军既然已经会合，就不宜再分开，四方面军如分成两半恐怕不好。"

毛泽东知道徐向前跟陈昌浩不一样。徐向前去鄂豫皖比张国焘和陈昌浩早，张国焘在鄂豫皖肃反时杀了徐向前的妻子，差一点牵连到徐向前。在四方面军中，徐向前主要是负责军事上的具体指挥，政治上张国焘依靠陈昌浩。对张国焘的一些做法，徐向前也并不赞同，比如在撤出川陕根据地时，张国焘以坚壁清野为名，烧毁了许多房屋，使川陕苏区成了"榨干的柠檬"。对此，徐向前就很有意见。徐向前在会师后，曾要求去中央做点具体工作，对张国焘、陈昌浩在共事中的盛气凌人一直不大痛快。最近中央同张国焘的争论中，徐向前表情也很忧虑。这些毛泽东是清楚的。

听了徐向前委婉的回答，毛泽东没再说什么，要徐向前早点休息，然后告辞走了。

毛泽东从徐向前处出来，又到了陈昌浩那里。

陈昌浩见毛泽东来了，急忙热情地迎出来。毛泽东没有进门，问："昌浩同志，前总的行动决心定下来没有哇？"毛泽东一直参与前总的军事，几乎每天都来同徐向前、陈昌浩研究情况。

陈昌浩说："张主席来电仍要我们南下。"

毛泽东叹了口气，说："哎，国焘这个人哪，就是认死理。"

陈昌浩说："张主席的分析也有道理。主席，我看我们先南下，条件成熟了再北上嘛。"

毛泽东说："既然要南下嘛，中央书记处要开个会具体研究一下。恩来、稼祥有病在三军团，那我和闻天、博古到三军团开吧。"

陈昌浩说："请主席把会议决定及时通知我们，以便提前准备。"

由于情况紧急，毛泽东、张闻天、博古等一到三军团司令部，立即召开了中央政治局紧急会议，这就是著名的巴西会议。毛泽东简单报告了张国焘执意南下的情况，分析了当时中央的处境。然后张闻天、博古等发言，认为从近段时间以来中央对张国焘做工作的情况看，等待张国焘北上，已经毫无可能，而且会出现不堪设想的严重后果。周、王也同意张、博、毛的发言。最后一致决定：采取果断措施，率领红一、三军团北上。会议决定以后右路军统归军委副主席周恩来指挥。

会开得很短，具体走的时间定在 10 日 2 时，以到黑水打粮的名义来巴西集合北上。

会议是在一个喇嘛寺院的房子里开的。院子里，架着一口足有半人高的喇嘛煮粥的大铜锅。这时锅里热气腾腾，三军团正在烧水煮肉准备招待首长。

会一散，大家都要按照分工分头行动。肉也来不及吃了，有的抓起一块边走边吃。

毛泽东没有走，会议委托他起草《为执行北上方针告同志书》。他坐在一条木凳上，心里很不平静：为了实现会师，转战千里，经历了多少艰难，牺牲了多少同志啊！本来，两军会师，同心合力，是可以大有一番作为的。但现在，却逼得中央不得不以这种方式先行出走了……

张国焘不服从中央的决定，但对红军战士一定要讲清中央的意图，同时还不能公开中央同张国焘的矛盾……

想到这里，他下笔写了起来。毛泽东一边写，这边一边刻蜡纸。一会儿毛泽东写完，蜡纸也很快刻好了。陈昌奉等警卫战士们便开始油印。行军中将原来带着的油印机丢掉了，他们只好把蜡纸铺在桌子上印。

毛泽东站起来，走到院子里，呼了口气，伸了个懒腰。这时他抬头看天，天上乌云密布，外面一片漆黑……

"不知他们能不能安全走出来？"想着，毛泽东的心情又沉重起来。

9

中央组织部长李维汉将中央决定明晨 2 时以打粮为掩护，去三军团驻地巴西集中，然后北上的决定分头通知了负责党中央机关的凯丰，负责政府机关的林伯渠和负责总政治部的杨尚昆。

为了稳妥起见，中华苏维埃共和国政府财经委员会主任林伯渠连夜发了通知。通知说：明晨 2 时，中央纵队的所有人员出发去黑水打粮。当时没有根据地，共和国的财委会实际上是个筹粮委员会。此时正是 9 月，青稞已经成熟，藏民跑了，部队筹粮就是去藏民的地里收青稞。几乎每天都有部队和机关去打粮，早出晚归，大家都习惯了。

中央机关的准备在连夜进行，他们的"坛坛罐罐"多，收拾起来很不容易，大家都很紧张，陈昌浩的指挥部近在咫尺，因此紧张中又有一些慌乱，脚步杂沓，人们在急切地低声说话，满院子是乱七八糟的东西。比起去年10月的离开江西，不知要慌乱多少倍。

幸运的是前总的人没有到中央机关这边来，所以陈昌浩对中央机关的即将出走一点也没有觉察。

杨尚昆接到中央的决定后，立即通知了叶剑英。

叶剑英比较为难，他那个前总司令部是不打粮的。怎么走呢？

夜很黑，叶剑英和杨尚昆站在院子里的一棵柳树下，轻轻地谈着。

杨尚昆说："不行的话，你早一点出来，在前面等我们。"

叶剑英想了想，说："恐怕不行。我走早了，万一被其他人发现，那中央机关就走不脱了。"

杨尚昆想想也对。早走不利，晚走，如果中央机关被发现走了，那他叶剑英又走不脱了。最后，他们约定，叶剑英准两点同杨尚昆一起走。

叶剑英同杨尚昆分手以后，他想起今天下午在毛泽东那里时，彭德怀曾要他想办法把地图搞到。

当时的地图很缺，特别是甘南地区，山岳纵横，河流众多，没有地图，部队行动非常困难，凭向导的指点走，有时甚至是乱撞。

包座战斗时，缴获了一份十万分之一比例的陕甘地图，挂在前总司令部的作战室里。作战室在一座喇嘛庙楼上的经堂里，叶剑英同两个年轻的参谋住在这间房子里。地图就靠叶剑英的床挂着。

天已很晚，叶剑英回到房子里准备睡觉，突然"不小心"把地图蹭掉了。

这时一位参谋走过来从地上拾起地图准备重新挂上。叶剑英十分生气地对参谋说："你们这些参谋怎么这么不懂事！全军就这么一份地图，挂在这里蹭烂了怎么办？收起来！"

参谋连忙把地图收起折好，放在桌下的一个不大的皮箱里。

看参谋把地图放好，叶剑英才上床睡觉。但他翻来覆去，怎么也睡不着。看着经堂里那一片五色的经幡，他的思绪奔驰得很远……

为了追求真理和解救民族的苦难，他一次又一次舍弃了功名利禄。早年，他是陈炯明的一个年轻的营长。陈炯明叛变时，叶剑英在孙中山面临危难的时刻，离开陈炯明，保护孙中山登上宝璧舰与叛军作战。大革命时，叶剑英很受蒋介石的赏识，很快当上了国民革命军二师师长，同张发奎的交往也很深。但当蒋介石叛变革命时，他又毅然脱离蒋介石和张发奎，参加了广州起义……

清朝末年以来中国的积贫积弱，唤起了整整一代有肝胆、有骨气、有才能的热血男儿，他们以拯救民族为己任，先是聚集在"三民主义"的旗帜下，后来又聚集在共产主义的旗帜下。他们坚守自己的信仰，尽历艰辛，迭遭磨难，九死不悔。繁华和优裕往往滋生堕落，艰难困苦却在孕育着希望。当从长征中走过来的这些人在陕北落脚以后，有见地的外国人就曾预言，中国的希望在延安！

看看时间快到两点，叶剑英轻轻起床，带上手枪，从桌下提出装地图的皮箱，没有叫警卫员，独自一人走出前总司令部的院子……

杨尚昆正站在路边等着叶剑英。杨尚昆也是独自一人，临出发的时候，他让警卫员去了三十军接李伯钊。

两个人说了几句话，就徒步赶路。中央和前总的驻地离巴西约有二十多里，路比较好走。约摸走了几里地光景，突然听到后面一阵急骤的马蹄声，他们二人连忙闪在一旁，只见八九骑看也没看路旁，飞奔而去。

二人从路旁闪出来，相视一笑。叶剑英说："这是前总司令部的人，看来是找我的。"

杨尚昆说："好险！幸好没带警卫员，要是带上警卫员，人一大堆，就麻烦了。"

又往前走了一段，来到一个岔路口，彭德怀带着一些人马正等着。前面不远就是三军团驻地，彭德怀为了防止四方面军的部队追上来，已在这一带派出了警戒。

见到彭德怀和三军团的人，叶剑英和杨尚昆才松了一口气。彭德怀却急促地说："哎呀！大队都过去了，不见你们来，我还认为出了什么事呢，真把人都急死了。"

叶剑英简单说了几句情况，便一起去追赶大队。前面，中央政府机关的队伍乱糟糟的，骡子、马匹身上驮着、搭着，一会儿这匹马散了，一会儿那个驮子歪了，林伯渠正跑前跑后，李维汉也满头大汗地忙着。

见彭德怀一行人到来，李维汉说："早上出发的时候，我先在路口等着。党中央的队伍都走了，中央政府还没出来，我跑进去一看，他们还在打包。我才叫他不要打包了，把东西丢掉些，需要带的驮在牲口上，就这样出来了。"

叶剑英说："政府机关东西多，通知又太急，哪里搞得及呢。"

彭德怀说："赶快走吧，到了前边再整理。"

其实，政府机关走得并不晚，是党中央他们太急，不到两点就走了，以至于叶剑英和杨尚昆两点钟出来还走到了后面。

10

这时的前总指挥部里，也开始紧张起来。天还没亮，红军大学政委何畏带着几个人到了前总指挥部，他急急忙忙地对陈昌浩说：

"是不是有命令叫出发北上？"

何畏是四方面军的四军军长，广东人，工人出身，参加过广州起义和百色起义，后被中央派去四方面军工作，当时任红大政委。一年之后，四方面军到达陕北，何畏仍在红大工作。1937年秋天，以治病为名，离开了延安。

陈昌浩说："怎么啦？我们没下命令呀！"

"中央和红军大学的人都走了！"

"他们不是去打粮吗？"

"打什么粮呀，都走了！"

陈昌浩这才大吃一惊，急急忙忙来找徐向前。

徐向前的司令部里人来人往一片忙乱。徐向前满脸忧郁地仰靠在床上不说话。原来天未亮就有人报告叶剑英不见了，那惟一的一份地图也不见了。

一会儿，又有人报告，杨尚昆也走了。陈昌浩十分恼怒，说："没有命令，他们怎么能走！"

徐向前始终一言不发，陈昌浩才慢慢冷静下来，同徐向前商量向红军总部报告情况。

这时，一个参谋进来报告说："前面打电话来，说中央和一方面军走了，还对我们派出武装警戒。他们问打不打。"

陈昌浩问徐向前："你看这事怎么办？"

徐向前说："哪有红军打红军的道理！"

陈昌浩回头对参谋说："告诉他们，算了！"

突然又听到院子里传来一阵吵嚷声，徐向前走出来，见是叶剑英的警卫员牵着叶剑英的骡子，驮着叶剑英的行李要走，被几个人拦住。叶剑英的警卫员很厉害，拉着骡子硬要走，于是发生了争执。

徐向前叫住那几个战士，挥挥手说："让人家走吧。"

叶剑英的警卫员走了。徐向前又走进屋里，这时，在红大任职的四方面军参谋长李特等也来了，说东说西，一片闹闹嚷嚷。

陈昌浩正在写信，徐向前进来的时候，信已写完。他对徐向前说："派几个人跑一趟。中央走了，把红大四方面军的学员找回来。我写了封信给彭德怀，他们回不回来我们对张主席都好有个交代。"

徐向前说："派谁送去？"

"李特同志对红大熟悉，让李特同志去。"陈昌浩说。

"要冷静一些，无论如何不能打起来。"徐向前对李特说。

李特带上几个人骑上马走了。

李特是留苏学生，矮胖、结实、脾气暴躁，作战也勇敢。两军分裂时他带人追赶中央，后来又同黄超围攻过朱德、刘伯承。一年以后四方面军西渡黄河，他是西路军参谋长。西路军战败，他同李先念等人一起到了新疆，后死于乌鲁木齐。

红军大学是中央政治局毛儿盖会议决定创建的，学员大多是四方面军抽调来的，教员主要是一方面军干部团的同志。四方面军由于张国焘敌视知识的愚民政策，不少干部作战勇敢，但文化比较低。比如四方面军三十军原军长余天云，在红大学习时，同刘伯承发生争执，十分粗鲁蛮横，影响很坏。后来余天云得罪了张国焘，张国焘把他处决了。

红大的学员正行走在一座小山坡上，几骑马奔跑过来。李特远远地喊："停止前进！停止前进！"当时除军以上的干部外，其他人都不知道中央同张国焘的争论和斗争。红大的学员还都认为是去打粮，这时见李特教育长（李当时兼任红大教育长）追来不让前进，还不知是怎么回事。

李特等跑近了，骑在马上对队伍喊："四方面军的同志不要走了！毛泽东、周恩来他们北上逃跑，投降帝国主义！"

红军的军事顾问李德也在队伍里。遵义会议后，他被剥夺了军事指挥权，闲来无事，便整天同博古玩扑克打发日子。红大成立后，他当了一名教官，偶尔给红大学生讲讲军事课。中央同张国焘的争论他是知道的，他不想介入争论中去，但他同意北上，因为他被剥夺权力后急于北上以便与王明和共产国际取得联系。

遵义会议后的这段时间，中央的情况使他感到毛泽东已成为中国党的无可争议的领袖。

他这时已能听懂简单的中国话，见李特大声地叫喊"毛泽东""周恩来"什么，从李特的表情和口气里，他知道李特在骂毛泽东和周恩来。一种日耳曼民族对领袖和权威的本能的服从与崇拜，使他十分气愤。他个子高大，走上去一把将李特从马上拉了下来。

李特一见这个丢了中央苏区的德国佬把他拉下马来，十分恼怒，对着李德破口大骂。李德不会说中国话，便用俄国话骂李特。骂了一阵，李特才感到不对，李德听不懂他的中国话，而他能听懂俄国话，于是便也用俄语对骂。

吵嚷声惊动了离此不远的毛泽东。毛泽东拄着一根拐棍向这边走来，全副武装的警卫员紧随其后，彭德怀等也紧紧跟着。

走近红大队伍时，毛泽东对着混乱的人群大声说："四方面军的同志们，你们愿北上的跟着走，愿回去可以回去嘛。不过，我相信你们将来还会回来的。"

见毛泽东来了，李德和李特停止了争吵，李特对毛泽东说："总司令没有命令，你们为什么走啊？"

毛泽东探头看了看，见是李特，便说："是李参谋长啊，这次北上，是政治局决定的。"

李特还要讲话，但个子低，在人丛中看不见，十分急躁。李德以为他会对毛泽东动武，便一把将李特抱住。李德力大如牛，李特动弹不得，急得直喘粗气，一点办法也没有。

毛泽东又说："北上的方针是正确的，希望四方面军的同志认清形势，跟中央北上。如果一时想不通也没关系，我们先走一步，你们什么时候想通了再北进，中央也欢迎。"

毛泽东的话，语气平和，入情入理。正准备向回走的四方面军的学员都认真地听着。李特也安静下来，李德这才放开了他。

毛泽东又说："南下川康即使眼前可行，但没有出路，我相信你们至多一年，也会北上的！"他又对李特说："李参谋长，请你带个话给国焘和昌浩同志，望以革命大局为重，我们先走了，有何意见，可随时电商。"

说完，毛泽东转身朝一方面军大队走去。一边走，一边回头向四方面军的学员挥手，用浓重的湖南腔喊着："同志们，再见！"

10日晚，中央行至拉界宿营。毛泽东到了宿营地，疲倦地仰倒在椅子上，长长地出了一口气，对张闻天、博古等说道："秋收起义以来，我们经过的困难也不算少，可昨天是我一生中最黑暗的一天。"

毛泽东终于度过了他一生中最黑暗的一天，中华苏维埃共和国中央和政府机关随同一小部分红军，在毛泽东的率领下通过了不久前红三十军和红四军同志用鲜血和生命开辟的北上通道。他们，是不是也度过了命运中最黑暗的阶段？

第十九章
红军打下腊子口，万里征途终于柳暗花明

1

沿包座河北上的中央和红一方面军，一路也并不轻松，路越来越不好走，还要不断地通过国民党部队的封锁。好在从江西出发以来，大多如此行军，倒也惯了。

毛泽东随队伍走着，他的心情是沉重的。他深知，面临的几乎是一个又一个难题：带走的这部分红军，退出江西，已跋涉近两万里，同四方面军会师后，人马多了，都想有个落脚点，现在突然孤零零地北上，他们会怎么想？更主要的是北上以后向何处去？原来想在甘南建立根据地，现在红军分裂了，这万余名疲惫之旅在甘南立足已不可能，那么雄关漫道、前途茫茫，中央和这支衣衫褴褛的红军将走向何处？

毛泽东思考得很深、也很苦。对红四方面军的北上仍然寄有一线希望。出走时散发的《为执行北上方针告同志书》是毛泽东亲自执笔写的：

亲爱的同志们：

自从我们翻越了雪山，通过了草地之后，我们一到包座，即打了胜仗，消灭了白军 49D（师）。目前的形势是完全有利于我们，我们应该根据党中央正确战略方针，继续北进，大量消灭蒋介石、胡宗南的部队，创造川陕甘新苏区。

我们无论如何不应该再退回原路，再去翻雪山、走草地，到群众完全逃跑的少数民族地区。两个月来，我们在川西北地区所身受的痛苦，是大家所知道的。而且，南下的出路在哪里？南下是草地、雪山、老林；南下人口稀少、粮食缺乏；南下是少数民族的地区，红军只有减员，没有补充。敌人在那里的堡垒线已经完成，我们无法突破。南下不能到四川去，南下

只能到西藏、西康，南下只能是挨冻挨饿，白白的牺牲生命，对革命没有一点利益。红军南下是没有出路的，南下是绝路。

同志们，只有中央的战略方针是惟一正确的，中央反对南下，主张北上，为红军为中国革命取得胜利，你们应该坚决拥护中央的战略方针，迅速北上，创造陕甘川新苏区去！

中央

九月十日

毛泽东没有宣传北上的如何美妙，他是实际的；毛泽东着重描绘了南下的黯淡前景，意在让四方面军反对南下，逼张国焘放弃南下方针。后来的事实证明，南下的前景被毛泽东言中！

当天，部队在拿界住了一晚。毛泽东及张闻天等人几乎一夜未睡，他们在思考着下一步该怎么办？

第二天一早，毛泽东起草了一份电报，给张闻天、博古看了看，然后发出：

国焘同志：

一、中央为贯彻自己的战略方针，再一次指令张总政委立刻命令左路军向班佑、巴西开进，不得违误。

二、中央已决定右路军统归军委副主席周恩来同志指挥，并已令一、三军团在罗达、俄界集中。

三、左路军立即答复左路军北上的具体部署。

中央

十一日

电报一反过去署个人名的做法，直接用中央名义，措辞也较强硬，但还不是最后通牒。可张国焘根本不买这个账，他对此置之不理，于第二天以他个人的名义直接给一、三军团发报：

林、聂、彭、李：

（甲）一、三军团〔单〕独东出，将成为无止境的逃跑，将来真会悔之无及。

（乙）望速归来，受徐、陈指挥，南下首先赤化四川，该省终是我们的根据地。

（丙）诸兄不看战士无冬衣，不拖死也会冻死。不图以战胜敌人为先决条件，只想转移较好地区，自欺欺人论真会断送一、三军团的。

　　诸兄请细思吾言。

国焘亲笔并报徐、陈
十二日

　　这就形成中央指挥张国焘，张国焘却以总政委的资格指挥一、三军团，但谁也不听谁的。那时中国共产党是共产国际的一个支部，习惯于服从共产国际。而长征开始，同共产国际的联系中断。一旦断了"奶"，中国党便被迫自立了。自立便需要有自己的能够服众的有权威的领袖。没有统一的权威，便不可能有统一的意志，统一的组织。建党以来，领袖走马灯似的更换，且大多是共产国际的意志。一旦中国党需要独立地面对中国革命的严峻现实时，旧的领袖人物的被淘汰和新的领袖、领袖集团的产生便成为必然。

　　但产生需要有一个过程。中国党 1928 年在莫斯科召开"六大"，直到 1945 年才召开"七大"，两次代表会之间长达十七年。这十七年，就党的建设讲，是党的成熟的过程，也是实现党的统一、形成党的领袖和领袖集体的过程。

　　这个过程痛苦而又漫长。1935 年的中国共产党，正在经历着这种痛苦。

2

　　中央纵队 11 日晚到达俄界，林彪、聂荣臻对中央的到达做了准备。同一军团分开才几天时间，但经过这场风波，见面时感到分外的亲切。12 日一早，中央在俄界这个山村子的一座藏民的经堂里召开了中央政治局扩大会议。

　　除周恩来因身体还没恢复未出席外，参加会议的中央政治局委员、中央委员、军团负责人、中华苏维埃共和国政府各部部长等二十二人很早就到了。

　　毛泽东坐在会议室的正首。他看上去更加瘦削，眼眶陷得很深，半闭着眼睛靠在椅背上吸烟。他在思考，同四方面军分开后，孤军北上，将去何处落脚？能不能打开一方面面？眼下最紧要的是中央和各军团领导对同四方面军分开的认识是否一致？能否精诚团结，渡过难关……张闻天紧靠毛泽东坐着，他也显得衣衫不整，灰布军衣上有几个小洞，布帽耷拉着。

　　张闻天看看人都来了，便对毛泽东说："都来了，开始吧？"

　　毛泽东点点头，张闻天用手指敲敲桌子，交头接耳的说话声静下来。张闻天说："中央决定，今天开个政治局扩大会议，先请毛泽东同志代表书记处作报告。"

毛泽东坐正身子，目光炯炯地扫视了一遍，然后开始讲话。由于时间紧迫，讲得也十分简约。他主要讲了中央同张国焘由意见分歧到被迫出走的大概过程，北上后的前途，中央的团结和对张国焘的关系。

讲到今后的前途，毛泽东的声音十分沉重，他说："张国焘南下，一、四方面军分开，使建立川陕甘根据地的计划无法实现了，革命遭遇到了挫折。但我们可以经过游击战争，打到中苏边境去，创造一个根据地，然后向东发展。我们这一方针是正确的，只要我们加强团结，是一定会取得胜利的。我们现在人少了，但目标也小了。即使被打散了，我们还可以做白区工作嘛，还可以去领导义勇军嘛……"

大家的心情也随着沉重起来。当时中央的计划是经陕、甘去新疆，靠近苏联。但现实是严峻的，眼前的最大问题是生存。北上陕甘、西出新疆，迢迢万里，这支已经拖了十来个月的队伍能否战胜自然的障碍和国民党军队及地方军阀的堵截，坚持到底呢？世界上没有先知，此时的毛泽东也作出了队伍可能被打散的最坏估计。

至于团结，这种局势下，是不用多说的。这只风雨飘摇的小船，谁要再去摇晃它，谁就得准备一同沉没。

谈到同张国焘的关系，毛泽东说："张国焘将来，或者拥护中央，或者反对中央。但现在，还不应该做组织结论，要做，只能留在将来去做。张国焘的情况不同，组织处理应该是有步骤的。"

毛泽东讲完，彭德怀又做了关于缩编部队的报告，然后进行讨论。

第一个发言的是军委纵队司令员邓发。他认为，张国焘不仅应开除党籍，组织特别法庭审判也是应该的。可见，组织特别法庭审判党的高级领导，这在半个世纪前就已经提出来了。

接着博古、叶剑英等人建议开除张国焘的党籍。李富春、李维汉、杨尚昆等建议对气焰嚣张的李特开除党籍。李富春、王稼祥等同意毛泽东的意见，赞成有步骤地进行组织处理。

大家发言后，毛泽东做了总结，他批评了要求对张国焘作组织决定的意见。说："你们这个不行嘛。现在作了组织决定，以后怎么做工作？同张国焘的斗争是一篇长文章，现在画了句号，下半篇就没法做了，将来见了就没法讲话了嘛。以后，可以各种名义给他发电报，做争取工作。"

与会者中，毛泽东在党内的资历最老，党内的历次斗争他都亲历过。他以他自己的认识和评价观察和思考总结着经验教训，形成、丰富和完善着独具特点的毛泽东式的党内斗争艺术。此时，毛泽东的斗争艺术已日臻成熟。张国焘与他相比已是等而下之，在张国焘以后的党内斗争历史中，更是无人能比了。

最后大家统一了思想，一致通过毛泽东的报告，并由张闻天起草了《关于张国焘同志的错误的决定》。决定只传达到中央委员，中央同张国焘的斗争仍不向全党公开。

3

会议结束以后，中央政治局委员们都亲自给部队做宣传教育工作。毛泽东在驻地附近的一个大树林里集合部队，亲自讲话，宣传北上方针，鼓励士气……

俄界以后的一段道路更加崎岖难走。危难中，毛泽东自觉担起了为中央和这支部队命运负责的重担，他离开了中央纵队，一直同一军团的部队走在最前面。

在行进到距莫牙寺十多里的地方遇到了一段险峻的栈道。所谓栈道是在悬崖陡壁上横打进木桩，木桩上铺上木板供人行走。栈道下面是波涛滚滚的白龙江，水拍石岩，寒气森森，响声震耳，使人头晕目眩。栈道已被当地藏族头人破坏，藏族头人有自己的算盘，他们并不想真堵红军，担心红军被堵会停留在他们的地盘上。所以栈道的破坏并不严重，还可以修复，特别是白龙江上有四座数丈长的木桥没有被毁坏。但他们只破坏了部分栈道，为的是既让红军通过，又不让红军迅速通过，以便于在迟滞红军中杀害红军掉队和零星人员，以收缴一点枪支。

修复栈道的工作很慢，藏民藏在暗处向红军打枪或滚石块，每天都有红军伤亡。

红军到达莫牙寺，前行二百里是天险腊子口。腊子口是进入甘、陕的咽喉，如果过不去腊子口，部队便只得重回草地，后果不堪设想。毛泽东决定以红二师四团为前卫，三日之内打下腊子口。

此战至关重要，时间又万分紧迫，一军团的林彪、聂荣臻、二师的陈光师长全都随四团行动，一边行军一边动员。当时秋雨连绵，林隘路滑，寒气袭人，部队缺粮，十分饥饿疲劳。四团是一支屡建奇功的团队，在夺取泸定桥时，同敌人增援部队隔河赛跑的就是这个团。这一次他们也在同敌人的援军进行着速度的竞赛……

早在红军刚过草地时，国民党新编十四师师长鲁大昌就接到堵截红军进入甘南的命令，他把重点放在夏河和武都方向，腊子口只有一个营。红军打下包座后，北上必经腊子口，鲁大昌这才急急忙忙将原驻守武都的一个团调腊子口，由于连日下雨，白龙江水涨，沿江小路被淹，部队行动迟缓，这时也正走在向腊子口增援的路上。

17日，红四团到达距腊子口二十里的康朵，与增援腊子口的鲁大昌部队相遇，红四团一个猛冲，将其打垮。下午4时，到达腊子口。

腊子口是岷山山脉的一隘口，口宽约三十米，两边悬崖绝壁，周围是崇山峻岭，无路可通。口中是腊子河，水深丈余，水流湍急，不能徒涉。两山之间有一座木桥，北岸有路通岷县。要过腊子口，木桥是惟一通路。桥头悬崖上敌筑有碉堡工事，四挺重机枪封锁着这小小隘口，真是"一夫当关，万夫莫开"。

四团一到腊子口，便发起冲击，很快被守军击退。军团、师、团首长经过研究，决定分两路进攻。一路由一位外号"云贵川"的苗族战士从侧面爬上悬崖，从崖顶放下用绑腿扎成的长绳，团长王开湘带两个连队攀长绳上崖，迂回敌后。

另一路正面进攻，由红六连担任主攻。六连原是四方面军的一个营，会师后补充到四团编为六连。

17日夜，红六连在连长杨信义、指导员胡炳云的带领下，分两组行动。一组从桥底下手攀桥腹横木偷渡过河，一组由胡炳云带领在偷渡过河的战士配合下，冲过桥头。经过激烈拼杀，终于摧毁守军的桥头工事。这时迂回部队也从守军侧后打响。随即总攻开始，激战两小时，攻下腊子口天险，歼敌一个营，缴获了敌人的大批弹药和物资。

毛泽东是随一军团机关一起过腊子口的。到了口边，他下马步行。在桥头一侧，手榴弹爆炸后的木柄堆积起厚厚的一层。他停住脚步，捡起一枚被炸裂了的木柄，用手掂着，想像着当时战斗的激烈程度……

他在心里说：多么英勇的战士啊！在这样的战士面前有什么困难不能战胜呢？突然，他感到一种力量和激情充溢着全身……

他从陈昌奉手里拉过马缰，纵身上马，向着腊子口外的大路飞奔而去。

4

腊子口失守，鲁大昌急电驻岷县的国民党十二师唐淮源部增援。唐淮源拿着电报说："鲁大昌也是个杂牌，认什么真？要真把红军消灭了，我们到哪里吃饭去！"唐淮源置之不理，鲁大昌部一路败退，败兵想进岷县城，也被唐部拒绝。红四团先头营趁势攻下大腊山，缴获几万斤粮食，两千斤盐。红军长征进入云、贵、川以来，一直无盐，一见到盐，都非常高兴，不少人像吃糖一样，不停地抓起盐巴放在口里嚼。

腊子口之役，是关系到北上红军的生死存亡的一战。战斗胜利后，全军振奋，不但最后打开了北上道路，而且缴获了大量红军急需的物资。由于地方军阀不给蒋介石卖力和不相统属，此时唐淮源师坚守不出，鲁大昌部败退临潼，红军接着顺利占领哈达铺，并得以从容休整。

20世纪30年代的蒋介石，对中国的统一名不符实。国民党派系林立，中央军同地方军阀之间，明争暗斗、各怀鬼胎、互相掣肘。蒋介石想利用"追剿"红军削弱地方势力，地方势力也有他的办法。红军进入广西时，李宗仁放开道路从后面赶红军快出广西；只有湘军的何键被蒋介石封了个总指挥比较卖力；红军进入贵州，王家烈在同红军作战中被削弱，随后跟进的中央军乘势吃掉王家烈；此例一开，地方军阀个个引为殷鉴，龙云坚持不让中央军入云南，川军也只想把红军赶出四川，此地甘南的杂牌部队不愿同红军硬打也就不奇怪了。

林彪、聂荣臻率队进入哈达铺。聂荣臻记起毛泽东曾要他注意搜集国民党的报纸，他便带着警卫员来到邮局，找出一大摞旧报来，翻了翻，发现一张国民党《晋阳日报》上登载着关于陕北红军根据地的消息。聂荣臻立即派一名通信员拿上报纸，还买了一个草帽大的当地人用面粉烙的锅盔，给毛泽东送去。

毛泽东同中央其他同志正在离哈达铺二十五里的大草滩休息。

毛泽东接过报纸，一眼便落在聂荣臻圈出的那则消息上："陕北刘志丹赤匪部已占六座县城，拥有正规红军五万余人，游击队、赤卫军和少先队共二十余万人，窥视晋西北，随时有东渡黄河的危险性。"这是一张8月份的报纸，显然将陕北红军的实际情况夸大了。

原来国民党政府的行政院长汪精卫长期与蒋介石不和，8月8日，汪向蒋提出了辞去行政院长和外交部长职务的辞呈。蒋介石有意调虎离山，让阎锡山当行政院长，而阎锡山这个土皇帝是不会离开山西的，他便夸大陕北红军的力量，意在说明他不能离山西，否则山西便会陷入刘志丹之手。而实际情况是，此时的陕北根据地正被肃反搞得岌岌可危……

毛泽东看完，十分兴奋，情不自禁地叫起来："啊，这下找到立脚点了！"说着站起来，激动地把报纸递给张闻天和博古。

这时，送信的通信员正解开包袱，露出一个白生生的大饼。毛泽东一见，忙问："这是么子呀？"通信员告诉他，这是当地人烙的锅盔，很好吃，是聂政委特地让送给主席的。

毛泽东一把拿过来就掰，但锅盔很硬，掰不开。毛泽东大喊："警卫员，拿刀来割！"

警卫员赶忙接过锅盔，割开一块，递给毛泽东。毛泽东开怀大嚼，一面孩子般地叫："好吃！真好吃！"他望着刚才还在吃的青稞粮袋对警卫员说："把这家伙扔掉，这下再不吃它了。"

毛泽东吃着，又对张闻天等喊："你们快来吃呀！"

张闻天、博古等也非常兴奋，一边吃，一边激动地谈论。离此不远的周恩来，身体还未完全康复，听到毛泽东开心地大声说笑，便也挂着拐棍走过来。"什么事这样高兴啊？"周恩来问。毛泽东见了，大声说："恩来快来！这下我们可算有了落脚之地了。"

博古把报纸递给周恩来，周恩来看了也十分高兴，大家吃着、议论着。毛泽东拍了拍手站起来，对周围的人说："我们快走吧，林彪、聂荣臻在等着好好地招待我们呢！"

大家立即上路。几个月来，人们第一次看到毛泽东这样开心……

5

哈达铺是岷县南部一个比较繁华的集镇，物产丰富，文化也比较发达，汉回杂居。在进入哈达铺以后，红军总政治部颁布了《回民地区守则》，规定了严格的纪律。几个月来部队第一次见到汉民老乡，都说不出的高兴。老乡见红军纪律严明，秋毫无犯，对红军也十分热情。

这里物价便宜，五块大洋可买一头肥猪，两块大洋能买一头羊。毛泽东进入哈达铺，先头部队已给他在"义和昌药铺"号好房子，准备好了十分丰盛的伙食。毛泽东胃口大开，附近老乡见这里驻着个"大官"，也远远地围着看。一些来看毛泽东的红军干部不断给毛泽东讲些到哈达铺后的见闻。林伯渠说，当地的妇女见红军女战士也剪着短发，便怀疑她们是不是女的，有的妇女把女战士请到家里，在她们胸前摸一把。毛泽东听了，笑着说："人家也搞调查研究嘛。"

这时，林彪派人来向毛泽东请示明天的行动，毛泽东说："明天不走啦，休整两天，让大家吃好，恢复体力。"

供给部长叶季壮，在哈达铺镇口的一个铺子里煮了大米饭，做了红烧肉发流水席。陆续到来的红军干部，随到随吃，叶季壮站在一旁不停地提醒："慢慢吃，一次不要吃得太多，不要撑坏了。"

各伙食单位还请驻地老乡吃饭，军民关系十分融洽。

红军 20 日到达哈达铺，休整了三天。22 日，在毛泽东住的"义和昌药铺"召开中央负责人会议，研究决定去陕北苏区与陕北红军会师。当日下午，在一座关帝庙里召开了团以上干部会议，毛泽东讲了话。在一片掌声中，他热情洋溢地说："我们走了两万多里路，战胜了无数艰难困苦，今天终于能够坐到这里安安逸逸地开会了。这本身就是个伟大的胜利！"

台下再次响起热烈的掌声。毛泽东又说："我们要抗日，首先要到陕北去，那里不但有刘志丹的红军，还有徐海东的红军，还有根据地！"

接着，毛泽东又宣布了部队改编的决定。正式将北上红军编成中国工农红军陕甘支队，彭德怀任司令员，毛泽东任政委，林彪任副司令员，叶剑英任参谋长，张云逸任副参谋长，王稼祥任政治部主任，杨尚昆任副主任；一纵队司令员林彪，政委聂荣臻；二纵队司令员彭雪枫，政委李富春；三纵队司令员叶剑英兼，政委邓发。整个支队一万四千人。

这次改编，第一次将过去与政治部平行的保卫局纳入了政治部的序列，改变了那种保卫局权力过大，乱抓乱捕的状况。

彭德怀还专门讲了打骑兵的问题。进入甘南，敌人的骑兵多起来，在遭遇中，先头部队吃过几次亏。因此林彪对打骑兵的训练抓得很紧，一军团还编了打骑兵歌。

在打下腊子口的 9 月 18 日，毛泽东还未放弃对张国焘北上的最后希望，他以一、三军团的名义发报给张国焘等：

朱、张、徐、陈及各军首长：

一、我们执行中央正确路线，连日击溃鲁大昌师，缴获甚多，于昨十七日占领距岷州哈达铺各三十里之大草滩、占扎路、高楼庄一带,前锋 迫击岷州城,敌人恐慌之甚。

二、此地物质丰富,民众汉回各半,十分热烈地拥护红军,三个半月 来脱离群众的痛苦现在改变了。

三、请你们立即继续北进,大举消灭敌人,争取千百万群众,创造陕 甘宁苏区,实现中央战略方针。

彭、李、林、聂

十八日

6

9月23日,陕甘支队从哈达铺出发向陕北根据地前进。

红军突破腊子口,蒋介石急电甘肃绥靖主任朱绍良沿渭河布防,阻止北上红 军同陕北红军会师。国民党第三军王均部,东北军五十一军于学忠部和新编十四 师鲁大昌部,在东起天水,西迄临洮段陈兵堵截。

当红军还在哈达铺休整时,毛泽东即派出部分兵力向东佯动天水,国民党 军队忙以重兵向天水集结。红军主力在哈达铺休整三天后,连续三昼夜急进,于 9月26日拂晓,出其不意地在武山与陇西间渡过渭河。渭河是黄河的一条支流, 流域雨量不丰,水流浑浊,冬季常常断流。当时是农历八月,水深不及大腿,红 军轻松地徒涉而过,比起红军长征以来过的任何一条河流,渭河都容易多了。渭 河无险,国民党军队想扼河阻红军北上,这不过是如意算盘罢了。

红军先头一纵队攻克渭河之滨的陇西,接着继续北进,占领榜罗镇。27日, 北上红军全部进驻榜罗镇。

榜罗镇是红军长征中一个有重要意义的地方。红军到达榜罗镇后,决定在 此休整两天。镇里有一所高小学校,毛泽东听说后,立即派人去找来大量的报纸 杂志。

毛泽东离开江西已快一年,每天都在国民党部队的追堵中为红军的生存拼 争,对一年来的中国及世界大势基本上没有什么了解。此时一见这许多报刊,立 即叫来张闻天、博古,如饥似渴地阅读。毛泽东等不仅进一步知道了陕北红军和 红二十五军的一些情况,更重要的是了解到日本帝国主义对中国侵略的进一步加 深,中华民族面临着亡国灭种的深重危机,这一点对毛泽东的心灵给了深刻的刺激。毛泽东同近代的许多革命者一样，是由爱国主义者走上革命道路的，从学生时代起，就一直以振兴祖国、拯救民族为己任。江西出发时，红军是以北上抗日为名长征的，但那时不过是一个愿望和口号。此时的情况有所不同，红军已经北上，民族危机比一年前的情形更加深重，各阶层人民都发出了抗日的要求和呼声……

毛泽东在阅读着、思考着。他一支又一支不停地抽烟，随着烟雾的升腾，他的思想也在升华，一个新的想法正在形成……

这是历史性的一个夜晚。在这个夜晚，毛泽东的思想攀上了一个新的高峰，在他的眼前，展现出一个壮阔的天地……

第二天，中央政治局常委召开会议，讨论了当前的形势和战略方针问题。明确提出了抗日的口号，打出了抗日旗帜，决定到陕北去落脚，把陕北作为抗日根据地和领导全国革命的大本营。

抗日口号和战略方针的确定与执行，有着非同一般的意义。它既为以后同国民党的合作打下了基础，也能够使中国共产党更广泛地联合和团结各阶层人士和动员人民群众，扩大了中国共产党的政治基础。

当然，在此之前的 8 月 1 日，王明根据共产国际第七次代表大会的精神，以中华苏维埃共和国中央政府和中国共产党中央的名义起草的《八一宣言》，已发表在法国的一家中文报纸《救国时报》上。但此时的毛泽东并不知道，毛泽东的抗日方针是出于自己的思考，这也显示出中国党和领袖在脱离开共产国际这个"保姆"后，已经日渐成熟，已经能够自立了……

接着，召开了全支队连以上干部会议。大会在一个打麦场上举行，场子的正首放着一张桌子和几个小凳，下面成弧形摆着麦草。天下着蒙蒙细雨，时令已是 9 月，身着破烂单衣的红军干部们在这露天场地里冷得索索发抖，于是便紧靠着坐在麦草上，以增加温度。一纵队（原一军团）的干部衣着比较整齐，他们是先头部队，缴获较多，给养有些改善。

由于下雨，国民党的飞机不能来，会便开得比较长。毛泽东首先讲话，他讲了日本侵略北方的严重性；介绍了陕北根据地和红军状况；分析了北方成为抗日新阵地的经济、政治条件；指出部队要避免同国民党部队作战，尽量保存干部，迅速到达陕北集中；要求严格整顿纪律，向部队解释北上抗日的意义等。毛泽东最后满怀激情地宣布："为着民族、为着使中国人不做亡国奴，我们要到陕甘革命根据地去！我们要到抗日的前线去！任何反革命都不能阻止我们去抗日！"

接着彭德怀讲了整顿纪律的问题，他说："我们在藏民区，没有油吃，大家成天觉得饿，成天在吃东西，坐了吃，走路也吃，甚至上茅厕还在吃。脸上不是因为吃炒粉弄得满脸白胡子，就是因为吃炒青稞麦，弄得满脸乌黑。现在环境不同了，要好好整顿纪律，要教育，要不怕麻烦，要干部自己做起模范来……"

会议结束时，时间已经过午，大家冒着细雨往回走，兴致勃勃地议论着新的根据地和抗日的新任务……

犯险北上的红军终于柳暗花明了！

新的任务，新的环境，也是新的征途，新的艰险。他们一口气还没松完，面临的情况又使领袖们的心情沉重起来……

第二十章
中央红军到达吴起镇，结束二万五千里长征

1

通渭城里，在一间空荡荡的土屋里，红军先头部队红一团团长杨得志，盘腿坐在屋中的土炕上，一位参谋正在向他报告部队进城后的情况。

这时，二十岁的政委肖华推门进来。

肖华打断参谋的汇报，对杨得志说："毛主席要来。搞点什么欢迎他呀？"杨得志赶忙下炕，叫机关的同志去买东西。通渭是一座土城，四周全是光秃秃的土山，房屋也都是土屋，街上只有几家商店。攻城的战斗虽然刚刚结束，但因为红二十五军长征从这里经过过，红军进城后，老百姓并不害怕，商店照常开门。机关的同志沿小城转了一圈，实在无啥东西可买，找来找去，买回一筐梨。

肖华又让人去找桌子，借了好几家，才借到一张摇摇晃晃的破木桌，当地老百姓生活十分贫苦。

机关的同志把梨洗好，放在一个旧铁皮盆子里，这时，毛泽东带着两个警卫员骑着马已经到了。

杨得志、肖华急忙迎出门去。由于红一团担任前卫的时候多，长征以来，不大见得上毛泽东。

毛泽东同团领导一一握手。肖华说："主席瘦多了，身体还好吧！"

毛泽东一边在大家的簇拥下进屋，一边说："瘦了好，瘦一点负担轻嘛！这样我的马就可以胖起来了。"大家都被毛泽东的幽默逗笑了。

坐下以后，问了问部队的情况，杨得志拿起一个梨递给毛泽东，说："主席请尝尝这梨，是通渭这地方产的。"

毛泽东接过梨，连皮咬了一口，酸得直皱眉。肖华问："不好吃？"

毛泽东说："好吃！你们有辣椒粉吗？"

杨得志说:"有。"

"要是拌着辣椒粉吃就好了。"毛泽东说。

"拌辣椒粉吃梨?"大家不解。

"这样呀,这个梨酸甜苦辣四大味就全有了。"毛泽东一本正经地说。大家知道毛泽东在说趣话哩,都忍不住笑了。

毛泽东不笑,对着面前的几个年轻人正经说道:"人们为什么总说酸甜苦辣四大味呢?这四大味概括力很强啊,既是食品味,也是人生味呢。比如革命吧,就有酸有苦有辣,当然也有甜了。把这些味品出来了,那你就是一个革命者了。"

毛泽东好读书,博古通今,学识非常渊博,长征中,他骑在马上也读书。进入甘肃以后,道路好走一些,为方便读书,便不大骑马,让人备了个简易轿子,两根竹竿,用一块帆布兜起来。毛泽东便坐在轿子里,一边行军,一边读书。陕北老乡,都是见毛泽东坐轿子行军的。毛泽东只要兴致好,讲起话来旁征博引,幽默风趣,大家都爱听。

听完毛泽东这番话,大家真的拌着辣椒粉,津津有味地啃起梨来。

杨得志一边吃梨,一边向毛泽东汇报部队情况。听完汇报,毛泽东说:"我们很快就要进入陕北苏区了,要注意对部队搞好政治动员,多讲西北的形势和红军北上抗日的意义。对行军纪律要抓紧,这里跟川西北藏民区不同。进入苏区部队不要随便打土豪,打土豪要同地方党组织联系,这一点你们先头部队一定要注意。"

说完,毛泽东提出要去先锋连看看。先锋连住在县城的文庙小学,团参谋长耿飚走前头去集合部队,毛泽东同杨得志、肖华跟在后边。

路上,肖华问毛泽东:"听说主席又写诗了?"

毛泽东说:"好久不写了,随便凑了几句。"

肖华说:"主席,给部队念念吧。"

当时肖华还不满二十岁,勤奋好学,也爱写几句诗,有"红军小秀才"之称。

"我的诗是不登大雅之堂呀。"毛泽东说。

杨得志等也要求:"主席,给我们念念吧,对部队也是个鼓舞哩。"

毛泽东同意了。来到文庙小学,部队已经集合好了,杨得志先讲了几句,然后请毛泽东讲话。

"同志们，你们辛苦了！"毛泽东说："我们跑了一年的路，打了一年的仗，现在终于快要到达陕北苏区，快要到家了！你们是先锋连，是我们这次远征的尖兵，为我们的胜利建立了功勋！"肖华等带头鼓起掌来，掌声响了一阵，毛泽东又说："我们这次远征是很有意义的。刚才你们的团长、政委要我给大家念一首诗，我这首诗，就是写给这次远征的，也是写给全体红军的！"

毛泽东用手将长发向脑后捋了捋，略略想了想，便用他那十分洪亮又略显尖细的嗓音朗诵起来：

> 红军不怕远征难，
> 万水千山只等闲。
> 五岭逶迤腾细浪，
> 乌蒙磅礴走泥丸。
> 金沙水拍云崖暖，
> 大渡桥横铁索寒。
> 更喜岷山千里雪，
> 三军过后尽开颜。

毛泽东的湖南腔很浓，大家虽然听不全懂，但他朗诵得抑扬顿挫，气势磅礴，大家受到感染，再一次鼓了掌。

从先锋连出来，肖华一个劲地称赞毛泽东的诗写得好。毛泽东说："诗言志嘛，革命者是最大的有志者。我们的董老、谢老、总司令和陈毅都爱写诗，他们比我写得好。"

杨得志接上来问下一步的行动。毛泽东说："先休息两天，准备通过西兰大道。这次，我可要走你们先头部队前头了。"

当晚，毛泽东离开通渭走了。部队休整了几天，10月2日凌晨，红军三路纵队平行前进，拦腰砍断西兰公路，控制了十里长的一段。

2

在西兰公路上拦截红军的是国民党毛炳文的部队。毛炳文在江西参加过对红军的多次"围剿"，第五次反"围剿"时，一军团部在军峰山遭到毛炳文部的攻击，聂荣臻差一点遇险。毛炳文算得上红军的老对手，当然也知道红军的厉害。这时一纵队的部队一阵猛打，毛炳文就垮了。在追击时，一个毛炳文的伤兵突然叫一名湖南籍红军战士的名字，红军战士一惊，走近一看，这国民党伤兵竟是他的哥哥。原来毛炳文是湖南人，他的兵员也大都是湖南籍，弟弟参加了红军，哥哥也被毛炳文强征去当了兵，想不到兄弟俩在这里见了面。

红军战士一把抱住负伤的哥哥，眼泪不觉流了下来。

他一面为哥哥包扎伤口，一面对哥哥说："红军都是些穷人哩，打倒国民党，穷人就翻身了，你跟我们走吧！"

哥哥扶着弟弟站起来，转身向溃逃的国民党部队追去……

战斗结束时，兄弟俩带来了十多个国民党士兵，投入了红军的队伍……

在西兰公路上，红军战士还截获了十多辆从西安运送军服给毛炳文部的汽车。但一辆掉队的却给跑掉了。原来这辆汽车被几名参军不久的新战士拦住后，把押车的军官缴了械，往回带军官的时候，为防止汽车跑掉，他们便砸了车灯。待他们送完俘虏返回去的时候，汽车已被司机掉头开跑了。他们空着手回去对连队干部说："这真怪了，我们已经将汽车的眼睛打瞎了，它咋还能跑呢？"说着大家都笑了起来。

"嗬，么子事这么高兴啊？"一个湖南口音问道。

大家一看，有人认得是毛泽东，立即站起来给毛泽东敬礼。连长把战士打车灯的事学说了一遍，毛泽东也笑了。

然后，他问大家："你们说说，我们为什么要干革命？"

"打倒国民党反动派。"

"还有要打倒日本帝国主义。"

毛泽东说："说得对呀。打倒了国民党，我们穷人就翻身了；打倒了日本帝国主义，我们中国就独立解放了。那时呀，我们要造很多汽车，修很多公路。坐车呀，比骑毛驴还方便啰！"

毛泽东的描述把大家带入了一个令人神往的境地。

这时，一个新战士说："那时，我还是骑毛驴。"

"那为什么呀？"毛泽东饶有兴趣地问。

"汽车太快，我怕头晕哩。"

大家又"轰"的一声笑了。

这时，北上红军已经全部过了西兰公路，奉命堵截的毛炳文部和马鸿宾部只在后面追赶，目的是不让红军休息，以增加红军减员，不战而削弱红军。

在此期间，红军中减员日益严重。因疲惫而掉队的只占少数，主要是逃亡。因为当时天气已十分寒冷，红军仍着单衣，给养未能得到改善，从甘南进入渭河以北后，地方越来越贫瘠，南方战士很不习惯；还有少数人见整天被国民党追着行军，怀疑是否有个陕北根据地，对革命前途丧失了信心。特别是二、三纵队给养差，生活更艰苦，逃亡也更严重，甚至有成班、排一起逃亡的现象。这期间彭德怀跟三纵队行动。他在 1 月 13 日发给随一纵队行动的毛泽东的电报中说："二、三纵队近日逃亡严重。"

逃亡的红军战士有的已随部队行军两万多里，雪山草地的考验都经过了，在即将到"家"的最后时刻却没能坚持到底。半个多世纪以后，笔者在这里采访时，找到一名流落红军。他是江西人，长征到达甘肃后离开了部队。

老人已年过七旬，一件脏污不堪的老羊皮袄裹着黝黑而枯瘦的身子，劣质旱烟使他不断地咳嗽，随着"吭吭"声全身都在抖动……

他说了几位他当时的战友的名字，他们都已成为我军的高级干部。

"需要带什么话给你的战友吗？"临走时笔者问道。

"不用咧。"他摇摇头说，"他们过得不错，我也活得很好哩。平头百姓，有平头百姓的苦，也有平头百姓的乐咧……"

老人似乎并不后悔什么，他对生活，有他自己的理解……

尽管出现了逃亡，但绝大部分红军战士仍在坚定地前进。10 月 4 日，红军突破国民党军队的最后一道封锁线——平（凉）固（原）大道，从小路翻越六盘山。

毛泽东随一纵队的部队登上六盘山顶，10 月的宁南，天高气清，遥望远天，大雁南飞，把他奔涌的思绪拉得很远很远……革命的前途，民族的命运，千种愁绪、万般感慨激动着他那颗诗人的心。下山以后，在一家回民破损的炕桌上，毛泽东盘起双腿，瘦削的身躯前倾着，在如豆的灯光下，挥笔写下了那首气势豪迈、情感激越的《清平乐·六盘山》……

3

红军一路尽量避开敌人，绕道急进，10 月 11 日一纵队收到了陕北红军独立师为欢迎中央红军北上发来的电报，19 日红军到达吴起镇。

吴起镇傍洛河，属保安县，据说是为纪念战国时代的名将吴起而命名的。镇子显得荒凉破败，周围的窑洞里住有一千多户人家，见来了队伍，老百姓却躲进了深山沟。红军见墙上写着"中国共产党万岁"、"拥护刘志丹"的标语，还看到一块区苏维埃政府的牌子，便知道这里已是陕北苏区了。

红军到处找人，好不容易找到几位老头。战士们大声说："老大爷，我们是红军。"

老人们听后就跑，战士们怎么解释也不听。

"这里明明是苏区，老百姓怎么会怕红军呢？"

大家疑惑不解。

后来，又找到几个年轻人，解释了好半天，他们才知道这是从江西来的大队红军。原来，由于语言不通，他们将"红军"听成了"奉军"。这时，吴起镇的书记和乡政府主席主动出来欢迎红军，在他们的动员下，第二天全镇老百姓都陆续回来了。

当时已是深秋，陕北的老乡都穿棉衣了，而红军还是破烂不堪的单衣，当地党组织、苏区政府用鸡毛信传递中央红军到达陕北的消息，动员群众送来粮食，制作御寒衣服，支援红军。

据定边县委纪委书记贾生才回忆，他们接到鸡毛信，立即动员群众，很快就把粮食送到了吴起。徐特立负责收粮付款，他把贾生才留下帮助过斗，人来得少的时候便一起拉家常。这时进来一位衣服单薄褴褛的战士，冻得蹲在地上打哆嗦。贾生才见战士可怜，脱下一件羊皮褂子送给他穿。这战士不肯要，徐老点头后他才收下，穿在身上走了。太阳落山时，徐老同贾生才及几位随从人员到镇的后街散步察看地形。这时正去山里躲藏的杨木匠母亲领着个七八岁的孙女回家，过河时不小心跌入河中。徐老见了，立即跳进河里，将祖孙俩搀扶过河，使附近老乡十分感动。

红军一到吴起，毛泽东便显得很忙，政治、军事等方面有许多问题需要考虑和处理。

到达吴起的当天晚上，中央召开了政治局会议，毛泽东作了报告，会议批准了榜罗镇政治局常委会议决议，进一步决定党和红军今后的战略任务是建立西北的苏区，领导全国大革命。

为了不让讨厌的马鸿宾和东北军的骑兵跟进根据地，由彭德怀指挥在吴起镇西十来里的地方歼灭了马鸿宾的一个骑兵团，切掉了"尾巴"，最后粉碎了国民党的"追剿"计划。

切"尾巴"的战斗结束，捷报传来，毛泽东特地给彭德怀去电赠诗一首：

　　山高路远坑深，

　　大军纵横驰奔。

　　谁敢横刀立马？

　　惟我彭大将军！

此时，南京的蒋介石得知红军进入陕北的消息后，慨然叹道："六载含辛茹苦，未竟全功。"

吴起镇战斗，切掉"尾巴"，红军准备休整几天，利利索索地进入苏区同陕北红军会师。由于一年来，红军一直是无后方作战，无所依托，不但是给养无法保证，更令人苦恼的是伤病员无法安置。部队边打边走，来得及的便找到老乡，给几块银元，请老乡照顾。来不及的便只好丢下。安置到老乡家的伤病员，红军一走，白军便来，许多又被抓走杀害了。在藏民区，掉队的伤病员几乎全被害。

陕甘支队到达陕北，第一件事就是安置伤病员，主要是病员。由于饥饿、寒冷和长期的劳累，红军身体虚弱，进入陕北后，病员增多。地方政府积极动员群众收养病号。素以善良、厚道著称的陕北人民，将红军伤病员当作自己的儿女一样爱护和照顾；红军伤病员也将他们当做自己的再生父母，有的甚至随了养伤人家的姓。养好伤病归队后，在以后的战争中，活过来的，虽然进了城，做了官，但他们仍像亲生儿女一样同收养的家庭保持着联系。没有返回的，以后就在这里娶妻生子，成了地道的陕北人。至今，在陕北，健在的南方籍陕北人仍有不少。当然，更多的是归队以后，牺牲在抗日和解放的战场上，他们的收养人家至今仍在经常念叨着……

4

毛泽东感到，过去由于环境所迫，红军在群众纪律方面执行得不那么严格了，现在一定要抓抓这个问题。

这天，毛泽东走进王稼祥和杨尚昆住的窑洞里。他对王稼祥和杨尚昆说："现在要抓紧对部队的群众纪律教育。这一年来，由于环境艰苦，群众纪律是注意不够的。比如在藏民区与民争食，等于是抢了藏民呀。"

王稼祥叹了口气，说："也是没办法呀，多少人被饥饿夺去了生命，为了生存，不得不那样嘛。"

毛泽东站起来，在窑洞里走了几步，沉重地说："我们对藏民欠了债，以后革命胜利了，这债我们是要还的。"解放后，毛泽东没有忘记这笔债，曾指示四川省政府拨出专款，在当年红军经过的藏民区建了许多房屋。

这时，杨尚昆说："现在好了，有了个后方了，再也不用背着包袱打仗了。"

毛泽东说："到了根据地，群众纪律方面的规定要结合实地情况作出修改，要更严格。我看，你们总政治部是不是先对部队发个通告，将急需注意的讲上几条，要求全军遵行。"

王稼祥、杨尚昆连连答应。毛泽东走后，这两位政治部首长立即起草了命令送给毛泽东。毛泽东作了修改，特别添上了不得任意改变老乡的阶级成分这一条。第二天，《总政治部关于禁止焚毁农具和打土豪事的命令》发出：

> 本地已是苏区，已有苏维埃政府与群众团体，本地居民的阶级成分，政府已经确定；同时，本地牛力与驴子对于生产十分重要，因此本部特决定：
>
> （一）打土豪要经过纵队政治部的批准，要经过当地政府与群众组织的同意，并由他们派人同去没收，否则严禁打土豪。
>
> （二）地方政府对于某人的阶级成分已确定了的，不论是否错误，我们要尊重地方政府的意见，不得任意改变。
>
> （三）禁止杀牛和驴子，禁止焚毁农具。土豪的牛、驴子和农具要分给农民，首先是红军家属。
>
> 上列三项着各级政治机关严格通知各部首长与给养人员遵照执行。
>
> 此令。
>
> 支队政治部　　　　主　任：王稼蔷
> 　　　　　　　　　副主任：杨尚昆

这一命令，有很强的政治原则，体现了成熟的政治家们的远见卓识和政治艺术，受到了陕北党组织和群众的热烈拥护，也显示了作为中央的足以驾驭现有两支红军的不凡的政策水平和领导才能。

5

毛泽东决定去吴起镇休整一个星期。25 日，党中央召开了红军团以上干部会议。由于担心敌机来，会议在镇子附近的一个晒麦场上召开，要求天一亮就到会。

杨成武同王开湘的四大队驻地离镇有三十多里地，天还没亮明，他们就骑马上路。

快到会场时，遇见了正步行去会场的邓小平，杨成武、王开湘急忙勒马下来，向邓小平敬礼。

邓小平走上来与杨、王二人热情握手，说：“好久不见你们了。”

杨成武说：“我们也是好久不见首长了。首长身体好吗？”

邓小平笑着点头说：“还好！还好！”

1933 年，邓小平被打成“罗明路线”，受到批斗。被打成“罗明路线”的几个人中，邓小平是比较幸运的。长征开始时，由于周恩来和王稼祥的坚持，他随军走了。而古柏和毛泽覃却留在苏区牺牲了，谢唯俊长征到陕北后，任三边特委书记，在“三边事件”中被害。而这个所谓“路线”的主要人物罗明，当时在瑞金党校当教务处长，由于李维汉的说情，随军参加了长征。遵义会议后，罗明任三军团地方工作部长，胡耀邦是干事，在进军娄山关的路上罗明同胡耀邦同时受伤。罗明伤重，留在贵州，以后又去了上海、新加坡，解放后回国，任过南方大学校长。

遵义会议后，邓小平也曾去前方工作，后来又回到了中央机关。

“你们团驻在哪里？离这儿多远？”邓小平关切地问。

杨成武一一作答。

邓小平在前面步行，杨、王牵马跟在后面。走了一会儿，邓小平又问：“听说你们团在青石嘴打那一仗，缴了不少布？”

“是缴了不少。上交了一些，还有一点。”王开湘回答说。

“关心一下宣传队的同志嘛，给剧团的小鬼们每人做套衣服怎么样？”邓小平说。

“好，照首长指示办！”杨成武很爽快。

邓小平笑了，说：“讲妥了，一言为定！”停了停，又说：“如有多的，最好再给机关同志添件衬衣。我们机关同志的衣服都破得没法穿了。”

“好，我们回头派人送去。”杨成武也同意了。

说着走着就到了会场。这里四面是土墙，墙外几株大树遮着，飞机不会发现。人陆陆续续来了，问候声，说话声，熙熙攘攘一片……

6

一会儿，天大亮了。几位首长靠前面的桌子坐下。毛泽东头发披着，周恩来更黑更瘦、美髯垂胸，张闻天耷拉的布帽檐几乎遮住近视眼镜，彭德怀的棉衣破了几个小洞，露出了白白的棉花，神情严肃……

在热烈的掌声中，毛泽东开始讲话。他问候大家后，接着说："从瑞金算起，我们走了十二个月零二天，也就是三百六十七天，战斗不超过三十五天，休息不超过六十五天，行军二百六十七天，如果夜行军也算上，那就更多。"他开始扳手指："我们走过了赣、闽、粤、湘、黔、桂、滇、川、康、甘、陕，十一个省。根据一军团的统计，最多走了二万五千里，这是一次前所未有的长征！"

会场上有人领呼口号，"长征万岁！"的欢呼声此起彼伏。

接着，毛泽东深刻地阐述了长征的伟大作用和深远历史意义。随着毛泽东的讲话，人们的心中又浮现出了长征中那一幕幕艰苦卓绝的情景……

毛泽东声音有些沉重，他说："同志们，长征我们是胜利了，但损失也是巨大的。一年前出发时的许多同志，我们今天再也见不到了。中央红军从江西出发时是八万六千人，现在只剩下不到一万。无数同志永远地留在了这万里征途上，为革命事业捐弃了生命……"

毛泽东声音哽咽起来，他痛苦得说不下去了……

长征对毛泽东个人来说，也是悲喜交加。长征改变了他的政治命运。离开瑞金时，毛泽东只带了一把雨伞和一捆书，那个几乎是毛泽东的标志的黑色公文包没有带。博古曾放心地认为毛泽东对自己的政治前途已经失去希望，当然，博古错了，毛泽东很快在形势的推动下重新走上了政治舞台。

红军长征走后，毛泽东失去了他最喜爱的小弟毛泽覃；长征中，他的妻子受了伤，至今未痊愈，为此，毛泽东流了泪。在贵州，贺子珍生下一个女儿，孩子刚生下来，毛泽东还没来得及见一面，就让毛泽民的妻子钱希钧送给了当地一个穷老太婆，至今生死不明，还有那许许多多牺牲在长征途中的同毛泽东一起战斗多年的同志和战友……

毛泽东停了好一会我，抬起手背慢慢地擦了擦淌出眼眶的泪水。毛泽东是一个很坚强的人，那些跟着他上井冈山的人也是第一次看见毛泽东在这种场合泣不成声……

大家被毛泽东的情绪所感染，每个人都回忆起在长征路上牺牲的亲人、战友和自己觉得最可尊敬的首长和同志，每个人的眼里都噙满热泪……

片刻，毛泽东平抑住了自己的情绪，他坚定地说："同志们，我们今天人虽少了些，但都是革命的精华。我们要同陕北红军、陕北人民更坚强地团结，完成中国革命！"

毛泽东的话讲完了，停了好一会儿，大家才像突然惊醒似的爆发出热烈的掌声。

中央红军的长征至此结束了，然而，共和国还在风雨飘摇中……

第二十一章
陕北肃反苏区陷入险境，北上中央挽救危局

1

毛泽东的动情讲话和蒋介石神情忧郁的慨叹，都缘自一个事实：从江西出发的那支红军终于到达陕北。

俄界会议后，北上红军称为陕甘支队，缩小了目标。蒋介石把他的围堵重点仍放在川西北，他并不知道中央红军同张国焘的分裂，只是对红军滞留毛儿盖地区迟迟不动，感到有些大惑不解。北上红军直到进入宁夏固原时，蒋介石才知道这支红军是由毛泽东、彭德怀率领的。这时，已经来不及调遣重兵围堵，只有眼睁睁地看着毛泽东去与刘志丹会师了。

在中央红军到达陕北之前，已有一支红军率先与刘志丹会师。这就是红二十五军……

红二十五军是红四方面军主力在张国焘、徐向前的率领下离开鄂豫皖后，以原红二十五军留下的三个团为基础重新组建的。军长吴焕先、政委王平章，部队曾发展到七千余人。从1932年11月到1934年10月，在两年的时间中国民党以十五个师的兵力进行"围剿"，根据地受到摧残，人口逃亡，居民锐减，兵源枯竭，但他们仍然艰难地坚持着。

在坚持斗争期间，他们曾派鄂豫皖省委委员、著名作家成仿吾经上海去中央苏区汇报情况。

1934年8月，周恩来派程子华到了鄂豫皖。程子华传达了周恩来关于鄂豫皖苏区红军"要作战略转移，去建立新的根据地"的指示。

11月，鄂豫皖省委在河南光山县召开会议，决定以"中国工农红军抗日第二先遣队"的名义，转移到桐柏山区和豫西的伏牛山区去创建新的根据地。会后不久，红二十五军二千九百八十余人从罗山县何家冲出发，开始战略转移。

鄂豫皖省委在光山开会时，前鄂豫皖边区苏维埃主席、鄂豫皖省委常委、皖西北道委书记高敬亭正在皖西。待他赶到光山时，鄂豫皖省委已随红二十五军出发，留下的人员群龙无首。高敬亭将散在各处的干部和二百余名红军伤病员以及部分地方武装搜集到一起，组建了红二十八军。红二十八军在高敬亭的领导下，在大别山区坚持三年游击战争，队伍不仅未被消灭，而且得到了很大发展。1937年下山改编为新四军第四支队时，是四个支队中人数较多，力量较强的一支队伍。1939年6月，高敬亭被错杀于安徽肥东县青龙厂。

2

红二十五军一路艰苦征战，辗转来到陕南。他们先后歼灭了杨虎城的警一旅和警三旅，粉碎了国民党发动的两次"围剿"。但陕南地瘠民贫，为补充新兵，解决物质匮乏，省委决定红二十五军北出终南山，威逼西安。

在距西安三十余里的引驾回，红军捉住了国民党的一个区长，徐海东想把西安敌人调出来打个伏击，便逼着这位区长给西安打电话。

区长无奈，要通了西安城防司令，说："红军到了引驾回，快派兵来。"城防司令回答说："于军长、毛军长的队伍都往西开了，哪有兵可派？"这时，徐海东他们知道西边发生了战事。接着又在这里找到一张《大公报》，报上说，红一、四方面军已在川西北会合，继续北上。不久，红军到达子午镇时，鄂豫皖根据地地下交通员石健民带来了红一、四方面军的消息。

省委立即在子午镇西二十里的地方召开紧急会议，决定红军西进甘肃，牵制敌人，迎接党中央和一、四方面军北上。

省委留下豫陕特委书记郑位三和陈先瑞坚持斗争，于7月16日率领红二十五军共四千人西进。在陕甘交界的双石铺歼灭胡宗南部四个连，活捉一名姓何的少将参议。经审问得知红军先头部队已越松潘北上，胡宗南的主力已全部西调去甘南截击北上红军，后方留守处设在天水。

红二十五军乘虚向天水急进，攻进天水北关，胡宗南十分惊恐，担心后方有失，急电蒋介石。蒋介石于是下令抽调围堵主力红军的部队，"先以优势兵力，全力解决"红二十五军。

由于国民党兵力的回调，这就给毛泽东的陕甘支队北上甘南创造了条件，使这支长途跋涉、疲病交加的红军进入甘南后受到的阻力较小。

胡宗南主力回调，红二十五军绕过天水，北进静宁、隆德，但仍听不到中央红军的消息。于是在静宁的兴隆镇，省委再次召开会议。省委研究后认为，现在要转回陕南已很困难，如果仍打听不到中央红军消息，就到陕北同刘志丹会师，也许刘志丹会知道中央的情况。

红军继续北上，在泾川县四坡村战斗中，省委代理书记、政委吴焕先牺牲。吴焕先牺牲时年仅二十七岁，是红军中最优秀的将领之一。他是黄麻起义的领导人，全家六口人被国民党杀害，惟一幸存的母亲讨饭度日。他长期同徐海东一起战斗，吴焕先的牺牲，使徐海东非常悲痛，他抱住吴焕先逐渐冰冷的遗体，失声痛哭……

四坡村战斗后，红二十五军为打听中央红军消息，截断西兰公路十八天，又一次引起国民党的惊恐，立即调集了两个师、一个旅的兵力围攻红军。红军甩开追兵，沿陕北根据地边缘北上。这一带黄土莽莽，十分荒凉，红军断粮两天，仍未见到一个村庄、一个居民。正当许多人已饿昏过去的时候，忽然遇到一个羊贩子，赶着五百多头羊。于是红军买下这群羊，终于坚持到了陕北。

红二十五军到达陕北，陕北党和陕北人民对这支远道而来的红军表示了非常热烈的欢迎。

习仲勋、刘景范等立即赶去迎接。中共西北工委向各级党组织发出了《为欢迎红二十五军北上给各级党部的紧急通知》，要求热忱欢迎远道而来的红二十五军。9月中旬，两支红军在永坪会师。

这天，一大早，浓浓的雾气还没散开，远远近近的红军部队、机关干部、学校学生和群众都涌到永坪镇的河滩上。岩石上、树上贴满了欢迎红二十五军的标语，在十分热烈的气氛中，人们一直把红二十五军的同志送到"红大"休息后，欢迎队伍才散去。接着开始了各种慰问活动，贫苦的陕北人民倾其所有慰问远道而来的同志和兄弟。联欢会上，徐海东和刘志丹都发表了热情洋溢的讲话。

红二十五军到达陕北时，有近三千人，由于缴获多，武器装备很好，是几支长征队伍中，最先到达陕北，而且受损失最小的一支队伍。

3

两支红军会师后，进行了整编，合编为十五军团，徐海东任军团长，程子华任政委，刘志丹任副军团长兼参谋长，高岗任政治部主任。这时，蒋介石在西安设立了"西北剿匪总司令部"，蒋介石任总司令，张学良为副司令，为监视张学良的行动，蒋介石派其亲信晏道刚为参谋长，集中十万部队"围剿"陕甘苏区。

新成立的十五军团立即投入反"围剿"的战斗。10月初，徐海东、刘志丹指挥劳山战役，歼灭东北军一一〇师，将师长何立中击毙，俘敌两千多人，并乘胜占领瓦窑堡。

接着红十五军团又南下榆林桥，消灭东北军一〇七师四个营，俘虏团长高福源。后来高福源对红军同张学良建立统一战线起了十分重要的作用。西安事变后，张学良被蒋介石扣留，东北军中以孙铭九、苗剑秋为首的少壮派杀害军长王以哲，东北军内乱，高福源被害。

正当红十五军团在前线血战之时，后方根据地的肃反开始了。

当时的苏区，由于处在白色包围中，条件的艰苦和斗争的残酷，经常会出现意志不坚定者叛变革命，也发生过国民党特务混进革命队伍破坏的情况。因此，肃反是一件经常的工作，这也许是形势的逼迫。但因此却形成了一些人的极"左"观念；同时，也有个别品质不好的人以对同志的残酷打击和迫害来显示自己对党和革命事业的忠诚，从而达到个人的目的。

在永坪会师前，由天津北方中央局派来的朱理治、郭洪涛、聂洪钧等已到达陕北。他们撤销了中共西北工作委员会，成立了陕甘晋省委，同时改组了西北军事委员会。

陕甘晋省委成立不久，就开始了肃反。高岗、习仲勋、马文瑞等很快遭到逮捕，由于刘志丹当时正同徐海东在前线指挥作战暂未被捕。

不久刘志丹被捕，关在瓦窑堡的一家旧当铺里，不让见任何人。几天以后，习仲勋被从王家坪押到了瓦窑堡。习仲勋了解一些外面的情况，他告诉刘志丹，已有一些陕北同志被杀害。

对此，刘志丹想不通，习仲勋想不通，陕北人民也想不通。刘志丹在陕北苏区有着极高的威望，陕北流传的一首民歌唱道："正月里，是新年，陕北出了个刘志丹。刘志丹来是清官，他带队伍上横山，一心要共产。"这首多少带有点个人崇拜味道的信天游，比《东方红》早了好几年。

刘志丹的这种个人的权威，是由于他的才能，他的崇高的人格力量获得的，是发自陕北人民内心的尊重。

严重的是，肃反在群众中引起的极大疑虑和恐惧，有的正被一些坏人所利用。地主、富农乘机挑拨煽动，一个多月时间，保安、安塞、定边、靖边等几个县的群众都"反水"了……

20世纪30年代初在共产党领导下轰轰烈烈发展起来的苏区，"左"倾路线基本上在一年多的时间里就破坏殆尽，陕北根据地在刘志丹的苦心经营下硕果仅存。但一场肃反，使这最后的一块根据地也岌岌可危了……

正当刘志丹、高岗、习仲勋、马文瑞等陕北党和红军领导人的生命危在旦夕时，毛泽东率领的北上红军到达了陕北。

4

中央红军到达吴起镇，毛泽东决定切掉跟在后面的"尾巴"。红军找到了陕北红军游击支队的秘密联络员刘兴汉，同游击支队取得了联系。刘兴汉用鸡毛信通知游击支队的队长兼政委张明科速到吴起镇，说是中央要见他。

张明科第二天上午接到鸡毛信，当天下午便赶到了吴起镇中央驻地。一位红军干部将张明科带进一个窑洞，窑洞不大，墙上挂着三支短枪，铺着黄油布的炕上坐着三个人。经一位说陕北话的同志介绍，张明科才知道中间的那位瘦高个是毛泽东，蓄着大胡子的是周恩来，站在旁边说陕北话的是贾拓夫。

毛泽东说湖南话，张明科听不大懂，便由贾拓夫"翻译"。

"你是哪里人呀？"毛泽东很和蔼地问。

张明科说："我就是本地人，原来是刘志丹家的长工，参加革命是刘志丹、刘景范叫去的。"

毛泽东连声说："好！"然后又问了游击队的一些情况，向张明科宣传了中央红军北上抗日，北方将成为抗日前线的道理。张明科认真地听着毛泽东讲话，没有做声。接着毛泽东又说："昨天，我们中央几个同志开了一个会，研究我们进入了陕甘苏区，是给陕甘苏区人民带来胜利呢，还是带进害了？大家一致意见是只能带来胜利，不能带进害。因此，我们决定在这里打一仗，把马家骑兵赶回去。"

周恩来打着手势说："割掉这个'尾巴'，不让他们进苏区糟蹋苏区人民。"

毛泽东又说："你们游击队在这里地形熟，你们给主力红军带带路。一来可以学习打仗，二来你们可以多拿一些枪支回去武装自己。"

张明科明白是带路的事，连连说："行、行！这好着咧。"

毛泽东见张明科很爽快，显得很高兴。他又问道："刘志丹同志现在哪里活动，你知道他在什么地方么？"

张明科一听问起刘志丹，一下紧张起来。他支支吾吾地说："刘志丹原来还好好地，现在他……"

张明科不说下去。毛泽东觉出了什么，对张明科说："张明科同志，你说嘛，你尽管说嘛。"

被张明科认做"长胡子老汉"的周恩来也说："明科同志，这里是党中央，你不要怕，你要相信党中央嘛。"

张明科这才说："刘志丹已经被关押起来了……"

毛泽东心里一沉，立即从炕沿上站了起来，急切地问："为么子事嘛？为么子要抓刘志丹？关了多久了？"

"为什么事我不清楚，已经关了一个多月了。"

周恩来急切地问："关在什么地方你知道吗？"

"听说关在瓦窑堡，共押起有几百人咧。"张明科说。

毛泽东的心里开始沉重起来，想不到刚到陕北苏区，苏区就出了这么些问题……

毛泽东又问："谁能知道详细情况？"

张明科告诉毛泽东说，陕北红军骑兵团在这一带活动，骑兵团政委龚逢春知道情况。毛泽东问："你能不能找到他？几天能找到？"

张明科说，如能借上匹骡子，两天就能找到。于是张明科安排了给红军带路的工作，便出发去找龚逢春。临走时，毛泽东送给张明科一支手枪和用红布包着的三十发子弹。

张明科走后，毛泽东觉得情况紧急，不能等。他同周恩来、张闻天、博古等在一起商量。

毛泽东说："刘志丹被捕，二十六军不少干部被抓，这是一个紧急情况，会影响到整个陕北苏区和陕北红军部队的。"

周恩来接着说："我刚才找几位地方同志了解情况，感到他们对刘志丹被抓情绪很大。国民党正在对陕北苏区进行第三次'围剿'，这么大的事，搞得不好，会失去群众。"

张闻天忧虑地说："刘志丹从 1925 年闹革命开始，领导陕北十年，在群众中威信很高，这件事的处理一定要慎重。"

毛泽东一边听大家议论，一边吐着烟雾沉思。这时，他站起来，决断地说："事不宜迟，派上几个人，立即出发，寻找刘志丹！"

大家也都表示同意。于是决定派组织部长李维汉、总政治部部长贾拓夫带上电台作为先遣队立即出发去寻找陕北红军和刘志丹。贾拓夫是在1934年代表陕西省委去中央苏区参加六届五中全会的，会后留中央白区工作部工作，后随中央红军长征。

5

李维汉、贾拓夫一行来到甘泉下寺湾遇到了郭洪涛，得知陕甘晋省委正在进行肃反，刘志丹等主要领导干部被捕。

情况得到了证实，贾拓夫等立即电告党中央毛泽东等同志。

中央当即回电："立即停止逮捕，停止审查，停止杀人，一切听候中央解决！"

毛泽东深知对肃反事件处理事关重大，电报发出后，仍不放心，又立马赶到下寺湾，听取了郭洪涛的汇报。党中央在下寺湾召开会议，分析陕北根据地的政治军事形势。

毛泽东说："我们到了陕北，现在摆在我们面前有两件紧迫的事。一件是要尽快打退国民党对陕北根据地的第三次'围剿'，另一件就是要处理好陕甘晋省委的肃反扩大化问题。"

周恩来接上去说："这两件事都很重要。一件是政治的，一件是军事的，哪一件处理不好，都会影响陕北根据地的巩固，关系到我们能不能在这个落脚点落住脚！"

博古说："肃反扩大化的事，情况恐怕比较复杂。要认真调查研究。"

毛泽东说："我们现在了解的情况不多，但我看这里人民群众的政治觉悟高，懂很多革命道理，陕北红军很有战斗力，我相信创建这块根据地的同志是党的好干部。"

周恩来也说："这块根据地能够坚持下来，本身就很能说明问题嘛。"

毛泽东又说："当然处理这个问题要谨慎，要调查研究。杀人更要慎重。"他停了停，略显沉思，徐徐地吐出一口烟，不知是感慨，还是教训，说："杀头可不像割韭菜，韭菜割了可以再长起来，人头落地就再也长不出来了。"

张闻天建议道："现在情况紧急，中央是否可以分作两路行动，由主席和恩来各带一路？"

大家不做声，把目光望着毛泽东。

毛泽东略作思考，说："分两路行动好。恩来、德怀还是和我一起去对付国民党的'围剿'；洛甫、博古、少奇同志率中央机关直接去瓦窑堡。"

大家表示同意。最后决定成立五人"党务委员会"，具体负责审查陕甘晋省委的肃反问题。董必武任党务委员会主任，成员有王首道、李维汉、张云逸、郭洪涛，博古代表中央随同前往。会议同时决定王首道和刘向三立即去瓦窑堡，接管陕甘晋省委保卫局的工作。

王首道到达瓦窑堡，立即传达了中央的精神，捕人和杀人停止了。

经过一个多月的调查、核实，刘志丹等陕北领导人的所谓罪行被基本否定。五人委员会将情况报告中央后，中央决定给予平反。

1935 年岁末，大雪覆盖了莽莽高原。这天，瓦窑堡第二高小的一间教室里，党中央召开了党的活动分子会议。党中央为陕北同志正式进行了平反。

6

1935 年 11 月 26 日作出的《西北中央局审查肃反工作的决定》指出："过去陕甘晋省委领导反右倾取消主义斗争与坚决肃清反革命右派的斗争，一般的是必要的，正确的；但个别领导同志认为右派在边区南区和红二十六军中，有很大的基础，夸大反革命的力量，在反革命面前表示恐慌，因此在肃反斗争中犯了小资产阶级的'极左主义'和'疯狂病'的严重错误。"

对这个错误肃反处理结论的争论断断续续进行了半个世纪。直到 1983 年，胡耀邦主持中共中央工作以后，经过由中央指定的五人小组同原陕北有代表性的老干部研究、商讨，取得一致意见，作出结论，最后结束了这场争论。

当时的结论，对于当时的中央来说，也许是一个合适的选择：在对事件的认识还有待深入的情况下，最好办法是先不要定论。事实证明，这是成功的。

刘志丹释放后，周恩来接见了他。

由贾拓夫陪同，刘志丹来到周恩来住的窑洞口，警卫员通报以后，周恩来立即大步迎出来，一把握住刘志丹的手，长髯飘动，亲热地说："啊，志丹同志，中央来晚了，陕北同志受苦了。"

刘志丹被周恩来的热情感动得双手颤抖，他久久握住周恩来的手不放，说："周副主席，我是黄埔四期的，您的学生。"

周恩来把紧握的手用力摇了摇，然后抽回来，一边让刘志丹进屋，一边说："我知道。我们是革命战友。"

周恩来问了些刘志丹的身体情况以及其他获释同志的情况后，便领着刘志丹去见毛泽东。

毛泽东门口的警卫员是认识周恩来的，所以并不需通报。周恩来也并不径直进屋，在门口叫道："志丹同志来了。"

毛泽东应了声后，周恩来再引着刘志丹快步走向毛泽东。

刘志丹不认识毛泽东，见一位气宇不凡的瘦高个向他迎来，他知道这就是毛泽东了，立即敬了个礼，说："毛主席，您好！"

毛泽东亲切地拉刘志丹坐下，说："志丹同志，你受委屈了！但对一个革命者来说，坐牢是一种考验，也是一种休息嘛！"说坐牢"是一种休息"，毛泽东对问题有他独特的思维方式，也有他独特的说法。

刘志丹说："感谢中央的英明处理，救了陕北同志。"

毛泽东又说："陕北这个地方，在历史上是有革命传统的嘛。"他扳起手指说："李自成、张献忠就是从这里闹起革命的。这地方虽穷，穷则思变，穷就要闹革命嘛！"毛泽东说着，去口袋里摸烟。

"这里的群众基础好，地理条件也好，搞革命是个好地方。"周恩来接着说。

刘志丹非常高兴地说："中央来了，我们坚决听中央的，以后的事情就更好办了。"

接着刘志丹汇报了陕北的工作情况，毛泽东、周恩来对刘志丹进行了勉励，然后才离开。

后来，毛泽东也接见了习仲勋，并写了"党的利益在第一位"八个大字送给他。

刘志丹不久被任命为西北革命军事委员会委员，西北办事处副主任（周恩来兼主任），新成立的红二十八军军长，瓦窑堡警备司令等职务。以后随红军东征，牺牲于山西的三交镇。

中央在为陕北苏区干部平反的同时，还为红二十五军中的三百多个在鄂豫皖苏区肃反中被打成"改组派"、"第三党"、"AB团"、"反革命嫌疑犯"平了反。这三百多跟着红军一路长征的"反革命"，听到中央给他们平反的消息，都感动得哭了。党中央的英明形象，在陕北苏区和红十五军团的干部中树立起来了。会师以后，党中央在几支红军的统一上获得了十分完满的解决，这是与张国焘的会师大不一样的。

7

毛泽东到达陕北后，在政治上成功的同时，军事上也取得了胜利。

10月30日，中央红军所有非战斗单位前往陕北苏区中心瓦窑堡。进入瓦窑堡这天，瓦窑堡市政府动员了许多群众到南门外去欢迎中央红军，男女老少手里举着三角旗，敲锣打鼓，十分热闹。

天气很冷，大家在寒风中抖抖索索直等到中午时分，才见中央红军到来。

中央红军到来时，与欢迎群众想像的简直相差太远。他们见到的红军，赤脚片子打着裹缠，穿袜子的很少。战士的长裤穿成了短裤，腿上、胸前裹着麻袋片或羊皮，皮肉露在外面，冻得发黑。负了伤的拄着棍子、胳膊上吊着绷带，几十副担架上铺着烂草，岁数小的只有十来岁，一些女人身上背着竹篓子，篓子里面放着裹着破布片的孩子。在进入瓦窑堡前，显然队伍经过整理，虽然杂乱，但走得还比较紧凑，不断地有人用南方话向欢迎的人群打招呼和敬礼。

当然这支近似于张国焘所说的"叫花子队伍"还不是红军主力。红军战斗部队在毛泽东、周恩来、彭德怀带领下去了甘泉，在甘泉南边的象鼻子湾同红十五军团会师。

这时，中央红军的财政非常紧张，时届严冬，红军衣食无着，苏区无土豪可打，无款可筹。中央红军的后勤部长杨至成向毛泽东、周恩来汇报了情况，毛泽东皱紧了眉头，沉默了好一会儿，周恩来说："不知十五军团的情况怎么样？"

毛泽东似乎也想到了，说："看来也只有这样了。我来写个借条吧。"

毛泽东铺上一张毛边纸，略想了想，挥笔"刷刷"地写下几行字，交给杨至成，说："你去找找徐海东。"

杨至成拿着毛泽东的借条找到徐海东。徐海东正在指挥榆林桥作战。见了杨至成送来的毛泽东的亲笔借条，立即把经理部长查国桢叫来，问："现在军团还有多少钱？"

查国桢说："还有大约七千块现洋。"

徐海东把毛泽东写的纸条递给查国桢说："这是毛主席写的，中央红军目前很困难。"

毛泽东在纸条上写的向十五军团借现洋二千五百块。查国桢拿着纸条，一边算计一边说："十五军团购买冬装、油、盐还有医药等等大概需要五千元……"他抬起头对着徐海东爽快地说："咱们紧巴一点，可以挤出两千五百元。"

徐海东对查国桢摇了摇头，决断地说："你立即拿出五千元，送给党中央。我们不够的再想办法。"查国桢显得有些为难，但他还是痛快地点了点头，立即照办了。

初到陕北的中央红军，徐海东的五千元不啻是雪中送炭，给他们解决了部队急需的冬装和口粮问题。

不久，西北革命军事委员会成立，统一指挥红军作战。主席毛泽东，副主席周恩来、彭德怀。并把陕甘支队编为红一军团，红一军团与红十五军团合编为红一方面军，方面军司令员彭德怀、政治委员毛泽东、参谋长叶剑英、政治部主任杨尚昆。至此，陕北会师后红军的统一即告完成。

两天以后，西北军委根据当时反"围剿"形势，决定集中兵力进行直罗镇战役，在初冬解决"围剿"。

直罗镇战役大获全胜，国民党对陕北苏区的第三次"围剿"被彻底粉碎，红军欢欣鼓舞。陕北人民见中央红军放出了刘志丹和陕北干部，又打了大胜仗，也都十分高兴，争先恐后欢迎红军。

这时，中华苏维埃共和国中央政府在陕北苏区成立了西北办事处，加强了对陕北苏区的政权建设，完善和重新制定了苏区有关政策。

随着各种政策的制订和施行，陕北根据地得到了进一步的巩固，党中央和中央红军在到达陕北一个多月内，就完全站住了脚。陕北，终于成为中央红军的一个名副其实的落脚点。

然而，也正在这时，毛泽东收到了一封张国焘的电报。电报内容如下：

（一）此间用中央、中共中央、中央政府、中央军委、总司令部等名义对外发表文件，并和你们发生关系；

（二）你们应称北方局，陕北政府和北路军，不得再冒用党中央名义；

（三）一、四方面军名义应取消；

（四）你们应将北方局、北路军和政权组织报来，以便批准。

十二月五日

毛泽东看完电报，一言不发。他掏出火柴来点烟，竟划了好几根火柴没有点着。他终于点上烟，拼命地吸了一口，然后一手叉腰，一手捏烟，在窑洞里走动起来……

这是一个不让政治家和领袖们喘气的年代……

第二十二章
张国焘自立"中央"，南下蓝图转眼成为泡影

1

当 9 月 3 日，张国焘因噶曲河水涨，率左路军先头部队返回阿坝之时起，他的南下决心就已是无法改变了。以后中央连续四次致电朱德、张国焘，严令北上，但张国焘未予理睬。

中央已走，张国焘独率八万余人马，便可以放手大干了。

张国焘当时估计，中央同一、三军团不过万余人，北上去靠近苏联，兵疲路遥，关山迢迢，敌军追堵，这种无后方的长途流动，即使不被消灭，也会被拖垮，"至多能剩下几个中央委员"。中央和北上红军当时的现实确实是严峻的，俄界会议上，毛泽东的估计比张国焘的预言也乐观不了多少。

而张国焘自己却拥有红军主力，南下四川，利用四川军阀同蒋介石的矛盾，即使不能赤化全川，在四川富庶之区建立一块根据地当是不成问题的。

然而，形势的变化是那样捉摸不定，又是那样的残酷无情，仅仅几个月后，中央和北上红军便在陕北找到了一块根据地并很快站住了脚；张国焘却折将损兵，在四川无立足之地……

当然，那都是后话，此时的张国焘是信心十足的。

中央红军离开五天之后，张国焘以"中国工农红军总政治部"名义发布《红四方面军大举南进政治保障计划》，在这个计划中说："目前的战略方针是集中主力大举向南进攻，消灭川军残部，在广大地区内建立巩固的根据地，首先赤化全川。"

9 月中旬，在阿坝的格尔登寺召开了川康省委扩大会议。

阿坝是川西藏族区的中心，喇嘛庙雄伟壮观，在大喇嘛庙的两侧有较小的喇嘛庙环绕，还有以千数的藏民住宅和上百家店铺，比起内地的县城也不逊色。

位居中心的大喇嘛庙就是格尔登寺，红军到达时，藏民和喇嘛大部逃亡，红军总部就住在格尔登寺。寺内的殿堂很大，川康省委扩大会在殿堂内召开。省苏维埃、法院、保卫局、妇女和儿童团等省属机构和团体都扩大了进来。会议主要是通报中央率红一、三军团秘密北上这一事件。当时消息已在红军中传开，在党内介绍情况、作出解释也是应该的，但张国焘恐怕是另有目的，这就是为以后的成立临时中央作舆论准备。

会议以举手表决的方式，急急忙忙地通过了谴责毛、周、张、博逃跑主义的《阿坝会议决议》。《决议》说："中央政治局的一部分同志，洛、博、周等同志，继续他们的右倾机会主义的逃跑路线，不顾整个中国革命的利益，破坏红军的指挥系统，破坏主力红军的团结，实行逃跑。"在谴责了中央的"逃跑主义"之后，又说："在斗争中不愿执行党的进攻路线，经过斗争和教育仍不转变的分子，应当予以纪律制裁，使党团结得像一个人一样。"《决议》里讲的逃跑路线，却没有点毛泽东。

2

9月中旬，四军、三十军返回毛儿盖，随即又向卓克基、松岗移动。下旬，驻阿坝的左路军第一纵队到达卓木碉、松岗一带。至此，红军主力集结于马塘、卓克基、马尔康、松岗、党坝一线，向南进攻的准备工作已告完成。

10月4日，红军总部来到松岗地区的卓木碉。5日，张国焘在这里召开了高级干部会议，又称"卓木碉会议"。

卓木碉原址为今马尔康的足木脚，因为藏音汉译，常不一致。足木脚有个藏民寨子白沙寨，也叫白赊寨，寨里有三个大石碉，较小的一个已倒塌，至今仍有两石碉在。离石碉不远，有一个白沙寺院，红军来时，寺内喇嘛已走，会议便在寺院内召开。

这时，四军、三十军均已到达，除张国焘、朱德、刘伯承等人外，徐向前、陈昌浩、王树声、周纯全、李卓然、罗炳辉、余天云等军以上干部和红军总政治部秘书长黄超、副总参谋长李特等都参加了会议。

这是中央率军北上走后的第一次高级干部会议，红军总部4日到卓木碉，5日开会，对会议具体内容，除少数人外，其他人都不甚明白。高级干部们进出草地，连日行军，神情比较疲惫，到场之后，互相问候一声，便都闷坐着。

会议开始后，先是由陈昌浩介绍在毛儿盖的经过情况，陈昌浩说得比较客观。他说他和徐向前与毛泽东等中央政治局委员相处很融洽，遇事互相商量，并没发生什么争执。中央的出走，完全是秘密的，突然的……

接着是张国焘讲话，他从中央苏区反"围剿"开始，信口说下去，直讲到一、四方面军会师。说直到这时，中央才中止了逃跑，但仍未放弃逃跑路线。他提高声调说："这些所谓中央领导人，实际上都是些吹牛皮的大家，他们革命，是因为有篮球打、有馆子下、有香烟抽、有捷报看、有人伺候才来的。一到遇见蒋介石的飞机大炮，他们就吓破了胆，就必然悲观逃跑……"

张国焘接着讲了第二国际考茨基叛变后，列宁重组第三国际，领导世界无产阶级革命运动的史实。这些与会者中，有的清楚共运史上的这段历史，大多数人不大清楚，但也都认真地听着。

张国焘"咕噜"、"咕噜"喝了几口水，顿了顿，然后说："中央政治局少数人分裂逃跑，使中央失去了领导全党的资格，但是我们决不能稍有气馁，我们要在这个困难的时刻，仿效列宁的榜样，先组成临时中央，担当起领导红军、领导中国革命的重任！一俟时机到来，再举行党的代表大会，正式改组中央。"

讲完，张国焘朝会场缓缓地扫视一圈，除黄超等人显出兴奋外，其他人都沉默着，沉默中透出几分紧张。与会的都是军以上高级干部，都知道重组中央这一事件的分量。事情又来得如此突然，大家都傻了眼。

"啊，哪一位发言啊？"张国焘拉长声音催道，显出某种焦躁。

会场还是沉默着，张国焘向陈昌浩看去，陈昌浩在中央北上以后，虽然也说了许多不满的话，但重组中央，他事先不知道，没有思想准备。张国焘盯他的时候，他把头低下去了……

张国焘再一次显示了他的志大才疏。他是老资格的中央委员，他应该知道组成"临时中央"不是一件小事。这样的大事，不与主要人物商量，仓促成事会是什么样的后果？当然，也可能是他过高地估计了他的权威和影响力。

这样沉默着，使会议陷入窘境，张国焘又催了两遍，无人应声，便显得有些沉不住气了。后来，是一位一方面军中一直担任后卫的军长首先发言，给张国焘解了围。这位军长列举了一些具体的事例。比如湘江之战的惨败，把陈树湘的红三十四师和红六师的一个团扔在湘江对岸。渡过湘江后，博古面对败局不知所以……

他讲的事例生动，会场大为哗然，沉闷的空气为之一扫。应该说，这位军长讲的都是事实，没有夸张。但在这个时间和场合，却又确确实实被政治斗争所利用。

四方面军的干部也就你一言、我一语地就事论事地对中央作了些批评和埋怨。会议由沉闷直转为热烈，这使张国焘很高兴，他有几分得意地对一直沉默不语的朱德说："总司令更了解情况，你也讲讲嘛。"

朱德在大家的目光注视下，仍然十分平静地讲，大敌当前，要团结，要冷静。中国工农红军在党中央的领导下是一个整体，再大的事都是红军内部的事，总可以找出解决的办法。最后，他郑重地表示："要我这个'朱'去反对'毛'，我做不到。以后，我以个人名义，做些党的工作。"

张国焘听了，很不高兴，脸色阴沉，他看看朱德，又看看刘伯承，便宣布了事先准备好的"临时中央"委员的名单，会议推选了张国焘为"临时中央"书记。接着通过了会议《决议》。《决议》以右倾逃跑的罪名开除了张闻天、博古、周恩来、毛泽东的党籍。还以"开小差"逃跑的罪名对红军总政治部副主任杨尚昆、前敌指挥部参谋长叶剑英免职查办。

"临时中央"的委员，除了被开除的张、博、周、毛外，原中央委员基本保留，就连远在苏联的王明和生死不明的项英、陈毅也都在名单内。另外增补了一大批四方面军中的干部。

张国焘另立"中央"的卓木碉会议就这样结束了。但他没有对外公开打出"中央"的旗号，因为当时中国共产党是共产国际的一个支部，没有得到共产国际的承认就不能算是合法。从史料看，在当时中国党同共产国际已中断联系的情况下，张国焘也没有派人去苏联谋求共产国际的承认。

就是对国内，"临时中央"也仅仅向陕北中央作了通报，但令人奇怪的是：这个通报是在"临时中央"成立两个月以后，张国焘已在军事上失利，处于进退不得的境地时发出的……

3

卓木碉会议之后，张国焘在组织上进行了调整，原三十二军政委李卓然顶替杨尚昆当了总政治部副主任，黄超任三十二军政委。由于朱德、刘伯承反对张国焘的另立"中央"，刘伯承被调去任红军大学校长，王宏坤代理总参谋长；朱德的总司令一职虽然挂着，但张国焘让他兼任红军前敌委员会委员，离开红军总部，随徐向前的前敌指挥部活动。

朱德到了前总，徐向前对朱德非常尊重，在当时物资条件十分困难的情况下，他向经理部的郑义斋、吴先恩交代，要照顾好朱德的生活。朱德性格宽宏，他认为红军既然南下了，就要争取打好仗，找块立足生存之地。在军事上，他积极行使自己的权力，同徐向前、陈昌浩相处很好。同时朱德以他慈祥、宽厚、平易近人的性格，经常深入部队，同下层官兵、马夫、炊事员等谈话拉家常，日益赢得四方面军干部战士的尊重。

10月中旬，张国焘发布《绥（靖）崇（化）丹（巴）懋（功）战役计划》，红军南下战役开始。第四军很快攻克绥靖，击溃川军刘文辉两个团，接着占领丹巴县城。三十军渡过党坝河，占领了崇化，三十军之一部先克抚边，后占懋功。红军两个星期内击溃川军六个旅，歼敌三千余人，胜利结束绥崇丹懋战役，但后来却兵败百丈关，同时蒋介石的嫡系薛岳率领七个师赶到，南下的路被堵死了。

红军东进、南出均不可能，处境极为被动，不得不在天全、芦山、宝兴地区休整过冬。天、芦、宝地区本属温热带地区，但这年冬天，却气候突变，下了几十年未遇的大雪。部队本来物质匮乏，衣衫单薄，粮食无着，遇上如此恶劣的气候，人畜冻死饿毙不少。红四方面军的处境极为窘迫。

正当南下红军兵败百丈时，陕北红军在直罗镇歼灭了牛元峰的一○九师，他们向红四方面军发电报捷。徐向前看到电报后，向张国焘建议将胜利消息转载，以鼓舞士气。张国焘不以为然地说："消灭个把师有什么了不起的，值不得宣传。"说完将电报扔在一边。

但过了几天，红一方面军直罗镇大捷的消息又登在了红四方面军的《红色战场》刊物上。张国焘对红一方面军的胜利消息的态度，反映了他当时七上八下的心情。

但无论如何，最严重的分裂已经过去，在出现弥合的契机的时候，又正好出现了一个充当弥合裂痕的最合适的人物……

4

这年的陕北也比往年冷。11月间，已卜过好几场大雪了。

这些天，保安北部一带的村子里，总见一位商人走村串户。商人穿长袍大褂，一副斯斯文文的样子。

商人经常饶有兴致地停下来同蹲在窑洞口抽烟的老乡天南海北地拉呱。除谈些风俗人情、年成好赖之外，有时也说说别的，比如无意间问问新来的队伍是从什么地方来的，领头的叫什么等等……

张闻天这天去瓦窑堡，看看天快黑下来了，便临时决定在这个村子住一宿，明日再走。张闻天刚住下，听到外面有吆喝买卖的声音，中央新近刚颁布了商业政策，张闻天对此颇为关心，便出门来看。在一家窑洞口，一位商人正同老乡讨价还价收购羊皮。

"奇怪，怎么这商人的声音听起来耳熟？"张闻天想着，便朝商人走去，警卫员急忙跟出来。

因为天冷，商人头戴一顶大皮帽子，张闻天看不全他的脸。这时，商人帽檐下的两只眼睛，正滴溜溜地瞪着张闻天转……

"先生这货可是贩到北边去？"张闻天说。

商人看着张闻天，突然说："先生是从南来！"说着一把摘掉头上的皮帽，几步向张闻天走去。

"啊，育英，是你！"张闻天惊喜不已，扑上去抱住林育英。

"可找到你们了！"林育英更是兴奋万分。

原来，泸定会议后，陈云在一个叫席懋昭的地下党员的帮助下去了上海。不久即从上海赴莫斯科，接上了隔绝一年的中共与共产国际的关系。

共产国际听了陈云的汇报后，即派遣中共驻赤色职工国际代表林育英回国，传达共产国际"七大"精神和《八一宣言》，以及携带同共产国际联系的密电码。

林育英为安全起见，扮成商人经蒙古由陆路直接进入了陕北，已经打听中央好几天了，没想到在这里同张闻天不期而遇……

当天夜里，张闻天同林育英拥被而坐，林育英向张闻天谈了共产国际的指示，并以自己的理解作了解释和说明。

当时，由于美、英在中国问题上同日本的矛盾加剧，美、英开始倾向于支持蒋介石抗日。蒋介石也因日本的进一步侵略使他的统治受到威胁而倾向抗日并向苏联表示靠拢，苏联和共产国际这时也了解到中国红军在长征中遭到了很大削弱。在这种情况下，苏联认为中国共产党的力量太小，需要依靠拥有两百万军队的蒋介石拖住日本，使之不能攻击苏联。因此，苏联和共产国际主张以蒋介石为中心建立中国抗日民族统一战线。

据此，王明在莫斯科代表中共驻共产国际代表团于 1935 年七八月间起草了《中国苏维埃政府、中国共产党中央为抗日救国告全体同胞书》（即《八一宣言》）。主张停止内战，组织国防政府和抗日联军。因此，立即受到了共产党内毛泽东等有远见的领导人的欢迎。

林育英同张闻天一起来到瓦窑堡，同中央领导一一见面。毛泽东不认识林育英，张闻天引去作了介绍。林育英是湖北黄冈人，林彪的堂兄，同毛泽东不熟悉，但与张国焘相识甚早，1922 年就在一起参加工会工作，个人关系也很好。在当时张国焘的"临时中央"同陕北中央并立的情况下，如果林育英不是先到陕北，而是先到了川西，情况恐怕就会变得更复杂。当然，川西一隅死地，交通不便，消息不通，对全国形势无法发生政治影响，林育英是不可能走到那里去的。四川的地理条件决定了它自古以来或者是英雄豪杰、帝王将相失意窘迫时的回旋之地，或者就是偏安之处。

张国焘不出四川，毛泽东犯险北上，政治胆略和才识立见高下。

林育英回国路途艰险，不能携带文件，从莫斯科出发前，对《八一宣言》进行了反复背诵。刚到瓦窑堡，他便凭记忆在直罗镇对中央作了一次传达。中共中央随即发出了《中华苏维埃共和国中央政府、中国工农红军革命军事委员会抗日救国宣言》。《宣言》以中华苏维埃共和国政府主席毛泽东、红军革命军事委员会主席朱德的名义致电国民党，提出组成全民族抗日国防政府的主张，宣称："无论国防政府在任何方式下组成，我们决定首先加入。"《宣言》发出后，国民党未作表示。

这年年底，中央在瓦窑堡召开了政治局扩大会议。会议主要是根据当时日本发动"华北事变"，民族危机进一步加深的新形势，结合共产国际"七大"制定的"建立广泛的国际反法西斯统一战线"的方针和中共《八一宣言》的原则，研究中共应采取的政策方针和策略路线。会议通过并形成了《中央关于目前政治形势与党的任务的决议》。两天后，毛泽东根据此次会议精神，在党的活动分子会议上作了《论反对日本帝国主义的策略》的报告。

这是中国共产党历史上的一次带有转折性的会议。会议提出的策略路线概括起来就是"抗日反蒋统一战线"。毛泽东十分严厉地批评了党内关门主义，甚至说"关门主义"是"日本帝国主义和汉奸卖国贼的忠顺的奴仆"。他着重强调，无论是什么人、什么派别、什么武装、什么阶级，只要抗日反蒋就可以而且应该联合。

林育英的到来，给陕北1935年的岁末增添了喜气。他促成了抗日反蒋统一战线的提出，为以后的"联蒋抗日"打下了基础。这对毛泽东来说，虽然眼下还看不到什么效果，但它作为党的策略路线的潜在价值是无可比拟的。这一点，从毛泽东的报告里可以看出，他看得很远，也看得很透。

毛泽东在张国焘另立"中央"、党内面临分裂的严重局势下，同样一下就想到了林育英在缓解党内矛盾上的价值。林育英同张国焘个人关系好，足以赢得张国焘的信任；他又来自中共党的上级共产国际，虽然他当时并不是中共驻共产国际的正式代表，而仅仅是赤色职工国际的代表，但这在当时并不要紧，笼统地称作共产国际的代表就行了。

对林育英来说，他是回国传达建立广泛的抗日民族统一战线的，更应弥合党内分裂，急谋团结。

12月5日，毛泽东等中央领导接到张国焘另组中央的电报后，并没有意气用事，而是采取了政治家的克制态度，暂时未予理睬。在瓦窑堡会议结束，制定党在新形势下的策略路线等任务完成后，他再回过头来同张国焘打交道。

5

1936年元旦，蹲在川西北的张国焘收到了来自陕北中央的"贺年礼物"，这就是一封电报。电报对张国焘另立"中央"的事未置一词，只是通报说："我处不但对北方局、上海局已发生联系，对国际亦有发生联系，这是大胜利。"并告诉他共产国际已派林育英来到陕北。

林育英也以个人名义给张国焘去电，向张国焘通报共产国际"七大"精神及抗日民族统一战线新策略的决定，并告诉张国焘，他拟由陕北去川康，与张国焘晤谈。

张国焘回电林育英，表示一切服从共产国际的指示，但同时以"中央"名义向共产国际代表报告了毛泽东等在一、四方面军会合后，"惧怕敌人、放弃向南发展，实行机会主义的向北逃跑"。

张国焘服从共产国际的指示，这说明关于当前形势的政见已经一致。如果说过去的分裂是因为南下和北上的政见分歧的话，那么此时这种分歧已经成为过去。林育英在不动声色地使张国焘向陕北中央靠拢。

1月中旬，张闻天去电张国焘："我们间的政治原则上争论，可待将来作最后解决，但别立中央妨碍统一，徒为敌人所快，决非革命之利。"并特别说明中央对张国焘的错误，"未作任何组织结论，是以慎重态度出之"，"根本用意是望兄改正，使四方面军进入正轨，兄之临时中央，望自动取消，否则长此下去，不但全党不以为然，即国际也不以为然"。

张国焘成立"临时中央"，当时似乎劲头很大，但成立以后，他马上就显得信心不足。首先在党内，缺乏有影响的人的支持；更主要的是未向共产国际报告，未得国际批准。因此，他尽管成立了"临时中央"，但一直未敢打出"中央"的牌子。

毛泽东看透了张国焘这一点。以张闻天署名的电报，直接搬出共产国际来，语轻意重。这时，朱德慢条斯理地说张国焘："你这个'中央'不是中央，还是服从中央领导，不能另起炉灶。"朱德的不时敲打，也使张国焘心里七上八下。但"临时中央"既已成立，不给台阶就让他直接放弃，张国焘既觉丢面子，又有后怕。犹豫中，张国焘没能及时答复。

毛泽东等陕北中央见张国焘迟迟不同意取消"临时中央"，便于1936年1月下旬，作出《关于张国焘同志成立第二"中央"的决定》。全文如下：

> 张国焘同志自同中央决裂后，最近在红四方面军中公开的成立了他自己的"党的中央""中央政府""中央革命军事委员会"与"团的中央"。张国焘同志这种成立第二党的倾向，无异于自绝于党，自绝于中国革命。党中央除去电令张国焘同志立刻取消他的一切"中央"放弃一切反党的倾向外，特决定在党内公布一九三五年九月十二日中央政治局在俄界的决定。
>
> 中央政治局

俄界决定当时仅在中央委员中公布，此时扩大到全党，毛泽东已在开始做对张国焘进行党内斗争的准备工作。

两天后的24日，这一天陕北向张国焘连去两电，一电是林育英发出的：

国焘、朱德二同志：

> 甲、共产国际完全同意于中国党中央的政治路线，并认为中国党在共产国际队伍中，除联共外是属于第一位。中国革命已成为世界革命伟大因素，中国红军在世界上有很高的地位，中央红军的万里长征是胜利了。

　　乙、兄处可即成立西南局，直属代表团。兄等对中央的原则上争论，可提交国际解决。

林育英

　　林育英虽以个人名义发电，但口气完全是代表国际的。同一天张闻天又给张国焘发去电报，内容与林育英的电报基本一致，提出了一个对张国焘取消"中央"的让步，即让张国焘成立西南局，直属国际代表团。当时中国党的情况并不统一，比如东北局就直属国际代表团，而不同陕北中央发生关系。党中央到瑞金苏区以后，蒋介石的"围剿"已使中央同白区党失去联系，而且白区党又大都遭到破坏，组织系统不全，情况比较混乱。党中央在长征途中和到陕北以后，陆续派出人去进行联系和重建工作，这时与陕北中央发生联系的已有西北局、北方局、上海局和南方局。

　　张国焘接到两份电报，反反复复看了好几遍，特别是林育英的电报，他都可以一字一句背下来。他想，让他取消"临时中央"，则证明陕北中央仍为中央；虽然他可直属国际代表团，但终归是暂时之计，以后怎么办呢？他让人把黄超叫来，黄超过去是他的秘书，以后又当秘书长，对成立"临时中央"，是最积极的支持者。黄超接过电报看了半天，也琢磨不出什么高见来，张国焘不由得叹了一口气。

　　张国焘妒贤嫉能，胸襟狭小，不能容人。从鄂豫皖时代起，那些在党内有威望、有才华和有政治头脑的老同志都被他陆续除掉。光白雀园一次肃反，就杀掉两千五百人之多，连徐向前的妻子程训萱也未能幸免。这样，他的部下多是出身贫苦能打仗的战将，后来的两个"将军县"都在鄂豫皖根据地。他野心勃勃，自立"中央"，但能在政治上给他参谋的人却不多，陈昌浩这时态度已有了变化，同徐向前一起力劝他取消"临时中央"；傅钟虽有才能，张国焘并不信任；黄超只是徒有其表……

　　这时，林育英又给他来电，直指他肃反扩大化的错误："四方面军先后破案中涉及兄处高级负责人为托派，是否属实难判明。鉴于历史教训，盼兄负责检查，使扩大、偏见与单凭口供刑讯等错误早告肃清。""廖承志、曾钟圣（曾中生）即使有反动嫌疑，亦须保全其生命，并给以优待。"

　　廖仲恺、何香凝在大革命时期与共产党真诚合作，同共产党的早期活动家李大钊、陈独秀以及周恩来、毛泽东等有较深的关系。周恩来、毛泽东对廖承志的处境非常关心，但过去一直没有援救的机会，这次正好让林育英以共产国际代表名义去电张国焘，以保全廖承志的性命。

机要秘书送来电报，张国焘一见是林育英来的，以为还是关于党内争论的，迫不及待地看了一遍。看完才使他想起他这里还关着一个廖承志，他有几分懊悔，关了一年多时间了，为什么没早点处理掉呢？现在林育英已经点名，处理是来不及了，好在曾中生已不在了。电报中虽未明说，但已看出，共产国际代表认为他的肃反有扩大化是错误的……

他开始越想越多、越想越深，也越感到前景的黯淡和可怖！他作为一个资深的共产党领导人，深知自立"中央"决不是一宣布取消就可以完事的，在他的四方面军中，不是连有"小组织活动"嫌疑的都已被处决了吗？何况，近一个时期的文电往来，毛泽东一直未署名，只是让张闻天与他打交道，林育英做说客。毛泽东越是不露面，张国焘越是感到心虚与胆怯；还有，自他另立"中央"后，陕北的来电反而比过去心气平和，客气多了。作为政治斗争，越是这样，他越感到不正常，越觉得平静的后面潜伏着某种危险与威慑………怎么办呢？坚持不可能，取消不甘心，张国焘真正体会到了骑虎难下的滋味了。

思来想去了三天，1月底张国焘给林育英、张闻天回电，一方面表示双方"应急谋党内统一"，同时提出："强迫此间承认兄处中央和正统，不过在党史中留下一个不良痕迹，一方让步，必是种下派别痕迹的恶根。互相坚持必是互相把对方往托陈派、罗章龙路线上推。"接着他提出："此时或由国际代表团暂代中央，如一时不能召集七次大会，由国际和代表团商同我们双方意见，重新宣布政治局的组成和指导方法，亦可见处和此间同时改为西北局和西南局。"

张国焘同中央开始软磨，毛泽东感到张国焘的问题一时也解决不了；同时他深知，党内的政治斗争，需要军事的胜利和根据地的发展作后盾。于是，毛泽东又开始集中精力考虑陕北根据地的发展问题。

6

1936年初的陕北，军事上，直罗镇战役粉碎了国民党的第三次"围剿"，东北军、西北军和阎锡山的部队都暂时未对苏区进攻；政治上，纠正了肃反扩大化，释放了刘志丹等陕北同志，召开了瓦窑堡会议，打出了抗日反蒋统一战线的旗帜，在短短三个月的时间内，理顺了局面，稳定了形势。

但是陕北作为根据地，有很大的局限性。虽然面积不算小，可是太穷，经济落后，交通不便，人口有限，出产不丰，无法养活较多的部队。同时陕北东邻黄河，北靠沙漠，西面荒凉，人烟稀少，虽然国民党不大容易形成四面包围，但如果偏处一隅，红军本身也难以发展。

在北上红军即将到达陕北时，已有一些人面对一片荒凉离队逃亡。当时，林彪也表现悲观，向毛泽东要求带一个团去陕南打游击，毛泽东未予理睬。直罗镇战役胜利后，中央政治局征求各军团领导对战略的意见，林彪在信中正式提出要去陕南打游击的要求，并认为这可以起到声援和巩固陕北根据地的作用。毛泽东批评了林彪，要他同中央统一思想。

但向何处发展呢？毛泽东、周恩来等思考再三，向北无路，向西同样是荒凉的回族地区，向南要同已基本达成妥协的东北军和西北军作战，还会将驻在洛阳一线的蒋介石嫡系陈诚引进西北。左右权衡，决定向东发展。东渡黄河军事上可以开辟吕梁山根据地；政治上可以把抗日反蒋建立民族统一战线的主张发展到华北去，扩大红军的政治影响；经济上山西比较富裕，可以解决兵员补充和筹粮筹款等问题……

中央的意见统一后，组成了以彭德怀任司令员、毛泽东任政委、叶剑英任参谋长、杨尚昆任政治部主任的"中国人民红军抗日先锋军"东征山西。

这次东征2月底渡过黄河，次年5月上旬回师陕北。主要的成果是扩大了红军的政治影响，筹了款，补充了八千红军。但在军事上，分兵太早，没有突出重点，不仅未能消灭国民党的有生力量，反而在红军退回陕北后，国民党立即大兵压境：东北部的汤恩伯，已进至葭县（今佳县）、绥德、清涧、延川；北部高双成、高桂滋部，进驻榆林一带；南部张学良、杨虎城进占了洛川、鄜县（今富县）、宜川；西部胡宗南进驻陇东地区；西北部是回族三马；根据地已陷入国民党的重重包围，形势十分险恶！

这时，突然传来二、四方面军北上的消息，这使全军为之振奋，为了配合二、四方面军北上，一方面军决定西征甘、宁……

第二十三章
红二、六军团，艰苦危难中踏上漫漫征程

1

比起中国的其他几支红军来，红二、六军团的经历有更多的艰险和困苦……

大革命失败后，1928年初，中共中央派周逸群、贺龙去湘鄂边发动群众。贺龙这位靠两把菜刀起家的军长，南昌起义失败之后，又只剩两支手枪回到他的家乡。以后会合了贺锦斋的一支武装，队伍发展到四千人，当时的"左"倾路线命令贺龙去打常德，在石门地区遭到伏击，几乎全军覆没。贺锦斋牺牲，贺龙差一点被敌人活捉，仅突出九十一人到鄂东。以后又逐渐发展，创建了以贺龙家乡桑植为中心的根据地，1929年底，国民党"围剿"桑植。这时，周逸群到洪湖，会合段德昌、段玉林的游击队，在监利县成立了红六军。贺龙离开桑植，在湖北公安与红六军会合，开辟了湘鄂西根据地。当时江西朱德、毛泽东的红军已编为一军团，于是贺龙、周逸群便在1930年7月成立红二军团。

红二军团在1931年曾发展到两万多人。这年5月，周逸群在岳阳贾家凉亭附近战斗中牺牲。夏曦作为中央代表来到红二军团，任湘鄂西分局书记，积极推行王明"左"倾路线，命令红二军团南攻长沙，进攻失败，根据地全部丧失。

夏曦到根据地后不久就开始肃反，夏曦的肃反对象主要是改组派，湘鄂西是当时各根据地肃反搞得最凶，延续时间最长的一个。

当时在白色恐怖下创建根据地，不可能不利用地方实力派甚至国民党内部的各种矛盾和关系，有时也改编一些缺乏政治目的的造反者或绿林好汉。就地理情况看，井冈山、湘鄂边、大巴山、陕北等都地处僻远，形势险要，历来为造反者聚集之地。红军的马克思主义化、无产阶级化需要有一个过程。而当时的"左"倾机会主义者却企图用肃反来缩短这个过程，当遇到抵制时，他们便无限地扩大肃反范围，于是冤案、悲剧和失败便接踵发生了……

1932 年 9 月，红二军团未能打破国民党的第四次"围剿"，被迫退出湘鄂西根据地。贺龙、关向应率一万五千人出发，在襄北大洪山发现红四方面军布告，得知张国焘、徐向前已从鄂豫皖向西转移。湘鄂西中央分局便在枣阳王店召开会议，研究何去何从。

2

在王店一家老乡的堂屋里，坐着分局的四个成员：夏曦、贺龙、关向应和宋盘铭。

夏曦和宋盘铭争论不休，一个主张回湘鄂边，一个主张去追赶红四方面军。关向应是一个出生在东北的满族青年，当时任红二军团政委，他是 1932 年到湘鄂西的中央代表，同贺龙关系处得很好，宋盘铭是湘鄂西中央分局委员，少共湘鄂西中央分局书记。1931 年宋到上海向临时中央汇报湘鄂西情况，向中央表明不同意夏曦的一些做法。夏曦受到中央的批评，由此对宋不满，1933 年 5 月宋便被打成"改组派首领"，11 月被杀害。

这时，关向应对一言不发坐着抽闷烟的贺龙说："胡子，你的意见呢？"

贺龙多年来一直蓄着短髭，所以大家便叫他"胡子"。

夏曦和宋盘铭也停止说话，盯着贺龙。

贺龙并不正眼看夏曦，他取下烟袋，像农民似的在鞋底上磕了磕烟锅，说："你们决定吧，你们决定我服从。"

关向应知道贺龙还在生夏曦的气，也不好再说什么。当时一路行军，还在一路肃反，反改组派反得人心惶惶。昨天下午，部队刚到王店，贺龙检查完部队情况走进屋里，夏曦已在坐着等贺龙，这时关向应也来了，谈了几句部队情况。

夏曦说："越是在部队遇到困难的时候，越是要提防反革命改组派的破坏。"

贺龙对夏曦的肃反扩大化早就不满，这支由他和周逸群、段德昌带出来的部队，现在有很多干部被杀被捕，已经到了无法作战的境地了。他不相信那些自己看着成长起来的干部是反革命，便不客气地对夏曦说："哪有那么多改组派？真有的话，还不先把你夏曦和我贺龙杀了！"

夏曦看着贺龙，似乎有些吃惊他讲出这样的话。他一脸严肃地说："胡子，我正要找你。你在国民党里有声望，做过旅长、镇守使，改组派可以利用你的声望活动，你应该写个声明书。"

一听要他写声明书，贺龙的气就不打一处来，他朝桌上擂了一拳，说："你给我写声明书！民国十二年，我在常德当第九混成旅旅长时，你拿着国民党湖南省党部执行要员的名片，来找我接头，问我要十万块钱。我请你吃饭，给你开了旅馆，还给了你五万块钱。你不是国民党是啥？"

大革命时，夏曦像其他许多共产党员一样，以个人身份参加过国民党，是当时湖南省党部执行委员，同贺龙有过交往，共产党中央派他到洪湖苏区，也出于他同贺龙有旧谊的考虑。

夏曦白净的脸上被贺龙的话噎得发红，他气急地说："你、你这是胡缠！"说着站起来向贺龙逼近一步，贺龙毫不示弱，他那魁梧壮实的身躯立刻迎了上去，眼对眼地逼视着。

关向应急忙把贺龙拉开，说："胡子，你搞错了，那时是国共合作，共产党员以个人名义参加国民党。"

夏曦恨恨地"哼"了一声，转身朝屋外快步走了。

贺龙仍然余怒未消地说："你杀了这么多人，是什么共产党？！"

因为这一段别扭，所以这四人会上，实际上只是夏、关、宋三人在那里争论。

会议开到下午，还没个结果，国民党的追兵快临近了。这时，夏曦以分局书记的名义说："我们还是去湘鄂边，在那里发展后再去收复洪湖苏区。"

到湘鄂边怎么去？南下从鄂中直插湘鄂边毫无可能。夏曦见贺龙闷声不语，也故意不理睬他，三个书生便对着一张从中学课本上撕下来的地图，商量如何转移。东一个方案西一个方案，都不敢决定，怕部队过不去……

这时贺龙想起大革命时军政治部主任廖乾吾是陕南人，听他说过从陕南可去湘鄂边。贺龙说："去哪里你们决定，部队我负责带。"

就这样，部队翻过桐柏山，西进伏牛山，过紫荆关到了陕南，在武关贺龙组织了一次战斗，打了陕军刘镇华一下，部队基本上摆脱了国民党的大兵追堵，情况好了一些。

来到陕南的竹林关时，刚宿营住下，贺龙发现警卫员身上的枪不见了，一问才知道他和关向应的警卫员都被夏曦下了枪。

贺龙英雄一世，什么情况都遇到过，啥人都见过，哪吞得下这口气。他急匆匆地去找夏曦。

夏曦见贺龙满面怒气，问："啥事，胡子？"

"你下了我和关向应警卫员的枪是什么意思？"

夏曦支支吾吾说不出话。贺龙把腰间带的勃朗宁小手枪掏出来往桌上一拍："这里还有一支你要不要？"

夏曦吓得往后一退，说："你这是什么意思？"

"你要吧！要也不给，这是我的，我当营长时就带着它了！"贺龙说完收起小手枪，头也不回地走了。

以后，两人一直不说话。带部队打仗得靠贺龙，夏曦一时还拿他没办法。部队在陕南安康渡过汉水，进入巴东。有一天，走在路上，夏曦对贺龙说："胡子，不要使气嘛！"

贺龙见夏曦主动叫他，气也消了，说："我使什么气，你不该这样搞嘛！"

以后红二军团辗转来到湘鄂川边开展游击战争。1933 年底，红二军团改编为红三军，贺龙任军长，夏曦任政委，关向应任副政委，在酉阳的南腰界建立了一块根据地。

3

1934 年 10 月，由任弼时、萧克、王震、李达等人率领的红六军团到达酉阳。红六军团 7 月底从湘赣苏区出发，是为中央红军转移探路的，一路艰苦征战，已由出发时的一万八千人减员到三千三百人。红三军这时有四千四百人。两军在南腰界会师，红三军恢复二军团称号。

会师后，中央军委电令二、六军团统一指挥，由贺龙任总指挥，任弼时任政委，关向应任副政委。

在二、六军团会师的同时，中央红军开始长征，由于湘江惨败，被迫放弃与二、六军团会师，西进贵州。为配合中央红军西进，二、六军团在敌后发动湘西攻势，连下大庸、桑植、桃源，包围常德，威胁长沙。正在卖力追击中央红军的何键向蒋介石连电告急，要求回援湘西。

何键是老牌的湖南军阀，中央红军长征时被蒋介石任命为"追剿"总司令，他有些飘飘然。蒋介石的嫡系薛岳对红军平行追击，若即若离，并不接触。湘军则又追又堵，特别是湘江大战，何键非常卖力。红军突破湘江进入贵州后，李宗仁、白崇禧很快缩回广西去了，何键主力则继续尾追红军入黔。这时蒋介石参加五次"围剿"的大军则麇集江西，虎视三湘，何键这才发现情况不妙，有被蒋介石抄掉根基的危险。此时红二、六军团正好发动湘西攻势，何键又是告急，又是哀求，经过讨价还价，蒋介石才留下湘军两个师，让其主力东返湖南，这就大大减轻了对中央红军的压力。

此时的湖南，红二、六军团的湘西攻势已暂告一段落，任弼时、贺龙开始考虑部队建设问题。

六军团从湘赣出发以来，劳师远征，减员很多，迫切需要休整；二军团自从1932年离开洪湖以后，便同中央失去联系，夏曦的肃反扩大化比别的地方持续时间都长，红军中当时仅剩下七十余名党员。任弼时向中央报告，以原六军团政治部为二军团政治部，六军团另组政治部，将夏曦调出二军团，到六军团政治部工作。2月在大庸县召开二、六军团干部会议，批评了夏曦的错误，平反了一些冤假错案。

党和红军的早期活动家段德昌、段玉林、宋盘铭、柳直荀等此时都已被害。毛泽东在20世纪50年代曾给柳直荀的妻子李淑一写了《蝶恋花·答李淑一》词："我失骄杨君失柳……"但作为冤鬼的柳直荀假如九泉有知，"泪飞顿作倾盆雨"时的心情与杨开慧当会不是一样的……

后来中央来电，指出批评夏曦是应该的，但"反倾向斗争的主要目的是教育犯错误的同志，而不应该处惩这一同志；夏曦应继续在领导机关工作"。夏曦于是仍任六军团政治部主任。在以后红军进入贵州毕节时，夏曦去动员已归顺红军的绿林造反者席大明部随红军转移，至半道闻席大明已反水，急带两个警卫员惊惶回奔，在渡河时随一名警卫员一起被水卷走。当时的实际情况是席大明并未派人追赶，夏曦如此慌张，大可不必……许多创建根据地的革命者被夏曦视为绿林好汉而被杀，而他也到底因绿林好汉而亡，历史，真是一个讽刺大师……

1935年2月，任弼时、贺龙等接到中央发来的一份电报，要求他们要选择敌人的弱点，在运动战中各个击破……

4

看完电报，任弼时脸上显出纳闷。他把电报递给贺龙，掏出他那支短烟斗，装上一锅烟，一面慢慢地吸着，一面站起来在屋子里走来走去。

贺龙一边看，一边摸着小胡子，笑眯眯地说："嗯，好！选择敌人弱点，在运动中消灭，这个好！"

任弼时没有搭腔，他想得更深一些……

从莫斯科学习回国后，任弼时任少共中央书记。1927 年的"八七会议"上，他发言批评陈独秀言辞激烈，一时闻名。中共"六大"时被选为中央委员，后成为政治局委员。那时年轻气盛，想法单纯，1931 年 3 月，他同王稼祥、顾作霖到达江西苏区。在同年 11 月的叶坪会议上，他批评过毛泽东右倾。在中央苏区反"围剿"中他也支持过推行"阵地战"、"御敌于国门之外"那一套。那时觉得，应该无条件地实行中央的进攻路线，中华苏维埃共和国作为一个国家，绝不能让敌人打进国门烧杀蹂躏……

自从 1934 年 7 月，任弼时带红六军团出发以来，在实际的战争中他感到战争艺术的复杂，思考了一些问题，变得老成和实际起来。

中央的这份电报，一反原来的腔调，很有些像毛泽东过去的提法，这是为什么呢？贺龙对中央苏区当时的内幕情况一无所知，他当然不会想那么深。

"这份电报跟过去中央的电报提法有些不一样。"任弼时沉思着说。

"是不是发个电报问问，中央发生了什么变化？"贺龙说。

任弼时同意了。

2 月 28 日，中央来电通报了遵义会议情况，得知了中央的人事变动。

贺龙很高兴，说："毛泽东这个人我不认识，但我读过他的文章。他能把江西苏区搞成那么大，这就不简单，我看他来指挥行！"

任弼时此时的心情很复杂，中央到苏区后，把毛泽东扔在一边，结果很快就把苏区丧失掉，从这一事实中，他感到遵义会议的决定是正确的、必须的。

他说："是应该总结一下了。中央的军事路线改变和人事上的变动都很正确、很及时，我们拥护。"

在以后的几个月中，二、六军团坚持采取运动战，跳到外线去打击敌人，调动、迷惑敌人，然后寻弱敌聚而歼之，取得了吴堡、板栗园、芭蕉坪等胜利，冲破了国民党军队的"围剿"。

这时，蒋介石调集了一百三十六个团，在宜昌设行营，由陈诚指挥，将二、六军团压迫于龙山、永顺、桑植间长三百里，宽百余里的狭小地区。

6 月，二、六军团同中央的联络中断。中断的原因是多方面的：当时二、六军团正是反"围剿"作战最紧张的时候，与中央未能保持正常联络；中央同四方面军会师后，全力解决同张国焘的争论及会师后的战略方针，也无暇顾及二、六军团的情况，加之会师后电台建制作了调整，通讯密码留在了红军总部。

任弼时心里很急，一直全力寻找中央军委的电台，9月底，终于勾通了随四方面军行动的红军总部的联络。红军总部建议二、六军团跳出包围圈，到外线去打击敌人。1935年11月，省委和一军分会在桑植刘家坪开会，研究突围向黔东的具体方案，决定先向东南，然后逐步转移。

5

1935年11月19日，二、六军团一万七千人从桑植出发。他们自己当时并没有意识到，从此踏上了长征的路途。

贺龙以一个师向西佯动，主力则经过一天一夜的长途奔袭，20日下午强渡澧水，21日晚占领沅江渡口洞庭溪。当部队渡沅江时，国民党才发现二、六军团主力已向东南突围，立即派飞机轰炸渡口。

贺龙正与警卫乘船过江，三只船刚离开江岸，传来飞机刺耳的尖啸声。

"哈哈，陈诚赶来给老子送行啦！"贺龙稳稳当当地坐在船上，叼着烟斗笑道。

话音未落，飞机俯冲下来，炸弹在江里腾起冲天的水柱，轰鸣声震颤山谷，一条船被炸中，破碎的木板飞得老远。

贺龙大怒，骂道："你跟老子逞什么凶？"从战士身上取过一支步枪，朝天就打。岸上的部队也架起机枪向飞机射击。一阵猛打之后，飞机飞走了。

贺龙又把烟斗叼在嘴上，笑着说："对付国民党，就得狠狠地敲它。"

二、六军团突破澧水、沅水封锁线，接着攻占溆浦、浦市，六军团占新化、蓝田（今涟源）、锡矿山。在新化，六军团缴获大批官盐，廉价出售后，筹款很多。

红军突然冲出封锁，直取湘中，三湘震动。蒋介石将宜昌行营主任叫去大骂一顿，陈诚诿过于湘军李觉。湘军在"围剿"二、六军团时，当然也有自己的算盘，他们趁机收编了盘踞湘西多年的小军阀陈渠珍。

何键见陈诚怪罪自己的爱婿李觉，当然不快，反说陈诚指挥失误。一番争吵后，蒋介石将李觉记大过两次了事。

陈诚将"围剿"改为"追剿"。在国民党大军围堵中，1936年1月，省委和军分会在芷江冷水铺召开会议，提出在湘黔边境的石阡、镇远、黄平地区创建根据地。接着，二、六军团主力在便水与"追剿"军第十六师激战，不利，红军伤亡近千，转移黔东，进至石阡。至此，二、六军团突出重围，完成向石阡转移的任务。

在石阡期间，二、六军团的无线电通讯在一次同四方面军通报时，突然一个呼号不明的电台插进来呼叫二、六军团。经互相询问，才知是中央军委三局的王诤局长亲自在机上呼叫。原来，中央在1935年12月召开瓦窑堡会议时，作出决定，"完成与二、六军团的通讯联络"。王诤局长按照二、六军团通讯的波长和频率已亲自在机上守候半月之久了。

同中央的联络恢复后，中央发来一份明码电报："弼兄：我们已到陕西保安，密码'豪'留老四处……弟豪。"

由于没有密码本，于是为通报需要，即用明码加打哑谜的办法约定了一个密码本。通了几次电报以后，中央来电指示，暂停直接联络，以后二、六军团给中央电由四方面军代转。

当时中央的考虑是，一则怕约定的密码被国民党破译，另外，此时林育英正在积极调解中央同张国焘的矛盾，如果让张国焘知道后，不利于红军的团结。

这时，张国焘也怀疑二、六军团在同陕北直接联系，曾专门来电询问，贺龙、任弼时回电否认同陕北有过联系。虽然陕北电报并没告诉任、贺中央同张国焘的分裂，但任弼时、贺龙已预感到发生过什么事情。不过，当时军情紧急，也没精力去细想了。

便水战斗未能打开局面，国民党十五个师的重兵压来，加上此地人口稀少，粮食困难，建立根据地已无可能。1月下旬，二、六军团决定西进黔西，计划去大定、毕节地区建立根据地。

红军在龙溪突破封锁，突然南下，一路攻占瓮安、牛场、龙里，兵逼贵阳。国民党"追剿"军赶往贵阳，红军又掉头北上，2月5日渡过鸭池河。

鸭池河是乌江的上游，在遵义西南约三百里的地方，六军团一部在修文境内越过一座铁索桥，插到对岸渡口守敌的背后，前后夹攻，控制了两岸渡口，红军从容过河。

渡过鸭池河，"追剿"军被甩在后面，有的去守贵阳，川军为防红军入川而去长江布防，湘军因红军已到黔境，便开始消极应付。红军趁机占领大定、毕节。当时瓦窑堡会议精神已通报二、六军团，红军开始在黔西、毕节、大定地区宣传抗日主张，开展统一战线工作。

红军占领毕节时，城内富户已走避一空，惟有曾任过贵州省政府副主席的辛亥革命老人周素园留下不走。红军进入他家里时，见这位老先生的书架上有不少马克思和列宁的著作，书上还作了不少批注和圈点。

六军团政委王震听说后便去找他，并进行了攀谈，得知这位清末秀才已研究了十年马克思主义，赞成共产党的主张。王震便请他出来担任了抗日救国军司令员，以后随二、六军团长征到了陕北。

6

2月初，成立了中华苏维埃人民共和国川滇黔革命委员会，贺龙为主席。同时红军积极进行建立根据地的准备工作，派出工作组和宣传队宣传群众，贺龙亲自听取汇报。

一名宣传队员告诉贺龙说，红一方面军路过此地时，曾用中央苏区的布币购买东西，现在这些布币一文不值，群众很有意见。

贺龙问："大概有多少？"

"具体数不知道，恐怕不少。"

贺龙叼着烟斗沉思了一会儿，说："出个布告，我们用银元兑换中央红军的布币。"

布告贴出后，谁知越兑越多，几天就兑出银元两千多块，这些银元是红军在湖南筹的款，经过千难万险驮到这里的。供给部的人员感到十分心痛，他们找到贺龙的副官，要他给贺龙说说，不要再兑换了。

贺龙听了，来到供给部，对供给部的人说："谁不知道银元的宝贵呀，但兑换布币关系到红军的信誉。不管一方面军还是二、六军团都是红军，我们在这里建立根据地，就要让群众信任我们，拥护我们。"

贺龙比供给部的人想得远，但供给部要负责筹集近两万红军的经费，想的要实际得多。贺龙说了话，供给部不得不坚持兑换，最后兑换出十万多块银元，叫供给部的人心痛了好久。

正当二、六军团积极做建立根据地准备时，蒋介石又派顾祝同坐镇贵阳，以万耀煌、樊崧甫、郝梦龄、郭汝栋四个纵队共七个师一个旅的兵力，向毕节地区进犯，先后占领黔西和大定。二、六军团便决定退出毕节，先到黔南安顺，待形势有利时再回湘黔边活动。

安顺在毕节的正南，二、六军团再次使用了声东击西的战术，先向西去威宁然后再折向东南。2月下旬，红军退出毕节，向威宁前进。

这时蒋介石已飞抵贵阳，"追剿"军显得十分卖力。红军刚退出毕节城，郝梦龄、万耀煌的先头部队已紧紧迫至。

部队正沿毕（节）威（宁）大道向赫章前进。贺龙站在路边，警卫员们牵着马立在一旁，几个参谋人员正向贺龙报告敌情，贺龙听着，脸上显出严肃的表情。

这时红十八团政委余秋里正带领部队疾行而来。贺龙让通信员叫来余秋里，二十二岁的余秋里个子不高，年轻壮实，动作显得利索干练。

余秋里跑步来到贺龙跟前，向贺龙举手敬礼。贺龙朝余秋里点点头，说："你快带上部队去章坝村，把郝梦龄挡住。最迟要坚持到今晚才能撤离。"贺龙那支拿烟斗的手向余秋里挥了一下。郝梦龄是蒋介石的嫡系，"追剿"红军比谁都卖劲。后来到抗日战争时期，与日军作战也很英勇，最后捐躯抗日疆场。

余秋里立即带领部队向章坝村跑步前进。这时村后山包已被"追剿"军先头部队占领，他派出一个排从侧翼进攻，一阵激烈的枪声过后，进攻没有得手，一个排全部伤亡。已是身经百战的余秋里立刻意识到情况的严重，他立即组织正面进攻。经过激战，红军占领阵地。简单的工事还未构成，国民党部队拥来，一次又一次地冲锋，一次又一次地被击退……

部队伤亡很大，敌军的炮火几次摧毁了团指挥所。时近中午，国民党军队发起了更猛烈的冲锋，余秋里把炊事员、通信员集合起来向敌人反击。突然一块弹片打中了他的左臂，骨头和白色的筋肌翻了出来。

余秋里用一条毛巾扎紧断臂，坚持指挥作战。剧烈的疼痛使他大汗淋漓，特别是当战斗停息的间歇，痛得更为钻心刺骨……

实在无法忍受，他让警卫员打来一盆凉水。黔西的2月，还是天寒地冻的冬天，凉水冰冷刺骨，余秋里把断臂浸进水里，以减轻疼痛……

终于坚持到晚上，趁夜暗撤出了阵地。余秋里的伤臂直到甘南徽县，一个医生才给他做了截肢手术。

二、六军团离开毕节不远，敌情又发生变化，滇军为防止红军入云南，已到威宁布防，国民党军队从东、南、北三面包抄过来。去安顺已不可能，贺龙、任弼时等在野马川召开会议，改变计划，向西北转移滇东奎香、彝良。3月6日、7日，二、六军团到达奎香，进入了乌蒙山区。

乌蒙山给红二、六军团幸存下来的官兵留下了至为深刻的记忆。这里群山连绵，山路陡峭坎坷，人烟稀少，给养困难，利于敌封锁，而不利于红军机动。红军在这里几次歼敌未果，突围不成，包围圈越缩越小，一万七千人的红军被围在纵横不到三十里的大山里，二、六军团的命运处于严峻的时刻！

军团首长们在山中的一间草房里开会研究突围方案。任弼时、关向应、萧克、王震等坐在粗糙的木凳上，紧张地思考着，脸绷得紧紧的，显出形势的严峻。只有贺龙依然不慌不忙地衔着烟斗。

任弼时首先分析了形势，认为敌我都已疲惫不堪，从大的战略态势上看，"追剿"军已集中东面和北面，只要跳出去，就可以直取滇东……

研究具体突围方案时，决定高度机动，减掉驮担和重武器，乘隙从两敌间偷过。

贺龙舍不得炮，说："炮不要埋了吧，山大沟深，我们不好走，敌人更难走。我们是钻惯了山的，不信拖着炮钻不出去。"

其他人互相看了看，没人表示赞成。任弼时说："还是埋掉吧，尽量轻装，人出去了还怕没有炮？"贺龙同意了，大家立即分头去部队组织动员。

红军置稻草人于前沿阵地，将部队的红旗插在树林深处。乌蒙山的冬末，每天都大雾迷漫，敌军看不真切。

随即，轻装的红军从郭汝栋和樊崧甫之间向西北突进，然后突然向西，红军跳出包围圈两天后，才被敌发觉。

7

红军乘虚直取滇东，在来宾铺和旧铺子打退滇军阻击。3月下旬，红军进占盘县，进入南北盘江之间地区，将追兵远远甩开。

南北盘江位于滇、黔间，国民党的统治比较薄弱，物产丰富，人口也较稠密；这时"追剿"军已从进攻毕节、大定时的九十个团减少到五十个团，川军停留长江不进，黔军退回一部保境，湘军自称减员过半要求回湖南，滇军兵少不敢单独冒进。据此情况，军分会再一次准备建立根据地，并将这一意图报告红军总部。

在几次电文往返之后，3月底，红军总部来电提出两个方案请贺龙、任弼时等按实际情况决定："最好你们在第三渡河点或最后处北进与我们会合一同北进，可先以到达滇西为目的，我们当应尽力策应；在困难条件下可在滇黔川广大地区活动，但须准备较长期的运动战。"

二、六军团接电后，对照此前红军总部发来的电报研究，认为红军总部虽未对二、六军团的行动作肯定性指示，但从后两封电报看，总部是明显倾向于二、六军团北上的。于是，军团首长决定服从大局，趁金沙江春水未涨之前，渡江北上会合第四方面军。

3月底，二、六军团离开盘县西进，突入滇中。云南军阀龙云惟恐红军在云南不走，便命令孙渡在后面死死追赶。

在此之前，随军行动的辛亥革命老人周素园曾以旧交的名义写信给龙云，希望他同红军联合抗日反蒋。国民党大军在境，龙云哪肯同红军联合反蒋？他为了表示对蒋的忠诚，将信交给了蒋介石。龙云实力不强，不论对蒋介石还是对红军，都一心只求保住地盘。他调集滇军想尽快将红军赶出云南，以免蒋介石的嫡系借追击红军入滇，重演贵州王家烈的故事。蒋介石这时也并不打算解决龙云，也就乐得让滇军和追入滇境的湘军与红军拼命。但在十年之后的1945年，龙云仍为蒋介石所算，那是后话。

4月上旬，红军占领寻甸，打算抢渡普渡河。红四师进抵普渡河铁索桥，这是红军长征中遇到的第三座铁索桥，前两座是大渡河泸定铁索桥和二、六军团不久前渡过的鸭池河铁索桥。前两座铁索桥红军都抢占成功，这一座却未能如愿。

原来在贺龙突入滇中时，蒋介石已识破红军意图。他拍电报给龙云说，红军"目的仍在西昌、会理"，让孙渡赶往普渡河阻击。

在红四师进抵铁索桥的同时，孙渡的先头一个旅已先到铁索桥，封锁了普渡河，追敌湘军也随后跟进，准备围歼红军于普渡河以东。

这时滇军主力尾追红军，滇中空虚，红军决定放弃渡河，突然掉头南下，直扑昆明。4月11日，红军进占距昆明仅四十里的富民县城，歼敌一千余人。

滇中4月，春意正浓，气候宜人。占领富民的这天晚上，天气清朗，月色很好，六军团军团长萧克、政委王震在军团部的院子里摆了一张小方桌和几条矮凳。桌上有几个菜，他们让人请来了那个叫博萨哈特的外国人，为他辞行。

博萨哈特是红六军团1934年7月从湘赣苏区突围西征，于10月中旬在贵阳附近黄平县城的一座教堂里带走的。

博萨哈特是住在教堂里的一名传教士，红军在教堂里发现一张大幅的贵州地图，但标的却是外国文字，红军中无人能读懂。正好发现传教士博萨哈特会说几句中文，便将这个外国佬带走一路翻译地图……

此时红军已准备北上，于是决定放掉他。

席间，萧克不停地给博萨哈特夹菜，博萨哈特用生硬的中国话说着："谢谢、谢谢。"

二十六岁的萧克已有点秃顶，说话也显得老成："你帮助了我们，我们是朋友。"

随红军行动五百六十天，有时为防止他跑掉也不得不受点捆绑之苦的博萨哈特，仍然穿着已很破烂的黑色教士衣服，消瘦，胡子很长，面色更显苍白，由于虱子的折磨，他不时朝身上的某处抓挠几下。菜并不丰盛，但博萨哈特显得很高兴，当然这高兴主要的是因为萧克释放他而不是因为萧克请客。

听萧克说完，他说："感谢萧将军释放我。"

同样只有二十六岁的王震，显得比萧克年轻一些，他说："外国人也跟着蒋介石说我们杀人放火，你看到了，我们是按政策办事的，只打反动派。"

萧克接着说："你看我们对穷人多好，群众多拥护我们。"

博萨哈特不停地点头。

王震又说："你以后写文章，一定得记住我们的友谊。"

博萨哈特"嗯、嗯"地简单回答着。但是博萨哈特对自己的诺言遵守得并不好，他作为红军长征中仅有的两个活的外籍见证人之一，后来曾撰文说，红军抓了许多富家的人质，其中也有外国人，多的时候有几千，如果人质交不出规定的罚金，就被处死……博萨哈特的这些说法，当事人既未认可也未予否定，但至少这里面有着一个外国人无法搞明白的误解。

龙云见红军直逼昆明，急忙调滇军回防。虽然滇中有国民党部队，但他不愿把他们请进昆明。他担心有法请神无法送神。滇军回防，滇西空虚，红军趁机从上游涉渡普渡河，向滇西急进，如入无人之境。有时日下数城，有时一夜走一百八十里，干部战士累得竟在战斗的间隙睡着了，敌机一边轰炸，战士一边呼呼大睡。24 日，红二军团占领丽江城，到达金沙江最西的渡口石鼓镇。

在此之前，蒋介石料定二、六军团会在元谋以西的永胜、华坪渡江，他令郭汝栋纵队从元谋以北渡过金沙江，以先占北岸，阻击红军。将介石亲自乘飞机到永胜、华坪间察看地形，调兵遣将，布置围歼。

但这一次蒋介石失算了，二、六军团突然向西疾进，提前到达石鼓江岸。

石鼓渡口历史悠久，诸葛亮七擒孟获、元世祖忽必烈南征，都曾在此过江。

红军在江边只找到一条小船，贺龙亲自给鲁桥乡副乡长、纳西族士绅王赞贤写信，请他帮忙找船。王赞贤献出了藏在河东的一条大船，还帮助找来四名水手。

25 日黄昏，由十二团团长黄新廷带队试渡成功，在对岸又找到五条船。二军团从五处开始渡江。

由于石鼓渡口船少，六军团为了抢时过江，沿金沙江上行占领巨甸，找到一条可载四十人的木船。六军团大部队云集江岸，战马嘶鸣，为赶在追兵到来之前抢过江去，会水的战士拉着骡马尾巴涉水过江，后来有人想出办法，在船后拖一根大木头，二十多人抱住木头浮过江去……

经两天两夜，红二、六军团从容过江完毕，三天之后，国民党的飞机才到石鼓、巨甸上空寻找红军去向……

从退出毕节到渡过金沙江，两个月之内，二、六军团一直处在国民党四十万大军的围堵之中，战争形势一日数变，红军多次置身险境。

渡过金沙江，红军跳出包围圈，大大地松了一口气。但他们恐怕轻松得还太早，二、六军团长征中最严峻的考验还没有到来……

第二十四章
张国焘久困康藏，不得已同二方面军北上

1

这年冬天，川西北出现了少有的奇寒。

还未挨过冬天，1936年2月，薛岳、周浑元等七个师及川军主力开始向天全、芦山进犯。经一个星期的激战，红军被迫撤出，天全、芦山失守。

面对东南强敌压境，2月24日，张国焘收到了陕北方面以林育英、张闻天的名义发来的"对四方面军战略方针的意见"的电报。

因为需答复张国焘的问题较多，所以是一份长电。陕北中央曾将瓦窑堡决议电告朱德、张国焘并征求意见，张国焘提出以"抗日救国政府"口号取代"国防政府"，电文中对此作了答复。张国焘对此也没再提。关于张国焘不久前提出的双方都取消"中央"，由国际代表团暂代的建议，电文中表示国际都不能同意。当时同国际的电讯联络未通，但林育英可以代表国际讲话，张国焘对此未置可否，但陕北中央在此前此后也避免以中央名义给四方面军发报。

关于战略方针问题，电文中提出三个方案：北上，就地发展，南下。

此时，南下之路已被堵死，就地发展更难以实现，从客观形势看也只有北上一条路可走。同时斯大林已同意红军可以靠近苏联，与苏联红军联合抗日，这一点对张国焘很有吸引力，在他的心灵深处已成为北上的目的，以致后来的北上途中多次与中央扯皮。

张国焘同意北上，事情就算是定下来了。接着制定了《康（定）道（孚）炉（霍）战役计划》，准备西进西康。

为什么既然决定北上，又要西进呢？主要是两个因素，一是策应二、六军团行动，二是红军在天全、芦山一带过冬后，粮食已很紧张，北上需准备粮秣，西进也有易地筹粮之考虑。

几天后的 4 月 1 日，张国焘在另一个报告里说："我们当前的任务是要创造西北抗日根据地，就是说我们要在四川、陕西、甘肃、青海、新疆、宁夏、西康的几省中建立广大革命与抗日的根据地。"

由此观之，张国焘同意北上的含义至少是比较宽泛的。从康北出青海、新疆的方案也在考虑之中。

红军总部到甘孜后，张国焘对当时的"西北联邦"政府主席邵式平和川康省苏维埃副主席余洪远说："目前你们联邦政府的任务有两个：一个是派出得力人员尽快查明从德格到青海的道路；另一个是动员群众，准备物资迎接二、六军团。"

从红军总部出来，邵式平和余洪远分了工，余洪远负责查路。于是他带了几个人，一面探路，一面找喇嘛访问，后来几位走过这条路的喇嘛告诉余洪远说，从康北到青海这条路要走四十八个马站。所谓马站，就是马走一天的路程。而且路很难走，中间大都没有人烟，得用马驮上粮食，还有些地段无水，饮水也需用马驮……

了解到这些情况后，余洪远返回向邵式平作了汇报，邵式平立即给张国焘去电报告此路不通。

这样，四方面军便一心一意准备出甘南北上了。

2

4 月中旬，红二、六军团渡过普渡河，下旬翻越哈巴雪山，进入康藏高原。

过大雪山不远，有一块平坝，长着茂密的野草，早春的草坝，葱绿一片，时有朵朵早放的野花点缀其间。摆脱国民党大军的围追，来到眼前这样一处令人赏心悦目的地方，红军战士都很高兴，有的席地坐在草地上休息。

这时，贺龙和任弼时说着话走过来。见了席地而坐的战士，贺龙喊道："同志们快走啊，看见没有，前面是中旬，到了那里我们好好休息！"

战士们朝远处看去，隐约可见一排排灰色的平顶土房，在土房中显出一座金碧辉煌的建筑。一个战士惊奇地说："这里还有这么好的房子！"

贺龙说："那是喇嘛寺院。同志们，喇嘛寺院可是不能随便进的哟。"

战士们向前走了。这时贺龙对任弼时说："到了藏区，部队处理好民族、宗教关系可是桩大事。"

于是任、贺决定部队在中旬休整几天，进行民族和宗教政策教育。

到了中甸，贺龙传令，保护好寺庙和经书佛像。不经准许，任何人不得进入寺庙。接着，贺龙给中甸喇嘛寺的八大老僧写了一封信，说明红军的政策和行经此地的目的。

第二天一早，喇嘛寺差人请贺龙前去赴宴。有的建议贺龙不要去，因为在进入中甸、翻越哈巴雪山时，部队曾和藏民武装发生冲突，差一点红军就被阻在雪山下。中甸的喇嘛寺虽经谈判，表示了友好，但去寺庙里做客，万一是"鸿门宴"怎么办？

贺龙哈哈笑道："你们不了解少数民族，他们讲信用。再说，人家好意相请，不去会失信于人。"

贺龙生在湘西，那里是一个汉族和少数民族杂居的地区。贺龙的母亲王金姑就是土家族，他对少数民族是比较了解的。贺龙说完，带上警卫战士，打马去了喇嘛寺。

喇嘛寺的欢迎仪式十分隆重，几十支铜管莽号一齐吹奏，数百喇嘛列于两旁，八大老僧迎出寺门。贺龙远远下马，整冠而入，八大老僧给贺龙敬献了哈达。贺龙恭敬地接过哈达，回赠了礼物，还作了即兴讲话。他说："我们红军是借路北上抗日的，对贵地只是路过，绝不久留。我们红军主张汉番一家，都是兄弟，我们一定尊重你们的风俗习惯，公平买卖，不影响你们的正常生活……"

贺龙读书不多，但走南闯北，知识丰富，很能讲话，还在洪湖时，"胡子的嘴"就是出了名的。贺龙的讲话，受到寺庙僧众的欢迎。宴席间，寺庙还特地举行了"跳神"活动，请贺龙观看，并为"贺将军"祈福。

从喇嘛寺回来，贺龙题写了"兴盛番族"的匾额，上挽红绸锦幛，由二军团的宣传队敲锣打鼓送去喇嘛寺。随后，宣传队还为藏族群众演出了文娱节目。

在中甸原来准备作短期休整，但这里人烟稀少，给养困难，无法久留。部队在这里停留了四天，在连以上干部会上，军团首长宣读了红军总部祝贺二、六军团胜利渡过金沙江的贺电，对部队进行了民族政策和纪律的教育。

这期间，喇嘛寺的八大老僧为红军筹集了六万斤粮食和一大批酥油、糌粑等物资，临走时，贺龙对老僧们表示了感谢。

3

离开中甸后，二、六军团分为左右两路北上。因为万余人的大部队在这人烟稀少之地，集中行动是无法解决粮食问题的。

六军团由萧克、王震及政治部主任张子意等率领，从右路经定乡、稻城向理化前进。

出中甸不远，即翻越大小雪山。部队由云南急行军抢渡金沙江，几度轻装，衣物多数扔掉了。进入藏区，无法补充，部队单衣过雪山，饥寒交迫使一些红军战士长眠在雪山上……

定乡、稻城物产较为丰富，红军筹粮不难。在六军团到达之前，四方面军还通过瞻化的喇嘛寺给定乡和稻城的喇嘛寺写信宣传红军政策，劝说他们不要以红军为敌。两地的喇嘛寺及藏族土司采取了同红军友好合作的态度，当然，地方土司还别有所图，趁机将平时压迫他们的国民党官员赶走了。

红六军团一路无阻，6月3日到达理化之南的呷洼与罗炳辉率领的三十二军会师。

在这里，罗炳辉等向六军团领导介绍了张国焘与中央分裂的情况。由于大部分人不了解中央同张国焘分裂的内情，因此不少人，包括一些留在四方面军中的原一方面军干部都认为中央不该不辞而别。

呷洼休整了六天，在罗炳辉的催促下，6月9日，红六军团同三十二军一起向理化出发。

理化有一康区最大的黄教喇嘛寺——长青春科尔寺，连同分寺一起，有喇嘛三千多人，枪七百余支，是理化最大的一支地方武装。由于四方面军事前让瞻化、甘孜等寺院给长青春科尔寺去信介绍红军情况，劝说他们不要阻拦红军，于是长青春科尔寺住持香根活佛留下二十多个喇嘛看守寺院和接待红军，其余的带上贵重物品退出暂避。红军顺利入理化城，与寺庙相处友好。

理化是康南地区的土特产集散地，酥油、皮毛不少。六军团在理化休息四天，购买了一些皮毛和很多糌粑、酥油，每人携带一包，又因行军中背不动而一路丢弃不少。

六军团到达甘孜附近的普乙隆时，受到四方面军三十军八十八师的非常热情的迎接，沿途贴满了欢迎标语，当听说六军团有一百多人掉队，八十八师立即派出人员和马匹前去接回。由陈昌浩率领的专程前来迎接兄弟红军的四方面军政治部，代表四方面军给六军团的每个人都送了毛背心等礼物，还从瞻化、甘孜赶来牛羊慰劳六军团。八十八师连六军团住的房子里的柴火都准备好了……

陈昌浩率领的慰问团，除了带来大批的慰问物品外，也带来了几包四方面军政治部编的《干部必读》学习材料，送给六军团学习。

王震在《干部必读》小册子中发现收有张国焘攻击毛、周、张、博的讲话。此时王震已了解一些张国焘同中央分裂的情况，作为政治委员，他采取了谨慎的态度。他扣住这些小册子暂不下发部队，同时立即去电向随二军团行动的贺龙、任弼时报告。

政治上已经很成熟的任弼时，当然不愿意让刚刚到达，并不了解情况的二、六军团卷入这场争论。他回电王震，将这些小册子烧掉。

在普乙隆，六军团同四方面军召开了会师大会。会后，朱德向六军团领导详细介绍了中央同张国焘分裂的经过，使他们对分裂真相有了较多了解。

4

夏日的甘孜高原阳光灿烂，天空湛蓝，牧草如茵，鲜花盛开……

二军团于 6 月底到达甘孜绒坝岔，与红三十军会师。

会师这天，二军团红军的心情就像这高原的天空一样明亮，就像这夏日草地上的马儿一样欢畅……

四方面军组织了热烈盛大的欢迎仪式。红军部队和群众拥在道路两旁，手中挥舞着小旗，喊着欢迎的口号，敲着锣鼓，唱着藏歌，二军团长征以来，第一次见到如此热烈的欢迎场面，不少人流下了激动的热泪……

7 月 1 日，二军团首长去位于绒坝岔和甘孜城之间的干海子红军总部，同总部领导见面。

贺龙和任弼时并马走在前面。朱德、张国焘、陈昌浩、刘伯承及先期到达的六军团领导萧克、王震都专程赶来迎接。

朱德等一行远远迎来，贺龙打马向前，在离朱德一里之遥时翻身下马，将缰绳交给警卫，快步向前走去，朱德也连忙迎来。

"总司令，你好哇！"贺龙同朱德两只大手紧紧相握。他们在南昌起义后分手，虽然也不时知道对方的一些消息，但已八年没见面了。

朱德摇着贺龙的手说："贺老总还像南昌时那样精神，只是略瘦了些。"

贺龙说："总司令也瘦多了，身体还好吧？"

朱德同贺龙寒暄了几句，便同任弼时、关向应、甘泗淇等一一热烈握手，不停地说："你们辛苦了！你们辛苦了！"

贺龙、任弼时等也迎上前去，同张国焘、陈昌浩等人见面。

贺龙在南昌时见过张国焘，这时见张国焘比当时显老一些，但面色白净，身材肥胖，同黑瘦的朱德形成鲜明对照，给人一个养尊处优的感觉。这使贺龙心中有几分不快。

任弼时与张国焘过去比较熟悉，任弼时任少共书记时，张国焘就是中央政治局委员。那时张国焘他们把任弼时看做一个初生牛犊似的小兄弟。而这时任弼时也留起了小胡子，已是一副老成持重的样子。

张国焘握着任弼时的手笑着说："弼时，几年不见，你快成'任胡子'了。"

任弼时摸了摸胡子，也笑道："老啰！国焘你还是这么年轻！"

"我是老了。弼时你可正是年富力强，堪当大任的时候啰。"张国焘说道。

礼节性的寒暄以后，双方围绕张国焘同中央分裂这一背景的公开的和背后的活动开始紧锣密鼓地进行。

来到红军总部干海子，贺龙、任弼时、关向应、王震等二、六军团领导分别去看望红军总部首长。

他们先来到红军总司令朱德的住处，贺龙送给朱德一匹壮实的小马。这是二、六军团从云南带来的云南良种马，这种马身架不大，但精悍，能负重，性格温顺，特别是善走山路，很适合山地行军。此后朱德一直骑着这匹马走完长征，到达陕北。

朱德热情地请贺龙等坐下，谈了些路上情况和部队目前的状况。接着朱德讲了张国焘和中央分裂的过程，以及希望二、六军团一起促张国焘北上的想法。然后说："去年的分裂，给红军带来很大损失，现在主要是要团结，团结一道，北上会师。"

贺龙说："总司令，我们听你指挥。"

任弼时也说："我们二、六军团，一定听从总司令指挥，同四方面军团结北上。"

这时王震讲了六军团同四方面军会师后，四方面军政治部去迎接的情况，当说起那本《干部必读》的小册子时，任弼时说："二军团也收到一些，都烧掉了。以后要注意，凡是有损红军团结的东西，我们都要坚决抵制。"

接着，贺龙、任弼时又去见了张国焘。张国焘非常热情，赞扬了二、六军团的英勇斗争精神和伟大功绩，还用在甘孜缴获的海参、鱼翅等山珍海味设宴款待贺龙、任弼时等。

在得知二、六军团减员很大，物资缺乏的情况后，张国焘说："我们在这里时间长些嘛，物资、兵员都可以支援你们。"

任弼时表示感谢，张国焘说："我们和二、六军团没有任何政治上的分歧，现在两军会合，更增大了我们的力量。只要我们密切团结，就有吸引陕北红军采取配合行动的可能……"

任弼时立即打断他："建立抗日救国的统一战线，开展神圣的民族革命战争，是共产国际代表团和中央政治局十二月会议上确定的目标，我们所有红军都应在这个目标下团结。"张国焘又说："两军会合，过去缺乏了解，我们是不是召开一次党的联席会议，统一对党内一些问题的认识。"

任弼时马上说道："我们刚到，召开党的联席会议的条件恐怕还不成熟。在这种情况下开，出现争论怎么办？不但不能统一认识，还会出现相反的效果。"

张国焘没想到他的提议会被任弼时当即拒绝，他审视地盯着任弼时，从这位三十岁的年轻人已是饱经风霜的脸上，再也找不出当年反对陈独秀时那种稚气和年轻气盛了。

"这样也好。两军就先开个干部联席会议吧。"张国焘又说。

任弼时同关向应交换了一下眼色，说："联合起来开会，我们不反对。但丑话说在前头，只能讲团结，不能把一、四方面军过去的分歧再拿来讲……"

5

不久，干部联席会议召开了，会上气氛十分和谐，都说了些互相学习和团结一致的话，没有提一、四方面军争论的事。

四方面军对二、六军团的欢迎真诚而热情。会师前，两军的领导人都做了大量的工作。当时徐向前不在，他已提前出发组织先头部队北上。但在此以前，他曾亲自给部队动员说：红军是一家人，我们同一方面军和二、六军团的关系，就好比老四与老大、老二的关系。上次和老大的关系没搞好，要接受教训。现在老二上来了，再搞不好关系是说不过去的……

但是，张国焘却有他的算盘……

还在一个月前的5月30日，张国焘给林育英发了电报，表示："对一方面军暂取协商关系，对北方局取横的关系，原则上争论由国际或七次大会解决"。

这是张国焘在取消他自立的中央前的最后一次讨价还价，林育英有无回电，以及如何回电？在中央同张国焘的分裂问题未完全开放的今天，我们还不得而知。

总之，在那份给林育英的电文发出七天之后的 6 月 6 日，张国焘在他的"中央"纵队活动分子会上作报告，宣布取消了"中央"。会上，他在宣布取消这里的"中央名义"的同时，宣称陕北中央也取消中央的名义，中央的职权由驻国际代表团暂时代行。他说："陕北方面设中央的北方局，指挥陕北方面的党和红军工作。此外当然还有白区的上海局、东北局，我们则成立西北局，统统受国际代表团的指挥。"接着，四方面军收缴销毁了原来以"中央"名义发出的文件。

6 月下旬以朱德、张国焘、陈昌浩、李卓然名义发给了陕北一封关于六军团同四方面军会师的电报：

育英、北方局同志和一方面军首长：

甲、萧克、王震同志率六军全部于二十三日在甘孜与我们胜利的会合了，全军欢跃。贺、任、关及二军于二十九日到甘。

乙、六军精神好，战斗情绪极高。四方面军指战员对六军发扬了无上友爱精神，现正在热烈准备东（北）进，配合一方面军行动。

朱、张、浩、卓

一九三六年六月二十七日

这封电报中，张国焘对中央使用了北方局的称呼。这说明不管陕北中央的态度如何，张国焘寄希望于召开全党会议来解决党的最高领导权问题，他拉拢二、六军团的领导人，意在以后的会议上获得支持。

6

置身于这样一个复杂的环境，很有政治头脑的任弼时急于恢复同陕北的直接联系。二、六军团总指挥部无线电中队政委江文专门拜访了四方面军总指挥部负责通信工作的宋侃夫，商谈了二方面军同陕北恢复联络的有关事宜。这时任弼时又到朱德处要来了与陕北通报的密码本，很快就沟通了联系。

中央军委发来电报，授予二、六军团二方面军番号，贺龙为总指挥，任弼时为政治委员，萧克为副总指挥，关向应为副政治委员，李达为参谋长，甘泗淇为政治部主任。在此之前，朱德曾建议任弼时留红军总部工作，以加强红军总部与张国焘争论的对手；而张国焘也表示同意，并以红军总政委名义提出任弼时留总部后，给二军团另派政委，被任弼时拒绝。

二、六军团编为二方面军时，贺龙提出，二、六军团缺乏过草地的经验，要求四方面军拨给一支经过草地的部队以提供经验。朱德提议，将三十二军划归二方面军建制，张国焘表示同意。

朱德又说："二方面军刚到藏区，还不会打骑兵，一路上敌人骑兵很多，这个搞不好部队会吃亏。我看让伯承随二方面军行动，帮助二方面军部队进行打骑兵训练。"

贺龙和任弼时极表欢迎。张国焘在南进受阻后，对原一方面军的干部表现出了友好和宽容，大多数被解除职务的都得到了恢复。刘伯承也回到了总参谋长任上。

朱德提议，贺龙、任弼时赞同，张国焘也就没再说什么。

刘伯承到二方面军工作期间，任弼时同他的夫人陈琮英得知他与前妻失去联系，身边无人照顾时，就介绍从鄂豫皖参加革命、十九岁的红军女干部汪荣华同刘伯承结婚。从此，汪荣华成为刘伯承的终身伴侣。

紧接着，中共中央又发给任弼时亲译的电报。这种电报至少在当时是最高密级的。但由于电文太长，任弼时一个字一个字地翻密码，译起来非常费劲，最后任弼时不得不请机要科长帮忙。电文的具体内容我们已无从知道，据当时无线电中队政委江文回忆，大意是讲了北上的有利条件，要任弼时劝说张国焘去陕甘同一方面军会合，同时团结二、四方面军一起北上。也许，还有其他什么内容……

此后，任弼时开始了紧张的活动，他同陈昌浩、傅钟、李卓然等红四方面军总部的同志频繁谈话，同傅钟等党内老同志彻夜长谈……

任弼时的这些活动，引起了张国焘的不快，他见了任弼时，半开玩笑地说："弼时，你搞什么'小组织活动'呀？"

任弼时也半开玩笑地回答说："你是政治局委员，我也是政治局委员，就许你找他们谈话，不许我找他们谈？"

张国焘又说："你都谈些啥嘛？"

"内容光明正大，你不是都知道嘛。"任弼时说。

"那你是想当包义正啰？"张国焘敢作轻松地笑着说。

"我可当不了包文正，我只是想当个鲁仲连。"任弼时说着，来到张国焘的屋内。张国焘移过来一把椅子，任弼时同张国焘面对面地坐下，诚挚地对他这位昔日的"兄长"说："国焘，我是一个没有参与这一争端的人，现在我也不想参与。我找人了解些情况、研究一下，也许以后可以为大家的和好尽些力。"

"你能将你局外人的看法说说吗？"张国焘也诚恳地说。

"当然可以。而且正想同你谈谈。"任弼时嘴里叼着斯大林似的烟斗，不时"吧嗒"一口。他思索着慢腾腾地讲了几点看法：第一，四方面军策应一方面军是真诚的，不能说四方面军的同志早就有反中央的倾向；第二，双方都有成见和不信任；第三，一、四方面军彼此的批评很多是不必要的，是成见造成的；第四，毛泽东、张闻天等的北上方针是正确的；第五，卓克基成立"临时中央"，是错误的，是分裂行为。但任弼时又说，"临时中央"不久就取消了，也是值得欢迎的……

任弼时的分析，诚恳、冷静、比较客观，张国焘垂下头，默不作声。过了一阵，他说了些现在国际制定了正确路线，应急谋党内团结，希望尽快解决党的统一问题等意思的话。

7

7月10日，任弼时向陕北发出了一封建议解决党内团结问题的电报：

英、洛、恩、泽、博、稼、邓发、少奇诸同志：

我到甘肃应得知道：

一、一、四方面军会合后党内争论的问题。

二、现在陕北和川康边同志对目前形势估计和党的策略路线已经一致。为着不放松目前全国极为有利局势，使我党担负起当前艰巨的历史任务，我深切感觉党内团结一致、建立绝对统一集中的最高领导是万分迫切需要，而且是不能等待七次大会的。

三、这次二、四方面军向川、甘边北进，一方面军亦向甘南配合接应，一、二、四方面军靠近行动。我已取得特立（张国焘的字——引者注）、玉阶（朱德的字——引者注）两同志之同意，向兄等有以下建议：

（一）在一、二、四方面军靠拢时，召集一次中央扩大会议，至少是中央政治局扩大会议，除中央政治局委员外，一、二、四方面军主要干部参加，并要求国际派负责代表出席这次会议。议程应列有总结在五次"围剿"

斗争之经验教训和讨论党的目前紧张任务，并产生党内和党外的统一集权的最高领导机关。

（二）万一对粉碎"围剿"和斗争之经验教训不可能在这一会议上得到最后结论，则这一问题由七次大会或国际去解决。

（三）现二、四方面军部队战斗情绪极高，政治军事工作都有极显著的进步与成绩。

（四）二、四方面军会合后，二、六军情绪亦甚好，四方面军曾以很大动员迎接慰劳二、六军，现在二、四方面军阶级友爱的关系极好，在目前政治形势和党的策略路线决议基础上是团结一致的。

（五）现二、六军改编为二方面军，并将三十二军编在二方面军内，一方面军会合后的党内争论问题尚未讨论。

（六）我们为着党的团结一致，建议诚恳的希望××××××（原件如此，可能为英、洛、恩、泽、博、稼——引者注）电覆为盼，你们同意时即电告我，并即准备这一会议能在靠近时即举行。

> 弼时
> 七月十日

在这封电报里，任弼时提出召开扩大会议，"并要求国际派负责代表出席这次会议"，"并产生党内和党外的统一集权的最高领导机关"的建议。回电如何，已无法查考，但在二、四方面军北上后，毛泽东、周恩来、彭德怀即提出组成六人军委主席团，当是解决军事上的"统一集权的最高领导机关"的一个步骤。

那么为什么后来的会议没有开呢？这有几个方面的原因："双十二事变"的发生及和平解决，使陕北中央的统一战线工作取得极好局面；以及后来斯大林让去莫斯科治病的王稼祥捎信给中国党，国际承认毛泽东为中国共产党领袖等等。尽管如此，"七大"的召开，又等了将近十年，其间还经过延安整风，全党的思想才基本统一；毛泽东才不仅在实际上而且也在名义上成为全党公认的心悦诚服的领袖。

一个成熟的党的领袖，是需要在长期的选择中，以超群出众的才能和卓著的成绩，从而被全党公认的。

通向峰巅的路不会平坦，平坦地到达的不会是峰巅，不管自我感觉如何，至少别人是这么看！

　　任弼时在长征中对三军的会师，对红军和党的团结是做出了重要贡献的。他的贡献并不是如有的人所说，同张国焘进行了针锋相对的斗争；恰恰相反，正在于他冷静、客观、诚挚地做"陕北和川康边同志"的团结工作。

　　而且，二、四方面军会师之时，北上的决定早已做出，张国焘的"临时中央"也已经取消，事实上已无大的政治原则问题可争可斗。对一、四方面军的争论，据聂荣臻回忆，直到 10 月北上到达陕北时，任弼时还向他问了当时中央同张国焘分裂的情况，问得很详细，"但未表态，态度十分冷静"。

　　正在这个时候，二、四方面军的五万多红军踏上了艰险的、对大多数四方面军战士来说甚至是残酷和悲惨的征途……

第二十五章
踏进甘南又起纷争，大会师只是一场象征

1

5月底至6月，陕北林育英、张闻天、毛泽东等署名来电："四方面军与二方面军，宜趁此十分有利时机与有利气候速定大计，或出甘肃、或出青海。"后又来电称"两广事变"发生，胡宗南南下，甘南空虚。对二、四方面军的部署，提出"我们以为宜出至甘肃南部，而不宜向夏、洮地域"。

红军总部朱德、张国焘于是决定乘虚北进甘南岷州地区。6月下旬，李先念率八十九师和许世友率骑兵师为先遣，出发北上。

接着，红四方面军总部发布《二次北上政治命令》。7月上旬，朱德、徐向前、董振堂分率左、中、右三路红军向松潘、包座前进，二方面军随左路跟进。

另外还成立了一个后卫支队，实际上就是收容队，包括妇女队、担架队、医院等。由于医药和营养条件很差，康区疫病流行，伤寒病夺去了许多红军战士的生命。此时，伤病员仍有数千名。

红军总部规定，团以上干部伤病员随军带走，其余的伤病员和护理员留下。

于是，在金川、炉霍、甘孜等地，有两千余名伤病员和护理他们的女战士含泪送走了远行的主力红军，痴心等待着主力红军建立了根据地后再来接他们北上……

希望就像海市蜃楼一般渺茫。

接他们的红军没有来，土司、堪布、土匪、国民党军队一批接一批地来了，这些失去抵抗能力的伤病员和女红军战士们一次又一次地遭到残害和凌辱。伤病员大都被残酷地屠杀；红军女战士有的被杀害，有的被土司、头人抢去奸污后贩卖。

五十年后，一位当地老人告诉笔者，他曾亲眼看见一群年轻的红军女护士被

藏族反动土司的骑兵追到金川江边。身前是滚滚江水，身后是举着藏刀、狂笑着追过来的藏兵。在藏族骑兵越逼越近的时候，这些红军女护士们手拉着手，呼喊着"红军万岁"的口号，跳进了湍急的金川江激流中。金川江的江水啸叫着接纳了这一颗颗纯洁的心，流走了那一片千百次憧憬过的向往……

在金川，陪同人员领笔者去访问了一位幸存下来的红军女护士。

在一间藏式平顶土屋里，我们见到的是一位地道的藏族老妇人。她穿着一件肮脏的青色藏袍，漆黑、干瘦，脸像松树皮样一层层皲裂……

我们到时，她正伛偻着腰往圈里赶羊，嘴里发出一声声怪叫。见来了客人，她急忙蹒跚着进屋倒茶，房屋很矮，屋内黑得什么也看不见。

我们在屋外找地方坐下，慢慢喝着一大土碗漂着油污的奶茶。

陪同者告诉我们，她是四川人，1933年在川北参加红军，四方面军二次北上后，她被留下来护理伤员，后来被抓去给一家土司当了整整十四年"娃子"。

当她明白我们的来意后，那双干枯浑浊的眼眶里滚出了大滴大滴的泪水。她已不会说汉话，翻译告诉我们，她说她会唱红军歌。

于是在我们的请求下，她用她那苍老的声音唱了起来：

世界革命高潮新

各地工农起革命……

令人惊奇的是她不但歌词记得清楚，而且发音也准，带着浓浓的四川音。但在这歌声里，却有着一种令人心颤的苍凉和哀伤……

四方面军中，那些随主力红军北上的女战士后来的命运甚至比这些留下来的还要悲惨！

2

这次北上，红四方面军准备时间长一些。二方面军刚到甘孜不几天即出发，康区粮缺，筹粮很少。张国焘在会师时曾答应贺龙，拨给二方面军一些粮食和物资，不知什么原因却没有兑现。四方面军自己的粮食也不是很充足，即使给一点，恐怕也难以满足二方面军万余人之需。

从甘孜至阿坝，原来预计只需十天左右时间。于是，二方面军在只筹得六七天粮、少数部队甚至仅有两天粮的情况下出发了。

这时，三十一军军长王树声生病，萧克去了三十一军代军长，陈伯钧到六军当军长。六军同三十二军一起，7月上旬从甘孜出发，经西康省色达县和青海南部绕道阿坝。出发时仅带六天粮食，张国焘告诉说，途中有几处地方可以筹粮。

红军出发就道以后，不但一路山高人稀、无粮可筹，而且走了整整二十天，有的走了二十三天才到阿坝。大部分部队八至十二天时间没有一颗粮食……

不但缺粮，还缺乏防寒遮雨的衣服、雨具和帐篷等。山区高寒，经常遇到大雨、大雪，又无房舍宿营，只好一路露宿。

战士们饥寒交迫，前面的部队把野菜叶子吃了，后面的就吃野菜根；腰上系的皮带吃完，连草鞋上的牛皮条也扯下来煮着吃了。

在寒冷、饥饿、疲劳的摧残下，二方面军战士死亡在增加。7月22日，红军过横排山，上下山约四十里，时遇大雨狂风，寒冷异常。这一天，仅十六师就死亡一百四十多人。在到达阿坝的前一天，二军宣传队十六人去部队演出。第二天早上，只有十二人爬起来，另外四名红军小战士由于冻饿而停止了呼吸……

红军在青海境内行军仅十三天，至今还有当年冻馁于道，被当地老乡救活后，给人当养子而幸存下来的红军战士。

贺龙看到一处处倒毙路旁的红军，非常痛心，他再一次下令各师："绝不能丢掉一名伤病员，只要还有一口气，就要带出草地。"

这时，有的部队吃野菜发生了中毒。一个排的十五名战士，在草地吃了一顿野菜。晚上，连部的通信员来叫排长开会，忽见排长哈哈大笑，接着全排人都狂笑起来，通信员吓呆了。这时，漆黑的夜空乌云翻滚，只一会儿，电闪雷鸣、狂风暴雨倾盆而下。突然，笑声停止，十五名战士背靠背地坐着没有一点动静。通信员叫排长，排长不答应，走近一推，排长已经咽了气，他一个一个摇过去，全死了！通信员哭喊着跑开了……

看着中毒死去的红军战士，贺龙非常痛心，他指示各部队成立了"党、团员试吃组"。一个偶然的机会，贺龙发现草地水塘里有鱼。草地无人行走，加上藏民风俗不吃鱼、不捕鱼，因此这里的鱼自生自灭，河沟、水塘里都有。

贺龙很高兴，他对部队说："同志们，水里有鱼、有青蛙，地上有蚂蚱，这些都可以吃嘛……凡是能吃的都要吃，不好吃也要吃。能活着走出草地就是胜利！"

以后每到宿营地，贺龙就在他走路拄的拐杖上拴根绳子，把针放在火上烧烧，弯成钩，去水塘钓鱼。钓得多的时候，就煮一锅鱼汤，指挥部的人从副政委关向应开始，每人一勺，贺龙亲自掌勺。

草地上的悲剧还在发生。二军的一位女军医在草地上生产了。风雨之夜，在用被子撑起挡雨的小棚子里，婴儿呱呱坠地。空旷的草地上细雨淅沥，婴儿的哭声是如此揪心，那些被冻得睡不着觉的红军战士们，翻来覆去地拍打着干粮袋，把最后的一口口炒面集中起来，送给产妇。

年轻的产妇脸色苍白，看着一位羸弱不堪的红军战士代表大家送来的半袋炒面，她无声地哭了。喃喃地说："不……同志，大家……活命要紧……"

第二天，两位红军战士抬着她行军，战士瘦得像干柴棍一样的腿，颤抖着在水草地上艰难地移动，她的心刀绞般难受。当路过一个水塘时，年轻的母亲轻轻地从担架上坐起来，把婴儿举在手中，含泪吻了吻婴儿瘦得起皱的小脸蛋，然后狠心地一扬手，婴儿被扔进了水塘中，她也一下倒在担架上，昏过去了……

魔鬼般的水草地，咕噜噜地冒了一阵泡，一个幼小的生命在一瞬间被吞噬了……

一个母亲忍着悲痛把她刚刚出生的婴儿献上了神圣的祭坛……

3

率左路纵队前进的朱德，随先头部队经过阿坝，沿着一年前走过的路线进入松潘草地，来到噶曲河边。部队在河边宿营，朱德带着几名警卫战士到岸边观看水情。

7月的草地，蜂飞蝶舞、鲜花盛开；噶曲河清澄如练，在暮霭中似一条飘动的绿绸，翩翩东去……

探完水情，朱德拣了一处干净的地方坐下，面对噶曲河，刚毅的身躯纹丝不动，静静地深思着。

警卫战士远远站着，没有打扰他。过了一会儿，一位战士走到朱德身边，说："首长，回去吧，这里风大天凉。"

总司令笑了笑，拉这位战士靠近他坐着，又招呼其他战士围拢来。他问："你们知道噶曲河的故事吗？"

战士们摇摇头说不知道。

朱德用他那厚重的四川口音讲述说："这噶曲河，也叫白河，当地人把它叫做'黄河尾子'。传说这白河和黄河是亲生的两兄弟，黄河是老大，白河是老二。老大长大后去了青海，老二仍留在四川。"

"老大担心弟弟年纪小，受人欺侮，便捎信要弟弟到青海去和他在一起。老二接到信后，就去找哥哥。但弟弟小，走得慢，有时还找不到路。"

"哥哥总不见弟弟来，心里很着急。他想，是不是弟弟年轻，走错了方向，走到什么岔路上去了？于是哥哥急急忙忙来四川寻弟弟，一路上高山阻隔，道路难行。为了找到弟弟，他战胜了很多困难，最后终于在四川境内的索格藏寺门前会面了……"

"后来呢？"一位小战士问道。

"后来他们兄弟俩合成一股，浩浩荡荡向北流去，终于流进了大海。"朱德充满感情地说。

传说都是美好的，因为它是对人类所缺乏的东西的补充……

大家都被这个美好的传说吸引住了，好一会儿，都没做声。

一个战士想了想，说："我们红军的一方面军、二方面军、四方面军也是几兄弟。走来走去，现在我们也终于走到一块儿了。"

朱德手撑地站起来，说："对！只要我们心合在一起，劲儿拧成一股，我们就能战胜困难、取得胜利！"

战士们被朱德的话所鼓舞，欢欣起来。他们忘记了草地带给他们的艰难，还轻轻地哼起了歌儿……

回到总部驻地，天已很晚，参谋送来一份电报，朱德看完，心里沉重起来。原来走在后面的二方面军在阿坝仍筹粮不多，已经再次面临断粮的危险。

警卫员端来一碗和着野菜的炒面糊糊，请朱德吃晚饭。朱德看也没看，就急匆匆地走出了帐篷。

在噶曲河边，四方面军设有一个兵站。朱德带着警卫员来到兵站。

这时已是深夜，朱德在兵站的一个帐篷里坐下，叫人去找负责兵站的杨以山。

一会儿，杨以山急急忙忙地来了。一见朱德，急忙行礼。

朱德说："你是总部四局派来的？"

"是的，总司令。"杨以山说。

"那好！现在兵站还有多少粮食和牲口？"朱德问。

杨以山告诉说，许世友的骑兵师出发以来，已筹集内刀多头牛羊和一大批粮食。四方面军还未过完，兵站只剩下两千多头牛羊了。

朱德皱着眉想了一阵，说："过了噶曲河，还要三四天才能走出草地，后卫部队已经断粮了。因此，从现在起，每人每天发的牛羊肉，连皮带肉不能超过一斤。牛羊皮、肠肚要全部吃掉。"

杨以山一面点头，一面在一个本上写上几个字。

朱德又说："要告诉战士们，后卫二方面军还有一万多人，得不到补充，他们就走不出草地。"

杨以山说："就是每人每天发一斤肉，四方面军过完，剩下的也不多了。"

朱德听了，半天没说话，他在焦虑地思索着。这时，天已四更，住在附近的红军总部直属队正打点驮运的东西准备出发，传来一两声牦牛的哞叫声。

朱德突然说："有办法了，你跟我来。"

在一座山坡下，总部直属队的各类驮子和人马陆续到来。朱德站在山坡上，大声喊道："同志们！"

一听朱德的声音，嘈杂的声音开始静下来。

"同志们，从这里还有三四天时间就可以走出草地了。可是走在我们后面的二方面军的同志，他们快要断粮了。前面缺粮可以找到野菜，后面的部队连野菜根也找不到了。"

部队非常安静，没有人说话。朱德的声音显得沉重而焦虑。

"所以，同志们，总指挥部决定，各单位所有驮东西的牦牛全部留下来。防雨御寒的东西自己背上，别的东西扔掉！多余的枪支毁掉！不要舍不得，过去我们人多枪少，现在人少枪多，枪是人去缴获的嘛，有了人就会有枪。"

朱德的话刚讲完，直属队的红军官兵立即把驮子卸下来，将几百头牦牛交给了兵站。朱德也将给他驮帐篷的牦牛亲自牵来，交给了杨以山……

这样，本来可以解决二方面军的缺粮问题了。但四方面军过完后，二方面军的部队未能接上。这天晚上，兵站的红军放松了警戒，被藏兵偷袭，抢走了六百多头牛羊。

牛羊丢失大半，兵站的红军战士痛心不已，他们每天采野菜、钓鱼充饥，坚持未动剩下的一头牛羊。

一批批路过这里的二方面军红军，都得到了一些补充，使他们终于走出了草地。到后卫部队过完以后，兵站还剩下一头牦牛。兵站的战士也快要走出草地时，得知六军团一个执行警戒任务的加强连由于断粮被困在了草地上，杨以山立即决定将这头牦牛杀了送去。

被饿得昏过去了的战士们，吃着喷香的牦牛肉，激动得掉下了眼泪……

4

8月13日，北上红军全部通过草地，到达巴西地区。这次过草地，四方面军减员不多，二方面军的人员死亡，大部在甘孜到阿坝段，从阿坝到巴西这一段草地，由于四方面军的支援，减员较少。

四方面军8月1日走出草地，由于一路行军，还时有战斗，有七百多伤病员留在了包座地区的求吉寺。

大部队走了，这七百多名伤病员和少量医务人员缺粮、缺药，周围连个老百姓也没有，痛苦无告，处境十分困难。

几天以后，伤病员的病情更加严重，不少人危在旦夕，每天都有人死去。医院被痛苦、悲哀和绝望的气氛笼罩着。有的人唉声叹气，想不到三次草地走过来了，现在却在这里等死。

8月中旬的一天，医护人员带进一个人来，自我介绍说是二方面军三十二军的，罗炳辉军长派他先来看看，罗军长很快就要来看望大家。

伤病员心里燃起了希望。但他们也有担心：二方面军是后卫部队，比我们更困难，他们能帮助我们什么呢？

第二天上午，罗炳辉来到求吉寺，还带来了几袋粮食和一些药品。来到病房，高大魁梧的罗炳辉微笑着对伤病员们说："同志们，我是来接你们回部队共同北上的。"

顿时，这些已经绝望的伤病员感动得热泪盈眶，有的忍不住啜泣起来。身着藏式披风的罗炳辉一次次俯下身去逐个问候。

然后，罗炳辉对伤病员讲了话，他说："同志们，你们为革命负了伤、生了病，你们有功于人民。"伤病员们激动地鼓起掌来。

他又说："革命即将出现新局面，我们要拿出打仗的劲头同伤病作斗争。同志们，能坚持走的，马上出院随部队走；走不了的，留下继续治疗，三十二军派部队保护，以后随大家一起北上！"

不等罗炳辉的话讲完，轻些的伤病员纷纷要求出院。罗炳辉终于将最后一批红军战士带去了陕甘……

此时，陕甘苏区的局势一点也不容乐观。陕甘红军西征，在曲子镇歼灭马鸿逵的一个旅，以后军事上无大的胜利。同张学良的统战工作已取得成效，双方在军事上签订了秘密协定。但蒋介石的嫡系胡宗南，因"两广事变"得到解决，已兼程北上。当时陕北红军总共只有一万五千人，无法有大的作为。

这时，红二、四方面军共同北来，使陕北方面非常高兴。7月，以林育英、张闻天、毛泽东、周恩来等署名，两次致电朱、张、任，急切之心溢于言表。

7月底林育英等批准西北局成立，张国焘为书记，任弼时为副书记。8月1日，四方面军走出草地，陕北发电祝贺，并催促他们"到包座略作休息，宜迅速北进"。

同一天，朱、张、任复电说明俟部队稍集结后，即向洮州、岷州、西固前进，8月中旬主力可向天水、兰州大道出击。

陕北方面接电后极为兴奋，立即回电热情鼓励。当时陕北中央拟定的计划是一、四方面军在陇西及西兰大道一举歼灭毛炳文部，然后三大主力会师。

5

8月初，西北局以红二、四方面军共同组织岷、洮、西战役，先机夺取岷、洮、西地区。

中旬，徐向前率三十军一部攻克漳县。陈昌浩指挥九军和五军围攻岷州。早在7月30日，蒋介石即电告鲁大昌，红军"似有进窜陇南模样"，命令他"远侦布防"。岷县是鲁大昌的老巢，他提前作了坚守准备，并把家小撤往兰州，烧毁城外民房扫清射界；封存洮河渡船，断绝入城道路。红军久攻不克，伤亡颇大，于是将城围困。

与此同时，四军攻克洮州。甘南豪富纷纷逃往渭源。渭源有毛炳文的一个团和民团两千多人守城。四方面军直属队指挥杜义德率红军三个团，于8月25日夜攻渭源，战至次日拂晓，将其攻克，俘敌一千余人，缴获许多枪支弹药及布匹等物资。

9月初，四军又克通渭。至此，四方面军洮、岷、西战役结束，除岷县未攻下外，攻克县城四座。国民党企图阻红军于甘南的计划落空。

这时，二方面军经过在哈达铺一带的短期休整后，9月中旬开始按照中央军委的意图东出成县、徽县、两当、凤县等陕、甘之间地区，以从侧后牵制毛炳文，迟滞胡宗南北上。

当时陕北方面正在加紧做张学良的工作，希望同张学良一起，控制西北、接通苏联，组成西北国防政府，实现局部地区的抗日，以推动全国抗日局面的形成。

8月中，林育英、张闻天、毛泽东等人在给朱、张、任的关于今后的战略方针的电报中说："一、二、四三个方面军，有配合甲军（指东北军——引者注）打通苏联、巩固内部、出兵绥远，建立西北国防政府之任务。"

在具体步骤上，要二、四方面军占甘南作临时根据地，然后配合张学良占甘肃和青海。在此以后，"十二月起三个方面军中，以一个方面军保卫陕甘宁苏区，并策应甲军，对付蒋介石之进攻，以两个方面军乘结冰期渡河，消灭马鸿逵，占领宁夏，完成打通苏联任务"。

当时东北军的于学忠一个军驻兰州，有接防河西三州之便利条件，所以红军的打通苏联的着眼点一直放在宁夏。

这是国共统一战线工作加紧进行的时期，也是一个政策、方针不断变化的时期，函电往返极为频繁。

很快，形势发生新的变化，蒋介石解决了"两广事变"，已经腾出手来，准备加强对红军的"围剿"。8月底林育英、张闻天、周恩来、博古、毛泽东发给朱、张、任一封"指人密译"电报。电报中说："胡宗南之钟松旅开始由郑州向兰州开。""蒋介石有于西南问题解决后分化东北军、撤换张学良之企图。"

在"我们的基本方针"中提出："迫蒋抗日，造成各种条件使国民党及蒋军不能不与我们妥协"；"准备冬季打通苏联"；"迫使胡宗南部停止于甘肃以东"。

毛泽东似乎已经感到，在蒋介石大军压境的情况下，同张学良组织西北国防政府难成气候，必须迫使国民党妥协，于是在战略方针上变"反蒋抗日"为"逼蒋抗日"。同时提出阻胡宗南部于甘肃以东的任务。

到9月中旬，二、四方面军出击甘南任务完成。9月14日，林育英、张闻天等给朱、张、任来电："国际来电同意占领宁夏及甘肃西部，我军占领宁夏地域后，即可给我们以援助。"

这里提出了国际同意占领甘肃西部的问题。

6

接到陕北方面的电报后，朱德、任弼时积极主张执行静、会战役。陈昌浩也同意执行陕北方面的电报指示，自从林育英回到陕北后，陈昌浩的态度有很大改变，并不处处听张国焘的，而对陕北取支持态度，因为情况越来越明显，陕北中央得到了国际的支持。

张国焘这时却提出西入青海，绕道甘西，背靠新疆，打通国际路线的主张。

西北局关于是否执行静、会战役计划出现了分歧，9月16日晚，张国焘以西北局书记名义召开西北局会议。在岷州三十里铺，有朱德、张国焘、任弼时、陈昌浩、傅钟等人参加的西北局会议召开。徐向前当时在漳县四方面军指挥部，没有参加会议。

会上，任、朱、陈等都同意北上，张国焘西进青海的意见被否决。于是，18日朱德、张国焘、陈昌浩发布静宁、会宁战役纲领。规定四方面军先机占领静、会间的西兰公路，配合一方面军在这一地区夹击胡宗南。

但一方面军兵力有限，抽不出兵力配合四方面军执行夹击任务，只决定陈赓的红一师向静、会出动，策应四方面军行动。这样，就成了主要依靠四方面军迎击胡宗南的大军。

对此，陈昌浩劲头十足，徐向前勉为其难。任弼时会后即随二方面军东去陕南，张国焘在岷州会议一结束，就气呼呼地去了漳县红四方面军指挥部，只留下朱德在岷州红军总部里辛辛苦苦部署部队行动。

岷、漳相隔不远，当天张国焘就赶到了漳县。

张国焘来到设在漳县城内一幢官绅宅第的四方面军指挥部。指挥部的人见是张国焘来了，急忙把他迎进作战室旁的一间房子里。这是房主人的一间客厅，布置比较考究，古色古香。

张国焘一屁股坐在一张红木雕花坐椅上喘了口气，便急忙叫人去找徐向前、周纯全、李特、李先念等。

一会儿，徐向前等来了。张国焘靠在椅背上，半闭着眼向他们点点头，示意他们坐下。

见张国焘情绪不佳，大家也不知是何原因，都不做声。

还是徐向前开了腔，说："张主席，总部的事忙完了？"

张国焘一下直起身子，气愤地说："我这个主席不干了！我干不了啦，让昌浩干吧！"

大家一下都感到十分突然，一边劝说，一边忙问怎么回事。

张国焘把岷州会议的情况说了一番，接着说："四方面军这支部队，从鄂豫皖以来，是我看着发展起来的。就像一个小娃儿，是我们大家一手拉扯大的。现在，一方面军主力不能南下，让四方面军独自在西兰通道上去与胡宗南打，这不是往绝路上引吗？"

此时，张国焘觉得朱、任反对他的意见，倒很正常，只是陈昌浩不该跟他唱反调："四方面军一北上，昌浩就跟我顶。他要靠近陕北他们，我现在是该被甩掉了。"张国焘说着，竟伤感地掉下了眼泪。想起那个成立"临时中央"的事还未了结，陈昌浩现在又随人家的指挥棒转了，因此，张国焘更感前途黯淡，他带有几分凄惨地说："我是不行了，到陕北准备去蹲监狱，开除党籍。四方面军的事，他们会让昌浩搞的。"

大家都你一言我一语地安慰了张国焘一阵。

见徐向前等人的态度不错，张国焘情绪好起来，他进一步阐明了他的想法说："北上静、会地区，在西兰通道上与胡宗南作战，我们久战疲惫，胡部养锐多时，装备精良，不但在兵力上比我们为优，而且这一带地势开阔，交通便利，也于敌有利，于我不利。另外，四方面军继续北上，陕甘北地瘠民贫，一方面军部队的给养尚且困难，我们数万部队挤在一起，就食问题都无法解决，更不要谈发展了。如果我军西出青海、绕道兰州以北的河西地区，既可背靠新疆、打通国际路线，又可策应一方面军夺取宁夏……"

对张国焘的分析，大家都感到也有道理。于是，对四方面军的行动重新作了布置，并电告朱德、陈昌浩来漳县会商。

7

张国焘不敢同胡宗南部作战，擅自改变静、会战役计划，是否有回避同一方面军会师，自谋独立发展，或是想先期接通苏联关系的考虑呢？这些是语言和文字后面的东西，也只有读者根据事实去推测了。

朱德是向来在政治上谨慎的人。接到张国焘改变部署的电报，感到大为吃惊，他在从岷州出发去漳县前发出三封电报：一封给张国焘，对他改变西北局的决定感到"深为可虑"；一封给陕北的林育英、张闻天、毛泽东及二方面军的任弼时、贺龙，说明静、会战役计划"现又发生少数同志不同意见，拟根本推翻这一原案"，并表示对此"我不能负此责任"；另一封是给四方面军的其他不在漳县的干部，要他们到漳县重新开会讨论。

陈昌浩赶到漳县，见其他人意见一致，也表示同意。

下午，朱德到漳县，立即开会，绝大多数人同意张国焘的意见，朱德无奈，只得表示服从会议决议，但要求立即电告陕北林、张、周、毛等。

张国焘一面命令部队行动，一面起草电报电告陕北：

毛、周、彭并贺、任：

（甲）我们完全同意国际指示，实现红军主力进到宁夏及甘肃北部。

（乙）并具体实现一、二、四方面军在这一地区的会合。

（丙）估计到一、二两方面军能够牵制的敌力和四方面军的实力，目前与胡宗南之一路军在静、会这一四面受敌之地区决战是不利的。

……时机急迫，千祈采纳，并告国际。

朱、张、徐、陈

二十二日二十二时

这封电报的主要意思是四方面军先渡河西取甘西，然后以一部配合一方面军主力取宁夏。

陕北方面接电后，立即以毛、周、彭三人名义来电劝说。电文较长，主要说了这样几层意思：向西北发展的重点是宁夏，不是甘西，国际答应的援助也只说了红军到宁夏后从定远营取，没说到甘西去取；国际同意红军先从乡村道路去定远营，取得苏联飞机大炮后再攻打宁夏，甘西的城池，特别是甘、凉、肃三州城池坚固，非大炮难以攻克；一、四方面军分别攻宁夏和甘西，可能顾此失彼，被敌各个击破……

接着，又在9月24日，张闻天、周恩来、博古、王稼祥、毛泽东联名向张国焘等去电说："弟等与国焘间之争论，应该一概不谈，集中全力于内部团结，执行当前军事政治任务。国焘兄对弟等有何意见，弟等均愿郑重考虑。"并表示"以布尔什维克精神开展自我批评"。

陕北方面对四方面军西出甘西，心里是十分焦虑的。他们以为是张国焘与陕北方面的政治分歧在作怪，因此给张国焘以许诺和安慰。

因有关军事大计，双方文电交驰，十分频繁，朱、张、陈、徐接电后又立即去电陕北林、张、周、毛及二方面军贺、任等，认为甘北有更多道路通外蒙和新疆，与苏联联系更为有利，因此占领甘北更为重要；同时认为四方面军占领甘北，可将胡宗南北引，更有利一、二两方面军合力占宁夏……

同时在电文末段说："关于统一领导万分重要，在一致执行国际路线和艰苦奋斗的今天，不应再有分歧。因此我们提议：请洛甫等同志即用中央名义指导我们，西北局应如何组织和工作，军事应如何领导，军委主席团应如何组织和工作，均请决定指示，我们当遵照执行。"张国焘此时似乎表示出政治上的高姿态，一反前一段"只同陕北发生横的关系"的要求，承认中央的领导地位。从此，陕北开始以中央名义指导全党。

张国焘同一天晚又给毛、周、彭去电说："四方面军已照西渡计划行动，通渭已无我军。如无党中央明令停止，决照此计划实施。"

实际上，张国焘早已按照西进计划组织部队。徐向前所率三十军的先头部队已过洮州，但据当地居民说，黄河对岸已大雪封山，气候寒冷，道路难行。同时四方面军部队中纷纷传说入青海后又要走雪山草地，积极性不高，不少高级干部也产生抵触情绪。九军军长孙玉清发牢骚说："张主席总让部队朝太阳下落的地方走。"

9月27日，陕北又接连发出三封电报。先是以毛、周、彭名义电朱、张、徐、陈及贺、任、刘，劝说："我一、四两方面军合则力厚，分则力薄；合则宁夏、甘西均可占领，完成国际所示任务，分则两处均难占领，有事实上不能达到任务之危险。"并答应一方面军采取积极措施，"以便四方面军十分安全地北上"。这时，已经放弃了要四方面军在西兰大道阻击胡宗南的要求，退而求其次：北上同一方面军一起进攻宁夏就行！

同时，陕北自中央同张国焘分裂以来，首次以"党中央"的署名发报，明令张国焘北上。下午18时，以毛、周、彭署名又再次给朱、张、徐、陈去电，商谈一方面军与之配合北上的有关事宜。

朱、张这时也来到洮州，在洮州再次开会研究行动计划。此时胡宗南之一旅已进至兰州，静、会地区敌情不大，同时一方面军红一师也已南下接应。四方面军总部这才决定放弃西进计划，终于下达北上静、会地区的命令。

此次张国焘放弃西渡，是自然条件的限制，还是中央命令的作用？也许二者兼而有之，但河西自然条件的不宜军事行动当为主要因素，否则，何不早请中央明示？

这至为艰难、几经反复的红军大会师似乎指日可待了。

第二十六章
国共两党再度合作，结束了马背上的共和国

1

陕北中央的意图，是借三军会师之机，在甘肃静、会地区，以四方面军为主，一、二方面军配合打一个胜仗，阻止或迟滞国民党部队的进攻，以赢得两个月时间的休整，然后西进经营宁夏和甘西。

四方面军减员不多，三军合力，尚有六万之众，消灭国民党军一部是不成问题的。但由于张国焘拉着部队向西，虽然渡河未成，但四方面军的部队已向西移动，胡宗南、毛炳文、王均等部急速赶来，逐渐联成一气，静、会战役机会已失去。

更为严重的是，为配合静、会战役东出至成县、徽县、两当、康县地域的二方面军，由于国民党军的靠拢，已被隔断于甘南，面临被敌围歼的危险！

情况万分危急。贺龙、任弼时、刘伯承等发现部队已处险境，率部急速北撤。

追兵知道二方面军势孤，追逼很紧。二方面军一路急行，形同溃退。在康县活动的二军十七团，退至康县白马关地区时，主力已走，被王均部包围；六军在盐关镇遭侧击，部队损失一部；通过渭河时，恰遇上游大雨，河水陡涨，部队徒涉过河，又有一些人被大水冲走。

渡过渭河，来到六盘山下，被马鸿逵部和东北军的两个军团团围住，二方面军再一次陷入险境。

正在这时，贺龙突然收到东北军派人送来的信，告诉红军，他们已与红军暗地达成停火协议，愿意让给一条道路，让红军快过。贺龙派出四师在六盘山南麓阻击马鸿逵的骑兵，主力从北麓绕过六盘山。主力通过后，担任阻击的四师一时无法收拢，又损失一部。部队过海原时，高原荒凉，无遮无拦，国民党飞机狂轰

滥炸，贺龙差一点被炸死，刘伯承被飞机炸伤……

此次北撤，据贺龙讲，是二方面军长征中最危险的一次，光急行军就掉了几千人，部队搞得稀烂，几乎遭到全军覆灭……

10月22日，历经千难万险的二方面军，终于到达静宁同一方面军会师。尽管几经损失，会师时仍有八千余人。

贺龙、任弼时得知这一路北退是因为张国焘拉走部队造成的，对张国焘极为不满。会师之后，一军团左权代军团长、聂荣臻政委及邓小平主任给毛泽东去电说："我们已与贺、任、关、刘及二、六、三十二军首长会面，二方面军对张不满，与一方面军甚谊。"

此前，四方面军已先期到达会宁同陈赓的红一师会师。

至此，一、二、四方面军的大会师终于实现了。会师之日，气氛热烈，上层贺电频繁往返，言辞诚挚亲切，但部队间的联欢却是经过严密组织的。在会师前，红一方面军就规定，为防止不愉快的事件发生，下级官兵禁止互相接触，团级以上干部要以"讲和的态度"同四方面军部队首长接洽，"注意当前之政治任务，对过去争论一概不谈"。分裂的阴影并没有完全抹去……

2

会师仅是一种象征。六万红军还未聚拢，国民党胡宗南、毛炳文、王均等部已逼向陕甘北苏区，特别是胡宗南进逼很凶。

10月上旬，蒋介石准备组织通渭、会宁战役，乘红军会师之时，围歼红军主力。张学良将此计划通知了红军，建议红军及早占领宁夏，打通苏联。

中央接受了张学良的建议，计划以一部红军迟滞和阻击敌人，主力抓紧时间休整，以尽快执行宁夏战役。中旬，中央和中革军委发布宁夏战役计划，要"四方面军以一个军率造船技术部迅速进至靖远、中卫地段，选择取得攻击中卫与定远营之渡河点，以加速度的努力造船"。

定远营即现在的阿拉善左旗，是外蒙古与宁夏间的交通孔道。大革命时，苏联就是通过定远营运送物资给冯玉祥，邓小平从苏联回国到冯玉祥部工作，就是走的这条路。如果红军占领定远营，苏联就可以通过外蒙古对红军给予接济。

在具体渡河部署上："攻宁部队准备以一方面军西方野战军主力全部及定边、盐池一部，四方面军的三个军组成之。"

正当红三十军加紧造船和紧张地进行渡河准备的同时，蒋介石下达了"进剿令"，并飞抵西安督战。

胡宗南、关麟征攻势迅猛，很快会宁失守，扼守会宁的董振堂率红五军仅剩的三千人退走。此时红军已造船十六艘，可供渡河。由于会宁丢失，国民党军队推进很快，再不渡河，就可能失去渡河机会。

于是中央命令四方面军以两个军渡河，其余三个军阻击国民党胡、关部的进攻。

但张国焘认为，一、二方面军主力还未投入战斗，而四方面军两个军渡河兵力太少，难以打开局面。因此张国焘要求增加为三个军渡河，从一、二方面军中抽出部分兵力协助四方面军未过河部队阻击国民党部队的进攻。

10月24日夜半，三十军渡河成功。随后跟进的九军按张国焘的意思是随三十军过河，但中央军委却要求九军留在河东阻敌。红四方面军总部不敢命九军渡河，于是滞留岸边，26日，军委又同意了九军过河。

29日，军委同意张国焘的要求以三个军过河。于是萧克、周纯全率三十一军向渡口急进。此时，彭德怀电告军委，要求将三十一军留在河东作战，30日军委改变命令，已进至渡口的三十一军又掉头折向东去。就在这一天，关麟征部突进到河边，负责看守渡口的红五军已无法东返，朱、张只好命令五军撤至河西。

这样，四方面军主力三十军、九军、方面军指挥部、人数不多的五军共两万一千八百人渡过了黄河。

此次渡河，是在中央军委的指挥下进行的。除五军被隔断无法东返，是奉朱、张命令过河的外，其余部队渡河均有中央命令。后来有人认为，当时的中央，考虑到团结张国焘，对他的要求不能不有所迁就，这恐怕也是事实。如九军、三十一军的渡河就几经变化，在九军渡河问题上，最后中央同意了张国焘的要求；在三十一军渡河问题上，则是张国焘服从了中央。

如果说张国焘私自命令部队渡河，无论从哪个方面说，都是不能成立的。

但是，资料表明，在三十军刚渡完河，张国焘要求九军续渡这一天，毛泽东即以绝密电告在前线的彭德怀说："国焘有出凉州不愿出宁夏之意，望注意。"

毛泽东的判断是根据什么作出，我们今天已无法知道了。但毛泽东说对了，过河的两万多红军后来果然西出凉州，几经血战，覆没在河西走廊。除少数历经磨难回到陕北外，大部牺牲或流落，他们以年轻的生命和滚沸的鲜血，写下了红军史上最为悲壮、最为揪心的一页……

3

四方面军主力西渡后，陕甘北苏区和红军的形势一下子变得十分严峻了。

蒋介石的"进剿"军已深入苏区，由于他们同红军咬得很紧，红军已无法渡河进行宁夏战役。剩下的苏区一隅之地，粮食和物资均缺乏，红军无法过冬。对此严重形势，毛泽东等在11月上旬制定了《作战新计划》，主要寄希望于同国民党达成妥协，一致抗日。如短期内妥协无法达成，红军将再次进行战略转移，东征入晋。

好不容易到达陕甘北苏区的疲惫之旅，又面临着一次新的转移！刚刚找到落脚点，立足未稳的中华苏维埃共和国又将去寻求新的国土！

但当红军将准备作战略转移的计划电告张学良时，张学良则力劝红军留在现地，熬过一两个月，等待西北局势的变化。因为红军一走，张学良势孤，东北军便面临被蒋介石吃掉的危险。这样，中央经过慎重考虑，推迟了"新计划"的执行，让负责边区地方工作的李富春、李维汉紧急筹一个月的军粮，以作最后坚持。

同时，红军终于在山城堡抓住战机，消灭胡宗南部一个旅及两个团，暂时迟滞了国民党的进攻。红军将主力集结陕甘苏区西部以待形势的转机。

胡宗南山城堡失利后，诿过于东北军不予配合，蒋介石十分恼火，要张学良处分东北军军长王以哲等人。同时蒋介石判断，红军向西集结，是待黄河结冰后"突窜甘、新、蒙地区与徐部会合"。于是将兵力集结黄河沿岸，并令潼关以东、以南的三十个师入关，决心在黄河结冰前将红军一举歼灭于黄河以东。蒋介石调三十个师大举入关还有一个目的，就是他已风闻张学良、杨虎城同红军有联系，待大军一到，一则进攻红军，一则解决张、杨问题。

就在红军面临的形势愈加险恶之时，突然传来了西安"双十二"事变的消息，中国共产党和红军的一个划时代的转机来临了，党和红军的领袖们开始忙碌起来……

4

西安事变之后，国民党已在实际上停止了对红军的"进剿"，国共和谈紧锣密鼓地进行起来……

国共合作谈判开始于 1936 年初。1935 年，日本侵华的野心日益彰著，美、英为其自身利益计，倾向于蒋介石抗日，蒋介石在国际上加强了对反日国家的外交。苏联为避免遭受德、日两面进攻，迫切希望中国能挡住日本，原来寄希望于中国红军，后来见红军实力弱小，无法造成抗日局面，于是加强了同蒋介石的交往。

1935 年 12 月 25 日，蒋介石派陈立夫秘密去苏联，商谈抗日事宜。张冲因懂俄语，陪同陈立夫前往。陈立夫偕张冲化名隐姓于 25 日登上去德国的邮船，准备从马赛换车去柏林，再去莫斯科。

在柏林时，蒋介石致电驻德大使告陈立夫，认为去苏时机未成熟，要陈先到他国走走，于是陈立夫同张冲便在欧洲逗留。

国内因陈立夫多日未露面，外界纷纷猜测，陈立夫行前写了数十封亲笔信放在杭州，称身染小恙，在杭州休养，然后按时寄往南京亲友，宣扬于外界，以免纷纭。

日本对中苏关系极为敏感，对陈立夫的"失踪"放出试探性谣言。苏联当时极力避免跟日本作战，深恐日本以此为口实提前进攻苏联，因此要求蒋介石召回陈立夫，与苏驻华大使鲍格莫洛夫在南京交涉。

陈立夫回国，同苏驻华大使进行谈判。国民党的想法，一是同苏订立军事同盟以共同对付日本，一是对苏试探。当时的"剿共"正在紧张进行，因此谈判对内也绝对保密，以免动摇"剿共"军心。

苏大使不愿同国民党订立军事同盟，担心中日战争开始，必被牵入，而德国乘机东侵，苏联会两面受敌，建议签订互不侵犯条约。即苏联不得直接、间接侵华。不得间接侵华的具体内容即不得援助中国共产党，苏方同意。关于对付中国共产党问题，鲍格莫洛夫以斯拉夫人的直爽，回答得更为干脆，他说："共产党只有几千人，他们如不听话，你们就干脆把他们消灭掉算了。"当然，此话对国民党毫无意义，如有本事消灭，岂不早就消灭了？！

中国共产党一方，在苏联开始同蒋介石拉关系的时候，中国共产党驻共产国际代表团的王明便在巴黎出版的《救国报》上以共产党中央名义发表了《八一宣言》。此后王明同蒋介石驻苏大使馆武官邓文仪开始接触。

随中央红军长征的潘汉年，遵义会议后被派往莫斯科同共产国际联系。1936

年初，王明决定让潘汉年回国接洽国共两党合作抗日谈判的联络工作，同时寻找西北红军和党中央，恢复与共产国际的电讯联络。共产国际同中央的电讯联络，在阎红彦、林育英回国时都已带回密码，但无大功率电台，所以仍无法沟通。共产国际不知缘故，因此又让潘汉年带回密码。后来中共中央通过东北军购买到了大功率电台，于 1936 年 6 月 16 日正式沟通同共产国际的联系。

潘汉年临行时去见邓文仪，邓让他回国后去找国民党中央党部的陈果夫联络。

此时，胡愈之因曾以世界学会成员身份访问过苏联，这次受杜重远的委托，正在莫斯科为张学良的联苏反蒋抗日进行联络。潘汉年便在 1936 年四五月间同胡愈之乘国际列车以公开旅行方式到了巴黎，然后从马赛乘船到上海。

5

潘汉年到香港后，因不知上海情况，不敢直接去上海。便写信给陈果夫，要陈派人到香港找潘，商量如何具体进行两党谈判。同时胡愈之到上海找到沈钧儒，通过沈钧儒，潘汉年同冯雪峰取得了联系。冯雪峰随中央红军到达陕北后，先在陕北党校当教员。红军 1936 年 2 月东征山西时，冯又到东征军的地方工作委员会工作。3 月受调从山西前线回到陕北瓦窑堡，被周恩来派往上海。

7 月，国民党中央组织部张冲代表陈果夫到香港与潘汉年见面，要潘立即随他去南京具体商谈，并说蒋介石对解决两党问题心情十分迫切。潘汉年于是随张冲直趋南京。

张冲向陈果夫代为转达了王明关于两党谈判的主要内容，当时南京正开国民党二中全会。很快潘汉年得到回音：陈果夫认为潘汉年刚从莫斯科回来，只是代表王明的愿望，并不代表国内中共当局和红军方面，因此暂时不便直接见潘汉年，先派曾养甫同潘汉年联络，待潘同国内中共当局取得联系后再谈。

曾养甫是个搞实业的，便于对外保守秘密，以前他已为国共牵过线。潘汉年要陈果夫负责护送他去西北找红军。

张冲对潘汉年说："中央军并不同红军直接接触，陕西方面隔着张学良，山西方面隔着阎锡山。因为谈判要保守秘密，还是你自己去陕北找红军好。"

潘汉年回国不久，不知国内情况，显出为难的样子。曾养甫便说："据我所知，陕北方面已有人经常来往上海，你可以先到上海去找他们。"年初时，陈果夫曾通过宋庆龄派董健吾去陕北，传达过国民党和谈意向。曾养甫也曾托谌小岑、黄华表去陕北拜会过周恩来。

潘汉年立即去上海找到冯雪峰，然后通过西安去了陕北，向毛泽东、周恩来等汇报了共产国际代表团派他回国的任务，以及同国民党联系的情况，并把同共产国际的联络密码交给了当时任中央秘书处负责人的邓颖超。

8月25日，中共中央给国民党中央写了关于两党合作的建议信。

9月初，潘汉年带着信同叶剑英一起去西安。叶剑英是中共中央派去同张学良谈判的。

潘汉年因事直接去上海，他在徐州时发电报给张冲，让张冲在火车到浦口时来找他。车到浦口，潘汉年将信交给张冲的助手杜桐荪，然后转交了陈氏兄弟。

陈果夫此时有小病，信立即送到了陈立夫手里。陈立夫展信先读，中共中央的信大都是《救国时报》所载《八一宣言》的内容，但更具体一些，要求也更为急切。

陈立夫舒眉一笑，对张冲说："看来毛泽东、周恩来比王明还要急，此事可成。"

张冲说："苏联的态度已经明朗，对中共也事不宜迟。"

"好，你给潘汉年说，让他请周恩来来面商。"陈立夫说。

"现在刚开始谈判，来南京恐怕不妥。"张冲说。

陈立夫想了想："那就到上海吧，你先在上海跟他们谈，然后再到南京，我和他们正式谈判。"停了停又说："潘汉年也得参加，他是第三国际的代表。"

在得到国民党方面的安全保证后，10月，周恩来、潘汉年到上海。当时中共提出，只要国民党停止"进剿"，一致抗日，其他条件都可以商量。

后来，周恩来、潘汉年随张冲到南京同陈立夫谈判。国民党提出四点原则：

一、为彻底实现三民主义而奋斗；

二、取消一切反政府之暴动政策及赤化运动，停止以暴力没收地主土地的政策；

三、取消红军，改编为国民革命军，受军事委员会的统辖，担任抗日战争之任务；

四、取消苏维埃组织，改为行政区，以期全国政权之统一。

6

在大体谈妥以后，中共方面以潘汉年驻南京继续联络，周恩来回延安复命。

当时张学良抗日的调子很高，陈立夫便让张冲同周恩来一起去西安，顺便见张学良，由周恩来告诉张学良，国共已有抗日协议，要张学良不要再唱抗日高调，以免委员长难堪。

周恩来刚刚回到延安，西安"双十二事变"发生。陈立夫连夜召见潘汉年，要他给共产国际发电。陈立夫怀疑事变为共产党所策动，十分气愤，对潘汉年说："你给共产国际说，蒋委员长倘有不幸，则日本之侵华，传檄可定，日军以华为基地侵苏，实为苏之大患，请苏方三思。"

电报刚刚发出，陈立夫又找潘汉年。陈立夫自从事变以来，整天坐立不安，如事变真是共产党所为，他这个正与共产党谈判的将难辞其咎……

潘汉年来到陈立夫的客厅，陈立夫正在客厅华贵的红色地毯上烦躁不安地踱方步。一见潘汉年，他急匆匆地说："传说西安要公审委员长。请你立即发电，问周恩来是否还在西安？如在西安，请第三国际去电周恩来，要周恩来不得有损害委员长之行动。你要说明，救蒋即所以救苏联！"

第三天，共产国际即回电潘汉年告陈立夫，表示西安事变绝不是国际指示，已电中共设法不要伤害委员长。

同时，苏联公开谴责西安事变，认为是日本特务之所为，顿时使张学良和毛泽东都感到大吃一惊。中共即派周恩来去西安促张放蒋，否认了事变是日本特务所为的说法。

25 日，蒋介石回到南京。国民党要人将蒋介石从机场迎至总统府，待他人散去以后，陈立夫问蒋介石道："周恩来在西安对委员长态度如何？"

蒋介石经此事变，神情有些委顿。在骊山钻进那条石缝躲藏时跌伤的腰还未痊愈。他仰靠在沙发上，用宁波官话答道："甚好。"

此时中央军已入潼关，陈立夫说："委员长，鲍大使说过，如共产党不听话，把他们消灭掉算了，苏联决不干涉。"

陈立夫一则显示他与苏联谈判的成功，一则也是没跟红军作过战的书生之见。

陈立夫说完，蒋介石默然不语，陈立夫没趣，遂告辞而去。

事变和平解决之后，蒋介石同东北军和杨虎城的矛盾尖锐起来。共产党早已放弃了同张学良组织西北国防政府的打算，听从共产国际的指示，把联合的目标转向了蒋介石，口号也已从逼蒋抗日改为"联蒋抗日"。

张学良被扣留，蒋介石开始收拾东北军，但同共产党的谈判仍进展很快。此时国共合作的条件大体已经谈妥，只剩红军的改编和防区划定等具体事宜有待商量了……

毛泽东这次是真正可以松一口气了。

7

中央搬进延安以后，情形已非保安或瓦窑堡可比，延安是一座历史名城，位于陕北的中心，到西安的交通方便，张学良还在延安修有一个小型飞机场。

中共中央进驻延安，是因为西安事变后，东北军和西北军为对付何应钦的"讨伐"南移，张学良要求红军也将主力移往西安附近。于是，红军由彭德怀率领，沿延安向西安的公路摆开，彭德怀的总司令部设在洛川，延安便成为红军后方，作了中共中央驻地。

自从国共开始和谈，美国记者斯诺等进入苏区访问后，中国共产党在全国的影响日增，一些不满意蒋介石的对日政策，要求抗日救国的爱国志士和热血青年，纷纷取道西安，沿着黄土高原上坎坷的道路，长途跋涉来到延安。共产党的抗日宣传和蒋介石的对日不抵抗互为作用，使延安日益成为抗日的圣地。

毛泽东等也因此越来越多地了解到了外界的情况，大批青年人的到来，给延安增加了生气，也使中共当时的领导人们精神为之一新。

毛泽东此时更忙了。在中央从保安迁至延安时，红军总部机构同中央军委机构合并了。彭德怀在前线具体指挥红军，军事上的大政方针由中央军委作出，毛泽东既负责中央军委的工作，对外的一切电报往来又都由他处理，他已实际上成为党和红军负总责的人。

由于一、四方面军发生过的分裂暂时还没最后处理，政治局会议也没再召开，朱德、张国焘无事可做。朱德是个心胸豁达的人，有时间便同新到延安的年轻人交谈，同他们一起打球、唱歌……

张国焘闲起来，整天感到不是滋味。林育英先是去了援西军任政委，后来又被派去白区工作，不在延安；国共和谈进行得也很紧张，张国焘在北上前向陕北方面提出的会师后开会解决分歧的事，已再没人提起。

西路军失败，对张国焘的批评上下蔓延起来。这红军史上从未有过的大惨败让大家都感到很痛心，有的批评不免比较严厉和偏激。

当时红军的干部，大部分去抗日军政大学学习，军政大学首先开始了对"张国焘路线"的批判。这种批判似乎有自发性质，因为军政大学校长林彪显得有些置身事外……

张国焘当然知道抗日军政大学对他的批判，但他已无话可说。毛泽东等最先接通了共产国际的关系，最先提出并坚定不移地执行了抗日民族统一战线，现在又即将同国民党实现合作抗日。而他张国焘，南下损兵折将，政治上也已失先机，西路军又全军覆灭……

这些也牵连到了那些在军政大学学习的四方面军干部，以及在川康时没有起来反对张国焘另立"中央"的一些人，他们受到了不同程度的批评。由于一些人在批判张国焘路线时，不注意政策，甚至对四方面军干部有过激之处，不久，激起了许世友、王建安等四方面军干部的反对，他们企图离开抗日军政大学，拉队伍去打游击。

这次事件造成很大影响，中共中央组成了以董必武为主席的调查委员会负责调查审理这次事件。毛泽东主张，对过去的分裂，一不要纠缠，二不要牵涉太宽，要致力于团结抗日，于是不久，毛泽东亲自同许世友等人谈话，他对许世友说："张国焘是党中央派到四方面军去的，他的错误，应当由他自己和党中央负责，与你们这些同志没关系。"

同时，毛泽东还同何长工、罗炳辉等人谈话，要他们不要背包袱。

抗大事件后，朱德、林彪来请张国焘去抗大讲话，张国焘说所有的抗大学生，中共党员，都不可有违反纪律的行为，但是党内斗争也应当在正轨上进行。并说，对那些不应有的指责，每个同志都有权向上级组织和中共中央提出，甚至向共产国际控诉……

8

从张国焘的讲话里，显出了对四方面军干部和他本人被批评的愤懑，同时也表示出张国焘仍然对四方面军干部有较大影响力。

这天下午，毛泽东来看望张国焘，从对张国焘开始批判以来，毛泽东没出席过这类批判会，更没有当面指责过张国焘。他个人在这个问题上比较超脱。

毛泽东嘻嘻哈哈的说笑声早早地传了进来，张国焘使气地坐在屋里没动，杨子烈（杨为张国焘的夫人——作者注）到窑洞外迎接。

毛泽东显得轻松和热情，在门外叫道："国焘，你这里可是个世外桃源啊？"

张国焘只得拿着那本正在读的政治经济学书走出来打招呼："润之，今天也有了闲工夫？"

毛泽东从张国焘手里拿过书翻了翻，笑着说："国焘现在是一心只读圣贤书了。"张国焘受林彪之请，准备给抗大学员讲授政治经济学。

"结庐在人境，而无车马喧嘛。"张国焘说。

"问君何所尔，闲来把书翻。"毛泽东凑了句顺口溜，哈哈大笑起来。

杨子烈催道："毛主席，到屋里坐吧。"

两人来到屋里，毛泽东向往地说："读书好啊，等以后革命成功了，找个无人晓得的山洞读书去。"

张国焘调侃道："嗬，润之也打算躬耕柴桑了。"

毛泽东说："可是现在还不行。"

说着，毛泽东拉张国焘坐下，诚恳地说："国焘，洛甫他们对你有些批评，我都听说了。批评嘛，总会有。我入党以来，三次被开除中央，八次受到严重警告。不过还好，没有闹到反中央的程度。"

张国焘说："我是无所谓的，他们说我是军阀、土匪，让他们说去。"

"这样就好。我们搞根据地的，要说匪气倒是都有一点儿。二八年实行烧杀政策时，我们也做过一些过激的事，这些现在想起来都难过……"

毛泽东说得推心置腹，张国焘有些感动。他说："当然我也有错误。过去对中央的政治路线的失误看得重了，我将在正式场合撤销我的反对意见；西路军失败，我负有严重责任，我将自请处分。"

"这就好！这就好！"毛泽东高兴地说："过去的事嘛，认个错，就行了。我今天来，是有一事相商。请你谈谈意见。"

然后毛泽东告诉张国焘，周恩来在南京谈判，国民党提出了改编部队，取消苏区等条件，特来征求张国焘的看法。

张国焘想了想说："列宁当年不是还签订过《布列斯特和约》吗？"

毛泽东一拍巴掌站起来连声说："所见略同！所见略同！"

气氛越来越融洽，毛泽东谈兴大发，不停地抽烟，在窑洞内缭绕的烟雾里，毛泽东对未来形势的分析和估评却十分清晰，他说："蒋介石提出的条件很刁，但我们要盯住大目标，这个大目标就是合作抗日。只要抗日局面形成，就一切都好办了。"

毛泽东说得兴起，便站起来开始在屋子里走动起来："现在最重要的是要说服全党同志接受国民党的和谈条件，特别是中央委员们要竭诚团结。"

张国焘说："现在是一个困难时期，我们要准备做一段时间的越王勾践。"

此后不久，张闻天主持召开了政治局扩大会议，由凯丰为主对张国焘进行了批判。

毛泽东出席了这次会议，他对凯丰的火药味很浓的批判很不高兴，在会上诙谐轻松地讲了一番，使会议的斗争味道有所淡化。会议结束后，由张闻天起草了决议，但毛泽东又亲自作了修改。最后决议的口气改得很温和，特别是对四方面军的历史功绩和四方面军广大干部的作用作了充分肯定。

四方面军的部队后来被编为八路军一二九师，成为三个师中人数较多的一个师。四方面军的干部也都被派上抗日前线，为后来的人民共和国赴汤蹈火，不少幸存者成为共和国的高级将领。

张国焘后来任了边区政府副主席，但他仍感到延安对他的压抑。1938 年 4 月张国焘借祭黄帝陵的机会从延安出走，在武汉，周恩来进行劝阻，张国焘表示他对政治厌倦，决心自动脱党，回江西老家种地去。后来他并没有去种地，而是投靠了国民党。张国焘出走后，毛泽东给了五百元路费，将张国焘的妻子杨子烈礼送出境。1979 年 12 月，在毛泽东、朱德、周恩来去世三年之后，张国焘贫病交迫，孤独地死于加拿大多伦多老人病院……

9

1937 年 7 月 15 日，中共中央将为公布国共合作宣言交付国民党，宣布取消中华苏维埃共和国和各级苏维埃政府……

在具有五千多年人类悠久历史的这块古老的土地上，第一个红色共和国在颠沛流离中存在了五年八个月零八天……

马背上的共和国结束了。

但她并不是消亡，她的鲜血渗入了泥土，她的信念的种子在浸血的土地中孕育着新芽。

　　仅仅十二年之后，在江西瑞金一个简陋的、用木板搭成的台子上宣告过中华苏维埃共和国成立的毛泽东，在一片欢呼声中，站在位于北京市中心的赭红色天安门城楼上，面对数十万激动的人民，同时也是面对整个世界，用洪亮有力的湖南口音宣布：

　　"中华人民共和国中央人民政府今天成立了！"

　　中华人民共和国成立了！那些缔造中华苏维埃共和国的人们，大都参与了中华人民共和国的缔造工作，用他们的信念和热血，将中华民族的历史推向了一个新的阶段。

　　这一代是奋斗的一代，是壮烈的一代，是实现了自己的理想的一代，他们给历史留下的，不管是经验还是启迪，是成功还是遗憾，都是如此的丰富！

　　高天阔地，他们的坎坷经历和人生际遇，是一部永远写不完，述不尽的大书！

红军长征大事记

1934 年

7 月 7 日，红七军团奉中革军委命令，以"北上抗日先遣队"的名义从江西瑞金出发，经福建北上到闽浙皖赣边区。15 日，中华苏维埃共和国中央政府与中国工农红军革命军事委员会发表《为中国工农红军北上抗日宣言》。

8 月 7 日，红六军团奉中央命令开始西征，此举带有为中央红军战略转移探路的性质。本月，中共中央、中革军委制定《八、九、十三个月战略计划》，准备战略转移。

9 月 29 日，张闻天在《红色中华》发表社论《一切为了保卫苏维埃》，预示红军即将进行长征。

10 月 10 日，中共中央、中革军委决定编成军委第一、第二纵队，前往雩都（今于都）集结。21 日至 25 日，中央红军突破国民党军第一道封锁线。24 日，红六军团突破重重封锁，与红二军团胜利会师，完成了突围西征的战略任务。

11 月 5 日至 8 日，中央红军由汝城到城口间，突破第二道封锁线。15 日，中央红军在良田至宜章间，突破第三道封锁线。16 日，中共鄂豫皖省委率领红二十五军以中国工农红军北上第二先遣队的名义，由河南罗山县出发，开始战略转移。27 日，中央红军在湘江东西两岸抗击国民党军的进攻，经浴血奋战，至 12 月 1 日晨渡过湘江，突破第四道封锁线。

12 月 10 日，中共鄂豫皖省委举行会议，决定率红二十五军在庚家河地区创建鄂豫陕根据地。12 日，中共中央负责人在通道召开紧急会议，决定放弃北进湘西，改向敌军力量薄弱的贵州前进。18 日，中共中央在黎平召开政治局会议，作出《中央政治局关于战略方针之决定》。31 日晚至次日凌晨，中共中央政治局在猴场召开会议，决定强渡乌江，向川黔边进军。

1935 年

1月2日至6日，中央红军渡过乌江。15日至17日，中共中央在遵义召开政治局扩大会议，通过《中央关于反对敌人五次"围剿"的总结的决议》。会议改组了中央领导层，增选毛泽东为政治局常委。28日，中央红军在土城附近的战斗中失利。29日，中央红军在猿猴（今元厚）场、土城一渡赤水河。

2月10日，中革军委在扎西发布中央红军各军团缩编命令：除干部团外，中央红军缩编为十一个团。18日，中央红军开始从太平渡、二郎滩二渡赤水河。28日，中央红军再克遵义城，取得遵义大捷。

3月4日，中革军委特设前敌总指挥部，委派朱德为前敌总司令，毛泽东为前敌政治委员。16日，中央红军在贵州茅台及其附近三渡赤水河。21日至22日，中央红军在二郎滩、九溪口、太平渡第四次渡过赤水河。28日，红四方面军从苍溪、阆中出发，向西强渡嘉陵江，就此走上了长征路。

4月2日至3日，中央红军以一部佯攻贵阳，调出滇军。27日，红军佯攻昆明，调出金沙江两岸的守军。

5月3日至9日，中央红军主力从皎平渡顺利渡过金沙江。12日，中共中央在会理县附近之铁厂召开政治局扩大会议。22日，中央红军先遣队司令员刘伯承，在冕宁与沽基族首领小叶丹彝海结盟。之后红军顺利通过彝族地区，到达大渡河西岸的安顺场。25日，红一军团第一师第一团一营营长孙继先率十七名勇士强渡大渡河。26日，中革军委决定分两路沿东西两岸夹河而上，直取泸定桥。29日，红一军团红四团连长廖大珠率二十二名勇士飞夺泸定桥。接着与刘伯承、聂荣臻率领的右纵队会合，夺取了泸定城。

6月11日，红二、六军团赢得忠堡大捷。12日，中央红军先头部队第二师第四团翻越夹金山，在达维与红四方面军先头部队红八十团会师。18日，两支红军主力在懋功会师。26日，中共中央在懋功北部的两河口召开政治局会议，明确指出两军会合后的战略方针是："集中主力向北进攻，在运动战中大量消灭敌人，首先取得甘肃南部，以创造川陕甘苏区根据地。"29日，中革军委拟定了《松潘战役计划》，决定红一、四方面军协同作战，消灭松潘地区国民党中央军胡宗南部，以利红军向北发展。

7月18日，中革军委任命张国焘为红军总政治委员，仍以中革军委主席朱德兼红军总司令，一切红军均由中国工农红军总司令、总政治委员直接统帅指挥。21 日至 22 日，中共中央政治局在芦花召开会议，批评张国焘擅自决定撤出鄂豫皖、川陕苏区和成立西北联邦政府等错误。

8 月 1 日，中共驻共产国际代表团草拟了《为抗日救国告全体同胞书》（即《八一宣言》）。10 月 1 日，以中华苏维埃共和国中央政府、中共中央的名义在巴黎出版的《救国报》上正式发表，号召全国人民团结起来，停止内战，抗日救国。3 日，红二、六军团在湖北宣恩县取得板栗园大捷。中革军委下达《夏洮战役计划》，规定将中央红军和红四方面军混编为左、右路军。左路军由总司令朱德、总政委张国焘指挥，右路军由前敌总指挥徐向前、政治委员陈昌浩指挥，中共中央、中革军委随右路军北上。4 日，中共中央政治局在毛儿盖附近的沙窝召开会议。20 日，中共中央政治局在毛儿盖举行会议。21 日，前敌总指挥部率领右路军从毛儿盖出发，向班佑前进，经过五至七天行军，终于走出了草地。29日至 31 日，前敌总指挥部徐向前、陈昌浩指挥右路军中的红四方面军部队，赢得包座战役的胜利，打开了向甘南进军的门户。

9 月 3 日，张国焘致电中央，借口葛曲河涨水不能徒涉和架桥、部队缺粮等困难，拒绝向右路军靠拢，坚持南下。8 日，中央和前敌总指挥部负责人以周恩来等七人名义致电张国焘，命其"立下决心""改道北进"。9 日，张国焘以个人名义电复徐向前、陈昌浩并转中央，明确表示反对北进，坚持南下。中央中央在巴西召开紧急会议，决定率一、三军团先行北上。12 日，中共中央在俄界召开政治局扩大会议。会议通过《关于张国焘同志的错误的决定》；决定将一、三军团和军委直属队改称为中国工农红军陕甘支队。17 日，张国焘发布南下命令，并强令在左路军中的原红一方面军的五军、三十二军南下。红四团突破天险腊子口，打开了北上甘南的通道。18 日，中共中央率红一、三军团占领甘肃南部哈达铺，改编为陕甘支队。红二十五军到达陕北延川县永坪镇，同陕甘红军召开两军会师庆祝大会，会后两军合编为红十五军团。27 日，中共中央在榜罗镇召开政治局会议，改变俄界会议的计划，确定把长征的落脚点放在陕北。

10 月 5 日，张国焘在四川马尔康县东南之卓木碉宣布另立"中央"，并自封主席。19 日，陕甘支队胜利到达陕北保安县吴起镇。至此，中央红军长征胜利结束。20 日，红四方面军发起天（全）芦（山）名（山）雅（安）邛（崃）大（邑）战役，翻越夹金山，分三路向川军发起进攻。

11 月 2 日，陕甘支队经保安在甘泉南面的象鼻子湾与红十五军团胜利会师。

3 日，红一方面军恢复番号，下辖红一军团和红十五军团。19 日，红四方面军在名山东北的百丈地区作战失利，被迫由进攻转入防御。19 日，红二、六军团从湘鄂川黔根据地桑植地区的刘家坪和水獭铺出发，开始战略转移。21 日至 23 日，红一方面军取得直罗镇战役胜利。

12 月 17 日，中共中央政治局在陕北瓦窑堡举行会议。25 日，通过了《中央关于目前政治形势与党的任务决议》，确立建立抗日民族统一战线的策略路线。

1936 年

1 月 22 日，中共中央作出《关于张国焘同志成立第二"中央"的决定》，并决定在全党公布俄界会议《关于张国焘同志的错误的决定》。24 日，从苏联回国的驻共产国际代表林育英（即张浩）致电张国焘，要求他取消第二"中央"。

2 月 13 日，红四方面军在川西南苦战三个多月后，开始向西康退却。上旬，红四方面军发起康（定）道（孚）炉（霍）战役，相继占领道孚、炉霍、雅江和甘孜等地区。18 日，红一方面军下达东征作战命令。

3 月 23 日，朱德、张国焘致电红二、六军团，要其北渡金沙江，到甘孜地区与红四方面军会合。28 日，红二、六军团取得乌蒙回旋战的胜利。30 日，红二、六军团军分会决定按照红军总部意见，放弃在长江以南建立根据地的计划，北渡金沙江。

4 月初，红四方面军制定《四、五两月战斗准备工作计划》，进行整编训练，迎接红二、六军团。15 日，甘孜地区藏族群众在红军帮助下成立"波巴依得瓦"革命政府。25 日至 27 日，红二、六军团从石鼓、巨甸渡过金沙江北上。

5 月 5 日，红一方面军东征战役结束。19 日，红一方面军红一军团、红十五军团等部组成的西方野战军开始西征作战。

6 月 1 日，中国抗日红军大学在陕北安定县瓦窑堡成立。3 日，红六军团到达理化县以南的雄坝地区，与红四方面军第三十二军会合。红二军团于 30 日，在绒坝岔与红四方面军第三十军会合。6 日，张国焘被迫宣布取消第二"中央"。10 日，复电中共中央，表示同意北上。

7 月 5 日，奉中共中央电令，红二、六军团与第三十二军组成第二方面军，贺龙任总指挥，任弼时任政治委员。27 日，中共中央批准由红二、四方面军领导人组成中共西北局，由张国焘任书记，任弼时任副书记。

8月5日，中共西北局根据中共中央的指示，发起岷（州）洮（州）西（固）战役。8日，红二、四方面军经过艰难跋涉，通过了水草地，到达包座地区。

9月7日，红二方面军为执行中央战略计划，配合红一、四方面军作战，发起成（县）徽（县）两（当）康（县）战役。16至18日，中共西北局在岷州三十里铺召开会议。会议否决了张国焘的西进主张，制定了《通庄静会战役计划》。27日，中共中央致电朱德、张国焘，电令四方面军应即北上与一方面军会合，从宁夏、兰州间渡河夺取宁夏、甘西。28日，朱德、张国焘发布《通庄静会战役计划》。

10月2日，红十五军团七十三师攻克会宁城。9日，红四方面军指挥部到达会宁。10日，红一、四方面军召开会师庆祝大会。22日，红二方面军在静宁将台堡，与红一方面军会师。至此，中国工农红军胜利完成长征。

后 记

岁月是河，日复一日地淘洗着历史。泥沙流走了，金子在闪烁。

那场伟大的革命已经过去大半个世纪了，沐雨经风，金子般的光焰从厚厚的岁月中凸现出来，愈加灿烂地辉映着今天的共和国。

笔者的家乡，一为红四方面军创立丰功伟绩的川北大巴山麓，一为被誉为革命圣地的陕北延安。儿时，坐在奶奶的纺车旁，听奶奶纺出一串串关于红军的故事和传说……

数年前，因为工作关系，我们历时三年，行程万里，沿着当年红军的足迹进行了寻访：南国山野，西部高原，我们寻访一处处已为遗址的地址；纪念馆里，烈士墓前，我们摄下一帧帧已成遗容的笑脸……

站在历史面前，我们的心在深深震颤！

啊，先人往矣，来者何之？

来时，我们怀着敬仰；归去，我们感到了责任：我们应该将他们的奋斗、他们的艰辛、他们的痛苦和欢乐，将他们所创造的那一段真实而不朽的历史告诉我们的同龄人和我们的后人们！应该让今天和以后的人们记住：那一代人是真正值得骄傲的一代！他们是民族兴盛的先驱，他们所进行的那场革命是今日辉煌的源头……

历史，是不能忘记的。

历史，是不会忘记的。

经过艰苦的采访，又参阅了大量革命前辈的回忆文章、地方史志以及各类研究著作，我们以中华苏维埃共和国这段历史为背景，写了这部纪实性文学作品《马背上的共和国》，并将此书献给共和国的重要缔造者们！

本书所描写的，是中国革命史上斗争最惨烈、也是最复杂的一页。对一些史实，各种史料的记载相互矛盾，研究文章也各执一词；时间久远，被采访者回忆不够准确和无法做到全面，因此，书中的个别史实肯定存在着不同的说法和看法，我们希望读者将此书当成纪实文学来读，不要当作史学著作来看。对书中不可避免地存在的问题甚至错误，我们诚挚地欢迎批评，也请读者能够给予谅解。

　　在这里，我们还对给本书的写作提供过资料的书籍作者、接受过采访的同志表示衷心的感谢！

作　者